U0080833

凱信企管

用對的方法充實自己，
讓人生變得更美好！

凱信企管

用對的方法充實自己，
讓人生變得更美好！

用對的方法充實自己，
讓人生變得更美好！

NEW TOEIC

多益單字

出題重點

隨身背

學習精準，輕鬆get多益高分！

主題分類＋必考單字，範圍最明確！

利用明確的14類多益主題方向，精準鎖定多益必考範圍，不怕被多益的單字海淹沒。版型設計，讓你能全神貫注投入學習，發揮時間的最大效益。

一字多義全收錄，學習最完整

收錄每一單字的常用詞性與詞義，更理解單字、中譯最接近真義，單字一次就能學好學滿，基礎最扎實，考試不失分。

con·tact [kən`tækt] 動 接觸
[`kɑntækt] 名 接觸、聯繫

例 Our company has very little contact with yours.
我們兩家公司的聯繫很少。

sound [saund]
名 聲音、語音、噪音、吵鬧、海峽、聽力範圍
動 發聲、宣告、聽診、探測深度、試探
形 健全的、可靠的、合理的、有效的、健康的

例 The weird sound from the roof woke me up.
屋頂傳來的奇怪聲音把我吵醒了。

3 考題模式＋出題例句，解題快又準

全書每一個因素皆為多益考試設計；例如：單字出現在考題裡的（慣用語）模式、貼近多益測驗的例句……日積月累地習慣考試形式及單字的慣用考法，作答游刃有餘，同步提升閱讀能力。

MP3音檔，中英師資營造學習環境

全書單字除標出KK音標及自然發音的重音節點，同時還有外師音檔，任何地方都能營造英語環境，隨時累積字彙量，刷單字記憶！

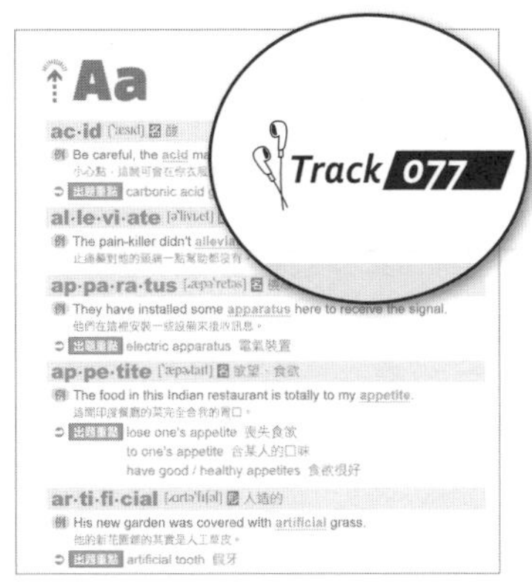

TOEIC英語測驗，已成為國人英文能力的指標之一，不論是大學畢業門檻、求職必備證照，甚至是升遷能力評斷的條件之一。所以TOEIC似乎已是必備的競爭能力之一，這由每一年應試人數不斷攀升的趨勢裡可以看出。

考多益證照到底難不難？其實除了視個人的英文能力以及考前準備是否充足之外，能否找到一本適合的、優質的自學工具書也是非常重要的關鍵因素。在撰寫這一本《出題重點 多益單字隨身背》時，我以多年的補教經驗與伴讀考生的心得：一定要先從「字彙」開始，從最單純的單字來打好基礎。目前坊間有琳瑯滿目的單字攻略，或是文法解析，固然有可能大幅提升你的英語實力，但由於英文的文法複雜與廣泛單字，仍讓許多學習者倍感壓力，在家想要自學拿高分，著實不易。但若是能夠豐富字彙量，再延伸學習其他必備的應考技巧，備考自然會容易許多。

另外，單字也不是全部一把抓的就都拿來背，讓自己陷於單字苦海裡。多益出題方向主要是從一般商務、企業發展、辦公室、旅遊、美食、娛樂、保健、金融等主題單字來命題，因此有系統的多益單字書，絕對是首選。這本《出題重點 多益單字隨身背》，除了有多益必考單字範圍之外，更以一字多義、搭配例句的方式，讓你有效記憶，還能精準應用；同時亦整理出單字在考試時慣用的考法，快速抓住考試出題方向，定能幫助你多益考試輕鬆拿高分！

在這裡誠心祝福你，利用這本有效的自學工具，快速達成目標，順利拿下多益證照。

使用說明 …… 006

作者序 …… 008

Part 1 一般商務篇 …… 012

Part 2 財務金融篇 …… 039

Part 3 規則法律篇 …… 063

Part 4 人事制度篇 …… 091

Part 5 職場交流篇 …… 112

Part 6 公司業務篇 …… 135

Part 7 飲食保健篇 164

Part 8 技術醫療篇 191

Part 9 傳媒娛樂篇 221

Part 10 教育學習篇 252

Part 11 人際社交篇 280

Part 12 情感交流篇 308

Part 13 休閒旅遊篇 336

Part 14 熱議焦點篇 368

全書音檔雲端連結

因各家手機系統不同，若無法直接掃描，仍可以至以下電腦雲端連結下載收聽。

（https://tinyurl.com/5h8wyap3）

PART 1

一般商務

Part 01 音檔雲端連結

因各家手機系統不同，若無法直接掃描，
仍可以至以下電腦雲端連結下載收聽。
（https://tinyurl.com/2kwz7kt2）

ac·com·plish [ə`kɑmplɪʃ] 動 完成

例 There are too many difficulties to accomplish this mission.
完成這項任務有太多的困難。

➲ 出題重點 accomplished fact 既成事實

ac·com·plish·ment [ə`kɑmplɪʃmənt] 名 成就

例 It is quite an accomplishment to sign the contract.
合同的簽訂是一個相當大的成功。

➲ 出題重點 celebrate the accomplishment 慶祝成功

ac·cord·ing [ə`kɔrdɪŋ] 副 依據、按照

例 The company should meet the commitment according to their duties.
公司應該根據他們的責任履行承諾。

➲ 出題重點 according to 根據、按照

ac·count [ə`kaʊnt] 名 帳目、理由 動 解釋說明

例 He has to give a account to the loss of company.
他應該對公司的損失給出一個解釋。

➲ 出題重點 bank account 銀行帳戶 account for sth. 為……負責

ac·count·ing [ə`kaʊntɪŋ] 名 會計

例 I majored in accounting at university.
我在大學主修的專業是會計。

➲ 出題重點 cost accounting 成本會計

ac·cu·rate [`ækjərɪt] 形 精確的

例 It's necessary to make an accurate estimate about the cost.
對於成本的精確估計是有必要的。

➲ 出題重點 be accurate at sth. 對……很精確

af·fair [ə`fɛr] 名 事情、業務

例 I totally don't know about the whole affair.
我對整個事情根本不知情。

➲ 出題重點 have an extramarital affair 有外遇
have an affair with sb. 與某人有不正當的男女關係

af·flu·ent [`æfluənt] 形 豐富的、富裕的

例 We have a task to make a research to on affluent city.
我們要做關於一個富裕的城市的調查。

➲ 出題重點 an affluent society 一個富足的社會

af·ford [əˋford] 動 負擔得起

例 He couldn't **afford** to buy a house when he was thirty.
他三十歲的時候還買不起房子。

➲ 出題重點 afford to buy sth. 買得起某物

a·gent [ˋedʒənt] 名 代理人

例 She was appointed as the company **agent**.
她被指定為公司的代理人。

➲ 出題重點 real estate agent 房地產經紀人

as·so·ci·ate [əˋsoʃɪ͵et] 動 使發生關係、使聯合 名 同伴

例 You'd better not **associate** yourself with the affair.
你最好別把自己和這件事扯上關係。

➲ 出題重點 associate with... 把……聯合在一起

as·sume [əˋsum] 動 假定、採用、擔任

例 It's reasonable to **assume** that the ship sank in the ocean.
假定船隻在大洋裡沉沒是合理的。

➲ 出題重點 assume power 掌權

as·sure [əˋʃʊr] 動 確定

例 He can't **assure** that the company will come into the market successfully.
他不能確定公司能夠順利上市。

➲ 出題重點 assure sb. that 使某人確信

as·sign [əˋsaɪn] 動 讓渡、分配

例 I have been **assigned** the task of managing the departments.
我被分配管理各部門的工作。

➲ 出題重點 assign task 分配工作

as·sist [əˋsɪst] 動 援助、協助

例 We are called to **assist** your work.
我們被叫來協助你的工作。

➲ 出題重點 assist sb. in Ving 協助某人做某事

at·tain [əˋten] 動 達到

例 If I can't **attain** the standard, I will lose the job.
如果我達不到目標，我會丟掉這份工作的。

➲ 出題重點 attain to... 得到……、獲得……

at·tain·ment [əˋtenmənt] 名 達到

例 I hope you can keep the interest of **attainment**.
我希望你能保持對成就的興致。

➲ 出題重點 for the attainment of one's purpose 為了達到目的

at·tempt [ə`tɛmpt] 動 企圖

例 He **attempted** to explain why he was fired.
他試圖解釋他為什麼被炒魷魚了。

➲ 出題重點 attempt to 試圖　attempt on ; at （某方面的）企圖

au·then·tic [ɔ`θɛntɪk] 形 可信的、貨真價實的

例 I heard that you have an **authenitic** work by Picasso.
我聽說您有畢卡索的真跡。

➲ 出題重點 authentic signature 真跡

au·dit [`ɔdɪt] 名 審計 動 查帳

例 These people were appointed to **audit** the accounts.
這些人是被派來查帳的。

au·to·graph [`ɔtə͵græf] 名 （親筆）簽名

例 He asked the author to sign **autograph** in the book.
他請求作者在書上簽名。

➲ 出題重點 sign one's autograph 親筆簽名

auc·tion [`ɔkʃən] 名 拍賣 動 拍賣

例 The old house in the suburb was sold at **auction**.
郊區的老房子被拍賣掉了。

➲ 出題重點 put sth. up at auction 把某物交付拍賣
be sold by auction 被拍賣掉

Bb

ban [bæn] 名 禁令、禁止 動 嚴禁、禁止

例 Killing the wild animals is **banned** in this country.
這個國家禁止捕殺野生動物。

➲ 出題重點 put a ban on 禁止　cigarette ban 禁煙

bank·rupt [`bæŋkrʌpt] 名 破產者 形 破產的 動 使破產

例 The company was declared bankrupt in 2010.
公司在2010年宣告破產。

➲ 出題重點 go bankrupt 宣告破產　be bankrupt of ; in... 完全缺乏……

bank·rupt·cy [`bæŋkrʌptsɪ] 名 破產

例 He had no choice but to declare **bankruptcy** in the end.
最後他唯一的選擇就是破產。

bar·gain [ˋbɑrgɪn] 名 契約、便宜貨

例 Your second-hand car is really a **bargain**.
你的二手汽車可真是個便宜貨。

➲ 出題重點 bargain away 議價出售　bargain sale 大特價

bar·ter [ˋbɑrtɚ] 名 以物易物

例 We try to reach an agreement on **barter** trade with them.
我們嘗試在易貨貿易上和他們達成協定。

➲ 出題重點 barter away 廉價拋售

boom [bum] 名 繁榮、隆隆聲 動 發隆隆聲、興隆

例 We must hold the opportunities in the period of economic **boom**.
我們必須在市場繁榮時期抓住時機。

➲ 出題重點 investment boom 投資熱潮

boost [bust] 動 推進、促進

例 The government published a series of policies to **boost** up the development of economy.
政府提出了一系列政策推進經濟發展。

➲ 出題重點 boost up 提高、促進

brand [brænd] 名 商標、烙印 動 打烙印、污辱

例 The most important thing is to increase **brand** awareness.
最重要的是要增加品牌的知名度。

break·through [ˋbrek͵θru] 名 突破

例 The experts have made a major **breakthrough** in the techniques of space.
專家們已經在空間技術上取得巨大突破。

➲ 出題重點 achieve a breakthrough 取得突破性進展

break·up [ˋbrek͵ʌp] 名 完結、崩潰

例 He can't face the **breakup** of their parents' marriage.
他無法面對父母婚姻的破裂。

➲ 出題重點 the breakup of one's marriage 婚姻破裂

busi·ness [ˋbɪznɪs] 名 交易、商業

例 She does **business** with an American company.
她和一家美國公司談生意。

➲ 出題重點 business trip 商務旅行、出差　in business 營業中
have business with... 與……有關

ca·pa·bil·i·ty [ˌkepəˋbɪlətɪ] 名 能力

例 Our company has the **capability** to meet market needs.
我們的公司有能力滿足市場需要。

➲ 出題重點 above ; beyond one's capabilities 超出某人的能力

ca·pac·i·ty [kəˋpæsətɪ] 名 容量、生產量

例 You can not neglect this small factory's **capacity** for producing.
你不能忽視這個小工廠的生產能力。

➲ 出題重點 capacity for... ……的能力

can·cel·la·tion [ˌkænsḷˋeʃən] 名 取消

例 Bad weather led to the **cancellation** of the plane.
糟糕的天氣導致了航班的取消。

cap·i·tal [ˋkæpətḷ] 名 資本、首都

例 The company's aim is to attract foreign **capital**.
公司的目標是吸引國外資金。

➲ 出題重點 make capital of sth. 利用

car·go [ˋkɑrgo] 名 船貨、貨物

例 The ship full of passengers and **cargo** has been wrecked on the rock.
載滿乘客和貨物的船隻觸礁沉沒。

➲ 出題重點 cargo ship 貨船

cart [kɑrt] 名 小型手推車、運貨車

例 Where can I find a **cart** for my luggage?
我在哪裡能找到搬運行李的手推車？

cash [kæʃ] 名 現金

例 The customer pays in **cash** only in this store.
在這個商店裡顧客只能付現金。

➲ 出題重點 in cash 用現金付款

cir·cum·stance [ˋsɝkəmˌstæns] 名 情形、環境

例 There is no other choices that could be expected under the **circumstances**.
在那種情況下不要期望還有任何別的選擇。

➲ 出題重點 under no circumstance 在任何情況下都不……

co·op·er·ate [ko`apə,ret] 動 合作

例 Both sides agreed to cooperate to earn the most benefits.
兩邊同意合作來獲得最多的利益。

➲ 出題重點 cooperate sb. in doing sth. 與某人合作做某事

co·op·er·a·tion [ko,apə`reʃən] 名 合作

例 We all look forward to a close cooperation with each other.
我們都期待和彼此能有親密的合作。

➲ 出題重點 in cooperation with 和……合作

com·mer·cial [kə`mɜʃəl] 形 商業的

例 It is quite a good example for commercial success.
這是商業成功一個非常好的典範。

➲ 出題重點 commercial bank 商業銀行

com·merce [`kamɜs] 名 商業

例 Their fortunes were made from industry and commerce.
他們的財富來源於工商業。

➲ 出題重點 e-commerce 電子商務

com·pe·ti·tion [,kampə`tɪʃən] 名 競爭、比賽

例 The competition among suppliers led to the price reduction.
供應商之間的競爭導致了價格的下降。

➲ 出題重點 fair competition 公平競爭

com·pet·i·tor [kəm`pɛtətɚ] 名 競爭者

例 Our company has three competitors to rival the new project.
我們公司有三個對手來競爭這項工程。

➲ 出題重點 competitor in business 同業競爭者

com·pete [kəm`pit] 動 比賽、競爭

例 We should try our best to compete to get the contract.
我們要全力以赴爭取拿到合約。

➲ 出題重點 compete with ; against 與……競爭、對抗

con·sis·tent [kən`sɪstənt] 形 一致的

例 What he said was not consistent with the evidence we got.
他說的話和我們得到的證據不一致。

➲ 出題重點 be consistent with... 與……一致

con·sist [kən`sɪst] 動 組成

例 His company consists of four subcompanies at home and abroad.
他的公司由國內外四家子公司組成。

➲ 出題重點 consist of... 由……組成

con·stant·ly [ˋkɑnstəntlɪ] 副 不斷地、時常地

例 The price of gold has been constantly rised for too long.
黃金的價格長時間以來不斷地攀升。

con·sume [kənˋsum] 動 消耗、浪費

例 My new car consumes less fuel than the old one.
我的新車比舊車耗油少。

➲ 出題重點 consume away 耗盡生命、枯萎凋謝

con·sump·tion [kənˋsʌmpʃən] 名 消耗

例 The scientists are trying to find new energy to reduce the consumption of oil.
科學家們正在試圖尋找新能源來減少石油的消耗。

➲ 出題重點 reduce comsumption 降低消費量

con·tri·bu·tion [ˌkɑntrəˋbjuʃən] 名 貢獻

例 We can raise money by voluntary contribution.
我們可以通過自願貢獻來募集資金。

➲ 出題重點 contribution box 捐獻箱

con·trib·ute [kənˋtrɪbjut] 動 貢獻、捐助

例 He contributed all of his savings to the Hope Project.
他將全部的積蓄都捐助給希望工程。

➲ 出題重點 contribute to 貢獻

con·sign·ment [kənˋsaɪnmənt] 名 委託

例 A quantity of goods will be sent on consignment.
這一大批貨物要寄售。

con·tact [kənˋtækt] 動 接觸 [ˋkɑntækt] 名 接觸、聯繫

例 Our company has very little contact with yours.
我們兩家公司的聯繫很少。

➲ 出題重點 in contact with... 與……保持聯繫

con·test [kənˋtɛst] 動 競爭

例 There is no doubt that the election will be a close contest.
毫無疑問這次選舉會是一場激烈競爭。

con·tract [ˋkɑntrækt] 動 感染、立約

例 The workers are contracted to work 8 hours a day.
工人們的契約規定每天工作八個小時。

➲ 出題重點 contract in 正式約定參加某活動

cor·po·rate [ˋkɔrpərɪt] 形 社團的、法人的、共同的

例 The university is a corporate body formed by many different colleges.
大學是有很多不同的學院組成的共同體。

➲ 出題重點 corporate image 企業形象

coun·sel [ˋkaʊnsl̩] 名 忠告、商議

例 You'd better think my counsel twice before you decide.
你最好在決定前仔細考慮我的忠告。

➲ 出題重點 legal counsel 法律顧問

cre·ate [krɪˋet] 動 創造、建立

例 The project will create more jobs for the citizens.
這項工程會為市民創造更多的工作機會。

cred·it [ˋkrɛdɪt] 名 信用

例 I don't know they accept credit cards.
我不知道他們接受信用卡。

➲ 出題重點 credit card 信用卡

cri·sis [ˋkraɪsɪs] 名 危機

例 The company is in danger because of the economic crisis.
公司因為經濟危機處在危險之中。

➲ 出題重點 in crisis 危機中

cus·tom·er [ˋkʌstəmɚ] 名 顧客

例 The customer complained about the waitress' bad attitude.
顧客抱怨女服務員糟糕的態度。

➲ 出題重點 an awkward customer 難對付的傢伙

Dd

deal [dil] 動 分配、處理

例 The issue is too difficult to deal with on my own.
這個事情我自己很難處理。

➲ 出題重點 deal with sth. 處理某件事情

debt [dɛt] 名 債務

例 She has no money to pay off her father's debts.
她沒有錢還清她父親的債務。

➲ 出題重點 in debt 負債　collect a debt 收取債務

des·ti·na·tion [ˌdɛstəˋneʃən] 名 目的地

例 I will never give up until I reach the **destination**.
不達目標，我誓不甘休。

➲ 出題重點 destination wedding 在度假勝地舉行的婚禮

di·lem·ma [dəˋlɛmə] 名 左右為難的狀況

例 She is in **dilemma** about the two universitys' offers.
她因為兩所大學的邀請而感到為難。

➲ 出題重點 be in a dilemma 進退兩難

di·ver·si·fi·ca·tion [daɪˌvɝsəfəˋkeʃən] 名 變化、多樣化

例 The **diversification** of the rural economy should be emphasized.
農村的經濟多樣化應該被予以重視。

dis·count [ˋdɪskaʊnt] 名 折扣

例 If you are the member you can buy anything at a **discount**.
如果你是會員，就可以買東西打折扣。

➲ 出題重點 discount store 廉價商店 give a special discount 予以優待

down·turn [ˋdaʊntɝn] 名 降低、（經濟）衰退時期

例 The country faced a **downturn** in the auto industry.
國家面臨汽車工業的蕭條境況。

➲ 出題重點 economic downturn 經濟萎縮、經濟下降

drop [drɑp] 動 掉下 名 落下

例 Her company's share of the market **dropped** to 30 percent last year.
她的公司的市場份額去年下降到百分之三十。

du·ty [ˋdjutɪ] 名 責任、義務

例 You have a **duty** to your company as a CEO.
你作為執行總裁對你的公司要負責任。

➲ 出題重點 on duty 值日 take sb.'s duty 代勞

due [dju] 形 到期的、應付款的

例 Her book is **due** to be published next month.
她的書下個月就到期出版了。

➲ 出題重點 be due to 預定

e·con·o·my [ɪ`kɑnəmɪ] 名 經濟、節約

例 From your job you can learn much about the market **economy**.
你能從你的工作中學到很多有關市場經濟的學問。

➲ 出題重點 market economy 市場經濟

ef·fec·tive [ə`fɛktɪv] 形 有效的

例 Market control is much less **effective** than expected.
市場操控沒有預想的那麼有效。

➲ 出題重點 effective measures 有效的手段

em·bar·go [ɪm`bɑrgo] 名 禁運

例 There is no reason to drop the **embargo** now.
現在還沒有理由撤銷禁令。

➲ 出題重點 lay sth. under an embargo 對……實施禁運

ex·it [`ɛgzɪt] 名 出口

例 The guard found there was something blocking the **exit**.
守衛發現有什麼東西把出口堵住了。

➲ 出題重點 fire exit ; emergency exit 緊急出口

E
F

ex·pan·sion [ɪk`spænʃən] 名 擴張

例 This book is an **expansion** of a short story written by him.
這本書是他寫過的一個小故事的延伸。

ex·pand [ɪk`spænd] 動 擴大

例 The number of people is **expanding** twice in an hour.
人群的數量在一小時之內就擴大了一倍。

➲ 出題重點 expand in... 把……擴展、發展

ex·pi·ra·tion [ˏɛkspə`reʃən] 名 滿期、終止

例 I'm afraid that I can't hand in the paper at the **expiration** date.
恐怕我不能在截止日期之前提交論文了。

➲ 出題重點 at one's expiration 臨終時

ex·pire [ɪk`spaɪr] 動 期滿、斷氣、死亡

例 He told me that my passport **expired** next month.
他告訴我我的護照下個月就到期了。

➲ 出題重點 expire peacefully 安詳地死去

ex·plain [ɪk`splen] 動 解釋

例 He **explained** that he didn't want to hurt me on purpose.
他解釋說他不是想故意傷害我。

➲ 出題重點 explain sth. to sb. 向某人解釋某事

ex·ploi·ta·tion [ˏɛksplɔɪ`teʃən] 名 開發、開採

例 The government should take action to control the **exploitation** of ocean resources.
政府得採取措施來控制海洋資源的開採。

ex·ploit [ɪk`splɔɪt] 動 開發、利用

例 The urgent need now is to **exploit** the new resources.
現在緊急的需求是要開發新能源。

➲ 出題重點 be exploited by... 受……剝削

ex·ten·sive [ɪk`stɛnsɪv] 形 廣闊的

例 The fire resulted in **extensive** damage.
大火導致了損失的擴大。

➲ 出題重點 extensive reading 廣泛閱讀

ex·emp·tion [ɪg`zɛmpʃən] 名 解除、免除、免稅

例 The commission has the power to grant temporary **exemptions**.
委員會有權力授予臨時的豁免權。

ex·empt [ɪg`zɛmpt] 動 免除 形 被免除的

例 I noticed that children are **exempt** from the charges.
我注意到兒童是免費的。

➲ 出題重點 exempt from 免除、豁免

ex·port [ɪks`port] 動 出口、輸出 [`ɛksport] 名 輸出品

例 Cotton is one of the country's chief **exports**.
棉花是這個國家的主要出口品之一。

➲ 出題重點 export deal 出口協談　　export sth. to... 輸出某物到……

Ff

fab·ric [`fæbrɪk] 名 紡織品

例 You can try this kind of **fabric** softener for woolens.
你可以嘗試一下這種羊毛織物柔軟劑。

➲ 出題重點 fabric softener 衣物柔軟精

fac·to·ry [ˋfæktərɪ] 名 工廠

例 The **factory** was burnt up in a fire in 2005.
這家工廠在2005年被一場大火燒掉了。

➲ 出題重點 in a factory 在工廠　factory ship （螃蟹等）加工船

fall [fɔl] 動 降落、跌倒

例 The reporter said educational standards were **falling** in this country.
記者說這個國家的教育標準在下降。

➲ 出題重點 fall down 倒下、跌倒　fall behind 落後
fall on sb. ; sth. 突然降臨在某人／某物上

flour·ish [ˋflɜɪʃ] 動 興隆、活躍

例 Some small businesses are **flourishing** as the economy is booming.
隨著經濟的開始繁榮，一些小的公司也活躍起來。

freeze [friz] 動 凍結、冷凍

例 Unfortunately, his assets were forced to **freeze** by the government.
不幸的是他的資產被政府凍結了。

➲ 出題重點 freeze out 凍死

freight [fret] 名 貨物、船貨 動 裝貨、使充滿

例 I was told that my belongings are sent by air **freight**.
我被告知我的行李會通過空運派送。

➲ 出題重點 freight company 運輸公司

fron·tier [frʌnˋtɪr] 名 邊界、邊境

例 I saw a road block establishing on the **frontier**.
我看見邊境上設有路障。

➲ 出題重點 western frontier 西部邊境

fu·el [ˋfjuəl] 名 能源

例 I don't want to buy a car with high **fuel** consumption.
我可不想買一輛耗油量太大的汽車。

Gg

gen·u·ine [ˋdʒɛnjuɪn] 形 真正的

例 So many people have no idea that they didn't buy the **genuine** article.
很多人都不知道他們並沒有買到真品。

➲ 出題重點 genuine milk 純（牛）乳、非人造乳

goods [gudz] 名 貨物

例 The large market for consumer **goods** should be kept an eye on tightly.
應該緊密關注日常消費品這塊大的市場。

➲ 出題重點 goods in stock 存貨、現貨

grant [grænt] 動 許可、授予

例 I was **granted** a licence to go abroad for business.
我獲得了准許國外經商的許可。

➲ 出題重點 take for granted 認為是理所當然的

grave [grev] 形 嚴重的

例 I'm afraid the situation is becoming **graver** and graver.
恐怕事態越來越嚴重了。

Hh

har·vest [ˋhɑrvɪst] 動 收穫、收割 名 收穫、收割

例 We are expecting to reap the **harvest** of careful planning.
我們期待詳細規劃後的收穫。

➲ 出題重點 harvest festival 豐年慶

hard·ship [ˋhɑrdʃɪp] 名 困苦、艱難

例 There are many people suffering severe financial **hardship** in this country.
這個國家有很多人處在嚴酷的經濟困境。

➲ 出題重點 unbearable hardship 困苦難堪

Ii

im·po·si·tion [ˌɪmpəˋzɪʃən] 名 強迫接受

例 Do you know the **imposition** of tax on domestic fuel?
你知道要規定徵收國內燃油附加稅了嗎？

im·port [ɪmˋport] 動 進口、輸入、含意

例 The **import** of electrical goods is limited because of financial crisis.
因為金融危機電子產品的進口受到限制。

➲ 出題重點 import duties 進口稅
processing trade for import 加工進口貿易

im·pose [ɪm`poz] 動 欺騙、強迫、課稅

例 You should not **impose** your own values on your children.
你不應該將你自己的價值觀強加於你的孩子身上。

➲ 出題重點 impose on 佔……便宜

in·clude [ɪn`klud] 動 包括

例 Her job **includes** managing the lower department.
他的工作包括管理下一級部門。

➲ 出題重點 include in 把……包括進

in·dus·try [`ɪndəstrɪ] 名 工業、勤勉

例 This type of technology is widely used in **industry**.
這項技術在工業中被廣泛應用。

in·ev·i·ta·ble [ɪn`ɛvətəbl̩] 形 不可避免的

例 It's **inevitable** that the robot will make some mistakes.
機器人會出現錯誤是不可避免的事情。

➲ 出題重點 face the inevitable 正視不可避免的事情
bow to the inevitable 聽天由命

in·ten·sive [ɪn`tɛnsɪv] 形 密集的、加強的

例 He experienced a month of **intensive** training before he joined the army.
他在入伍之前參加過一個月的密集訓練。

➲ 出題重點 intensive care unit 加護病房

Ll

lease [lis] 名 租約、租契 動 出租

例 Almost all the rooms are **leased** out to the tenants.
幾乎所有的房間都租給房客了。

➲ 出題重點 put out to lease 出租

load [lod] 名 重載、負荷 動 裝貨

例 The glass can't handle the **load** and broke up.
玻璃不能承受這個重載碎掉了。

➲ 出題重點 load with sth. 裝載某物

mail [mel] 名 郵件 動 郵寄、給……穿盔甲

例 I don't understand why you read my private **mail**.
我不明白你為什麼要拆閱我的私人郵件。

➲ 出題重點 mail sth. to sb. 給某人寄某物　by mail 透過郵件

me·chan·ic [mə`kænɪk] 名 技工

例 The **mechanic** fixed up the old car in half an hour.
技工半個小時就修理好了舊車。

me·chan·i·cal [mə`kænɪkḷ] 形 機械的

例 The car can't move because of **mechanical** problems.
汽車由於機械故障不能開動了。

➲ 出題重點 mechanical engineering 機械工程

mer·chan·dise [`mɝtʃən͵daɪz] 名 商品、貨物 動 買賣、經營

例 This range of **merchandise** needs to be carried carefully.
這部分商品要小心搬運。

➲ 出題重點 general merchandise 雜貨、一般商品

mer·chant [`mɝtʃənt] 名 商人

例 He does business with a wealthy **merchant**.
他和一個富商談生意。

➲ 出題重點 merchant prince 富商、富賈

merg·er [`mɝdʒɚ] 名 合併、歸併

例 Our factory plans a **merger** with another one.
我們工廠計畫和另一家工廠合併。

merge [mɝdʒ] 動 合併、吞併

例 The company **merges** its subsidiaries in Europe.
公司合併了歐洲的子公司。

➲ 出題重點 merge into 漸漸消失

mon·e·tar·y [`mʌnə͵tɛrɪ] 形 貨幣的、金融的

例 Many people objected to the government's tight **monetary** policy.
很多人反對政府實施的貨幣緊縮政策。

➲ 出題重點 monetary policy 貨幣政策

Oo

o·ver·due [ˋovɚˋdju] 形 遲到的、到期未付的

例 The books I borrowed from the library are overdue.
我從圖書館借來的書都到期了。

oc·ca·sion [əˋkeʒən] 名 時機、場合 動 引起

例 I saw Tom with them on several occasions.
我有幾次看見湯姆和他們在一起。

➲ 出題重點 on occasion 有時

oc·ca·sion·al [əˋkeʒənḷ] 形 偶然的、臨時的

例 She just made occasional visit to my house.
她只是偶然來我家做客。

oc·cu·py [ˋɑkjə͵paɪ] 動 佔據、佔領

例 Talking with my clients occupies most of my work time.
和客戶談話佔據我大部分的工作時間。

➲ 出題重點 occupy oneself in... 從事於……

oc·cur [əˋkɝ] 動 發生、出現

例 It had never occurred to me that I might be falling love with him.
我不可能會愛上他。

➲ 出題重點 occur to 想起、想到

out·put [ˋaʊt͵pʊt] 名 產量

例 The output of rice is up 15 percent last year.
水稻的產量較去年提高了百分之十五。

own·er [ˋonɚ] 名 所有者、業主

例 She is the new owner of this house now.
她現在是這所房子的新主人了。

Pp

pat·ent [ˋpetn̩t] 名 專利 動 取得……的專利權 形 專利的

例 Our new device is protected by patent.
我們的新發明有專利保護。

➲ 出題重點 patent medicine 成藥

phe·nom·e·non [fəˋnɑmə͵nɑn] 名 現象、特殊的人或事物

例 Scientists are curious about the special **phenomenon** caused by climate.
科學家們對氣候引起的特殊現象感到很好奇。

➲ 出題重點 a common phenomenon 普遍現象

pho·ny [ˋfonɪ] 形 假冒的、偽造的 名 假冒者

例 In a word, she is a complete **phony**.
總而言之，她就是一個徹頭徹尾的假冒者。

plat·form [ˋplæt͵fɔrm] 名 平臺、講臺

例 The train will depart from **platform** at ten o'clock.
火車十點會開離月臺。

pre·lim·i·nar·y [prɪˋlɪmə͵nɛrɪ] 形 初步的、預備的 名 開端、初步行動

例 About the case, the police have made a **preliminary** investigation.
關於這個案子，員警已經做了初步的調查。

➲ 出題重點 the preliminary contest 初賽

pri·or·i·ty [praɪˋɔrətɪ] 名 較先、優先權

例 The seniors should take **priority** to get on the train.
老年人應該優先上車。

prin·ci·ple [ˋprɪnsəpḷ] 名 原則

例 I always consider him to be a man of **principle**.
我一直認為他是一個有原則的人。

➲ 出題重點 in principle 原則上、大體上
stick to one's principle 堅持原則

priv·i·lege [ˋprɪvḷɪdʒ] 名 特權、特別待遇

例 She has no special **privileges** of joining in the party.
她沒有參加聚會的特權。

➲ 出題重點 grant sb. the privilege of... 賦予某人……的特權

pro·duce [prəˋdjus] 動 生產、製作 [ˋprɑdjus] 名 產品

例 The factory **produces** thousands of cars one week.
這個工廠每週生產出上千台車輛。

➲ 出題重點 produce effect 收效

pro·duc·tion [prəˋdʌkʃən] 名 生產、產量

例 This type of machines went out of **production** in 2010.
這個型號的機器2010年就停產了。

➲ 出題重點 production budget 生產預算

pro·duc·tiv·i·ty [ˌprodʌkˋtɪvətɪ] 名 生產力、生產率

例 We need to find the ways of increasing **productivity**.
我們要找出提高生產力的辦法。

➲ 出題重點 agricultural productivity 農業生產力

pro·duc·tive [prəˋdʌktɪv] 形 生產性的、多產的

例 You may neglect the economy's **productive** capacity.
你可能忽視了經濟的生產能力。

➲ 出題重點 productive assets 生產性資產

pro·ject [ˋprɑdʒɛkt] 名 項目、計畫 [prəˋdʒɛkt] 動 計畫、投射

例 This **project** aims to attract the foreign investment.
這個專案的目的是要吸引國外的投資。

➲ 出題重點 project management 計畫管理

pro·long [prəˋlɔŋ] 動 延長、拖延

例 I try to talk about his business abroad to **prolong** the conversation.
我嘗試著談論他在國外的生意以拖延我們的談話。

pro·mote [prəˋmot] 動 促進、提升

例 He was **promoted** as the senior manager of our apartment.
他被提升為我們部門的高級經理。

prompt [prɑmpt] 動 激勵、引起 形 迅速的、立刻的

例 Your **prompt** response to the promoting makes me surprised.
你對於晉升的第一反應讓我很困惑。

➲ 出題重點 prompt in... 對（做）……很敏捷

pros·per [ˋprɑspɚ] 動 使昌盛、旺盛

例 Now the trade on the sea is **prospering** quickly.
現在海上貿易正在快速興盛起來。

pros·per·i·ty [prɑsˋpɛrətɪ] 名 繁榮、興旺

例 It reminds me the time of economic **prosperity** decades years ago.
它讓我想起來幾十年前的經濟大繁榮時期。

➲ 出題重點 Prosperity makes friends, adversity tries them. 患難見真情。

pros·per·ous [ˋprɑspərəs] 形 繁榮的、興旺的

例 What we should do is try our best to make our country more **prosperous** and strong.
我們要做的就是盡全力讓我們的國家更加繁榮富強。

qual·i·ty [ˋkwɑlətɪ] 名 品質、才能

例 He appreciated your **qualities** of honesty and independence.
他很欣賞你誠實和獨立的特質。

➲ 出題重點 quality control 品質控管

quan·ti·ty [ˋkwɑntətɪ] 名 量、數量

例 Huge **quantities** of drugs were founded at the customs.
在海關發現大量毒品。

➲ 出題重點 quantities of 許多

quar·ter [ˋkwɔrtɚ] 名 四分之一 動 把……四等分 形 四分之一的

例 Roughly one **quarter** of the city's population are killed in the earthquake.
大約城市四分之一的人口在地震中喪生。

quart [kwɔrt] 名 夸脫

例 He had polished off a **quart** of wine in the bar.
他在酒吧喝了一夸脫的酒。

➲ 出題重點 a quart of 一夸脫的

quits [kwɪts] 形 對等的、兩相抵消的

例 Give him $50 and you'll call it **quits**.
給他五十美元，你們就互不相欠了。

quo·ta [ˋkwotə] 名 配額、限額

例 The country had a **quota** on immigration from last year.
這個國家從去年起有移民人數的限額。

➲ 出題重點 quota system 配額制度

quote [kwot] 動 引用、報價

例 This sentence is **quoted** from a magazine article.
這句話引用自一本雜誌裡的文章。

➲ 出題重點 quote out of context 斷章取義

rat·i·fy [ˋrætə͵faɪ] 動 批准、認可

例 I expect the company will **ratify** the contract.
我期望公司可以批准這份合同。

rat·ing [ˋretɪŋ] 名 等級

例 The credit rating is the most important aspect in competition.
在競爭中信譽等級是最重要的一個方面。

➲ 出題重點 credit rating 信譽評價、信用等級

rate [ret] 名 比率、等級 動 認為、定級

例 The unemployment rate failed to 5.2% in March.
三月份的失業率下降到百分之五點二。

➲ 出題重點 the death rate 死亡率

re·cent [ˋrisn̩t] 形 不久前的、近來的

例 The recent research shows that more and more people dissatisfied with the increasing price.
最近的調查顯示，越來越多的人們不滿意上漲的物價。

➲ 出題重點 in recent years 近幾年

re·cip·i·ent [rɪˋsɪpɪənt] 名 接受者、收信人

例 Let's congratulate the recipients of the Nobel Peace Prize.
讓我們祝賀諾貝爾和平獎的獲得者們。

➲ 出題重點 the recipients of prizes 獲獎者

re·im·burse [riɪmˋbɝs] 動 償還、付還

R

例 He wanted the company to reimburse him for medical expenses.
他想要公司償還他的醫療費用。

re·la·tion [rɪˋleʃən] 名 關係、親戚

例 This policy improves the relations between the two countries.
這項政策增進了兩國之間的聯繫。

➲ 出題重點 in relation with... 與……有關係

re·source [rɪˋsors] 名 資源、來源

例 This small country is rich in mineral resources.
這個小國家有豐富的煤礦資源。

➲ 出題重點 at the end of one's resources 束手無策、山窮水盡

re·spond [rɪˋspɑnd] 動 反應、回答、回報

例 She responded that she didn't see your brother yesterday.
她回覆說她昨天並沒有看見你的兄弟。

➲ 出題重點 respond to... 對……答覆

re·sponse [rɪˋspɑns] 名 反應、回答

例 The government responses to the peasants' appeal for help.
政府回應了農民們的求助。

➲ 出題重點 make a response to... 對……答覆

re·straint [rɪ`strent] 名 抑制、克制

例 He told me the truth and cried without **restraint**.
他告訴了我實情，抑制不住地哭起來。

➲ 出題重點 beyond restraint 不可遏止

re·strict [rɪ`strɪkt] 動 限制、約束

例 The decision made by the congress will **restrict** the competition.
議會的決定將會對競爭有所限制。

➲ 出題重點 restrict to 限制

re·sult [rɪ`zʌlt] 名 結果、後果 動 產生、導致

例 The bad weather **resulted** in the delay of the plane.
糟糕的天氣導致了航班誤點。

➲ 出題重點 result in 導致

re·sump·tion [rɪ`zʌmpʃən] 名 取回、恢復

例 The two countries look forward a quick **resumption** of diplomatic relations.
兩國都期待儘快恢復外交關係。

re·tain [rɪ`ten] 動 保持、保留

例 Some important information can be **retained** in your personal computer.
一些重要的資訊會保留在你的個人電腦裡。

➲ 出題重點 retain the memory of... 記得……

re·triev·al [rɪ`trivl̩] 名 取回、挽救

例 It's necessary of the **retrieval** of species in severe danger.
拯救瀕危物種非常有必要。

re·place [rɪ`ples] 動 取代、把……放回原處

例 I'll **replace** you to attend the meeting tomorrow.
我明天會代替你去參加會議。

➲ 出題重點 replace with sth. 用某物替代

re·tail [`ritel] 名 零售 形 零售的 動 零售 副 以零售方式

例 His father has ten-year experience in **retail** business.
他的父親在零售行業有十年的經驗了。

➲ 出題重點 sell sth. by retail 零售、零賣

re·tail·er [`ritelɚ] 名 零售商人

例 I had done business with a **retailer** last year.
去年我和一個零售商人做過生意。

reg·is·tra·tion [ˏrɛdʒɪˋstreʃən] 名 註冊、登記

例 Could you borrow me some money for the **registration** fee?
你能借我一些錢交註冊費用嗎？

➲ 出題重點 the registration of a mortgage 抵押登記

rep·re·sen·ta·tive [ˏrɛprɪˋzɛntətɪv] 名 代表、代理人 形 有代表性的、典型的

例 Each country sent his **representative** to the international conference.
每個國家都派代表參加國際會議。

➲ 出題重點 representative democracy 代議民主制

rep·re·sent [ˏrɛprɪˋzɛnt] 動 代表、象徵

例 Michael was chosen to **represent** the company at the conference.
Michael 被選為出席會議的公司代表。

➲ 出題重點 represent sth. to sb. 向某人說明某事

rep·e·ti·tion [ˏrɛpɪˋtɪʃən] 名 重複、副本

例 I find the constant **repetition** of the same themes in their work.
我發現他們的工作在不斷重複相同的主題。

R S

Ss

soar [sor] 名 高飛 動 高飛、劇增

例 The price of oil has **soared** in recent days.
最近幾天原油的價格高漲了。

➲ 出題重點 soar up 高飛、翱翔、升高

sam·ple [ˋsæmpḷ] 名 標本、樣品 動 取樣

例 This **sample** survey reveals a serious problem.
這個抽樣調查暴露了一個嚴重的問題。

➲ 出題重點 floor sample 展覽樣品

sanc·tion [ˋsæŋkʃən] 名 核准、約束力 動 批准、認可

例 I am so excited that the ideas receives official **sanction**.
我好開心理念被官方認可。

➲ 出題重點 sanction measure 制裁措施

se·cure [sɪˋkjʊr] 動 使安全 形 安全的、可靠的

例 You'd better keep your money in a **secure** place.
你最好把錢留在安全的地方。

➲ 出題重點 feel secure 感到安心

ship [ʃɪp] 名 船 動 裝上船

例 We are planning to **board** the ship at nine o'clock in the evening.
我們計畫晚上九點上船。

➲ 出題重點 on a ship 在船上　burn one's ship　破釜沉舟

ship·ment [ˋʃɪpmənt] 名 裝船、出貨

例 The boss told me that the goods are ready for **shipment**.
老闆告訴我貨物已經準備好裝船了。

ship·ping [ˋʃɪpɪŋ] 名 海運

例 I am going to connect with a **shipping** company for business.
我要去聯繫一家海運公司談生意。

➲ 出題重點 shipping agent 海運代理商

sig·nif·i·cant [sɪgˋnɪfəkənt] 形 重大的、有意義的

例 I suppose that there will be **significant** changes in your plans.
我猜想你的計畫會有重大變化的。

smug·gle [ˋsmʌgḷ] 動 走私

例 Nobody knows that these goods are **smuggled** abroad.
沒有人知道這批貨物是走私到國外去的。

➲ 出題重點 smuggle through 走私運出

spec·i·men [ˋspɛsəmən] 名 樣品、標本

例 Could you pass me that chemical **specimen** to me?
你能把那個化學樣本遞給我嗎？

➲ 出題重點 blood specimen 血液樣本

strug·gle [ˋstrʌgḷ] 名 競爭、努力、奮鬥 動 努力、奮鬥

例 She's **struggling** to compete for the position of manager.
她在努力競爭經理的職位。

➲ 出題重點 struggle for... 為……而努力

sub·sid·i·ar·y [səbˋsɪdɪ͵ɛrɪ] 名 子公司、附屬機構 形 輔助的、補充的

例 Our company is one of the Japanese **subsidiaries**.
我們公司是日本的一個子公司。

➲ 出題重點 subsidiary company 子公司、附屬公司

sum [sʌm] 名 總額 動 總計

例 A large **sum** of money in the bank was stolen last night.
昨晚銀行被盜竊了一大筆錢。

➲ 出題重點 sum up 總結、加總

sus·pend [sə`spɛnd] 動 延緩、中止、懸掛

例 Amy was **suspended** from school for a year because of her sickness.
Amy 因為生病停學一年。

➲ 出題重點 suspended sentence 緩刑

sus·tain [sə`sten] 動 維持、持續

例 It is hard to **sustain** the children's attention in class.
課堂上很難維持住孩子們的注意力。

➲ 出題重點 sustained by 受到……支撐

sus·tain·a·ble [sə`stenəbl̩] 形 可以忍受的、足可支撐的

例 The government is trying to promote **sustainable** development of agriculture.
政府正在努力推進農業的可持續發展。

sway [swe] 名 搖擺 動 搖擺、搖動

例 Obviously his words make me **sway** in this matter.
很明顯他的話讓我在這件事情上動搖了。

Tt

tack·le [`tækl̩] 名 用具 動 處理、解決

例 There must be some ways to **tackle** this problem.
一定有辦法可以解決這個問題。

➲ 出題重點 tackle an issue 解決

tag [tæg] 名 標籤 動 附加

例 Each wild animal was **tagged** and released back to the wild world.
每只野生動物都被做了標記，並放回到野生世界。

➲ 出題重點 tag on 附加、添加

tar·get [`tɑrgɪt] 名 目標、靶子 動 瞄準某物

例 The company failed to meet its **target** of attracting foreign investment.
公司沒有成功達到吸引外資的目標。

➲ 出題重點 target language 譯文

tar·iff [`tærɪf] 名 關稅、價目表 動 課以關稅

例 The government may impose **tariffs** on imports.
政府可能會徵收進口關稅。

➲ 出題重點 impose a protective tariff on... 對……徵收保護關稅

tax·a·tion [tæksˋeʃən] 名 課稅、徵稅

例 The higher levels of **taxation** caused a lot of dissatisfactions.
更高層次的稅收招致了很多不滿。

tex·tile [ˋtɛkstḷ] 名 紡織品 形 紡織的

例 His mother worked in a **texile** mill when he was ten.
他十歲的時候，他的母親在一家紡織品工廠工作。

➲ 出題重點 wool textiles 毛織品

trad·ing [ˋtredɪŋ] 名 商業、貿易

例 He works in the world's largest **trading** block.
他在世界最大的貿易集團工作。

trade [tred] 名 貿易、交易 動 貿易、交換

例 The new policy increased the **trade** between two countries.
新政策增加了兩國間的貿易。

➲ 出題重點 trade with... 和……交易

trade·mark [ˋtred͵mɑrk] 名 商標

例 Our company will register **trademark** next week.
我們公司下周要註冊商標。

➲ 出題重點 registered trademark 註冊商標

trea·ty [ˋtritɪ] 名 條約

例 Both sides will get ready to sign the **treaty** soon.
雙方很快準備簽署條約。

➲ 出題重點 international treaty 國際協議

turn·over [ˋtɝn͵ovɚ] 名 翻覆、營業額 形 可翻轉的

例 The company has an annual **turnover** of $10 billion.
公司的年營業額達到十億。

Uu

un·load [ʌnˋlod] 動 卸貨、擺脫……之負擔

例 He just wanted to **unload** his problems onto you.
他只不過是想將他的問題推卸給你。

➲ 出題重點 unload a wagon 自貨車上卸去貨物

whole·sale [ˋhoLsel] 名 批發 形 批發的 副 以批發方式

例 I can't accept the high **wholesale** prices you give me.
我不能接受你提出的過高的批發價。

➲ 出題重點 wholesale price 批發價

whole·saler [ˋhoLselɚ] 名 批發商

例 I can introduce the **wholesaler** to you if you want to do business with me.
如果我們合夥做生意，我會介紹批發商給你認識。

➲ 出題重點 specialty wholesaler 專業批發商

worth [wɝθ] 名 價值 形 值得的

例 It's **worth** spending time studying in your job.
在你的工作中花時間學習是很值得的。

➲ 出題重點 be worth doing sth. 值得做某事

W

PART 2

財務金融

Part 02 音檔雲端連結

因各家手機系統不同，若無法直接掃描，
仍可以至以下電腦雲端連結下載收聽。
（https://tinyurl.com/3hvjz9d3）

a·non·y·mous [əˋnɑnəməs] 形 匿名的

例 The money sent to the Hope Project is donated by an **anonymous** person.
送到希望工程的錢款是一個匿名人士捐贈的。

➲ 出題重點 anonymous letter 匿名信

a·mount [əˋmaʊnt] 名 總數 動 總計

例 If it is a small **amount**, you can pay in cash.
如果是小數額，你可以現金付款。

➲ 出題重點 an amount of 相當數量的、一些

a·nal·y·sis [əˋnæləsɪs] 名 分析

例 She spends a lot of time in doing some statistical **analysis**.
她花費大量時間做一些統計分析。

➲ 出題重點 on analysis 經由分析

act·ing [ˋæktɪŋ] 形 代理的

例 Susan was chosen to be the **acting** chairman of student union.
Susan被選為學生會的代理主席。

A

➲ 出題重點 the acting chairman 代理主席

ad·di·tion [əˋdɪʃən] 名 加、附加物

例 In **addition** to her excellent performance, her personality impressed us deeply.
除了她出色的表現，她的人品更是給我們留下了深刻的印象。

➲ 出題重點 in addition to... 除了……

ad·di·tion·al [əˋdɪʃənl̩] 形 另外的、附加的、額外的

例 Do you know how can I get the **additional** information about the business?
你知道我如何能得到關於這次生意的其他資訊嗎？

➲ 出題重點 an additional charge 額外收費

ad·e·quate [ˋædəkwɪt] 形 足夠的

例 There are not **adequate** provision for the refugee this year.
今年沒有足夠的供應來救助災民了。

➲ 出題重點 be adequate for 適合、足夠

add [æd] 動 增加

例 Please help me **add** the name and address to the list.
請幫我在清單上寫上我的名字和地址。

➲ 出題重點 add to 增加

aid [ed] 動 幫助、救援

例 The money was collected in **aid** of helping the people who needs it.
積攢這些錢是為了幫助那些需要它們的人。

➲ 出題重點 aid sb. 説明某人

al·lo·cate [ˋæləˏket] 動 分配

例 You'd better **allocate** the same amount of time to each problem.
你最好給每個問題都分配均勻的時間。

➲ 出題重點 to allocate shares 分配股份

al·lot·ment [əˋlɑtmənt] 名 分配

例 He cared about the **allotment** of shares in the company.
他很關心公司股份的分配。

an·tic·i·pa·tion [ænˏtɪsəˋpeʃən] 名 預期、預料

例 He looked at me in eager **anticipation** for my reply.
他看著我，對我的答覆很是期待。

➲ 出題重點 in anticipation of 預先、預料

an·tic·i·pate [ænˋtɪsəˏpet] 動 希望、預期、預料、預先考慮到

例 I didn't **anticipate** that our team would win the game.
我沒有預料到我們的隊伍會贏得比賽。

➲ 出題重點 anticipate sb.'s arrival 期待某人的到來

an·tique [ænˋtik] 名 古董

例 The ancient cattle is full of priceless **antiques**.
古堡裡有很多珍貴的古董。

➲ 出題重點 antique collector 古玩收藏家

an·a·lyst [ˋænl̩ɪst] 名 分析家、分解者

例 I still suspect the words said by the financial **analyst**.
我仍然對金融分析家説的話有所懷疑。

➲ 出題重點 political analyst 政治分析家

an·a·lyze [ˋænl̩aɪz] 動 分析

例 This sample needs to be **analyzed** more carefully.
這個樣本需要更仔細的分析。

➲ 出題重點 analyze the motive of coming 細察來意

ap·pro·pri·ate [əˋproprɪɪt] 形 適當的

例 It would not be **appropriate** to give up the opportunity of cooperating with his company.
放棄和他的公司合作的機會是不合適的。

➲ 出題重點 not appropriate 不當

ap·prox·i·mate [əˋprɑksəmɪt] 動 近似、接近、約計 形 近似的、大約的

例 The train will depart from the station in **approximate** 30 minutes.
火車還要將近半個小時就出站了。

➲ 出題重點 approximate to 接近、近似

ap·prox·i·mate·ly [əˋprɑksəmɪtlɪ] 副 大約

例 How much do you think this camera will cost **approximately**?
你認為這款相機大約會賣多少錢？

as·sess [əˋsɛs] 動 估定、評估、估價

例 The value of the house was **assessed** at $5,000,000.
這所房子的估價是五百萬美元。

➲ 出題重點 assess sth. at its true worth 評定某物的真正價值

as·sess·ment [əˋsɛsmənt] 名（為徵稅對財產所作的）估價、被估定的金額、估計

例 I wondered your **assessment** of the situation.
我想知道你對這種情況的估計是什麼。

➲ 出題重點 make an assessment of... 對……做了一番評估

as·set [ˋæsɛt] 名 資產

例 I will assess the value of a company's **assets**.
我要對一家公司的資產價值做一個評估。

➲ 出題重點 tangible assets 有形資產

Bb

be·half [bɪˋhæf] 名 代表、利益、方面

例 I will attend the meeting on **behalf** of Bob.
我將會代替Bob出席會議。

➲ 出題重點 on behalf of 代表

ben·e·fi·ci·ar·y [ˏbɛnəˋfɪʃərɪ] 名 受惠者、受益人

例 The **beneficiary** of the old man's will has not been found.
還沒有找到這位老人的遺產繼承者。

ben·e·fi·cial [ˏbɛnəˋfɪʃəl] 形 有用的、有益的、有利益的、有利的

例 This medicine has a **beneficial** effect to your health.
這藥對你的健康有好處。

➲ 出題重點 be beneficial to 對……有益

ben·e·fit [ˋbɛnəfɪt] 名 利益 動 有益於

例 We all had the **benefit** of a university education.
我們都受益於大學的教育。

➲ 出題重點 benefit by / from 得益於……

bid [bɪd] 名 出價、投標、努力、企圖 動 出價、投標

例 I can't believe that he **bid** $200 for that table.
我不敢相信他會為那張桌子出價二百美元。

➲ 出題重點 highest bid 最高出價

bill [bɪl] 名 發票、帳單

例 I always pay my **bills** on time when I go out for business.
我通常出差都會按時付帳單。

➲ 出題重點 pay the bill 支付帳單、買單

bo·nus [ˋbonəs] 名 獎金、紅利

例 Our employees can receive the annual **bonus** at the end of a year.
我們員工們在年底都會得到年終獎金。

boast [bost] 動 自誇、誇耀、自豪

例 I hate his **boasting** about how much money he made.
我討厭他總是炫耀他能掙多少錢。

➲ 出題重點 boast about 自誇

bond [bɑnd] 名 聯結、公債、債券、合同 動 結合

例 I put all my savings into stock market **bonds**.
我把所有的積蓄都買了股票市場的債券。

bor·row·ing [ˋbɑroɪŋ] 名 借款

例 This company relays on short-term **borrowing** instead of deposits.
這家公司依靠短期借款而不是活期存款。

bounce [baʊns] 名 活力、（球）跳起、彈回 動（使）彈起、（支票）被銀行退票

例 The economy began to **bounce** back from depression.
經濟從蕭條狀態開始恢復過來了。

➲ 出題重點 bounce back 捲土重來、很快恢復

budg·et [ˋbʌdʒɪt] 名 預算

例 Don't you know that the **budget** for cost has been cut?
你不知道成本的預算被削減了嗎？

➲ 出題重點 balance one's budget 量入為出

bur·den [ˋbɝdn̩] 名 負擔、累贅 動 使……負擔

例 I don't want to be a **burden** on others.
我不想成為別人的負擔。

➲ 出題重點 a heavy burden 重擔

cast [kæst] 名 擲、扔、演員陣容 動 投、擲、扔、拋

例 The old man cast her a wary glance.
老人警惕得瞥了他一眼。

➲ 出題重點 cast aside 拋棄

cau·tion [ˋkɔʃən] 名 小心、警告

例 You should handle this case with caution.
你要小心應對這個案子。

➲ 出題重點 with caution 謹慎

cau·tious [ˋkɔʃəs] 形 小心的、細心的、謹慎的

例 The company responded cautiously to the medias.
公司謹慎地應對媒體。

➲ 出題重點 be cautious about 對……謹慎

cause [kɔz] 動 引起

例 The fire was caused by the carelessness of a worker.
大火是由於工作人員的粗心導致的。

C

cease [sis] 動 結束、終止

例 I heard that the factory ceased production last year.
我聽說工廠去年停產了。

➲ 出題重點 cease fire 休戰

cer·tain [ˋsɝtn̩] 形 一些、確定的

例 I'm absolutely certain that I didn't see the belongings when I picked her up.
我百分之百肯定我去接她的時候沒有看見行李。

➲ 出題重點 be certain of... 對……確定

chal·lenge [ˋtʃælɪndʒ] 名 挑戰、要求 動 挑戰、質疑

例 I don't get ready to meet the challenges of the next task.
我還沒有準備好應對下一個任務的挑戰。

➲ 出題重點 challenge sb. to a duel 要求某人參加決鬥

cli·ent [ˋklaɪənt] 名 顧客、客戶、委託人

例 Today I have a meeting with an important client.
今天我和一位重要的客戶有個會議。

co·in·ci·dent [koˋɪnsədənt] 形 一致的、符合的、巧合的

例 Her opinion of lowering the cost is coincident with mine.
她的降低成本的想法和我的想法是一致的。

col·lab·o·ra·tion [kəˋlæbəˏreʃən] 名 協力、合作、通敵

例 We are so glad to see the collaboration between the two companies.
我們很高興看到兩家公司的合作。

➲ 出題重點 in collaboration with 與……合作、與……勾結

col·lab·o·rate [kəˋlæbəˏret] 動 合作、通敵

例 We should be collaborated to handle this complicated problem.
我們應該聯合起來解決這個複雜的問題。

➲ 出題重點 collaborate with 合作、通敵

col·li·sion [kəˋlɪʒən] 名 碰撞、衝突

例 There are five people died in this fierce collision happened on the street.
有五個人在街頭的衝突中喪生。

➲ 出題重點 avoid a collision with... 避免與……衝突

col·lide [kəˋlaɪd] 動 碰撞、抵觸

例 The car collided with another one around the corner.
拐彎處一輛汽車和另一輛汽車相撞了。

➲ 出題重點 collide with... 與……相撞

com·pen·sate [ˋkɑmpənˏset] 動 補償、賠償、報償、報酬

例 The company promised to compensate his loss.
公司答應補償他的損失。

➲ 出題重點 compensate for 補償

con·tain [kənˋten] 動 容納、容忍、含有

例 This museum contains a number of precious ancient artworks.
這家博物館裡收納了大量的珍貴的古代藝術品。

con·vey [kənˋve] 動 搬運、傳達、轉讓

例 I will convey your luggage to the hotel by car.
我會用車把你的行李搬運到旅店。

➲ 出題重點 convey...to sb. 將……傳達給某人

con·vey·or [kənˋveɚ] 名 運輸帶、運輸裝置

例 There must be something wrong with the conveyor.
傳送帶一定是出了什麼毛病。

coun·cil [ˋkaʊnsl̩] 名 會議、商討

例 She sent a letter to council to complain about the unfair treatment.
她給理事會寄信抱怨不公平的對待。

➲ 出題重點 council chamber 會議室

coun·sel [ˋkaunsḷ] 名 討論、商議、辯護律師 動 勸告、忠告

例 The **counsel** was asked for the defense to explain.
辯護律師被要求為被告作出解釋。

➲ 出題重點 legal counsel 法律顧問

coun·sel·or [ˋkaunsḷɚ] 名 顧問、法律顧問

例 How do you think to see a **counsellor**?
你認為去找一位法律顧問怎麼樣？

➲ 出題重點 student's counselor 指導老師

cov·er·age [ˋkʌvərɪdʒ] 名 覆蓋、新聞報導

例 The newspaper gives positive **coverage** of the subject.
講座為主題給出了一個正面的報導

➲ 出題重點 provide coverage for... 為……提供保險

cur·ren·cy [ˋkɝənsɪ] 名 流通、通貨、貨幣

例 I'm not sure that the bank can supply me with foreign **currency**.
我不確定銀行會提供給我外幣。

➲ 出題重點 currency exchange 貨幣兌換

cur·rent [ˋkɝənt] 形 目前的

例 This car could be worth $500,000 in its **current** state.
就目前形勢看，這輛車可能會價值五十萬美元

➲ 出題重點 current affairs 時事

Dd

de·lib·er·a·tion [dɪlɪbəˋreʃən] 名 熟思、考慮、從容、商議

例 After much **deliberation**, he was chosen as the chairman of the union.
經過反覆考慮，他被選為協會主席。

de·crease [dɪˋkris] 動 減少

例 The average price of house **decreased** by 5% last year.
房子的均價去年下降了百分之五。

deal [dil] 名 交易、（政治上的）密約、待遇、份量、【口】買賣 動 處理、應付、做生意

例 We can make a **deal** to sell the products together.
我們可以達成交易，一起銷售產品。

➲ 出題重點 deal with sth. 處理某件事情

deal·er [ˋdilɚ] 名 經銷商、商人

例 He is a **dealer** in modern art, who I met in the exhibition last year.
他是現代藝術品的經銷商，去年我在展會上遇見過他。

➲ 出題重點 drug dealer 販毒者

deal·er·ship [ˋdilɚ͵ʃɪp] 名 代理權、售貨權、代理商

例 He is a car **dealership** who I did business with.
他是一個汽車代理商，我曾經和他做過生意。

deal·ings [ˋdilɪŋz] 名 交易、買賣、交往、交際

例 She is no experience about the business **dealings**.
她對商業交易沒有經驗。

di·min·ish [dəˋmɪnɪʃ] 動 減少、縮減

例 Nothing can **diminish** our friendship.
沒有什麼能夠使我們的友情有所減損。

➲ 出題重點 diminish one's health 損害健康

di·ver·si·fy [daɪˋvɝsə͵faɪ] 動 使多樣化、作多樣性的投資

例 The government tried to **diversify** the economy.
政府嘗試使經濟多樣化。

➲ 出題重點 diversify... by... 使……多樣化

div·i·dend [ˋdɪvə͵dɛnd] 名 被除數、股息、額外津貼、獎金、年息

例 The last quarter **dividend** has been increased by 5 percent.
最後一個季度的獎金增加了百分之五。

➲ 出題重點 pay dividends 帶來利益、對將來有用

Ee

e·val·u·a·tion [ɪ͵væljuˋeʃən] 名 估價、評價、賦值

例 Please send me some samples of products for **evaluation**.
請發給我幾個產品的樣本做評估。

➲ 出題重點 evaluation factor 評分因素

e·val·u·ate [ɪˋvælju͵et] 動 評估

例 I need to **evaluate** how well the work is going.
我要評估一下工作的進展。

e·nor·mous [ɪˋnɔrməs] 形 巨大的、極大的

例 The company earned an **enormous** amount of money this year.
公司今年賺到了一大筆錢。

➲ 出題重點 enormous wealth 巨富

e·nor·mous·ly [ɪ`nɔrməslɪ] 副 非常地、巨大地

例 The project has benefited enormously from your efforts.
這項工程因為你的努力獲得了巨大的收益。

earn [ɝn] 動 賺、贏

例 He didn't earn much money being a teacher at school.
他做老師並沒有賺到太多錢。

➲ 出題重點 earn a living 謀生

ec·o·nom·i·cal [ˌikə`nɑmɪkl̩] 形 經濟的、節儉的

例 It will be more economical to buy the smaller size.
買小一點型號的會更經濟一些。

➲ 出題重點 be economical of 節省

ec·o·nom·ic [ˌikə`nɑmɪk] 形 經濟的

例 Economic reform is needed in current state.
現在的情況看來，經濟改革是很必要的。

➲ 出題重點 economic growth 經濟成長

ef·fect [ɪ`fɛkt] 名 結果、效果、功能、作用、功效 動 造成、產生

例 This medicine has some negative effects on body.
這個藥對身體有一些副作用。

➲ 出題重點 in effect 實際上

ef·fec·tive·ly [ɪ`fɛktɪvlɪ] 副 有效地、有力地

例 I hope you can finish the task effectively.
我希望你能有效地完成這個任務。

ef·fi·cien·cy [ɪ`fɪʃənsɪ] 名 效率

例 I quite query the efficiency of the plane service.
我對飛機服務的效率產生質疑。

➲ 出題重點 low efficiency 低效率

ef·fi·cient [ɪ`fɪʃənt] 形 效率高的、有能力的

例 You should be proud of your efficient secretary.
你應該為你那非常有能力的祕書而感到驕傲。

emp·ty [`ɛmptɪ] 動 使成為空的、倒空、騰空 形 空的、空洞的、空虛的

例 I found an empty building standing in the suburb.
我發現郊區有一座空的建築。

➲ 出題重點 be empty of 缺少

en·dors·er [ɪn`dɔrsɚ] 名 背書人、轉讓人

例 I don't know who is to be her endorser.
我不知道她的轉讓人是誰。

en·dorse [ɪnˋdɔrs] 動 在（票據）背面簽名、簽注（檔）、認可、簽署

例 I don't think the prime minister can endorse this view.
我不認為總理會認可這個觀點。

en·dorse·ment [ɪnˋdɔrsmənt] 名 背書、簽注（檔）、認可

例 Their problem is to get the endorsement for the project.
他們的問題是要得到工程的認可。

en·sure [ɪnˋʃur] 動 確保、確定

例 I can't ensure that they will sign the contract.
我不能保證他們能簽署合同。

➲ 出題重點 to ensure 確保

es·tate [əˋstet] 名 地產

例 The situation of real estate market is really not good.
房地產市場的形勢不容樂觀。

➲ 出題重點 real estate 不動產

es·ti·mate [ˋɛstə͵met] 動 估計

例 You'd better make a rough estimate at the costs.
你最好對成本做一個粗略的估計。

➲ 出題重點 estimate at... 對……進行估計

ex·pec·ta·tion [͵ɛkspɛkˋteʃən] 名 期待、預料、展望【數】期望（值）

例 His efforts did not live up to our expectations.
他的努力沒有辜負我們的期望。

➲ 出題重點 fall short of expectations 不符期望

ex·pen·sive [ɪkˋspɛnsɪv] 形 昂貴的

例 The house is too expensive to buy for me.
這個房子對我來說實在是太貴，我買不起。

➲ 出題重點 an expensive watch 昂貴的手錶

ex·tra [ˋɛkstrə] 名 號外 形 額外的

例 You'd better take extra care when you are driving.
你開車的時候要額外的小心。

Ff

Track 020

fi·nan·cial [faɪˋnænʃəl] 形 財政的

例 His company broke up because of the **financial** crisis.
他的公司因為金融危機倒閉了。

➲ 出題重點 financial crisis 金融危機

fi·nance [faɪˋnæns] 名 財政、金融、財政學 動 供給……經費、負擔經費、籌措資金

例 I heard of that she majored in **finance** at university.
我聽說她大學主修財政學。

➲ 出題重點 Finance Ministry 財政部

fore·cast [ˋforˏkæst] 動 預言、預報

例 The weather **forecast** says it will be rainy tomorrow.
天氣預報說明天有雨。

➲ 出題重點 weather forecast 天氣預報

fruit·ful [ˋfrutfəl] 形 果實結得多的、多產的、富有成效的

例 You can get a **fruitful** source of information from the learning.
通過學習你能夠得到豐富的資訊資源。

fund [fʌnd] 名 資金、基金 動 資助、投資

例 We are trying to raise **funds** to help the poor children go back to school.
我們正在努力募集資金幫助窮苦的孩子們重返校園。

➲ 出題重點 fund raiser 募款者、籌措資金者

Gg

gath·er [ˋgæðɚ] 動 收集、採集

例 Your job is to **gather** more information about this news.
你的工作就是收集更多關於這個新聞的資訊。

➲ 出題重點 gather from... 從……推測、從……獲悉

haz·ard [ˋhæzɚd] 名 危險、冒險

例 I think you should know the **hazards** of smoking.
我想你應該知道吸菸的危害。

➲ 出題重點 a health hazard 對健康的危害

haz·ard·ous [ˋhæzɚdəs] 形 冒險的

例 It could be a **hazardous** journey for us.
這對於我們來説是一次冒險的旅行。

hold [hold] 動 持有、佔有、拿住、抓住、抱住、咬住、托住

例 The conference will be **held** at the end of this month.
這個月末要開一次大會。

➲ 出題重點 hold up 舉起、支撐、繼續下去

huge [hjudʒ] 形 龐大的

例 I'm afraid that here will be a **huge** increase in cost.
恐怕成本要大幅度上漲。

➲ 出題重點 a huge amount of 一大筆 a huge increase 很大的漲幅

in·crease [ɪnˋkris] 動 增加

例 The price of oil **increased** dramatically in the first quarter of this year.
今年第一季度的石油價格有了驚人的增長。

➲ 出題重點 increase with... 隨……而增長

in·dus·tri·al [ɪnˋdʌstrɪəl] 形 工業的、實業的、生產企業的

例 **Industrial** production has risen by 2% since March.
三月份以來工業產品增加了兩個百分點。

➲ 出題重點 industrial alcohol 工業用酒精

in·fe·ri·or [ɪnˋfɪrɪɚ] 名 部下、晚輩 形 較低的、較差的

例 I think your performance was **inferior** to their team.
我認為你們的表現要比他們組的差一些。

➲ 出題重點 A be inferior to B A 比 B 差

in·fra·struc·ture [ˋɪnfrə͵strʌktʃɚ] 名 公共建設、基礎建設

例 The government spends a lot of money in the **infrastructure**.
政府在基礎建設上投入了大量資金。

in·fla·tion [ɪnˋfleʃən] 名 通貨膨脹

例 It seems that the **inflation** would be under control.
通貨膨脹似乎還在控制之中。

➲ 出題重點 hedge against inflation 通貨膨脹防止措施

in·fla·tion·ar·y [ɪnˋfleʃən͵ɛrɪ] 形 通貨膨脹的、通貨膨脹傾向的

例 The country is in face of **inflationary** pressures in the economy.
這個國家正在面臨經濟上的通貨膨脹的壓力。

➲ 出題重點 inflationary spiral 惡性通貨膨脹、螺旋性膨脹

in·ven·to·ry [ˋɪnvən͵torɪ] 名 詳細目錄、存貨、財產清冊

例 I need you to make an **inventory** of everything in the storage.
我需要你做一個倉庫所有存貨的詳細清單。

➲ 出題重點 make an inventory of... 盤點……

in·ves·ti·gate [ɪnˋvɛstə͵get] 動 調查、研究

例 The police are **investigating** the whole accident.
員警正在對整件事故做調查。

➲ 出題重點 investigate and punish 究辦
investigate openly and secretly 明查暗訪

in·vest [ɪnˋvɛst] 動 投資

例 The government has **invested** a large sum of money in the project.
政府已經給這項工程投資了一大筆資金。

➲ 出題重點 invest in... 投資於……

in·vest·ment [ɪnˋvɛstmənt] 名 投資

例 It cost me a huge **investment** of time and efforts.
我為它投入了大量的時間和金錢。

➲ 出題重點 investment trust 投資信託

in·voice [ˋɪnvɔɪs] 名 發票、發貨單、貨物 動 開發票、記清單

例 I ask the store to give me an **invoice** for $100.
我向商店要一張一百美元的發票。

Ll

la·bel [ˋlebl̩] 名 標籤、簽條、商標、標誌 動 貼標籤於、分類、標注、【計】加上或修改磁片的標籤

例 I lost my luggage **label** before I left the airport.
昨天離開機場之前我把行李標籤弄丟了。

➲ 出題重點 hazard label 危險標誌

loan [lon] 名 貸款

例 If necessary I will get a bank **loan**.
如果有必要我得去銀行貸款。

➲ 出題重點 bad loan 爛帳

long [lɔŋ] 形 長的、長久的

例 It takes me a **long** time to finish my homework.
完成作業花了我很長的時間。

➲ 出題重點 in the long run 終於
be a long time (in) doing 做……耽擱時間

loss [lɔs] 名 損失、遺失、失敗、浪費

例 The company makes a **loss** of $300,000 two years ago.
公司兩年前損失了三十萬美元。

➲ 出題重點 at a loss 茫然不知所措

low·er [ˋloɚ] 動 降低

例 If you can **lower** the price, we can make a deal.
如果你能降低價格，我們可以達成交易。

➲ 出題重點 lower away 放下小艇、降下帆篷

lu·cra·tive [ˋlukrətɪv] 形 有利的、賺錢的

例 He ran a **lucrative** business with his classmates in the university.
他和大學的同學在做一筆很賺錢的生意。

luck [lʌk] 名 運氣、好運、幸運

例 You can wear this hat to get rid of bad **luck**.
你可以戴這頂帽子來去除壞運氣。

➲ 出題重點 good luck 祝好運

Mm

ma·te·ri·al [məˋtɪrɪəl] 形 物質的

例 The detective demanded to have a look at the **material** evidence.
偵探要求看一下物證。

➲ 出題重點 material evidence 物證

ma·tur·i·ty [məˋtjurətɪ] 名 成熟、完備、（票據）到期、成熟

例 He is too young and lacks the emotional **maturity**.
他還太年輕，情感上缺少成熟度。

➲ 出題重點 maturity date 到期日

man·u·fac·ture [ˌmænjəˋfæktʃɚ] 動 製造

例 He was hired by a company that **manufactured** the drugs.
他被一個製藥公司聘用了。

➲ 出題重點 manufacture from... 用……製造

man·u·fac·tur·er [ˌmænjəˋfæktʃərɚ] 名 製造者

例 The faulty production should be returned to the **manufacturer**.
有問題的產品應該返還給製造者。

mar·ket [ˋmɑrkɪt] 名 市場

例 I usually buy the foods at the **market**.
我經常在市場裡買食物。

➲ 出題重點 in the market 在市場上

mar·ket·a·ble [ˋmɑrkɪtəbl̩] 形 適於銷售的

例 This task can provide you with some **marketable** skills.
這個任務會提供給你們一些適於銷售的技巧。

mar·ket·ing [ˋmɑrkɪtɪŋ] 名 行銷、買賣

例 I will contact the **marketing** manager as soon as possible.
我會儘快聯繫我們的行銷經理。

max·i·mize [ˋmæksəˌmaɪz] 動 使達到最高度

例 We'd better **maximize** our area in the market.
我們最好將我們在市場的領域最大化。

max·i·mum [ˋmæksəməm] 名 最大量、最大度、極大 形 最高的、最多的、最大極的

例 130 mph is the **maximum** speed of my car.
每小時130公里是我車子的最大行駛速度了。

➲ 出題重點 maximum dose 最大劑量

means [minz] 名 方法、財富

例 The bus is my main **means** of transport every day.
公共汽車是我每天主要的交通工具。

➲ 出題重點 by means of... 藉……方式

mes·sage [ˋmɛsɪdʒ] 名 消息

例 She left a **message** that she would be late for the conference.
她留了訊息說她會晚點參加會議。

➲ 出題重點 leave a message 留言

min·i·mize [ˋmɪnəˌmaɪz] 動 將……減到最少、最小化

例 What we should do is to try our best to **minimize** the casualties.
我們應該做的就是盡全力將傷亡減到最小。

➲ 出題重點 minimize the risk of 減低……的風險

min·i·mum [ˋmɪnəməm] 名 最小值、最小化 形 最小的、最低的

例 The **minimum** number of people at a party is twenty.
參加聚會的最少人數是二十人。

➲ 出題重點 minimum effort 吹灰之力

mort·gage [ˋmɔrgɪdʒ] 名 抵押

例 I have not enough money to pay off the **mortgage**.
我沒有足夠的錢還清抵押借款。

➲ 出題重點 mortgage debt 抵押債務

mul·ti·ple [ˋmʌltəpl̩] 名 倍數、若干 動 成倍增加 形 多樣的、多重的

例 Let me show you the **multiple** functions of the production.
讓我給您展示一下這款產品的多種功能。

mul·ti·pli·ca·tion [ˌmʌltəpləˋkeʃən] 名【數】乘法、增加、（動、植物的）繁殖、增殖

例 My daughter studied **multiplication** when she was five.
我女兒五歲就學習乘法了。

mul·ti·ply [ˋmʌltəˌplaɪ] 動 增加

例 The number of people **multiplies** quickly in an hour.
人數在一個小時之內迅速增加了。

pa·tron·age [ˋpetrənɪdʒ] 名 保護人的身份、保護、贊助、光顧

例 I really appreciate your **patronage**.
我非常感謝您的幫助。

pay·a·ble [ˋpeəbl̩] 形 可付的、應付的

例 He told me that tax is **payable** on the internet.
他告訴我說可以在網路上繳稅。

pay·ment [ˋpemənt] 名 支付、報酬

例 The bank told me to make a **payment** as soon as possible.
銀行告訴我要儘快支付款項。

➲ 出題重點 payment for sth. 付款　payment on terms 定期付款

pe·ri·od [ˋpɪrɪəd] 名 時期

例 The price of goods rised in a very short **period** of time.
在很短一個時期內貨物價格就上漲了。

➲ 出題重點 in the period of... 在……期間

per·cent·age [pɚˋsɛntɪdʒ] 名 百分數、百分率、百分比

例 A high **percentage** of university students have part-time jobs.
很大一部分大學生都做兼職工作。

point [pɔɪnt] 名 要點

例 There are many **points** you should keep in mind.
有很多要點，你要記住。

➲ 出題重點 beside the point 離題、不中肯

por·tion [ˋporʃən] 名 部份

例 A **portion** of house **collapsed** in the earthquake.
一部分房屋在地震中倒塌了。

➲ 出題重點 a portion of 一部分

prac·ti·ca·bil·i·ty [ˌpræktɪkəˋbɪlətɪ] 名 實用性、可行性

例 The experiment shows the **practicability** of the medicine.
實驗證明了藥物的實用性。

prac·ti·cal [ˋpræktɪkḷ] 形 實際的、實踐的、實用的、應用的、有實際經驗的

例 I don't think it's a very **practical** solution.
我不認為這是一個很實際的解決辦法。

➲ 出題重點 practical ability 才幹

P R

pre·cise [prɪˋsaɪs] 形 精確的

例 He was blamed for not getting the **precise** information.
他因為沒有得到準確的資訊而受到責備。

➲ 出題重點 to be precise 準確地講

pre·cise·ly [prɪˋsaɪslɪ] 副 正好

例 I reached the park at **precisely** 10 o'clock in the morning.
我上午正好十點趕到公園。

pre·dic·tion [prɪˋdɪkʃən] 名 預測

例 The final result of this case confirmed my **prediction**.
這個案子的最後結果印證了我的預測。

➲ 出題重點 bold predictions 大膽的預言

pre·dict [prɪˋdɪkt] 動 預言

例 She **predicted** that there would be nobody attending the meeting.
她預言不會有人去參加這個會議。

pre·vi·ous [ˋprivɪəs] 形 先前的

例 I had seen him shopping around the **precious** day.
我前幾天看見他在逛街。

➲ 出題重點 previous to... 在……之前、先於……

pro·spec·tive [prə`spɛktɪv] 形 預期的

例 You have to be careful because this woman would be our **prospective** client.
你得謹慎些，這位女士會是我們潛在的客戶。

prof·it·a·ble [`prɑfɪtəb!] 形 有利可圖的

例 He is quite interested in a **profitable** investment.
他對這次有利可圖的投資非常感興趣。

➲ 出題重點 a profitable business 賺錢的生意

re·ceipt [rɪ`sit] 名 收條、收據、收到 動 收到

例 Remember to keep the **receipt** in case you want to use it.
記住保存好收據，萬一你將來會用到。

➲ 出題重點 on receipt of... 一收到……

re·duc·tion [rɪ`dʌkʃən] 名 減少

例 John had to give an explanation about the **reduction** of interest rates.
約翰得為利潤率的減少給出一個解釋。

➲ 出題重點 reduction of class 降級

re·mit·tance [rɪ`mɪtn̩s] 名 匯款、匯寄之款、匯款額

例 When can I get a **remittance** from Taipei?
我什麼時候能收到臺北的匯款？

re·ward·ed [rɪ`wɔrdɪd] 形 有報酬的、有酬勞的

例 You should be **rewarded** for your excellent work.
你應當為你出色的工作得到酬勞。

re·bate [`ribet] 名 回扣、折扣 動 減少、打折扣、給回扣

例 You can get a **rebate** of $50 due to your special situation.
由於你的特殊情況你可以得到五十美元的退款。

re·fund [`rɪˌfʌnd] 名 歸還、償還額、退款 [rɪ`fʌnd] 動 退還、償還

例 He has no excuse to refuse to give me a **refund**.
他沒有理由拒絕給我退款。

➲ 出題重點 demand a refund 要求退款

ren·o·vate [`rɛnəˌvet] 動 革新、刷新、修復

例 It's necessary to **renovate** our life to keep pace of the times.
革新我們的生活以適應時代的要求是很有必要的。

rent·al [ˋrɛntḷ] 名 租金額、租金收入、租賃 形 租用的

例 I haven't signed the **rental** agreement yet.
我還沒有簽租賃合同。

➲ 出題重點 rental agreement 租約

rev·e·nue [ˋrɛvə͵nju] 名 收入、國家的收入、稅收

例 I heard of news of an increase in tax **revenues** of 5.6%.
我聽說稅收增加5.6%的消息。

➲ 出題重點 tax revenues 稅收

rise [raɪz] 名 上升、增加、上漲、高地、小山、發生、出現
動 升起、起身、發源、起義、高聳、增長、上升、復活

例 The divorce rate has **risen** quickly for these years.
近幾年來離婚率迅速攀升。

➲ 出題重點 rise up against sb. 反叛　give rise to sth. 引發、導致某事

risk [rɪsk] 名 冒險、風險 動 冒……的危險

例 He climbed the mountain at the **risk** of serious injury.
他冒著受重傷的危險爬上山。

➲ 出題重點 at the risk of... 冒……之危險

R
S

Ss

sav·ing [ˋsevɪŋ] 名 存款、挽救、救助、節約 介 除……之外、考慮到
形 搭救的、節約的、節儉的、保留的、補償的

例 She spent all her **savings** buying a new house.
她花光了所有的積蓄，買了一間新房子。

➲ 出題重點 savings account 儲蓄存款戶頭

se·cond·hand [ˋsɛkəndhænd] 副 間接地、間接聽來、用舊貨
形 間接獲得的、舊的、二手的做舊貨生意的

例 We bought most of the furniture in a **second-hand** store.
我們大部分的家具都是從二手店裡買的。

se·vere [səˋvɪr] 形 嚴厲的、嚴格的、劇烈的、嚴重的、嚴峻的

例 He suffered from **severe** depression of the bankrupt.
他經受著倒閉帶來的嚴重失意當中。

seek [sik] 動 尋找、探索、尋求

例 September is the hot time for the graduates **seeking** employment.
九月是畢業生找工作的高峰時期。

➲ 出題重點 seek for 尋找、追求、探索

set·back [ˋsɛt͵bæk] 名 挫折

例 I suffered a **setback** in my business last year.
我去年生意上遭受挫折。

➲ 出題重點 collapse after one setback 一蹶不振

set·tle·ment [ˋsɛtl̩mənt] 名 沉降、解決、結算、殖民、殖民地

例 She give me a cheque in **settlement** of a bill.
她給了我一張結算帳單的支票。

short·age [ˋʃɔrtɪdʒ] 名 不足、缺乏

例 Nobody believes that there's a **shortage** of funds.
沒有人相信資金不足這件事。

➲ 出題重點 food shortage 糧食短缺

shrink [ʃrɪŋk] 動 收縮、畏縮

例 I am quite angry that the new shirt **shrinks** when I wash it.
我很生氣，新買的襯衫一洗就縮水了。

➲ 出題重點 shrink away 衰退、退縮

shrink·age [ˋʃrɪŋkɪdʒ] 名 收縮

例 You have to allow for **shrinkage** when buying the cotton clothes.
買棉衣時要考慮到它的縮水程度。

sky·rocket [ˋskaɪ͵rɑkɪt] 名 流星煙火 動 猛然上漲

例 He predicted that the trade deficit has **skyrocketed**.
他預言說貿易逆差會猛然上漲。

sol·id [ˋsɑlɪd] 名 固體 形 堅硬的

例 The **solid** food is bad for your teeth and stomach.
堅硬的食物對你的牙齒和胃都有壞處。

spec·i·fy [ˋspɛsə͵faɪ] 動 指定、詳細說明、列入清單

例 The leader **specified** the matter to the new comers.
領導人詳細向我們新人說明這個事情。

➲ 出題重點 specify by... 用……說明表示

spec·u·la·tive [ˋspɛkjə͵letɪv] 形 投機的

例 It's really risky to have a **speculative** gamble.
這種投機的賭博實在是很有風險。

spec·u·late [ˋspɛkjə͵let] 動 推測、思索、做投機買賣

例 Some analysts **speculated** that the unemployment rate would fall this year.
一些分析人士推測今年的失業率會下降。

➲ 出題重點 speculate on 考慮、推測

sta·tis·ti·cal [stəˋtɪstɪkḷ] 形 統計的、統計學的

例 This Friday I have to hand in the paper about the **statistical** theory.
這週五我得交出統計理論的論文了。

➲ 出題重點 statistical analysis 統計分析

sta·tis·tics [stəˋtɪstɪks] 名 統計資料

例 I found some useful **statistics** left by Mary in the computer.
我在Mary留下的電腦裡找到了一些有用的統計資料。

stake [stek] 名 樹樁、危險

例 Our company is at **stake** because of the financial crisis.
我們的公司因為金融危機正處在危險之中。

➲ 出題重點 at stake 危及

stock [stɑk] 名 樹幹、庫存、股票、托盤 動 裝把手於、進貨、備有、放牧 形 股票的、普通的、存貨的、繁殖用的

例 I'm afraid that the trousers are out of **stock** in your size.
恐怕您需要的型號的褲子沒有庫存了。

➲ 出題重點 stock market 股市

stock·hold·er [ˋstɑk͵holdɚ] 名 股東

例 I didn't know that she is a major **stockholder** in an oil company.
我不知道她是一家石油公司的大股東。

sub·trac·tion [səbˋtrækʃən] 名 減少

例 I'm quite unsatisfied with the **subtraction** of my salary.
我對工資的減少非常不滿意。

suf·fi·cient [səˋfɪʃənt] 形 充足的

例 I didn't have **sufficient** time to handle this problem.
我沒有充足的時間來解決這個問題。

➲ 出題重點 be sufficient in 在……是充足的

sur·pass [sɚˋpæs] 動 超越、勝過

例 Her achievement has **surpassed** our expectations.
他的成就已經超越了我們的期望。

➲ 出題重點 surpass description 無法形容

sur·plus [ˋsɝpləs] 名 剩餘、過剩、【會計】盈餘 形 過剩的、剩餘的

例 There is no **surplus** food in the refrigerator.
冰箱裡沒有剩餘的食物了。

➲ 出題重點 surplus product 剩餘產品　trade surplus 貿易順差

tan·gi·ble [ˋtændʒəbl̩] 形 切實的、有形的

例 These problems are just the **tangible** hurdle.
這些問題只是有形的障礙。

➲ 出題重點 tangible assets 有形資產

trans·mis·sion [trænsˋmɪʃən] 名 傳送

例 We must consider the risk of **transmission** carefully.
我們必須謹慎考慮傳送中的風險。

➲ 出題重點 in transmission 傳送中

trans·mit [trænsˋmɪt] 動 傳送

例 This chapter will tell you how to **transmit** data by windows.
這一章將要告訴你如何通過視窗傳輸資料。

➲ 出題重點 transmit heat 導熱

un·u·su·al [ʌnˋjuʒuəl] 形 不尋常的

例 It's **unusual** to see so many birds gathering around.
在這附近聚集了這麼多的鳥很不尋常。

un·cer·tain [ʌnˋsɝtn̩] 形 不確定的

例 She was **uncertain** how much the car costs.
她不確定那輛車值多少錢。

➲ 出題重點 be uncertain of 對……不確知、不確定

up·date [ˋʌpdet] 名 現代化、更新 [ʌpˋdet] 動 使現代化、修正、校正、更新

例 The information in the page needs to be **updated** in time.
網頁資訊需要及時更新。

➲ 出題重點 update the information 更新資訊

up·grade [ˋʌpˋgred] 名 升級、上升、上坡 動 使升級、提升

例 I'm going to **upgrade** the system of my computer.
我要升級一下我的電腦系統。

➲ 出題重點 on the upgrade 增加中

ur·gent [ˋɜdʒənt] 形 急迫的

例 I received an urgent message once I came back home.
我一回到家就收到了一個緊急資訊。

➲ 出題重點 be urgent with sb. for sth. 急著向某人要某物

vi·bra·tion [vaɪˋbreʃən] 名 振動、顫動、搖動、擺動

例 I can feel the obvious vibration from the earthquake.
我可以感覺到地震引起的明顯震動。

➲ 出題重點 the amplitude of vibration 振幅

ware·house [ˋwɛr͵haus] 名 倉庫、貨棧、大商店 動 貯入倉庫

例 The warehouse was burned up in two hours last night.
昨天夜裡倉庫兩個小時就被燒光了。

➲ 出題重點 warehouse management 倉庫管理

wealth [wɛlθ] 名 財富

例 The city's wealth comes from the mine resources.
城市的財富來源於它的礦產資源。

➲ 出題重點 a wealth of 許多、大量

wealth·y [ˋwɛlθɪ] 形 富有的

例 Sweden is one of the wealty nation in the world.
瑞典是世界上富有的國家之一。

with·draw·al [wɪðˋdrɔəl] 名 收回、撤退、取消

例 This case concerns the withdrawal of the productions.
這個事件關係到產品的回收。

PART 3

規則法律

Part 03 音檔雲端連結

因各家手機系統不同，若無法直接掃描，
仍可以至以下電腦雲端連結下載收聽。
（https://tinyurl.com/3krtxzuc）

a·bol·ish [əˋbɑlɪʃ] 動 廢止、廢除（法律、制度、習俗等）

例 Death penalty is formally **abolished** after yearly of debate.
經過多年的辯論，死刑正式被廢除。

➲ 出題重點 formally abolished 正式廢止

a·bor·tion [əˋbɔrʃən] 名 墮胎

例 In the old days, **abortion** was forbidden among Christians.
以前，基督教徒不准墮胎。

➲ 出題重點 unsafe abortion 危險墮胎 abortion pill 墮胎藥

a·buse [əˋbjus] 名 惡習、濫用

例 Judges shouldn't **abuse** their power given by judicial system.
法官不該濫用司法系統賦予他們的權利。

➲ 出題重點 abuse one's power 濫用權力 child abuse 虐待兒童

ac·cu·sa·tion [ˌækjəˋzeʃən] 名 譴責、【律】指控

例 The reason for his **accusation** against me might be jealousy.
嫉妒可能是他控訴我的原因。

➲ 出題重點 bring an accusation against 控告、譴責
deny the accusation 否認罪名

ac·cuse [əˋkjuz] 動 控告、歸咎

例 I can't believe that Mr. Wang was **accused** of murder.
真不敢相信王先生被指控謀殺。

➲ 出題重點 accuse sb. of sth. 控告某人某事

ac·cused [əˋkjuzd] 名 被告

例 Bring the **accused** to the court.
將被告帶到庭上。

➲ 出題重點 the accused 被告

act [ækt] 名 行為、舉動

例 Sam has been **acting** weird lately.
山姆最近舉止很奇怪。

➲ 出題重點 act on... 依照……行事

ad·o·les·cent [ˌædḷˋɛsṇt] 名 青少年 形 青少年的

例 **Adolescents** are going through a very important stage in life.
青少年正在經歷人生中重要的階段。

➲ 出題重點 adolescent psychiatrist 青少年精神科醫師

am·bi·gu·i·ty [ˌæmbɪ`gjuətɪ] 名 含糊、不明確

例 **Ambiguity** could be really bothersome at times.
含糊不明有時會很麻煩。

➲ 出題重點 brush away ambiguity 排除模稜兩可的說法

am·big·u·ous [æm`bɪgjuəs] 形 曖昧的、不明確的

例 **Ambiguous** answers give others room for imagination.
曖昧不明的答案給人想像空間。

➲ 出題重點 be ambiguous for / of... 熱中獲取……

a·mend [ə`mɛnd] 動 改進、改正

例 He has made up his mind to **amend**.
他下定決心改正。

➲ 出題重點 amend a document 修改檔

ar·e·a [`ɛrɪə] 名 區域、地方

例 This **area** of the city isn't safe.
城市的這一區不安全。

➲ 出題重點 charity area 罰球區　parking area 停車場

ar·rest [ə`rɛst] 名 逮捕 動 逮捕、拘提

例 Freeze! You are under **arrest**.
不准動！你被逮捕了。

➲ 出題重點 under arrest 被逮捕　house arrest 軟禁

as·sault [ə`sɔlt] 名 攻擊、襲擊 動 襲擊

例 **Assaulting** the police is a serious crime.
襲警是重罪。

➲ 出題重點 aggravated assault 重傷害　sexual assault 性侵

as·sem·ble [ə`sɛmbḷ] 動 聚集

例 The sheriff **assembles** all the villagers to give an important announcement.
警長聚集村民以發表重要說明。

as·sume [ə`sum] 動 假定、採用、擔任

例 I **assume** you've already eaten at this time.
我假設你這時間已經吃飽了。

➲ 出題重點 assume power 掌權

as·sure [ə`ʃur] 動 確定

例 I **assure** you that you wouldn't find the same design anywhere else.
跟你保證別地方找不到這種款式。

➲ 出題重點 assure sb. that 使某人確信

at·tach [ə`tætʃ] 動 附上、繫上、貼上、配屬、隸屬於

例 **Attach** your weekly test to your textbook.
把周考卷黏到課本上。

➲ 出題重點 be attached to... 附屬於、隸屬於

at·tack [ə`tæk] 名 攻擊 動 攻擊、攻打

例 We didn't expect the enemy's **attack** so we were harmed badly.
我們沒有預期到敵人的攻擊因此重傷。

➲ 出題重點 make an attack 攻擊

at·tor·ney [ə`tɝnɪ] 名【美】律師、（業務或法律事務上的）代理人

例 You can contact my **attorney** for further discussion.
深入討論請連絡我的律師。

➲ 出題重點 attorney general 首席檢察官、檢察官長
power of attorney 委任權、委託書

a·ware [ə`wɛr] 形 知道的、察覺的

例 I am not **aware** of Jenny's misbehavior.
我沒注意到Jenny的不良行為。

➲ 出題重點 be aware of... 意識到……

a·ware·ness [ə`wɛrnɪs] 名 意識

例 The train accident raised **awareness** of traffic safety.
那件火車意外讓人們意識到交通安全的重要。

Bb

be·long [bə`lɔŋ] 動 屬於

例 We **belong** to each other.
我們屬於彼此。

➲ 出題重點 belong to 屬於

be·wil·der [bɪ`wɪldɚ] 動 使迷惑、使不知所措、使昏亂

例 I am **bewildered** by his words.
我被他的言語迷惑。

bear [bɛr] 名【俚】佼佼者 動 忍受、支持、承擔

例 I can't **bear** the burden anymore.
我再也不能承受這個重擔了。

bi·as [ˋbaɪəs] 名 偏見、偏愛、斜線

例 Teachers should interact with students without **bias**.
老師和學生互動應不帶偏見。

➲ 出題重點 sb. be biased against sth. 某人對某事物有偏見
sb. be biased towards sth. 某人偏袒某事物

blame [blem] 動 譴責、歸咎

例 Don't **blame** me. I have nothing to do with the accident.
別怪我。那場意外跟我毫無關聯。

➲ 出題重點 blame sb. for sth. 為某事責備某人
take the blame for 為某事承擔責任

Cc

cap·ture [ˋkæptʃɚ] 名 俘虜、擄獲（囚犯或戰利品）、逮捕 動 佔取、捕獲、襲取、攻陷

例 Dali's art works **capture** the imagination of the beholder.
達利的藝術作品吸引觀眾的目光。

➲ 出題重點 the capture of a thief 捕捉竊賊

catch [kætʃ] 動 捉住、抓住、逮住、捕獲

例 Don't wait for me. I'll **catch** up with you.
不用等我。我等下會追上你。

➲ 出題重點 catch the bus 趕搭公車
be caught in... 陷入……、遭遇……
catch up with... 追上……、趕上……

cer·ti·fy [ˋsɝtə͵faɪ] 動 證明、保證

例 Is there anyone who can **certify** your words?
有人可以證明你所說的嗎？

➲ 出題重點 certify sb. of sth. 使某人確信某事

char·ter [ˋtʃartɚ] 名 許可證、租貸 動 租、包（船、車等）

例 Cars are available for **charter** around torist spots.
觀光區附近有車可以租。

➲ 出題重點 charter plane 包機

charge [tʃardʒ] 名 指責、指控、（尤指）控告、費用 動 控訴、指示、收費

例 That famous layer **charges** 100,000 per hour.
那位名律師每小時收費十萬元。

➲ 出題重點 in charge (of) 看管、負責管理

chase [tʃes] 動 追逐

例 Stop **chasing** me! It's not funny at all!
不要再追我了！不好玩！

➲ 出題重點 chase out of sb. 把某人趕出去　chase after　追趕

cit·i·zen [ˋsɪtəzn̩] 名 市民、鎮民、國民、公民

例 As a **citizen**, I should vote.
身為公民，我應該投票。

➲ 出題重點 citizen of the world 世界公民

cit·i·zen·ship [ˋsɪtəzn̩ʃɪp] 名 公民的身份、公民的職責和權力

例 Criminals will lose their **citizenship**.
罪犯將失去公民權。

➲ 出題重點 lose one's citizenship 失去公民權

clue [klu] 名 線索

例 I don't have a **clue**.
我毫無頭緒。

➲ 出題重點 not have a clue 對某事物一無所知

code [kod] 名 代碼、代號、密碼、編碼 動 編碼

例 They have **codes** for everything.
他們所有東西都有代號。

➲ 出題重點 dialling code 區號

com·mit [kəˋmɪt] 動 委任、犯（罪）

例 **Committing** suicide wouldn't solve anything.
自殺無法解決問題。

➲ 出題重點 commit to 致力於

com·mit·ment [kəˋmɪtmənt] 名 委託事項、許諾、承擔義務

例 I've made a **commitment** and I'll stick to it.
我承諾過就會兌現。

➲ 出題重點 make a commitment to 約定做……

com·mute [kəˋmjut] 動 交換、抵償、減刑

例 His sentence was **commuted** because of his good behavior.
他因素行良好而得到減刑。

➲ 出題重點 commute dollars to pounds 把美金換成英鎊

con·duct [ˋkɑndʌkt] 名 品行、操行 [kənˋdʌkt] 動 行為、指導

例 Rich people can hire fierce attorney to **conduct** their lawsuit.
富人能聘厲害的律師處理訴訟官司。

➲ 出題重點 proper conduct 循規蹈矩的舉止

con·fes·sion [kənˋfɛʃən] 名 供認、承認、招供

例 Father, I'll have to make a confession.
神父，我要告解一件事。

➲ 出題重點 make a confession 承認、告解

con·fess [kənˋfɛs] 動 承認、坦白、供認

例 I confess I wasn't paying attention.
我承認我沒留心聽。

➲ 出題重點 confess one's crime 認罪

con·fine [kənˋfaɪn] 名 疆界、界限 動 限制、監禁

例 Our discussion is confine to the topic.
我們的討論限定在主題下。

➲ 出題重點 confine to... 限定在……

con·fir·ma·tion [ˏkɑnfɚˋmeʃən] 名 證實、確認、批准

例 Did you get the confirmatioin I sent you?
你有收到我寄的確認信嗎？

➲ 出題重點 in confirmation of… 確認、證實……

con·firm [kənˋfɝm] 動 加強、使鞏固、證實、確定

例 I'll have to confirm the facts.
我必須確認證據。

➲ 出題重點 confirm on 確認

con·science [ˋkɑnʃəns] 名 良心、良知

例 Lord Voldemort has no conscience.
Lord Voldemort 沒有良知。

➲ 出題重點 have no conscience 沒有是非之心
have the conscience to 狠起心做某事、做某事無愧色

con·scious [ˋkɑnʃəs] 形 （能）察覺的、意識到的

例 Don't be so self-conscious.
不要這麼扭捏。

➲ 出題重點 be conscious of 意識到……、察覺到……

con·scious·ness [ˋkɑnʃəsnɪs] 名 知覺、意識

例 I was hit by a rock, and then I lost consciousness.
石頭打中我，然後我失去知覺。

➲ 出題重點 lose consciousness 失去意識

con·ser·va·tion [ˏkɑnsɚˋveʃən] 名 保護、保存

例 Animal conservation is an important issue.
保育動物是個重要的議題。

➲ 出題重點 conservation of wildlife 保護野生動物

con·sti·tu·tion [ˌkɑnstəˋtjuʃən] 名 憲法、構造、體格

例 The athlete has a fine **constitution**.
那個運動員體格很好。

➲ 出題重點 constitution day 行憲紀念日

con·sti·tute [ˋkɑnstəˌtjut] 動 制定（法律）、建立（政府）、組成

例 The rebels **constitute** an underground government.
反抗者建立地下政府。

con·tam·i·na·tion [kənˌtæməˋneʃən] 名 玷汙、污汙、汙染物

例 Radioactive **contamination** in Japan caused catastrophe.
日本放射能汙染造成大災難。

➲ 出題重點 radioactive contamination 放射能汙染

con·tam·i·nate [kənˋtæməˌnet] 動 汙染

例 The nearby factories **contaminated** the air.
附近工廠汙染了空氣。

➲ 出題重點 contaminated drinking water 受汙染的飲用水

con·tempt [kənˋtɛmpt] 名 輕視、輕蔑、不尊敬、【律】藐視法庭

例 I feel **contempt** for the scandal.
我藐視這個醜聞。

➲ 出題重點 civil contempt 民事上的藐視法庭罪

C
D

con·ti·nen·tal [ˌkɑntəˋnɛntl] 形 大陸的、大陸性的

例 **Continental** climate is not found in southern hemisphere.
南半球沒有大陸性氣候。

➲ 出題重點 continental drift 大陸漂移

con·ti·nent [ˋkɑntənənt] 名 大陸

例 There are nine **continents** in the world.
世界上有九大洲。

➲ 出題重點 the Continent 歐洲大陸

con·vict [ˋkɑnvɪkt] 名 罪犯 [kənˋvɪkt] 動 證明……有罪、宣告……有罪

例 Peter was **convicted** of robbery.
Peter被判搶劫罪。

➲ 出題重點 convicted of... 判……有罪

con·ven·tion [kənˋvɛnʃən] 名 傳統、慣例

例 Eating mooncake is Taiwanese **convention** on Mid-Autumn Festival.
中秋節吃月餅是台灣的傳統。

➲ 出題重點 signatory to a convention 公約簽約國

con·ven·tion·al [kənˋvɛnʃənḷ] 形 慣例的、常規的、習俗的、傳統的

例 My boyfriend's family is very **conventional**.
我男友的家庭很傳統。

➲ 出題重點 conventional wisdom 世俗之見
conventional tariff 協定關稅

court [kort] 名 法院、法庭

例 I'll meet you in **court**.
咱們法庭上見。

➲ 出題重點 in court 在法庭上

crim·i·nal [ˋkrɪmənḷ] 名 罪犯 形 犯法的

例 Robin has been living a **criminal** life.
Robin過著罪犯的生活。

➲ 出題重點 criminal record 犯罪紀錄

crim·i·nate [ˋkrɪmə͵net] 動 定罪、使負罪、責備

例 Sam is **criminated** for insider trading.
Sam因內線交易被定罪。

crime [kraɪm] 名 犯罪

例 Kevin was punished for a crime he didn't **commit**.
Kevin因他沒犯的罪而被懲罰。

➲ 出題重點 commit a crime 犯罪

cru·el·ty [ˋkruəltɪ] 名 殘忍

例 We should protect the stray animals from **cruelty**.
我們必須保護流浪動物免於殘忍對待。

➲ 出題重點 extreme of cruelty 殘酷至極

cus·tom·ar·y [ˋkʌstəm͵ɛrɪ] 形 通常的、慣例的

例 Visiting my aunt is our family's **customary** trip every month.
拜訪阿姨是我們家每月的慣例行程。

➲ 出題重點 customary rules 成規

Dd

de·cay [dɪˋke] 動 衰落、腐敗

例 The ancient castle is **decaying**.
老舊的城堡正衰敗著。

de·fault [dɪˋfɔlt] 名 食言、不履行責任、【律】缺席 動 疏怠職責、缺席、拖欠

例 The other team doesn't have enough player, so our team won by **default**.
另一隊人數不夠，所以我們不戰而勝。

➲ 出題重點 in default of 因缺乏……

de·fen·dant [dɪˋfɛndənt] 名 被告 形 辯護的、為自己辯護的

例 A judicial summons was sent to the **defendant**.
司法傳喚信寄給被告。

de·fen·sive [dɪˋfɛnsɪv] 名 防禦

例 Don't be so **defensive**. I won't hurt you.
別防衛心這麼重。我不會害你。

➲ 出題重點 adopt defensive attitude 採取守勢

de·lib·er·ate [dɪˋlɪbə͵ret] 動 商討
[dɪˋlɪbərɪt] 形 深思熟慮的、故意的、詳加考慮的

例 I'm **deliberating** whether to continue my education or not.
我深思熟慮是否繼續讀書。

➲ 出題重點 deliberate on... 仔細思考……

de·lin·quen·cy [dɪˋlɪŋkwənsɪ] 名 不嚴重的罪（如破壞公物，尤指青少年所為者）

例 Teachers should concern about juvenile **delinquency**.
老師應該注意青少年犯罪。

➲ 出題重點 juvenile delinquency 少年犯罪

de·lin·quent [dɪˋlɪŋkwənt] 名 失職者、違法者
形 失職的、有過失的、違法的、拖欠債務的

例 Bob is **delinquent** in paying his loan.
Bob拖欠貸款。

➲ 出題重點 be delinquent in... 拖欠……

de·prive [dɪˋpraɪv] 動 剝奪、使喪失

例 Prisoners are **deprived** of citizenship.
罪犯被褫奪公權。

➲ 出題重點 deprive of 剝奪、使喪失

de·sire [dɪˋzaɪr] 動 慾望、想要

例 Fight your **desire**, not controlled by it.
擊敗慾望而非被它控制。

➲ 出題重點 desire for 渴望

de·tec·tive [dɪ`tɛktɪv] 名 偵探 形 偵探的

例 Sherlock Holmes is a famous **detective**.
Sherlock Holmes是個著名的偵探。

➲ 出題重點 private detective 私家偵探

de·ter [dɪ`tɝ] 動 使（因恐懼而）喪失勇氣、制止、使沮喪

例 Don't **deter** me from making my own choice.
不要阻止我做決定。

➲ 出題重點 deter sb. from doing sth. 阻止某人做某事

de·mand [dɪ`mænd] 名 要求、需要 動 要求、需要

例 As your queen, I **demand** you obey my words.
身為皇后，我要求你們聽我的指示。

➲ 出題重點 on demand 一經要求

de·mand·ing [dɪ`mændɪŋ] 形 過分要求的、要求的

例 Sometimes I worry about being too **demanding**.
有時我擔心自己要求太多。

➲ 出題重點 a demanding boss 苛求的老闆

de·ny [dɪ`naɪ] 動 否定、否認、拒絕給予

例 Don't **deny** my accusation. You knew it!
不要否定我的指控。你心知肚明！

➲ 出題重點 deny doing sth. 否認做某事

deed [did] 名 行為

例 Use your power for good **deed**.
將你的力量用在好事上。

➲ 出題重點 in deed 事實上、真正地、誠然地

def·inite [`dɛfənɪt] 形 明白的、正確的

例 Give me a **definite** answer please.
拜託給我個明確的答案。

➲ 出題重點 a definite answer 明確的答覆

def·i·nite·ly [`dɛfənɪtlɪ] 副 明確地、乾脆地

例 I'll **definitely** go to Lady Gaga's concert.
我絕對會去Lady Gaga的演唱會。

di·vi·sion·al [də`vɪʒənl̩] 形 分割的、分區的、部門所有的

例 **Divisional** structure is easy to read.
結構圖很容易讀。

di·vorce [də`vors] 名 離婚、脫離 動 使離婚、與……脫離

例 My parents **divorced** when I was quite young.
我很小的時候父母就離婚了。

➲ 出題重點 divorce oneself from... 與……離婚

dis·card [dɪs`kɑrd] 動 丟棄、拋棄

例 Fishermen took the shark fin and **discarded** the rest.
漁夫取下魚翅，並將剩餘的丟棄。

➲ 出題重點 a discarded cigarette 被丟棄的菸蒂

dis·ci·pline [`dɪsəplɪn] 動 懲罰、訓練

例 Lacking of **discipline** will do you harm.
缺乏紀律對你有害。

➲ 出題重點 discipline oneself 鍛鍊自己

dis·crim·i·na·tion [dɪ͵skrɪmə`neʃən] 名 歧視

例 Racial **discrimination** was a serious problem back in the 50s.
50年代時種族歧視是個嚴重的問題。

➲ 出題重點 racial discrimination 種族歧視

dis·pute [dɪ`spjut] 動 討論、辯論

例 The family has a **dispute** on furniture arrangement.
那家人在家具擺設上產生辯論。

➲ 出題重點 dispute with sb. on sth. 與某人爭論某事

dis·re·gard [͵dɪsrɪ`gɑrd] 名 漠視、忽視 動 不理會、疏忽、漠視、忽視

例 Dean **disregarded** his mother advice and went out.
Dean不聽媽媽的勸告，還是出門了。

➲ 出題重點 disregard sb.'s advice 漠視某人的忠告

do·mes·tic [də`mɛstɪk] 形 屬於家務的、屬於本國的

例 People suffering from **domestic** violence should get help as soon as possible.
受家暴所害的人應該早日尋求協助。

➲ 出題重點 domestic science 家政學

do·nate [`donet] 動 贈與、捐贈

例 The cancer patient **donated** his organs for science.
那名癌症病患捐贈器官做科學研究之用。

➲ 出題重點 donate blood 捐血

draft [dræft] 名 氣流、草稿 動 徵召、起草

例 Making **drafts** helps improving your writing.
打草稿幫助提升寫作能力。

➲ 出題重點 draft out 起草

e·ven·tu·al·ly [ɪ`vɛntʃuəlɪ] 副 最後、終於

例 The exhausted soldier went home **eventually**.
精疲力竭的軍人終於回家了。

en·force·ment [ɪn`forsmənt] 名 執行、強制

例 Policemen are responsible for law **enforcement**.
警員負責執法。

➲ 出題重點 law enforcement 執法

eth·i·cal [`ɛθɪkḷ] 形 道德的

例 It's an **ethical** problem.
這是道德問題。

➲ 出題重點 ethical culture 道德文化、道德教育

ex·act·ly [ɪg`zæktlɪ] 副 確實地

例 That's **exactly** what I meant!
那就是我的意思！

ex·ag·ger·a·tion [ɪg`zædʒə͵reʃən] 名 誇張

例 A little **exaggeration** is fine.
一點誇飾無傷大雅。

➲ 出題重點 avoid exaggeration 避免誇大

ex·cess [ɪk`sɛs] 名 過度、無節制、超過、超額 形 過度的、額外的

例 Chinese New Year is a time celebrated with **excess** food.
中國新年用過多的食物慶祝。

➲ 出題重點 excess baggage 超重的行李

ex·tend [ɪk`stɛnd] 動 延伸、伸展、延長

例 **Extend** your arms and feel the breeze on your face.
伸展你的手臂，感受微風吹拂在臉龐。

➲ 出題重點 extend out 伸出

ex·tent [ɪk`stɛnt] 名 廣度、寬度、長度、範圍、程度、區域、【律】【英】扣押、【美】臨時所有權令

例 I have a warrant; you cannot get near me within the **extent** of 200m.
我有逮捕令，你不能靠近我200公尺的範圍內。

➲ 出題重點 within the extent of... 在……的範圍內

ex·cuse [ɪk`skjuz] 名 致歉、理由、藉口
動 原諒、申辯、做為……的託辭

例 Being kidnaped by aliens is an awful excuse for being late.
被外星人綁架是個很爛的遲到藉口。

➲ 出題重點 find an excuse 找藉口

Ff

fa·vor·a·ble [`fevərəbḷ] 形 有利的、贊許的、良好的、討人喜歡的、起促進作用的

例 The situation is favorable to us.
情勢對我們有利。

➲ 出題重點 favorable situation 佳境

fair [fɛr] 名 展覽會、市集 動 轉晴 副 公平地、公正地、直接地、清楚地
形 美麗的、女性的、（膚色）白皙的、（頭髮）金黃的、乾淨的、公平的、（天氣）晴朗的

例 "My Fair Lady" is a classic movie played by Audrey Hepburn.
窈窕淑女是Audrey Hepburn主演的經典電影。

➲ 出題重點 fair and square 真誠地、公正地
by fair means or foul 不擇手段地

fair·ly [`fɛrlɪ] 副 公正地、公平地對待某人、相當地、還算清楚地

例 My parents treat us kids fairly.
我父母對小孩很公平。

➲ 出題重點 deal fairly with 公平對待 fairly good 相當好

fault·y [`fɔltɪ] 形 有過失的、有缺點的、不完美的

例 That was a faulty resolution.
那是個不完美的解決辦法。

fine [faɪn] 動 處某人以罰款

例 My father was fined 1,800 dollars for speeding.
我爸因超速被罰1800元。

➲ 出題重點 fine sb. 處某人以罰款

firm·ly [`fɝmlɪ] 副 堅定地

例 "Leave the girl alone", the young hero said firmly.
年輕的英雄堅定的說：「放開那個女孩」。

for·bid [fɚˋbɪd] 動 禁止

例 Chewing gum is **forbidden** in Singapore.
新加坡禁止嚼口香糖。

➲ 出題重點 forbid sb. to do sth. 禁止某人做某事

for·eign·er [ˋfɔrɪnɚ] 名 外國人、外地人

例 **Foreigners** often came here to experience traditional Taiwanese lifestyle.
外國人常到這裡體驗台灣傳統生活方式。

frank·ly [ˋfræŋklɪ] 副 坦白地、真誠地

例 **Frankly** speaking, the purple dress suits you better.
老實說，紫色洋裝比較適合你。

➲ 出題重點 frankly speaking 坦白說、老實說

fraud [frɔd] 名 欺騙、欺詐行為、詭計、騙子、假貨

例 The **fraud** came to our town planning another trick.
那個騙子來到我們鎮上計劃騙局。

➲ 出題重點 be guilty of fraud 犯詐欺罪

ful·fill·ment [fulˋfɪlmənt] 名 履行、實行

例 Mother Teresa's dream has come to **fulfillment** after years of hard work.
Teresa修女的夢想在數年努力後實踐。

➲ 出題重點 the fulfillment of a promise 諾言的實踐

Gg

guar·an·tee [͵gærənˋti] 名 保證、擔保人 動 保證、擔保

例 Our tour guide **guaranteed** us an excellent trip.
我們的導遊保證給我們美妙的旅行。

➲ 出題重點 guarantee against... 保證不……

guilt [gɪlt] 名 罪行、內疚

例 Edison admitted his **guilt** after several trials.
Edison在數次開庭後認罪。

➲ 出題重點 admit one's guilt 認罪

guilt·y [ˋgɪltɪ] 形 有罪的

例 The jury found the defendant **guilty** of murder.
陪審團認定被告殺人罪。

➲ 出題重點 be guilty of... 有……罪

heir [ɛr] 名 繼承人、後嗣

例 I've heard that the guy standing there is the heir of Channel.
聽說站在那裡的男人是香奈兒的繼承人。

➲ 出題重點 the heir of one's property 財產繼承人

house·hold [ˋhausˏhold] 名 家庭、家務、家事

例 My mother spent all her life doing household chores.
我媽一輩子都在做家務。

il·le·gal [ɪˋligḷ] 形 違法的

例 Owning guns is illegal in Taiwan.
在台灣持有槍枝是非法的。

➲ 出題重點 allergic reaction 過敏性反應 allergic rhinitis 過敏性鼻炎

in·cen·tive [ɪnˋsɛntɪv] 名 激勵物、動機 形 激發的、鼓勵的

例 I got incentive payments for my good grade.
我因為好成績得到獎金。

➲ 出題重點 material incentive 物質刺激

in·di·vid·u·al [ˏɪndəˋvɪdʒuəl] 名 個體、個人 形 個別的

例 Every individual needs respect.
每個人都需要被尊重。

➲ 出題重點 individual character 品性

in·her·it [ɪnˋhɛrɪt] 動 繼承、遺傳而得

例 Prince William will inherit the kingdom when the King passed away.
威廉王子將在國王駕崩後繼承王位。

➲ 出題重點 inherit the kingdom 繼承王位

in·no·cence [ˋɪnəsṇs] 名 天真、清白

例 I missed the innocence of childhood.
我懷念兒時的天真。

➲ 出題重點 innocence of childhood friends 兩小無猜
Innocence breeds confidence. 輕信源於無知。

in·no·cent [ˋɪnəsn̩t] 形 無罪的、無邪的

例 Every criminal claims they are **innocent**.
每個罪犯都說自己是無辜的。

➲ 出題重點 be innocent of 無辜、清白、沒有犯……的
innocent child 天真的小孩

in·ves·ti·gate [ɪnˋvɛstə͵get] 動 調查、研究

例 The Ministry of National Defense will **investigate** further.
國防部會深入調查。

➲ 出題重點 investigate and punish 究辦
investigate openly and secretly 明查暗訪

in·ves·ti·ga·tion [ɪn͵vɛstəˋgeʃən] 名 調查、研究

例 Crime Scene **Investigation** is my favorite TV series.
犯罪現場搜查是我最喜歡的影集。

jail [dʒel] 名 監牢

例 The notorious criminal was sent in **jail** finally.
那個惡名昭彰的罪犯終於入獄。

➲ 出題重點 go to the jail 入獄

join [dʒɔɪn] 名 相交點 動 加入、連接、參加

例 Would you **join** our party tonight?
你會加入今晚的派對嗎？

➲ 出題重點 join in 加入 join with 與……合作
join sb. 加入到某群人中

ju·di·cial [dʒuˋdɪʃəl] 形 司法的、法院的、公正的、明斷的

例 Teachers have to be **judicial**.
老師必須公正。

➲ 出題重點 a judicial decision 法官的判決

ju·ry [ˋdʒurɪ] 名【律】陪審團、陪審員 形【海】臨時應急的

例 US citizens will be asked to do **jury** duty.
美國公民會被通知擔任陪審團。

➲ 出題重點 jury trial 陪審團審訊

ju·ve·nile [ˋdʒuvənḷ] 形 少年的

例 As the generation goes, **juvenile** delinquency gets more serious.
世代變遷，青少年犯罪問題越發嚴重。

➲ 出題重點 juvenile delinquency 少年犯罪　juvenile court 少年法庭

judg·ment [ˋdʒʌdʒmənt] 名 判斷

例 Do you trust my **judgment**?
你相信我的判斷嗎？

➲ 出題重點 against one's better judgment 不智的
in my judgment 依我看

judge [dʒʌdʒ] 名 法官 動 判斷

例 Don't **judge** a person by his appearance.
不要以貌取人。

➲ 出題重點 judge from... 從……判斷

jus·ti·fi·ca·tion [ˏdʒʌstəfəˋkeʃən] 名 認為正當、釋罪、辯護

例 Your evidences are lack of **justification**.
你的證據沒有正當性。

jus·ti·fy [ˋdʒʌstəˏfaɪ] 動 證明……是正當的

例 **Justify** my words if I'm wrong.
指正我如果我說錯。

➲ 出題重點 the end justifies the means 為達成正當的目的而不擇手段

jus·tice [ˋdʒʌstɪs] 名 正義、公理

例 The protestants sat outside the court yelling for **justice**.
抗議人士坐在法院外訴求公平正義。

➲ 出題重點 do justice to 公平對待、對……正確評價
Justice Department 司法部

Ll

law·yer [ˋlɔjɚ] 名 律師

例 **Lawyers** are often misunderstood for their image.
律師的形象常被誤會。

le·gal [ˋligḷ] 形 合法的、法律的

例 I doubt if it's **legal**.
我懷疑它的合法性。

le·git·i·mate [lɪˋdʒɪtəˏmet] 動 合法
[lɪˋdʒɪtəmɪt] 形 合法的、合理的、正統的

例 A stranger came up and claimed he was the **legitimate** heir.
一個陌生人出現並聲稱他才是合法繼承人。

➲ 出題重點 a legitimate business 合法的生意
legitimate right 正當權利

leg·is·la·tion [ˏlɛdʒɪsˋleʃən] 名 法律、立法

例 New **legislation** will ask people paying more tax.
新法要求人民繳更多稅金。

➲ 出題重點 secondary legislation 衍生立法

leg·is·late [ˋlɛdʒɪsˏlet] 動 制定法律

例 The congress **legislates** a new law.
國會通過新法案。

li·a·bil·i·ty [ˏlaɪəˋbɪlətɪ] 名 債務、負債

例 Male citizens have the **liability** for military service.
男性公民有服兵役的義務

➲ 出題重點 liability for military service 服兵役的義務

li•a•ble ['la0Db9] 形 有責任的、有義務的、易……的、有……傾向的、有責任的、很有可能的

例 The old building is **liable** to collapse when earthquake happened.
當地震發生時，這棟舊建築很可能倒塌。

➲ 出題重點 be liable to... 易於……、可能……

li·cense [ˋlaɪsn̩s] 名 執照

例 I got my driving **license** two weeks ago.
我兩個禮拜前拿到汽車駕照。

lib·er·al [ˋlɪbərəl] 名 自由主義者、（尤指英國、加拿大等國的）
形 慷慨的、不拘泥的、寬宏的、自由派的、自由黨的、非保守派的

例 Taiwanese education system is getting more **liberal** with time.
台灣教育體制隨時間越來越自由開放。

➲ 出題重點 Liberal hands make many friends. 慷慨的人朋友多。

lib·er·ate [ˋlɪbəˏret] 動 解放、使自由

例 President Lincoln **liberated** slaves.
林肯總統終統解放奴隸。

➲ 出題重點 liberate...from... 把……從……釋放出來

like·ly [ˋlaɪklɪ] 形 很可能的、合適的、可靠的、有希望的 副 或許、很可能

例 Tomorrow is likely to rain.
明天可能會下雨。

➲ 出題重點 be likely to do... 很可能做……
as likely as not 多半、說不定

lim·it [ˋlɪmɪt] 名 邊界、界限、限制 動 限制

例 Your activities are limited to this room.
你的活動被限制在這間房內。

➲ 出題重點 limit...to... 把……限制在……

lim·it·ed [ˋlɪmɪtɪd] 形 限制的

例 The sky isn't limited. You can achieve whatever you want.
天際沒有限制。你能做到你想做的。

link [lɪŋk] 動 連結、聯繫

例 This bridge links the two islands.
這座橋聯繫這兩座島。

➲ 出題重點 link A with B 把 A 和 B 聯繫在一起

loose [lus] 名 放任、放縱 動 釋放、放槍、開船 形 寬鬆的、不精確的、不牢固的、散漫的、自由的 副 鬆散地

例 She wears loose T-shirt at home.
她在家穿寬鬆T恤。

➲ 出題重點 at a loose end 閒著

Mm

mur·der [ˋmɝdɚ] 名 謀殺 動 犯謀殺罪、謀殺

例 Don't tell me that beautiful lady is the murder!
別跟我說那個美麗的女士是殺人犯！

➲ 出題重點 commit murder 犯殺人罪

Nn

nerv·ous [ˋnɝvəs] 形 不安的、緊張的

例 I'm a bit nervous about the impromptu speech.
我對即席演說感到有些緊張。

➲ 出題重點 be nervous about sth. 因某事忐忑不安

net [nɛt] 名 網

例 Spider net is nature's wonder.
蜘蛛網是大自然奇景。

➲ 出題重點 net weight 淨重

obe·di·ence [əˋbidjəns] 名 服眾、順從

例 Our company demands **obedience**.
本公司要求服從。

➲ 出題重點 in obedience to 遵從、服從

obe·di·ent [əˋbidjənt] 形 順從的

例 Traditional women are taught to be **obedient**.
傳統女性被教育要順從。

➲ 出題重點 obedient children 順從聽話的孩子

of·fend [əˋfɛnd] 動 觸怒、使不悅、犯法

例 Wearing red color to funeral will **offend** the dead.
穿紅色參加喪禮會觸怒死者。

➲ 出題重點 offend against 違犯、犯罪

of·fense [əˋfɛns] 名 犯罪、犯法

例 The child meant no **offense**. Forgive him.
那孩子不是故意的。原諒他。

➲ 出題重點 take offense at... 對……生氣

pa·rade [pəˋred] 名 遊行、炫耀、閱兵、檢閱、閱兵場 動 遊行、炫耀、（使）列隊行進

例 **Parades** are hustle and bustle.
遊行總是很熱鬧。

➲ 出題重點 hold a parade 舉行閱兵

par·ti·tion [pɑrˋtɪʃən] 名 分割

例 Susan divided the cake into 8 **partitions**.
Susan把蛋糕分成8份。

pen·al·ty [ˋpɛnl̩tɪ] 名 刑罰、處罰

例 His death **penalty** was commuted to life imprisonment.
他的死刑被減輕到無期徒刑。

➲ 出題重點 death penalty 死刑

per·ma·nent [ˋpɝmənənt] 形 永久的、長久的、持久的

例 Those tattoos are **permanent**.
那個刺青是永久性的。

➲ 出題重點 permanent education 終身教育

plain·tiff [ˋplentɪf] 名【律】起訴人、原告

例 The **plaintiff** accused the defendant of robbery.
原告控訴被告搶劫。

plead [plid] 動 辯護、懇求

例 My sister **pleaded** me taking her to the movie.
我妹妹拜託我帶她去看電影。

➲ 出題重點 plead for 請求

plunge [plʌndʒ] 動 陷入

例 The stock market **plunged** during the recession.
股市從在經濟衰退期大跌。

➲ 出題重點 plunge into 投入、跳入

po·lice·man [pəˋlismən] 名 員警

例 Several **policemen** dashed down the alley.
數名警員衝進小巷。

priv·i·leged [ˋprɪvɪlɪdʒd] 形 有特權的、有特別恩典的

例 Fans felt **privileged** to see the super star in private.
能私下見到巨星，支持者感到很特別。

proof [pruf] 名 證據

例 Is there any **proof** of the existence of ghost?
有鬼魂存在的證據嗎？

➲ 出題重點 in proof of... 作為……的證據

pun·ish·ment [ˋpʌnɪʃmənt] 名 懲罰、處罰、所受之罰

例 The sinner received severe **punishment**.
罪人受到嚴厲的懲罰。

➲ 出題重點 a glutton for punishment 甘願受罪的人、不怕挨打的拳擊手

re·spect [rɪˋspɛkt] 名 尊重、尊敬 動 敬重、尊敬

例 Respect the elderly.
尊重長者。

➲ 出題重點 show respect to 尊敬

re·spon·si·bil·i·ty [rɪ͵spɑnsəˋbɪlətɪ] 名 責任

例 With more power, there comes more responsibilities.
權力伴隨責任。

re·spon·si·ble [rɪˋspɑnsəbl̩] 形 （在法律上或道義上）須負責任的、承擔責任的

例 Parents are responsible for their kids under 18.
父母親對18歲以下子女有法律責任。

➲ 出題重點 take the responsibility for sth. 負擔起某事的責任

re·strain [rɪˋstren] 動 抑制、制止

例 Visitors are restrained by the museum's rules.
訪客受博物館的規則限制。

➲ 出題重點 restrained by 被……限制

re·viv·al [rɪˋvaɪvl̩] 名 復興、復活

例 There was a revival of the 80's trend.
八〇年代的時尚復興了。

➲ 出題重點 a revival of interest in... 對……重新產生興趣

re·vive [rɪˋvaɪv] 動 恢復

例 The new president promised to revive the economy.
新任總統保證復興經濟。

➲ 出題重點 revive the economy 復甦經濟

res·i·dence [ˋrɛzədəns] 名 居住、住處

例 Earth is human-being's permanent residence.
地球是人類永遠的住所。

➲ 出題重點 permanent residence 永久居住地

rob [rɑb] 動 搶劫

例 I was robbed the other day. It was so terrible.
我那天被搶。好可怕。

➲ 出題重點 Rob Peter to pay Paul. 挖東牆補西牆。

rob·ber·y [ˋrɑbərɪ] 名 搶掠、搶奪

例 This song is talking about bank **robbery**.
這是一首關於搶銀行的歌。

room [rum] 名 房間、寓所、場所、地位、空間、機會

例 Is there enough **room** for one more person?
還有多餘的空間可以容納的下一個人嗎？

➲ 出題重點 room for sb.sth. 有空間　give room　騰出空間
room with... 和……住一起

Ss

safe·ty [ˋseftɪ] 名 安全

例 Take off those valuable accessories for your own **safety**.
為了您自身的安全，取下那些貴重的首飾。

➲ 出題重點 safety belt 安全帶

scold [skold] 動 責備

例 Charlotte was **scolded** for stealing money.
Charlotte因為偷錢被罵。

➲ 出題重點 scold sb. for sth. 因某事責罵某人

seize [siz] 動 抓住、捉住（某物）、攫取

例 **Seize** the day.
把握時間。

➲ 出題重點 seize an opportunity 抓住機會、利用機會

sen·tence [ˋsɛntəns] 動 宣判、判決

例 The political prisoner was **sentenced** life imprisonment.
那名政治犯被判無期徒刑。

➲ 出題重點 sentence sb. to death 判某人死罪

sep·a·ra·tion [ˏsɛpəˋreʃən] 名 分離、分開

例 The **separation** of my parents made me mature.
我父母分開讓我更成熟。

➲ 出題重點 judicial separation 夫妻的判決分居

sep·a·rate [ˋsɛpəˏret] 動 分隔

例 Could you **separate** the pink peas from the red one?
你可以把粉紅色和紅色的珠珠分開嗎？

➲ 出題重點 separate A into B 把 A 分成 B

site [saɪt] 名 地點、場所、遺址 動 定……的地點

例 Sun Moon Lake is a famous tour **site**.
日月潭是著名景點。

space [spes] 名 場所、空間

例 Would you give me some personal **space**?
能給我一點空間嗎？

➲ 出題重點 in space 在宇宙中

spec·ta·tor [ˋspɛktetɚ] 名 觀眾、旁觀者

例 Millions of **spectators** went to the concert.
萬名觀眾去參加演唱會。

➲ 出題重點 supportive spectator 支持的觀眾

spot [spɑt] 名 場所、地點、斑點

例 I caught David cheating on the **spot**.
我當場抓到大衛作弊。

➲ 出題重點 on the spot 就地、當場

su·i·cide [ˋsuəˏsaɪd] 名 自殺、給自己帶來傷害或損失的行為

例 **Suicide** won't solve any problem.
自殺無法解決問題。

➲ 出題重點 commit suicide 自殺

su·pe·ri·or [səˋpɪrɪɚ] 名 長者、高手、上級 形 較高的、上級的、優良的、出眾的、高傲的

例 Mary always acts like she's **superior** to the rest of us.
Mary總表現的像比我們高尚一樣。

➲ 出題重點 be superior to... 比……高級

su·pe·ri·or·i·ty [səˏpɪrɪˋɔrətɪ] 名 優秀、卓越

例 There's no doubt of my **superiority** over you.
我比你優秀是無庸置疑的。

➲ 出題重點 sense of superiority 優越感

sue [su] 動 控告、向……請求、請願

例 Give me a good explanation or I'll **sue** you.
給我個好理由，否則我會告你。

➲ 出題重點 sue for 請求、要求

sus·pect [ˋsʌspɛkt] 名 嫌疑犯 [səˋspɛkt] 動 懷疑

例 Arrest the **suspect**.
逮捕嫌疑犯。

➲ 出題重點 suspect sb. of doing sth. 懷疑某人做某事

sus·pi·cion [sə`spɪʃən] 名 猜疑

例 All of us are under **suspicion**.
我們全都受到懷疑。

➲ 出題重點 above suspicion 毫無可疑　under suspicion 受到懷疑

Tt

ter·mi·na·tion [ˌtɝmə`neʃən] 名 終止

例 Their argument has finally come to a **termination**.
他們的爭論終於停止了。

ter·mi·nal [`tɝmən!] 形 終點的、期末的

例 Many people attended the singer's **terminal** performance.
許多人參加那個歌手最後的表演。

➲ 出題重點 terminal cancer 癌症末期　train terminal 火車終點

tes·ti·fy [`tɛstəˌfaɪ] 動 證明、證實、作證

例 The NYPD will need you to **testify** for the case.
紐約警署需要你為這案件作證。

➲ 出題重點 testify against 作不利於……的證明

tes·ti·mo·ny [`tɛstəˌmonɪ] 名 證詞、陳述

例 The judge called the defendant's neighbor in **testimony**.
法官傳喚被告的鄰居作證。

➲ 出題重點 bear testimony to 作證　call sb. in testimony 傳某人作證

theft [θɛft] 名 偷竊、盜竊案

例 The **theft** took the 100,000,000 jewelry without a clue.
那個竊賊拿走價值一億的珠寶，沒留下蛛絲馬跡。

➲ 出題重點 commit theft 行竊

toll [tol] 名 通行稅（費）、費 動 徵收、敲鐘、鳴（鐘）（特指宣佈死亡）

例 The death **toll** is over 50,000.
死亡人數超過五萬人。

➲ 出題重點 the death toll 死亡人數

toll-free [ˌtol`fri] 形 不必付費的

例 113 is a **toll-free** phone number. Deal it if you need help.
113是免付費電話，需要幫助時請撥打。

➲ 出題重點 a toll-free phone number 免付費電話號碼

tri·al [ˋtraɪəl] 名 試驗、考驗、審訊、審判

例 I've already gone through a long trial.
我已經經歷很長的審判。

➲ 出題重點 bring to trial 付諸審判、審訊　make trial of 試驗

trick·y [ˋtrɪkɪ] 形 欺詐的、不可靠的、需小心或技巧處理的

例 That's a tricky question.
這問題很難回答。

Uu

urge [ɝdʒ] 名 強烈的慾望或衝動 動 催促、力勸、驅策

例 My parents urge me to sign up the application form.
我父母催促我填報名表。

➲ 出題重點 urge sb. to do sth. 勸某人做某事

va·lid·i·ty [vəˋlɪdətɪ] 名 有效性、合法性、正確性

例 Validity and credibility are two important elements for a successful questionnaire.
信度和效度是成功的問卷兩大重要元素。

➲ 出題重點 validity of the result 有效的結果

val·id [ˋvælɪd] 形【律】有效的、有根據的、正當的、正確的

例 It's a valid argument.
這是個中肯的論點。

➲ 出題重點 be valid for (a period of time) 有效期為……
valid methods 有效的方法

ver·bal [ˋvɝbl̩] 形 口頭的、言語的

例 Verbal abuse might be more harmful than physical abuse.
言語傷害可能比身體傷害更可怕。

➲ 出題重點 verbal abuse 言語攻擊

ver·dict [ˋvɝdɪkt] 名【律】（陪審團的）裁決、判決、判斷、定論、結論

例 We are waiting for the judge's verdict nervously.
我們緊張地等待法官的判決。

vi·cious [ˋvɪʃəs] 形 不道德的、惡意的、嗑毒的、墮落的、品性不端的、有錯誤的

例 Using drug will get you into a **vicious** circle.
吸毒會導致惡性循環。

➲ 出題重點 vicious gossip 惡意中傷的閒話　vicious circle 惡性循環

vi·o·late [ˋvaɪə͵let] 動 違犯

例 Don't **violate** the rules on purpose!
不要故意犯規！

➲ 出題重點 violate a law 犯法

vi·o·lence [ˋvaɪələns] 名 暴力、暴怒、狂怒

例 Stop the **violence**.
拒絕暴力。

➲ 出題重點 use violence 使用暴力

V

PART 4

人事制度

Part 04 音檔雲端連結

因各家手機系統不同，若無法直接掃描，
仍可以至以下電腦雲端連結下載收聽。
（https://tinyurl.com/mr2ftysn）

a·buse [ə`bjus] 名 濫用、謾罵、惡習
[ə`bjuz] 動 濫用、虐待

例 Child **abuse** is one of the social problems in today's community.
虐童是今日社會的問題之一。

➲ 出題重點 abuse one's power 濫用權力　child abuse 虐待兒童

ac·cel·er·ate [æk`sɛlə͵ret] 動 加速、促進、加快

例 The new program **accelerates** our company's working efficiency.
新程式大力提升本公司工作效率。

➲ 出題重點 accelerate one's learning 加快學習速度

ac·cel·er·a·tion [æk͵sɛlə`reʃən] 名 加速、加速度

例 The French Revolution caused the **acceleration** of the coming of democratic age.
法國大革命加速民主時代的降臨。

➲ 出題重點 acceleration of gravity 重力加速度

ac·cu·mu·la·tion [ə͵kjumjə`leʃən] 名 積聚、堆積物

A

例 The **accumulation** of old things makes my restaurant famous.
收集舊物讓我的餐廳出名。

➲ 出題重點 accumulation of words 詞彙量

ad·mi·ni·stra·tor [əd`mɪnə͵stretɚ] 名 管理人、財產管理人

例 The school **administrator** is hard to get along with.
學校行政管理人員很難相處。

➲ 出題重點 a school administrator 學校行政管理人員
a civil administrator 文職行政官員

ad·min·is·tra·tion [əd͵mɪnə`streʃən] 名 行政、管理

例 Tiffany has a Ph.D. in Business **Administration**.
Tiffany有商管博士學位。

➲ 出題重點 department of population administration 戶政司
under one's administration 在某人的管理之下

ad·min·is·tra·tive [əd`mɪnə͵stretɪv] 形 管理的、行政的

例 Most CEOs need secretaries to help them with **administrative** work.
大部分的執行長都需要祕書協助處理管理工作。

➲ 出題重點 administrative law 行政法
an administrative district 行政區域

ad·vanced [əd`vænst] 形 高級的、先進的、進階的

例 Sally's English ability has reached **advanced** level.
Sally的英文能力已經達到進階程度。

➲ 出題重點 an advanced civilization 先進的文明國家
advanced level 進階程度

ad·just [ə`dʒʌst] 動 調整、調節

例 It could be difficult to **adjust** to a new working environment.
有時很難適應新的工作環境。

➲ 出題重點 adjust to… 適應、調節……

ad·min·is·ter [əd`mɪnəstɚ] 動 管理、給予、執行

例 The manager will **administer** on behalf of the executive during his absence.
執行長不在的期間，經理將代為管理。

➲ 出題重點 administer on behalf of 代為管理

al·low·ance [ə`laʊəns] 名 津貼、補助

例 Our company is very generous on travel **allowance**.
本公司對差旅津貼很慷慨。

➲ 出題重點 make allowance for 考慮到、顧慮到

al·ter·a ·tion [ˌɔltə`reʃən] 名 變更、改造、修改

例 Your project needs some **alterations** if you want to get financial support.
你的專案得做些修改，如果你想得到經濟資助。

al·ter·nate [`ɔltɚˌnet] 動 交替、輪流、改變 [`ɔltənɪt] 形 交替的、輪流的、預備的

例 Good teachers know how to **alternate** active and static activities for students.
好老師懂得替學生設計動態和靜態交替的活動。

➲ 出題重點 alternate current 交流電　alternative energy 替代能源

an·ni·ver·sa·ry [ˌænə`vɝsərɪ] 名 周年紀念

例 Today is my parents' 10th wedding **anniversary**.
今天是我父母結婚十週年紀念日。

➲ 出題重點 first anniversary 周歲

ap·proach [ə`protʃ] 名 方法、入口、接近 動 靠近、接近

例 Our company's annual report is **approaching**.
本公司年終報告將至。

➲ 出題重點 be approaching… 年近……

blaze [blez] 名 火焰、光輝、爆發 動 做開路先鋒

例 Cindy's eyes blazed with anger when she found her husband cheating.
當Cindy發現丈夫偷腥時眼中冒著怒火。

➲ 出題重點 blaze away 掃射

branch [bræntʃ] 名 分支、分系

例 Convenient store is a branch of business.
便利商店是一種商業分支。

brew [bru] 名 釀造、泡製 動 釀造、醞釀

例 This snack-bar is famous for its home brew.
這間小吃店的私釀酒很有名。

➲ 出題重點 a home brew 家釀的酒　brew up 泡茶

brib·er·y [ˋbraɪbərɪ] 名 賄賂

例 Bribery denigrated democracy.
賄賂抹黑民主。

bribe [braɪb] 名 賄賂 動 賄賂、行賄

例 Jackson bribed to get his new manager position.
Jackson賄賂得到經理一職

➲ 出題重點 offer a bribe 行賄

col·lapse [kəˋlæps] 名 虛脫、倒塌、崩潰 動 倒塌、崩潰

例 Business is collapsing but we can't blame this on one person.
商業正在瓦解，而我們不能把一切怪在一個人頭上。

➲ 出題重點 collapse after one setback 一蹶不振

com·bi·na·tion [ˏkɑmbəˋneʃən] 名 結合、聯合、合併

例 The combination of color red and blue will make beautiful purple.
紅色結合藍色會變成漂亮的紫色。

➲ 出題重點 in combination with 聯合

com·bine [kəmˋbaɪn] 動 結合、連接

例 The first step of baking is to combine flour with milk.
烘培的第一步是混合麵粉和牛奶。

➲ 出題重點 combine A with B 結合A與B

com·mand [kə`mænd] 名 支配、命令 動 控制、掌握、命令

例 I hereby **command** you find the elixir.
我在此命令你找到長生不老藥。

➲ 出題重點 at sb.'s command 奉某人之命、受某人指揮的

com·mis·sion [kə`mɪʃən] 名 委任、代理、犯（罪）、佣金 動 委任、任命、使服役

例 Peter was **commissioned** to sign a contract with a factory owner.
Peter被任命跟工廠老闆簽合約。

➲ 出題重點 be commissioned to 被委任……

com·mit·tee [kə`mɪtɪ] 名 委員會

例 Members of this **committee** require subscription.
這個委員會的成員需要繳款。

com·mu·ni·cate [kə`mjunə͵ket] 動 通知、傳達、溝通

例 It's very difficult to **communicate** with Nancy.
很難跟Nancy溝通。

➲ 出題重點 communicate with 與誰溝通、通訊、通話

com·po·nent [kəm`ponənt] 名 成份 形 組成的、構成的

例 This machine consists thousands of delicate **components**.
這台機器由許多精密零件組成。

➲ 出題重點 components of cost 各種生產費用

com·pose [kəm`poz] 動 組成、使鎮定、譜曲

例 This band **composes** beautiful melodies.
這個樂團譜出美麗的樂章。

➲ 出題重點 be composed of… 由……組成

con·serve [kən`sɝv] 動 保存、保持、節約

例 **Conserving** energy saves our planet.
節約能源救地球。

➲ 出題重點 to conserve energy 節約能源

con·sid·er·a·tion [kən͵sɪdə`reʃən] 名 考慮、深思、考慮之事物

例 Your pay rise is still under **consideration**.
你的加薪還在考慮中。

➲ 出題重點 under consideration 在考慮之中

con·sid·er·ate [kən`sɪdərɪt] 形 考慮周到的、體諒他人的

例 Johnny Depp is such a **considerate** person.
Johnny Depp真是個體貼的人。

➲ 出題重點 a considerate plan 周詳的計畫

cor·po·ra·tion [ˌkɔrpəˋreʃən] 名 公司

例 Dustin has been working in this corporation for 30 years.
Dustin已經在這間公司工作30年了。

cor·rup·tion [kəˋrʌpʃən] 名 腐敗、貪汙、墮落

例 Corruption has been a serious problem among politicians.
貪腐一直是政客的嚴重問題。

cor·rupt [kəˋrʌpt] 動 使變壞、使腐化 形 腐敗的、墮落的

例 Wealth and power could corrupt an honest man.
金錢和權力可以讓正直的人腐敗。

➲ 出題重點 a corrupt city 墮落的城市

Dd

des·ig·na·tion [ˌdɛzɪgˋneʃən] 名 指示、指定、選派

例 The designation of National Park is subject to the government approval.
認定國家公園證明需要政府認可。

di·rec·tion [dəˋrɛkʃən] 名 指示、方針、方向

例 My mentor has been giving me direction in life.
我的心靈導師總能給我人生的方向。

➲ 出題重點 in the direction of... 朝著……的方向

di·rec·tor [dəˋrɛktɚ] 名 主管、導演、董事

例 Ang Lee is one of the most famous Taiwanese directors.
Ang Lee是最有名的台灣導演之一。

di·rect [dəˋrɛkt] 動 指導 形 直接的、筆直的、坦白的

例 Jean directs the operation of the factory alone.
Jean獨自領導這間工廠的營運。

➲ 出題重點 a telephone directory 電話簿

di·rect·ly [dəˋrɛktlɪ] 副 直接地、立即、正好地

例 Meet me in the office directly.
立刻到辦公室見我。

dif·fi·cul·ty [ˋdɪfəˌkʌltɪ] 名 困難、難處

例 Tommy has difficulty blending into the new environment.
Tommy有融入新環境的困擾。

➲ 出題重點 have difficulty in... 對……有困難

dil·i·gence [ˋdɪlədʒəns] 名 勤勞、勤奮

例 Mary has been working with **diligence** and without fatigue.
Mary孜孜不倦的工作著。

➲ 出題重點 work with diligence and without fatigue 孜孜不倦

dis·ci·pline [ˋdɪsəplɪn] 名 紀律、訓練、教訓

例 **Discipline** is the top principle in our company.
紀律是本公司首要原則。

➲ 出題重點 self – discipline 自我訓練、自我修養、自律

dis·clo·sure [dɪsˋkloʒɚ] 名 揭發、敗露、敗露的事情

例 The **disclosure** of the affair ruined Kevin's reputation.
婚外情的揭發毀了Kevin的名譽。

➲ 出題重點 make a disclosure of… 揭發……

dis·miss·al [dɪsˋmɪsl̩] 動 免職、解雇

例 Ivy hasn't worked ever since the **dismissal** of her previous job.
自從上個工作被解雇，Ivy不曾工作過。

dis·pos·al [dɪˋspozl̩] 名 支配、處理

例 The **disposal** of toxic wastes should be given extra cautious.
處理有毒廢料須格外謹慎。

➲ 出題重點 at sb.'s disposal 由某人作主、自由支配

dis·trib·ute [dɪˋstrɪbjut] 動 分配、分發

例 **Distribute** the books to every employee.
把書發給每個員工。

➲ 出題重點 distribute bonus 分紅

dis·tur·bance [dɪˋstɝbəns] 名 擾亂、妨礙

例 I have to work in a place without **disturbance**.
我必須在沒人干擾的地方工作。

➲ 出題重點 create a disturbance 引起騷動

dis·charge [dɪsˋtʃardʒ] 名 卸貨、釋放、排放 動 卸貨、償還、履行、流出、發射、解除

例 Many factories still **discharge** wasted water or air.
許多工廠仍會排放廢水或廢氣。

➲ 出題重點 a discharge of a debt 償還債務

down·size [ˋdaʊnˋsaɪz] 動 縮減尺寸、裁員

例 Due to economic crisis, we'll have to **downsize** our employee number.
因為經濟危機，我們必須縮減員工人數。

em·pha·size [ˋɛmfəˏsaɪz] 動 強調、著重、重讀

例 Our new strategy **emphasizes** the process more than the outcome.
我們的新策略強調過程多於結果。

➲ 出題重點 put great emphasis on 著重……emphasize

em·ploy [ɪmˋplɔɪ] 動 雇用

例 Vincent will **employ** all available means to get what he wants.
Vincent會用盡一切手段達成自己的目標。

➲ 出題重點 employ all available means 用盡一切手段
employ oneself in 忙於、從事

em·ploy·ee [ɪmˋplɔɪi] 名 受雇人員

例 Jackson's corporation has more than 10'000 **employees**.
Jackson的公司有超過一萬名員工。

➲ 出題重點 employee benefit committee 員工福利委員會

em·ploy·er [ɪmˋplɔɪɚ] 名 雇主、老闆

例 Good employer will consider **employees**' welfare.
好雇主會考量雇員的福利。

➲ 出題重點 a major employer 大雇主

em·ploy·ment [ɪmˋplɔɪmənt] 名 雇用、利用、工作、職業

例 After graduation, Dean found **employment** as an interpreter.
畢業後，Dean受雇為口譯員。

➲ 出題重點 employment agency 職業介紹所

en·force [ɪnˋfors] 動 強迫、加強、實施

例 The manager **enforces** everyone to work on weekends.
經理強迫大家假日上班。

➲ 出題重點 enforce sth. on sb. 把……強加給某人

en·hance [ɪnˋhæns] 動 提高、增強

例 Extensive reading will **enhance** your English ability.
大量閱讀會提升英文能力。

➲ 出題重點 enhance one's reputation 提高聲譽

en·roll [ɪnˋrol] 動 登記、招收、參加、成為成員

例 My brother **enrolled** to the army last September.
我弟去年九月成為軍人。

en·roll·ment [ɪn`rolmənt] 名 登記、入伍、入會、入學

例 UCLA had accepted my **enrollment**. I'll be a college student!
加州大學接受我的入學申請。我就要成為大學生了！

➲ 出題重點 online enrollment 線上登記

en·tire [ɪn`taɪr] 形 整個的、全部的

例 The scandal spread to the **entire** town in a day.
醜聞一天內散佈到整個鎮上。

en·tre·pre·neur [ˌɑntrəprə`nɝ] 名 企業家、主辦人

例 Yong-Ching Wang was a successful **entrepreneur**.
Yong-Ching Wang是個成功的企業家。

en·ter [`ɛntɚ] 動 進入、加入、開始

例 My father **entered** army service quite young, so he retired before 45.
我爸蠻年輕就加入軍隊，所以不到45歲就退休了。

➲ 出題重點 enter data 輸入資料　enter for 參加
enter into sth. 開始做某事

en·ter·prise [`ɛntɚˌpraɪz] 名 企業、公司、進取心

例 Running an **enterprise** is not easy.
掌管企業不容易。

➲ 出題重點 international enterprise 國際企業

es·sen·tial [ɪ`sɛnʃəl] 名 要點、必需品 形 基本的、本質的

例 Water is an **essential** component to all forms of organism.
水是所有有機體的必要成分。

➲ 出題重點 be essential to 本質、根本、必要的

es·tab·lish [ə`stæblɪʃ] 動 建立、設立

例 Walt Disney **established** a kingdom of imagination.
Walt Disney建立了一個想像力的王國。

➲ 出題重點 establish oneself in 定居於

es·tab·lish·ment [ə`stæblɪʃmənt] 名 確立、制定、設施

例 They spent a lot of money on the **establishment** of this building.
他們花了很多錢蓋這棟建築。

ex·pen·di·ture [ɪk`spɛndɪtʃɚ] 名 花費、消費

例 Training an animal requires the **expenditure** of time and money.
訓練動物需要花費時間和金錢。

ex·pend [ɪk`spɛnd] 動 花費、消耗、支出

例 Children **expend** all their energy running around the park.
孩子們在公園奔跑消耗了所有的能量。

ex·pense [ɪk`spɛns] 名 費用、支出、損害

例 Ariel got human legs at the expense of her beautiful voice.
Ariel用她美妙的聲音換取人類的雙腳。

➲ 出題重點 living expense 生活費用
at the expense 以某人的費用、以……為代價

Ff

fetch [fɛtʃ] 名 取得、拿、詭計 動 接來、取來、吸引、到達、售得

例 Would you fetch the book on the desk for me?
你可以把桌上的書拿給我嗎？

➲ 出題重點 fetch in 引進、招來

fire [faɪr] 動 點燃、射擊、解雇

例 Life could be difficult when middle-aged people were fired.
中年失業，日子可能很難過。

➲ 出題重點 on fire 著火 fire a shot 開一槍 fire at 朝……開槍

firm [fɝm] 名 合夥、公司 動 變牢固、變穩定 形 堅定的、不屈不撓的

例 This rock isn't firm enough to stand on. Try another one.
這顆石頭不夠穩固不能踩，試試其他顆。

found [faʊnd] 動 建立、創辦、鑄造

例 Mark Zuckerberg founded Facebook.
Mark Zuckerberg創辦Facebook。

➲ 出題重點 found on 建立在……之上

ful·fill [fʊl`fɪl] 動 完成、履行、滿足

例 My parents support me to fulfill my dream of becoming a photographer.
我父母支持我實現成為攝影師的夢想。

➲ 出題重點 fulfill oneself 完全實現自己的抱負

func·tion [`fʌŋkʃən] 名 功能、作用 動 運行

例 This Vinyl recorder still functions well.
這台黑膠唱片機還很好用。

goal [gol] 名 目標、終點

例 This year's **goal** is to promote our product to international market.
今年的目標是將我們的產品推到國際市場。

gov·ern [ˋgʌvən] 動 統治、支配、管理

例 The bourgeoisie **governed** the country.
中產階級統治著這個國家。

guid·ance [ˋgaɪdn̩s] 名 指導、領導

例 Wise leader provides clear and accurate **guidance**.
聰明的領導人提供清楚且正確的指導。

➲ 出題重點 guidance book 導覽書　guidance counselor 諮詢顧問

guide [gaɪd] 名 指導者、嚮導、導遊 動 引導、指導

例 The waitress will **guide** you to your seat.
服務生會引導你到座位上。

➲ 出題重點 guide book 說明書　guide sb. to… 引導某人……

head·quar·ters [ˋhɛdˋkwɔrtəz] 名 司令部、指揮部、總部

例 The lieutenant reported the information about enemy forces to **headquarters**.
中尉將敵方武力資訊上報指揮部。

➲ 出題重點 commander's headquarters 司令部

hire [haɪr] 名 工資、租金 動 聘請、雇用

例 Susan **hired** a babysitter so she could go out with her husband.
蘇珊請了保姆所以才能跟老公出去。

➲ 出題重點 hire oneself to 受雇於

im·prove [ɪmˋpruv] 動 改善、改良、提高、增加

例 Our company's system has **improved** since the new CEO came in.
本公司制度在新執行長上任以後有改善。

in·come [ˋɪn͵kʌm] 名 收入、所得

例 It's not polite to ask other's **income**.
詢問他人的收入是不禮貌的。

➲ 出題重點 income account 損益表

in·cor·po·rat·ed [ɪnˋkɔrpə͵retɪd] 形 組成公司的、合成一體的

例 The reference is **incorporated** into the agreement.
附件併入合約中。

in·cor·po·rate [ɪnˋkɔrpə͵ret] 動 合併、組成公司 形 合併的、結社的、一體化的

例 We would like to **incorporate** the two subsidiaries.
我們希望合併這兩間子公司。

in·dif·fer·ent [ɪnˋdɪfərənt] 形 無關緊要的、不關心的、冷淡的

例 Jim is an **indifferent** person. He doesn't care about others.
Jim是個冷漠的人。他不關心別人。

➲ 出題重點 indifferent attitude 漠不關心的態度

in·dis·pen·sa·ble [͵ɪndɪˋspɛnsəbl̩] 名 不可缺少之物 形 不可缺少的

例 Air is an **indispensable** element to life.
空氣是生命不可或缺之物。

➲ 出題重點 indispensable quality 不可或缺的特質

in·no·va·tion [͵ɪnəˋveʃən] 名 改革、革新

例 I've foreseen an **innovation** after i-cloud appeared.
我預期雲端科技出現後會有革新。

➲ 出題重點 make innovations in… 在……上進行種種革新

in·no·va·tive [ˋɪno͵vetɪv] 形 創新的、革新的

例 There are **innovative** products every day.
每天都有創新產品。

➲ 出題重點 innovative technology 創新科技

in·no·vate [ˋɪnə͵vet] 動 改革、創新

例 **Innovating** is crucial in our business.
創新在這個產業裡是很重要的。

in·sect [ˋɪnsɛkt] 名 昆蟲

例 **Insects** are amazing creatures.
昆蟲是很神奇的生物。

in·sid·er [ɪnˋsaɪdɚ] 名 內部的人、知道內情的人、權威人士

例 Knowing an **insider** could save you tons of works.
認識權威人士能為你省很多功夫。

in·spect [ɪnˋspɛkt] 動 檢查、視察

例 We will inspect this case right away.
我們會立刻審查這個案件。

in·spec·tion [ɪnˋspɛkʃən] 名 檢查、視察

例 Close inspection of the new clothe reveals a stain.
仔細檢查新衣發現汙漬。

➲ 出題重點 inspection at random 抽查、隨機抽查

in·stal·la·tion [ˏɪnstəˋleʃən] 名 安裝、裝置、就職

例 The pop-singer was invited to presidential installation.
流行樂手受邀參加總統就職典禮。

➲ 出題重點 a heating installation 暖氣設備
attain sb.'s installation 出席某人的就職典禮

in·ten·si·fy [ɪnˋtɛnsəˏfaɪ] 動 加強、強化

例 Workers use more cement to intensify the wall.
工人用更多水泥來強化這面牆。

in·tend [ɪnˋtɛnd] 動 意欲、計畫

例 Tommy intended to cheat on the exam.
Tommy意圖作弊。

➲ 出題重點 intend to do sth. 打算做某事

Jj

job [dʒɑb] 名 工作、零工、職業 動 做零工、買賣、假公濟私、批發

例 My fist part-time job was a clerk.
我第一份打工是當店員。

➲ 出題重點 find a job 找工作 part-time job 兼職
get a job 得到一份工作

job·less [ˋdʒɑblɪs] 名 失業、失業者 形 失業的、無業的

例 Sam has been jobless for 30 years.
Sam失業30年了。

joint [dʒɔɪnt] 名 接縫、接合處、關節 動 連接、接合 形 共同的、聯合的、共有的

例 Beware not to break the joints of this antique doll.
小心不要破壞這個骨董娃娃的接合處。

➲ 出題重點 at the joint of... 在……的接合處

Ll

la·bor [ˋlebɚ] 名 勞動、勞力、分娩

例 Child labor was a serious problem during the Industrial Revolution.
童工問題在工業革命期間很嚴重。

➲ 出題重點 Labor conquers all things. 勞動會戰勝一切。
child labor 童工

lay·off [ˋle͵ɔf] 名 解雇、失業期

例 More layoffs are expected this year.
今年預期會有更多人被解雇。

lead·er·ship [ˋlidɚʃɪp] 名 領導能力、領導階層

例 Leadership requires charm and effort.
領導能力從個人魅力和努力中得來。

liq·ui·date [ˋlɪkwɪ͵det] 動 清算、償還、清理

例 Company has to liquidate assets at least once a year.
公司每年至少要清算資產一次。

list [lɪst] 名 名單、目錄、一覽表、表列價格

例 Fill out the list before enter.
入場前請簽名單。

➲ 出題重點 on the list 在名單上　be struck off the list 被除名
waiting list 預約名單

lo·go [ˋlogo] 名 標識語、標誌圖案

例 McDonald's logo is recognized around the globe.
全球都知曉麥當勞的標誌。

Mm

man·a·ger [ˋmænɪdʒɚ] 名 經理

例 I'm the manager. May I help you?
我就是經理。什麼事？

man·age·ment [ˋmænɪdʒmənt] 名 管理、處理、經營

例 Business management is a difficult course.
商管是個困難的科目。

man·da·to·ry [ˋmændə͵torɪ] 形 命令的、強制的、託管的

例 Mandatory **military** service is going to be history in Taiwan.
強制入伍將走入台灣的歷史。

mend [mɛnd] 名 改進、改良、修理 動 改良、改造、修理

例 Could you help me **mend** my TV set?
可以幫我修電視機嗎？

➲ 出題重點 It is never too late to mend. 改過永不嫌晚。

mo·nop·o·lize [məˋnɑpḷ͵aɪz] 動 獨佔、壟斷

例 **Monopolizing** the market is a serious crime.
壟斷市場是重罪。

mon·i·tor [ˋmɑnətɚ] 名 監視器、班長、糾察員 動 監視、監聽

例 Our community has **monitors** around every street corner.
本社區街角均裝有監視器。

➲ 出題重點 high - definition monitor 高傳真監視器

Nn

nom·i·na·tion [͵nɑməˋneʃən] 名 任命、被提名

例 Jessica accepted the **nomination** of class leader.
Jessica被任命為班長。

➲ 出題重點 accept the nomination of… 接受……的提名

o·bey [əˋbe] 動 遵守、服從

例 Working in the company means **obeying** the boss' rules.
在這家公司工作就得遵守老闆的規則。

➲ 出題重點 obey the rule 遵循規則

ob·ser·va·tion [͵ɑbzɚˋveʃən] 名 觀察

例 According to the linguists' **observation**, body and oral languages are equally important.
根據語言學家的觀察，身體和口語表達同樣重要。

ob·serve [əbˋzɝv] 動 觀察、遵守

例 I've **observed** some interesting human behaviors.
我觀察到一些有趣的人類行為。

➲ 出題重點 observe on 評論

ob·so·lete [ˋɑbsə͵lit] 形 作廢的、過時的

例 Microsoft 2003 is **obsolete**.
Microsoft2003過時了。

op·pose [əˋpoz] 動 反對、抵抗

例 I **oppose** to the idea of war.
我反對戰爭。

➲ 出題重點 oppose A against B 把 A 和 B 作對照或對比

Pp

part·ner [ˋpɑrtnɚ] 名 合夥人、股東、舞伴、伴侶 動 與……合夥、

例 Sally and I are only business **partners**.
我和Sally只有工作上的合夥關係。

pay [pe] 名 工資、薪水 動 付款、償付

例 I get good **pay** as an interpreter.
當口譯員薪水很高。

➲ 出題重點 pay sth out 為某事物付鉅款　pay for 為……付款
pay sth off 償清

pen·sion [ˋpɛnʃən] 名 養老金、退休金

例 People **prefer** job with pension because we are afraid of the future.
人們因為恐懼未來所以偏好有退休金的工作。

➲ 出題重點 receive a pension of… 收到……錢的退休金

pen·sion·er [ˋpɛnʃənɚ] 名 領年金者、領撫恤金者

例 My grandfather is a **pensioner**.
我爺爺有老人年金。

per [pɚ] 介 每、通過、根據、經

例 This video was viewed 15 times **per** minute.
每分鐘15人看了這個影片。

per·cent [pɚˋsɛnt] 名 百分比

例 Over 60 percent of the employees aren't satisfied with their **payment**.
超過60百分比的員工不滿意薪資。

per·mis·sion [pɚˋmɪʃən] 名 允許、許可、同意

例 I need your **permission** to start the project.
我需要你的許可才能著手這個計畫。

➲ 出題重點 with one's permission 在某人認可的情況下

per·son·al [ˋpɝsn̩l] 形 個人的、親自的、人身攻擊的

例 Nothing **personal**. It's only business.
不是針對你，就事論事。

➲ 出題重點 personal account 個人帳戶

per·son·nel [ˏpɝsn̩ˋɛl] 名 全體職員、人事部門

例 As the director of the **personnel**, it's my duty to recruit the best people.
身為人事部門主管，我的職責是錄取優秀人才。

plant [plænt] 名 植物、工廠

例 Some kinds of **plant** need extra care to blossom.
有些植物需要特別的照顧才會茂盛。

➲ 出題重點 plant sth (with sth.) 種植某物　plan sth out 移栽

pol·i·cy [ˋpɑləsɪ] 名 政策、方針

例 Electronzing all the documents is our new **policy**.
我們的新政策是電子化所有文件。

pol·lu·tion [pəˋluʃən] 名 汙染

例 Air **pollution** is a serious problem around this area.
空氣汙染在這區很嚴重。

pol·lute [pəˋlut] 動 汙染

例 Stop **polluting** our beautiful environment.
停止汙染美麗的環境。

pro·mo·tion [prəˋmoʃən] 名 促進、促銷、提拔、晉升

例 I've heard that Tim will get the **promotion**.
聽說Tim會升職。

➲ 出題重點 promotion worker 推銷員

proc·ess [ˋprɑsɛs] 名 過程、進行、手續 動 處理、加工

例 Success requires painful **process**.
成功需要痛苦的過程。

➲ 出題重點 in process of... 在……的過程中、進行中

pur·pose [ˋpɝpəs] 名 目的、意圖

例 What's the **purpose** of your visit?
你此行目的何在？

➲ **出題重點** on purpose 故意地　beside the purpose 不適當地
for (the) purpose of... 為了……

re·ces·sion [rɪˋsɛʃən] 名 經濟蕭條、不景氣

例 Everyone is just trying to get by during **recession**.
經濟蕭條時大家都只想混口飯吃。

re·mit [rɪˋmɪt] 動 寬恕、赦免、免除、緩和、匯款、提交

例 Your crimes are **remitted**.
你的罪被赦免了。

re·mov·al [rɪˋmuvl̩] 名 移動、免職、搬遷

例 The **removal** of our old car is necessary if we want to use the parking lot.
如果我們還要使用停車空間的話，把舊車搬走是必要的。

re·or·gan·ize [riˋɔrgəˏnaɪz] 動 改組、再編制、改造

例 The staff has been **reorganized**.
工作團隊已經改組了。

re·place·ment [rɪˋplesmənt] 名 歸還、交換、替代者、替換物

例 The **replacement** of the leading actress was a wise decision.
替換女主角人選是個明智的抉擇。

re·quire·ment [rɪˋkwaɪrmənt] 名 需求、必要條件

例 Please tell me the **requirements** of this job.
拜託告訴我這個工作的要求。

re·sign [rɪˋzaɪn] 動 辭職、放棄、委託

例 The premier **resigned** yesterday.
行政院長昨日辭職。

➲ **出題重點** resign oneself to extinction 束手待斃

re·tire [rɪˋtaɪr] 動 就寢、退休、退隱

例 Jessie **retired** to bed at 9pm.
Jessie晚上9點就寢。

➲ **出題重點** retire into private life 退休

re·tire·ment [rɪˋtaɪrmənt] 名 退休、引退、撤退

例 Do you have a **retirement** plan?
你有退休計畫嗎？

reg·u·la·tion [ˏrɛgjəˋleʃən] 名 規則、條例

例 Every citizen should follow traffic **regulations**.
每位公民都需遵守交通規則。

➲ 出題重點 traffice regulations 交通規則

reg·u·late [ˋrɛgjəˏlet] 動 管理、控制、調節、調整

例 Laws **regulate** our behavior but protect our rights at the same time.
法律控制我們的行為，同時也保護我們的權益。

res·ig·na·tion [ˏrɛzɪgˋneʃən] 名 辭職、辭呈、順從、忍受

例 The president's **resignation** shocked everyone.
總統辭職嚇壞了所有人。

Ss

sal·a·ry [ˋsælərɪ] 名 薪水、報酬

例 I used my first **salary** to buy a laptop.
我用第一份薪水買了筆電。

sec·tor [ˋsɛktɚ] 名 部分、部門、扇形 動 使分成部分

例 Every industry is divided into small **sectors**.
每種產業都被分成小部門。

➲ 出題重點 sector compasses 兩腳規

shift [ʃɪft] 名 移動、移位、變化、輪班 動 替換、轉移、變換、替代

例 We'll take **shifts** guarding the gate.
我們輪班守門。

➲ 出題重點 shift one's ground 改變立場

su·per·vi·sion [ˏsupɚˋvɪʒən] 名 監督、管理、監督權

例 This sector will run well under my **supervision**.
在我的監督下，這個部門會運行順利。

➲ 出題重點 double supervision 雙監察
under the supervision of sb. 在某人監督下

su·per·vi·sor [ˏsjupɚˋvaɪzɚ] 名 監督人、管理人

例 My **supervisor** is a really nice person.
我主管是個好人。

sub·si·dize [ˋsʌbsə͵daɪz] 動 資助、津貼

例 We'll **subsidize** the stray dog saving movement.
我們會資助拯救流浪狗運動。

sub·si·dy [ˋsʌbsədɪ] 名 補助金、津貼

例 Government **subsidy** helped lots of families.
政府津貼幫助了許多家庭。

sum·mon [ˋsʌmən] 動 召喚、召集、鼓舞

例 Jimmy was **summon** to the court as witness of the murder case.
Jimmy以謀殺案證人身分被傳喚到法庭。

➲ 出題重點 summon a conference 召集會議

Tt

take·over [ˋtek͵ovɚ] 名 接收、接管

例 You couldn't just **takeover** my business without giving me any explanation.
你不能不解釋清楚就接管我的事業。

trans·fer [trænsˋfɝ] 動 調任、移轉

例 I was **transferred** to a boarding school.
我轉學到寄宿學校。

➲ 出題重點 transfer from…to… 從……轉換到……

Uu

u·ni·form [ˋjunə͵fɔrm] 名 制服 形 清一色的、一律的、全相同的

例 I actually like to wear **uniform**.
我其實蠻喜歡穿制服的。

un·em·ploy·ment [͵ʌnɪmˋplɔɪmənt] 名 失業、失業人數

例 Youth **unemployment** is rising these years.
青年失業人數近年來一直增加。

➲ 出題重點 chronic unemployment 長期性失業／經常性失業
high unemployment 失業率高

un·em·ployed [͵ʌnɪmˋplɔɪd] 形 失業的

例 Steven is **unemployed**.
Steven失業了。

wage [wedʒ] 名 工資、薪酬

例 My best friend got 20 percent **wage** increase for her excellent job.
我摯友因為出色的工作表現而加薪20百分比。

work·place [ˋwɝk͵ples] 名 工作場所、車間

例 Where is your favorite **workplace**?
你最喜歡的工作場所是哪裡？

world·wide [ˋwɝld͵waɪd] 形 遍及世界的、世界性的

例 I would like to travel **worldwide** someday.
希望有朝一日能到世界各地旅行。

PART 5

職場交流篇

Part 05 音檔雲端連結

因各家手機系統不同，若無法直接掃描，
仍可以至以下電腦雲端連結下載收聽。
（https://tinyurl.com/35aspxxp）

a·dopt [əˋdɑpt] 動 採用、收養

例 After the meeting, the manager decided to **adopt** my proposal.
開完會後，經理決定採用我的提案。

➲ 出題重點 adopt sb. as his son 收養某人為兒子

a·gen·cy [ˋedʒənsɪ] 名 代理、代理處

例 The travel **agency** is famous for its high quality trip.
那家旅行社以高檔行程聞名。

➲ 出題重點 through the agencyof… 憑藉……的代理

a·gen·da [əˋdʒɛndə] 名 議程、行事

例 My secretary will send you the conference **agenda** later.
我祕書待會會傳份會議議程給你。

➲ 出題重點 political agenda 政治議題　conference agenda 會議議程

a·gree [əˋgri] 動 同意、承認

例 Most of the committees do not **agree** to John's plan.
大多數的委員都不同意John的計畫。

➲ 出題重點 agree with 同意

a·gree·ment [əˋgrimənt] 名 同意、一致、協定

例 Based on the rental **agreement**, we should pay the rent every month.
根據租屋協定，我們每個月都得繳房租。

➲ 出題重點 reach an agreement 達成協定

a·mend·ment [əˋmɛndmənt] 名 改善、修正

例 He insisted that his paper did not need **amendment**.
他堅持他的報告不需要任何修改。

➲ 出題重點 amendment to... 對……的修正案

a·mount [əˋmaunt] 名 總數 動 總計

例 He borrowed a great **amount** of money from me yesterday.
他昨天向我借了一筆巨款。

➲ 出題重點 an amount of 相當數量的、一些
in amount 總之、結局、總計　amount to 等於、相當於

a·nal·y·sis [əˋnæləsɪs] 名 分析、分解

例 His **analysis** of the current economic crisis is precise.
他對當前經濟危機的分析相當精闢。

➲ 出題重點 on analysis 經由分析

ab·sence [ˋæbsn̩s] 名 不在、缺席、缺乏、沒有

例 The class become silent because of her **absence** today.
課堂因為她今天缺席顯得格外安靜。

➲ 出題重點 in the absence of 在（某人）不在時、在（某物）缺乏時候

ab·sent [ˋæbsn̩t] 形 缺席的

例 Some of the students were **absent** today due to the snow.
今天有些學生因大雪而缺席。

➲ 出題重點 be absent from 缺席

ad·journ [əˋdʒɝn] 動 延期、休會、延遲

例 The meeting was **adjourned** until next Thursday.
會議將延至下禮拜四舉行。

ad·journ·ment [əˋdʒɝnmənt] 名 休會、延期

例 The judge does not grant the request for an **adjournment**.
法官並不同意休會的要求。

ad·just·ment [əˋdʒʌstmənt] 名 調整、調節、調節器

例 The manager made an **adjustment** in his schedule tomorrow.
經理調整了一下他明天的行程

➲ 出題重點 room for adjustment 伸縮餘地

A

ad·mis·sion [ədˋmɪʃən] 名 進入許可、門票、承認

例 Passing the exam means you get the **admission** ticket to our team.
通過考試就代表你獲得進入我們團隊的門票了。

➲ 出題重點 admission ticket 入場券、准考證

ad·mit [ədˋmɪt] 動 允許、承認、容納

例 She **admitted** that she stole the money from the old woman.
她承認是她偷了老婦人的錢。

➲ 出題重點 admit a student to college 允許某學生進入大學
admit sb's guilt 認罪

ad·vis·o·ry [ədˋvaɪzərɪ] 形 顧問的、諮詢的、勸告的

例 The bank provides financial **advisory** service also.
這間銀行也有提供金融諮詢服務。

af·fil·i·ate [əˋfɪlɪˏet] 名 會員、支部 動 參加、接受為會員

例 We have been **affiliated** with the golf club for three years.
我們加入這個高爾夫俱樂部已經有三年了。

ag·gres·sive [əˋgrɛsɪv] 形 侵略的、好鬥的、積極進取的

例 He became more **aggressive** after he broke up with Kelly.
與Kelly分手後他變得更加積極進取。

aim [em] 名 瞄準、目的、目標 動 瞄準、以……為目標

例 It is our **aim** to build a stray dog house here.
在這兒建一間流浪狗收容所是我們的目標。

➲ 出題重點 aim at 瞄準、針對

air·fare [ˋɛr͵fɛr] 名 飛機票價

例 The **airfares** to Japan have lowered for several months.
去日本的機票已經連續降價好幾個月了。

al·ter [ˋɔltɚ] 動 變更、更改

例 The designer **altered** the shape and the color of the table.
設計師更改了桌子的形狀和顏色。

➲ 出題重點 altered to 為……而改變

an·a·lyst [ˋænl̩ɪst] 名 分析家、分解者

例 We invited a professional political **analyst** to our show today.
我們節目今天邀請到一位專業的政治分析家。

an·a·lyze [ˋænl̩aɪz] 動 分析

例 He asked me to **analyze** these samples by Friday.
他要我禮拜五前要分析完這些樣本。

➲ 出題重點 analyze the motive of coming 細察來意

ap·prov·al [əˋpruvl̩] 名 贊成、批准、認可

例 The budget of your plan needs the principal's **approval**.
你的計畫經費須得先得到校長的批准。

➲ 出題重點 meet one's approval... 合……的意

ap·prove [əˋpruv] 動 贊成、認可

例 Those teachers couldn't **approve** the school's wage adjustment.
教師們不贊同學校的調薪動作。

➲ 出題重點 disapprove of 反對

ar·range [əˋrendʒ] 動 安排、計畫、排列

例 Your meeting will be **arranged** on the Tuesday morning.
你的會議將安排在禮拜二早上。

➲ 出題重點 arrange with sb. about sth. 某人商定某事
arrange for... 為……安排

ar·ri·val [əˋraɪvl̩] 名 抵達、到達、到達者、抵達物

例 They will hold a party for the new **arrivals** in this restaurant.
他們將在這間餐廳舉辦歡迎新人的餐會。

➲ 出題重點 the arrival of the guests 客人的到來
arrival lobby 入境大廳　new arrivals 新來的人

ar·gue [ˋɑrgjʊ] 動 辯論、說服、證明、堅決主張

例 Our team **argued** against the judge that we didn't cheat.
我們的隊伍向裁判反駁我們並未作弊。

➲ 出題重點 argue about 辯論、爭論某事　argue against 反駁

as·sem·bly [əˋsɛmblɪ] 名 集合、集會、裝配

例 There will be a great **assembly** in this plaza tomorrow.
明天廣場這兒將會有一場大集會。

➲ 出題重點 hold an assembly 舉行聚會

at·ten·dance [əˋtɛndəns] 名 出席、出席的人數、照料

例 Her school **attendance** for this semester is very poor.
她這學期的上課出席率相當糟。

➲ 出題重點 attendance list 出席名單　full attendance 全勤

Bb

bar·ri·er [ˋbærɪɚ] 名 障礙、隔閡、柵欄

例 The culture difference creates a **barrier** between their relationships.
文化差異造成他們倆關係上的隔閡。

➲ 出題重點 barrier to... 成為……的障礙

bug [bʌg] 名 小蟲、臭蟲、病菌、竊聽器 動 裝置竊聽器、使苦惱

例 They succeed in **bugging** the drug dealer's office.
他們成功地在毒販的辦公室安裝竊聽器。

Cc

ca·pa·ble [ˋkepəbl̩] 形 有能力的、能的

例 We need a new assistant who is **capable** of driving.
我們需要一位會開車的新助手。

➲ 出題重點 be capable of 有……的能力、能幹的、有……的可能性

ca·pac·i·ty [kəˋpæsətɪ] 名 能力、智能、容納

例 The young girl has great **capacity** for logic analyzing.
那小女孩善於邏輯分析。

➲ 出題重點 capacity for... ……的能力

can·cel [ˋkænsḷ] 動 取消、刪去

例 The flights to China were **canceled** because of the typhoon.
往中國的班機全都因颱風而取消了。

cen·sor [ˋsɛnsɚ] 名 檢查員 動 檢查、審查

例 All the letters to the jail should be **censored**.
所有寄往監獄的信件都要先檢查。

cen·sor·ship [ˋsɛnsɚ͵ʃɪp] 名 審查制度、審查機構

例 Their government imposed strict **censorship** on the films.
他們政府的影片審查制度實施得十分嚴格。

chair·man [ˋtʃɛrmən] 名 主席、會長

例 Jim was appointed to be the **chairman** of our department.
Jim被任命為我們系上的主任。

➲ 出題重點 vice chairman 副主席

chal·leng·ing [ˋtʃælɪndʒɪŋ] 形 引起競爭興趣的、挑逗的

例 He likes his job because it's **challenging** and exciting.
他喜歡他那份既刺激又具有挑戰性的工作。

co·her·ent [koˋhɪrənt] 形 一致的

例 Your final paper is lack of a **coherent** argument.
你期末報告的論點前後不一致。

➲ 出題重點 be coherent to 與……一致

co·in·cide [͵koɪnˋsaɪd] 動 一致、同時發生

例 The Christmas this year **coincides** with my final exam.
今年的聖誕節正好也是我的期末考。

➲ 出題重點 coincide in opinion 意見一致

co·or·di·na·tion [koˋɔrdṇ͵eʃən] 名 協調、調和

例 Most of the athletes have better **coordination** and quick response.
多數的運動員都擁有極佳的身體協調能力和敏捷反應度。

co·or·di·nate [koˋɔrdṇɪt] 名 同等者、同等物、座標 動 調整、整理、協調一致 形 同等的、並列的

例 My interpretation of this painting is **coordinated** with Professor Smith.
我對這幅畫的解釋與Smith教授不謀而合。

➲ 出題重點 be coordinated with... 與……一致

com·pat·i·ble [kəmˋpætəbl̩] 形 諧調的、一致的、相容的

例 This application is not **compatible** with your computer system.
這個程式與你的電腦系統不相容。

➲ 出題重點 be compatible with reason 合情理

com·pe·tence [ˋkɑmpətəns] 名 能力、技能、許可權

例 He studies abroad for enhancing more art **competence**.
他為了增進自己的藝術技巧而出國進修。

➲ 出題重點 one's competence in... 某人在某方面的能力

com·pe·tent [ˋkɑmpətənt] 形 能幹的、勝任的

例 Jenny is a highly **competent** anthropologist.
珍妮同時是一位稱職的媽媽和首席法官。

➲ 出題重點 a competent lawyer 稱職的律師

com·plete [kəmˋplit] 動 完成、使完整 形 完整的、全部的

例 The therapy will take two months to **complete**.
你需要兩個月來完成這個療程。

➲ 出題重點 complete with 包括、連同

com·pro·mise [ˋkɑmprə͵maɪz] 名 和解 動 妥協讓步、折中處理

例 He was forced to **compromise** due to the situation.
他為情勢所逼而被迫妥協。

➲ 出題重點 compromise with 與……和解
willing to compromise 願意妥協

com·pul·sion [kəmˋpʌlʃən] 名 強迫、被迫

例 Constantly cleaning the house has become a **compulsion** that needed treatment.
不斷地打掃家裡已經變成一種需要治療的強迫症。

com·pul·so·ry [kəmˋpʌlsərɪ] 形 義務的、強制的、必修的

例 In Taiwan, military service is **compulsory** for males after eighteen.
在台灣，十八歲以上的男性是有義務服兵役的。

con·clude [kənˋklud] 動 結束、決定、得出結論

例 The new year party **concluded** with a show of fireworks.
這場跨年活動以煙火秀做結尾。

➲ 出題重點 conclude to 最後決定……

con·di·tion [kənˋdɪʃən] 名 條件、情況

例 His car was in an awful **condition** when it was returned.
他的車子歸還後情況簡直慘不忍睹。

➲ 出題重點 has a lung condition 患肺病

con·se·quence [ˋkɑnsə͵kwɛns] 名 結果、重要性、重大

例 You will face the consequences of your actions one day.
總有一天你得面對你所做的一切事情的後果。

➲ 出題重點 in consequence of 由於

con·sen·sus [kənˋsɛnsəs] 名（意見的）一致

例 We still couldn't reach a consensus after several meetings.
在開過幾次會後，我們依然不能達成共識。

➲ 出題重點 build a consensus with sb. 與某人達成共識

con·sent [kənˋsɛnt] 名 承認、同意、贊成 動 服從、同意

例 Their parents don't consent to move to United States.
他們的父母不願意搬到美國去。

➲ 出題重點 age of consent （婚姻的）合法年齡

con·sign [kənˋsaɪn] 動 托運、委託

例 Your package has been consigned by express and will arrive tomorrow.
你的包裹已由快遞寄送，明天就會到達。

con·struc·tive [kənˋstrʌktɪv] 形 建設性的

例 There are some constructive ideas about the project in this paper.
這份報告裡有一些關於方案上頗有建設性的想法。

con·ceal·ment [kənˋsilmənt] 名 隱藏、隱蔽、隱蔽處

例 He was tortured with the concealment of the facts.
隱藏真相讓他十分痛苦。

con·cede [kənˋsid] 動 勉強、承認、退讓

例 She finally conceded that she cheated on the exam.
她終於承認她考試作弊。

➲ 出題重點 concede to… 對……讓步

con·ces·sion [kənˋsɛʃən] 名 認可、讓步

例 Owen states that his concession doesn't mean he loses.
Owen強調他讓步並不代表他輸了。

➲ 出題重點 as a concession 做為一種讓步

con·fer [kənˋfɝ] 動 協商、商談、贈與

例 They confer with different companies on the money donations.
他們與多家公司商討捐款事宜。

➲ 出題重點 confer with sb. on sth. 與某人商談某事

con·fi·den·tial [ˌkɑnfəˋdɛnʃəl] 形 祕密的、機密的

例 I have received some **confidential** information from police.
我從警方那兒獲得了一些機密情報。

➲ 出題重點 become confidential with sb. 輕信某人

con·form [kənˋfɔrm] 動 使符合一致、遵從

例 You need to **conform** our rules when you live here.
你住這兒就得遵守我們的規定。

➲ 出題重點 be conformed with 被遵守

con·sid·er [kənˋsɪdɚ] 動 認為、考慮

例 Henry is **considered** to be an expert in piano.
Henry被視為一位鋼琴大師。

➲ 出題重點 consider… as… 認為……是……

con·sid·er·a·ble [kənˋsɪdərəbl̩] 形 相當大的、值得考慮的、重要的

例 Thomas Jefferson is a **considerable** person in American history.
Thomas Jefferson是美國歷史上一位重要的人物。

➲ 出題重點 a considerable sum 相當大筆的數目

con·sul·ta·tion [ˌkɑnsl̩ˋteʃən] 名 請教、磋商、會診

例 After **consultation** with my friends, we decided to reject her invitation.
在與朋友磋商後，我們決定回絕她的邀請。

➲ 出題重點 after consultation with… 在與……磋商之後

con·sul·tant [kənˋsʌltənt] 名 顧問、商議者、諮詢者

例 Our senior **consultant** can help you with any financial problem.
我們的資深顧問可以解答你所有的財金問題。

con·ver·sa·tion [ˌkɑnvɚˋseʃən] 名 會話、談話、交際

例 He requires me to keep our **conversation** as a secret.
他要求我不可洩漏這次的對話內容。

con·vince [kənˋvɪns] 動 說服、使信服

例 I was **convinced** that she will marry me the next year.
我確信她明年就會嫁給我了。

➲ 出題重點 convince sb. of sth. 使某人確認某事

con·fer·ence [ˋkɑnfərəns] 名 會議、討論會

例 He was invited to the **conference** to give a speech.
這場討論會邀請他來演講。

cor·re·spond [ˌkɔrəˋspɑnd] 動 符合、相當、通信

例 The result of the experiment **corresponds** to my anticipation.
實驗結果跟我預測的一模一樣。

➲ 出題重點 correspond to 相當於

cor·re·spon·dence [ˌkɔrəˋspɑndəns] 名 相應、通信、信件

例 There are many **correspondences** between the two movies.
這兩部電影有許多相似之處。

➲ 出題重點 correspondence with 與……相符

cor·re·spon·dent [ˌkɔrəˋspɑndənt] 名 通訊記者、通信者

例 He was a war **correspondent** in the World War II.
二次大戰時他曾是戰地特派記者。

➲ 出題重點 special correspondent 特派記者

date [det] 名 日期、約會、約會對象 動 註明……的日期、約會、開始存在

例 We have to set the **date** for the wedding by this Saturday.
我們得在周六前決定婚禮的日期。

➲ 出題重點 set the date 定下日期　date back to 追溯到
ask sb for a date ; date sb. 約某人

de·bate [dɪˋbet] 名 討論、爭論、辯論 動 辯論、爭論

例 They are going to have a **debate** on the tax cut.
他們將針對減稅問題做辯論。

➲ 出題重點 debate on... 對……爭論

de·ci·sion [dɪˋsɪʒən] 名 決定、判決、定奪

例 We cannot change the **decision** made by the judge.
我們無法改變法官所作的決定。

➲ 出題重點 make a decision 做決定

de·sign [dɪˋzaɪn] 名 設計、構思、佈局、打算 動 設計、繪畫、計畫、籌畫

例 This architect's **design** is in favor by public.
這位建築師的設計廣受大眾喜愛。

de·tailed [ˋdiˋteld] 形 詳細的、逐條的

例 Richard gave me a **detailed** description of the incident.
Richard詳盡地跟我敘述了意外的經過。

de·tain [dɪˋten] 動 使延遲、耽擱、扣留

例 The custom **detained** the man to make further inquiries.
海關扣留那個人做進一步的訊問。

➲ 出題重點 be detained by business 因工作而耽擱

de·ter·mine [dɪˋtɝmɪn] 動 決定、確定、測定、使下定決心、使終止

例 She was **determined** to win the competition at the next week.
她決心要贏得下禮拜的那場比賽。

➲ 出題重點 determine to accomplish 志在必得
determine to become strong 發奮圖強

de·vise [dɪˋvaɪz] 名 遺贈 動 設計、發明、圖謀、做出、想出、遺贈給

例 Joe has devised several ways to complete the work.
Joe想出了一些完成作品的方法。

de·vice [dɪˋvaɪs] 名 儀器、手段、謀略

例 Be careful with the box; there is a fragile **device** inside.
小心那個箱子，裡頭有著精密儀器。

➲ 出題重點 point – device 極正確的、非常精密的

dead·line [ˋdɛd͵laɪn] 名 最終期、期限

例 The **deadline** for the final paper is next Friday.
期末報告的繳交期限是下周五。

del·e·gate [ˋdɛləgɪt] 名 代表
[ˋdɛlə͵get] 動 委派……為代表

例 She was appointed to be the official **delegate** of our department.
她被指派為我們系上代表。

➲ 出題重點 government delegate 政府代表

del·e·ga·tion [͵dɛləˋgeʃən] 名 代表團、授權、委託

例 The Korean **delegation** will be here later due to the flight delay.
因班機延誤，韓國代表團將會晚點才到。

➲ 出題重點 company delegation 公司的代表團

dep·u·ty [ˋdɛpjətɪ] 名 代理人、代表

例 Tina will be the **deputy** for me when I am not here.
我不在時，Tina將會是我的代理人。

➲ 出題重點 a deputy for sb. 某人的代理

dif·fer [ˋdɪfɚ] 動 不一致、不同

例 We can't reach the agreement if our positions **differ**.
若立場不同我們則無法達成共識。

➲ 出題重點 differ with… 與……不同

dif·fer·ence [ˋdɪfərəns] 名 差異、分歧、爭論、差額 動 計算出……之間的差別

例 I can't tell the difference between the twin brothers.
我看不出這對雙胞胎兄弟有甚麼不一樣。

dis·a·gree [ˏdɪsəˋgri] 動 反對、不適宜

例 She disagreed with my point directly during the conference.
她直接在會議上反對我的觀點。

➲ 出題重點 disagree with… 不同意……

dis·pose [dɪˋspoz] 動 處理、安排、佈置、使願意或準備做

例 They disposed a lot of balloons around the garden.
他們在花園佈置了很多汽球。

➲ 出題重點 safely dispose of 安全地丟棄……

e·lab·o·rate [ɪˋlæbəˏret] 動 精心製作、竭力做成、詳細地說明 [ɪˋlæbərɪt] 形 精心的、周到的

例 He made me an elaborate birthday card with photos and stickers.
他用照片和貼紙製作了一張精緻的生日卡送我。

➲ 出題重點 to elaborate one's idea 詳述意見

e·mer·gen·cy [ɪˋmɝdʒənsɪ] 名 事變、意外之事、緊急事故、危機

例 He didn't know what to do in such an emergency.
在這樣的緊急狀況下他卻十分不知所措。

➲ 出題重點 emergency room 急診室 in an emergency 遇緊急狀況

e·qual [ˋikwəl] 名 同樣的人、相等的數量、能與之比擬的東西、匹敵者 動 與……相等或相同、比得上 形 相等的、公平的、能勝任的、合適的

例 We are all equal, deserving the same rights as each other.
我們都是平等且應享有同樣權利的。

➲ 出題重點 be equal to ; in 等於、平等 be without equal 無敵
on equal terms with sb. 平等相處

e·quip [ɪˋkwɪp] 動 裝備、配備、使有能力、使勝任

例 This advanced course will equip you better English ability.
這項進階課程可使你擁有更優越的英文能力。

➲ 出題重點 equip with 裝備

e·quip·ment [ɪˋkwɪpmənt] 名 設備、器材

例 The complete **equipment** of the new gym will take a month.
這間新健身房要再一個月才能把配備備齊。

e·quiv·a·lent [ɪˋkwɪvələnt] 名 等價物、相等 形 相等的、相當的、同意義的

例 I tried to find some Chinese **equivalents** of these English words.
我試著找出這些英文字的中文對應詞。

➲ 出題重點 a near equivalent 近義詞

ef·fort [ˋɛfɚt] 名 努力

例 She has made every **effort** to fight with the cancer.
她已經盡其所能的治療她的癌症。

➲ 出題重點 make every effort 盡一切努力

el·i·gi·ble [ˋɛlɪdʒəbl̩] 形 符合條件的、合格的

例 Only people over eighteen years old are **eligible** for this exhibition.
只有滿十八歲的成人才可以看這個展覽。

➲ 出題重點 be eligible for… 有……的資格

em·pha·sis [ˋɛmfəsɪs] 名 強調

例 This school puts more **emphasis** on the professional skill training.
這間學校比較強調專業技能的訓練。

➲ 出題重點 put ; lay ; place emphasis on… 強調……

en·ti·tle [ɪnˋtaɪtl̩] 動 授權、給……題名、給……稱號

例 This card can **entitle** you to a half price of our shoes.
憑這張卡可以讓妳享有買鞋半價的優惠。

➲ 出題重點 entitled to equal rights 享有平等的權力

en·try [ˋɛntrɪ] 名 進入、入場權、入口處

例 The **entry** of the stadium was crowded with fans.
體育場的入口擠滿了歌迷。

ex·cep·tion [ɪkˋsɛpʃən] 名 例外

例 I have to work every day, with the **exception** of Monday.
除了星期一外，我每天都得上班。

➲ 出題重點 without any exception 毫無例外地

ex·cep·tion·al [ɪkˋsɛpʃənl̩] 形 例外的、異常的

例 Her grade last semester showed **exceptional** growth over the past.
她上學期的成績比以前的都還要突出。

➲ 出題重點 exceptional performance 出色的表現

ex·clu·sive [ɪk`sklusɪv] 形 排外的、唯我獨尊的、獨佔的、不與他人共用的

例 I got an **exclusive** interview with the genius pianist.
我獲得了獨家採訪天才鋼琴家的機會。

➲ 出題重點 exclusive of... 不包括……

ex·e·cu·tion [͵ɛksɪ`kjuʃən] 名 實行、執行、死刑

例 The **execution** of your plan requires a great amount of money.
實行你的計畫需要大筆的資金。

➲ 出題重點 during the execution of a contract 履行合約的期間

ex·e·cute [`ɛksɪ͵kjut] 動 實現、處決、使生效

例 The company had a difficulty in **executing** the new policy.
公司在實行新政策時遇到困難。

➲ 出題重點 execute efficiently 有效地實施

ex·ec·u·tive [ɪg`zɛkjutɪv] 名 執行者、經理主管人員 形 實行的、執行的、行政的

例 He was nominated to be the **executive** committee this year.
今年他被提名為執行委員會的委員之一。

➲ 出題重點 chief executive officer(CEO) 執行長

Ff

flex·i·bil·i·ty [͵flɛksə`bɪlətɪ] 名 彈性、適應性、機動性

例 I hope you can leave some **flexibility** in the schedule.
我希望你可以讓行程有多一點彈性。

fun·da·men·tal [͵fʌndə`mɛntl̩] 形 基本的、根本的、必要的

例 Exercise is the **fundamental** way to lose weight.
運動是減肥的根本之道。

➲ 出題重點 fundamental law 基本法

fund [fʌnd] 名 資金、基金 動 資助、投資

例 We are raising **fund** for the new orphanage.
我們正在為了建新育幼院募集資金。

➲ 出題重點 fund raiser 募款者、籌措資金者

fur·ther [`fɝðɚ] 動 促進

例 His goal is to **further** the interest of his company.
他的目標是要增加公司獲利。

goal [gol] 名 目標、終點

例 We are going to reach the goal of the journey.
我們即將抵達旅程的終點。

guide·line [ˋgaɪd͵laɪn] 名 指引、指標、方針、準則

例 The agency has issued the guidelines to help the beginner.
代理處發行了一些有助於初學者的指南書。

➲ 出題重點 user's guideline 使用者指南

il·lus·trate [ˋɪləstret] 動 舉例說明、圖解、加插圖於、闡明

例 He illustrates the complicated concept by telling a story.
他用說故事的方式來闡明這個複雜的觀點。

➲ 出題重點 illustrate with example 舉例說明

im·me·di·ate [ɪˋmidɪɪt] 形 立即的、即刻的

例 We need to take some immediate actions to solve the problem.
我們應立即採取行動來解決問題。

➲ 出題重點 immediate ceasefire 立即停火

im·me·di·ate·ly [ɪˋmidɪɪtlɪ] 副 立刻地、直接地

例 He went home immediately after he received the call.
他接到電話後就立刻回家了。

im·ple·men·ta·tion [͵ɪmpləmɛnˋteʃən] 名 履行、執行

例 The police here are strict to the implementation of law.
這兒的警察執法都相當嚴格。

im·ple·ment [ˋɪmplə͵mɛnt] 名 工具、器具、用具 動 實行、執行

例 The new law will be implemented after the New Year.
新年後即將執行這項新法律。

im·por·tance [ɪmˋpɔrtn̩s] 名 重要（性）、重大、價值

例 You should never forget the importance of this souvenir.
你千萬別忘記這個紀念品的重要性。

im·prove·ment [ɪm`pruvmənt] 名 改進、改善、改良

例 I cannot see any **improvement** in your final paper.
我看不出你的期末報告有任何改善。

➲ 出題重點 make an improvement 獲得改善

in·cur [ɪn`kɝ] 動 遭到、招致

例 The show **incurred** the anger of animal protection organization.
這個表演讓動物保護團體十分憤怒。

in·de·pen·dent [ˌɪndɪ`pɛndənt] 形 獨立的、自立的

例 He moved out from home and lived an **independent** life.
他從家中搬出並獨立生活。

➲ 出題重點 independent of 獨立於

in·ter·view [`ɪntɚˌvju] 名 接見、會見、面試

例 She askes for a private **interview** with our principal.
她要求要與校長私下會談。

➲ 出題重點 have an interview with sb. 參訪某人

ne·go·ti·a·tion [nɪˌgoʃɪ`eʃən] 名 談判

例 The delegate is in **negotiation** with the kidnapper ont the phone.
談判代表正在用電話與綁匪協商。

➲ 出題重點 be in negotiation with sb. over sth. 與某人協商某事

ne·go·ti·ate [nɪ`goʃɪˌet] 動 商議、談判、磋商

例 The terrorist refused to **negotiate** with the government.
恐怖份子拒絕與政府談判。

➲ 出題重點 negotiate about 談判、協商

ob·li·ga·tion [ˌɑblə`geʃən] 名 義務、責任、債務

例 He invited us but we were under no **obligation** to go.
他邀請了我們，但我們並沒有義務去。

➲ 出題重點 feel an obligation to sb. 對某人感到有義務

ob·ser·vance [əbˋzɝvəns] 名 遵守、慣例、儀式

例 My grandmother is strict to the **observance** of Chinese New Year.
我奶奶對農曆新年的習俗很講究。

o·mit [oˋmɪt] 動 遺漏、省略

例 He **omitted** to mention that he had graduate already.
他並未提及他已經畢業了。

➲ 出題重點 omit doing sth 疏忽做某事

op·er·a·tor [ˋɑpə͵retɚ] 名 操作員、接線員、操縱機器者、行家、經營者、運算符號

例 Edward has worked as a computer **operator** for ten years.
Edward當電腦操作員已經有十年了。

op·po·si·tion [͵ɑpəˋzɪʃən] 名 反對、反對派

例 The leader of the **opposition** was assassinated last night.
反對黨的領袖昨晚遇刺。

➲ 出題重點 in opposition to… 與……相反、反對

op·tion [ˋɑpʃən] 名 選擇

例 You would have more **options** in that new book store.
在那家新書店你可以有更多選擇。

➲ 出題重點 have no option but to do sth. 不得不做某事

or·der [ˋɔrdɚ] 名 順序、等級

例 You have got these photos in the wrong **order**.
你把這些照片的順序弄錯了。

➲ 出題重點 street orderly 清道夫

or·gan·i·za·tion [͵ɔrgənəˋzeʃən] 名 組織

例 He founded this charitable **organization** for orphans about ten years ago.
大約十年前他建立了這個幫助孤兒的慈善組織。

or·gan·ize [ˋɔrgən͵aɪz] 動 組織

例 He promised that he will **organize** the next family reunion.
他保證下次的家庭聚會就交給他負責籌辦。

➲ 出題重點 conference organizer 會議主辦人

out·look [ˋaut͵luk] 名 觀點、展望

例 She's got a very positive **outlook** on life.
她有著非常正面的人生觀。

➲ 出題重點 one's outlook on life 人生觀

out·right [ˋaut͵raɪt] 形 直率的、徹底的、完全的 副 直率地、痛快地、立刻地、全部地

例 The town was destroyed **outright** after the big explosion.
大爆炸後整個城鎮徹底的毀了。

➲ **出題重點** outright victory 全面的勝利

pace [pes] 名 速度、步速

例 She likes to work at her own **pace**.
她喜歡以自己的步調工作。

➲ **出題重點** pace up and down 走來走去（尤指由於煩躁、焦慮等）

pact [pækt] 名 合同、公約、協定

例 The two tribes signed a trade **pact** for the better economy.
兩族為了經濟發展而簽署了貿易公約。

➲ **出題重點** an unvoiced pact 默契

pend·ing [ˋpɛndɪŋ] 形 未決的

例 The **pending** criminal trials bother the judge a lot.
這些待審的刑事案件讓法官十分頭痛。

phase [fez] 名 時期、階段

例 This invention brought a new **phase** in the cellphone.
這項發明將手機帶入一個新的階段。

➲ **出題重點** bring a new phase in... 為……帶來新的階段

plan [plæn] 名 計畫、設計圖、平面圖 動 計畫、設計

例 Jason has been busy making **plans** for his wedding.
Jason近來都忙著籌畫他的婚禮。

➲ **出題重點** plan to do sth. 計畫做某事
go according to plan 按計劃實行　plan sth. out 策劃

plod [plɑd] 動 蹣跚地走、努力從事、沉悶地苦幹

例 The horse **plodded** up the hill with heavy goods.
馬兒負著重物蹣跚地爬上山。

post·pone [postˋpon] 動 延期、延長

例 We **postponed** the trip because Susan had an accident.
因為Susan出了點意外所以我們將旅行延期了。

pre·cede [priˋsid] 動 在……之前

例 The professor **preceded** his speech with a few words of welcome.
教授在演講開始前先說了一些歡迎的開場白。

➲ 出題重點 preceded one's lecture with… 以……作為演講的開場白

pre·sen·ta·tion [ˌprɛznˋteʃən] 名 介紹、陳述、贈送

例 Luke gave a fantastic oral **presentation** in the class today.
Luke今天在課堂上發表一場相當棒的口頭報告。

➲ 出題重點 in the presentation of… 當著……的面、在……在場的情況下

pred·e·ces·sor [ˌprɛdɪˋsɛsɚ] 名 前輩、前任

例 He has learned a lot from his **predecessor** in the work.
他從工作上的前輩身上學到很多。

➲ 出題重點 the predecessor company 被接管公司、前公司

pres·ence [ˋprɛzns] 名 出席、到場

例 I appreciated your presence of my birthday party tonight.
非常感謝大家今晚出席我的生日宴。

pres·ti·gious [prɛsˋtɪdʒɪəs] 形 享有聲望的、聲望很高的

例 This work had won him a **prestigious** award five years ago.
這項作品五年前曾替他贏得一項享有盛名的獎項。

pres·tige [prɛsˋtiʒ] 名 威望、聲望

例 Robert has lost his **prestige** due to the scandal.
Robert已經因為醜聞而失去聲望。

➲ 出題重點 growing prestige 不斷累積的聲望

pri·or [ˋpraɪɚ] 形 優先的、在前的

例 All the works will be completed **prior** to your departure.
所有工作都會在你離開之前完成。

➲ 出題重點 ozone layer 臭氧層

prin·ci·pal [ˋprɪnsəpl] 形 主要的、首要的

例 Her **principal** source of income is singing in the bar.
她主要的收入來源是在酒吧駐唱。

pro·ce·dure [prəˋsidʒɚ] 名 程式、手續

例 We spent too much time arguing about the **procedure**.
我們花太多時間在爭論程序問題上。

pro·ceed [prəˋsid] 動 進行、著手

例 Our plan will **proceed** after we get the budget.
再拿到經費後就可以著手我們的計畫了。

➲ 出題重點 proceed with… 繼續進行

pro·claim [pro`klem] 動 宣佈、公佈、顯示

例 Her son **proclaimed** that he had got the degree.
她兒子宣布說他已經拿到了學位。

pro·pos·al [prə`pozl̩] 名 提議、求婚

例 The **proposal** has raised several discussions among students.
這項提議在學生群中引起不少討論。

➲ 出題重點 counter proposal 反提案

pro·vi·sion·al [prə`vɪʒənl̩] 形 臨時的、暫時的

例 We don't accept **provisional** bookings by phone.
我們不接受臨時電話預約。

prob·lem [`prɑbləm] 名 問題、難題

例 His family is facing the serious financial **problem**.
他家正面臨著嚴重的經濟問題。

➲ 出題重點 no problem 沒問題　problem child 問題兒童
sleep on a problem 把問題留到第二天

proc·la·ma·tion [ˌprɑklə`meʃən] 名 宣佈、聲明、公告

例 The school has issued a scholarship **proclamation** on the Internet.
學校已經在網路發表了獎學金公告。

punc·tu·al [`pʌŋktʃuəl] 形 嚴守時刻的、準時的

例 Bill is always very **punctual** for appointments and work.
比爾在赴約或是工作都相當守時。

➲ 出題重點 make a punctual appearance 準時出現

re·lo·cate [ri`loket] 動 重新部署

例 Most of the firms here have **relocated** to China.
這兒大部分的公司都遷往中國大陸了。

rec·on·cil·i·a·tion [rɛkənˌsɪlɪ`eʃən] 名 和解、調和

例 His mistake failed all our attempts at **reconciliation**.
他的錯誤使我們為和解所做的努力都白費了。

rec·on·cile [`rɛkənˌsaɪl] 動 使和解、使和諧、使順從

例 After twenty years, she finally **reconciled** with her husband.
二十年後，她終於和她丈夫和好了。

➲ 出題重點 reconcile A with B 使 A 與 B 一致

rou·tine [ru`tin] 名 例行公事

例 She prefers something more challenging instead of **routine** jobs.
與其做一些例行公事，她寧願做些有挑戰性的工作。

➲ 出題重點 routine work 日常工作、例行工作

Ss

sched·ule [`skɛdʒul] 名 進度、時刻表 動 列入計畫、安排、預定

例 Your last interview has been **scheduled** for tomorrow morning.
你最後一場採訪已被安排在明早。

➲ 出題重點 behind schedule 進度落後

scheme [skim] 名 安排、計畫、陰謀 動 計畫、設計、圖謀、策劃

例 She spent two months **scheming** to give her boyfriend a surprise.
她花了兩個月籌劃要給她男友的驚喜。

➲ 出題重點 pension scheme 退休金制

sig·nif·i·cance [sɪg`nɪfəkəns] 名 意義、重要性

例 I didn't realize the **significance** in his words when I was little.
小的時候我還無法理解他話中的深意。

split [splɪt] 名 分裂 動 裂開

例 The party **split** over the nomination of president candidate.
這個黨在總統候選人提名的問題上有分歧。

➲ 出題重點 split away off 脫落下來、分裂（出去）、分離

spoil [spɔɪl] 動 損壞、寵壞

例 His dog **spoiled** the Christmas decoration and the gifts last night.
他的狗昨晚毀了整個聖誕裝飾和禮物。

spon·sor [`spɑnsɚ] 名 發起人、主辦者 動 發起、主辦、贊助

例 Jack' company has **sponsored** several football games, including the World Cup.
Jack的公司贊助過許多足球賽事，其中還包括世界盃。

➲ 出題重點 sponsor an arts festival 舉辦藝術節

sub·sid·i·ar·y [səb`sɪdɪ,ɛrɪ] 名 附屬事物、附屬機構、子公司 形 輔助的、次要的

例 My boss wanted me to take over the **subsidiary** in Singapore.
老闆想要我接手新加坡的子公司。

su·per·vise [ˋsupɚvaɪz] 動 監督、管理、指導

例 I hired her to **supervise** the animal protection organization.
我雇用她來管理這個動物保護團體。

Tt

tem·po·rar·i·ly [ˋtɛmpəˌrɛrəlɪ] 形 臨時地、暫時地

例 The library will be closed **temporarily** on Monday for repairs.
圖書館周一將會因維修暫時關閉。

tem·po·rar·y [ˋtɛmpəˌrɛrɪ] 形 暫時的

例 My job here is **temporary**, I will find a new one next month.
這份工作只是暫時的，我下個月還會再找新的。

ter·mi·nate [ˋtɝməˌnet] 動 停止、結束、終止

例 Her contract was **terminated** because she stole the money.
她的合約因為她偷錢而被終止。

➲ 出題重點 terminate a contract 終止合約

test [tɛst] 名 試驗、測試

例 She was depressed because she failed the final **test**.
未通過最終測驗讓她十分沮喪。

➲ 出題重點 test on… 試驗……

tran·sit [ˋtrænsɪt] 名 通行、經過

例 Our goods were seriously damaged in **transit** to Europe.
我們的貨品在運往歐洲的途中嚴重受損。

➲ 出題重點 in transit 運輸中

u·nan·i·mous [juˋnænəməs] 形 意見一致的、無異議的

例 Everyone wanted to leave this house with a **unanimous** opinion.
大家異口同聲表示想離開這棟房子。

➲ 出題重點 a unanimous opinion 異口同聲

un·der·take [ˌʌndɚˋtek] 動 承擔、保證

例 Janet undertook the full responsibility of losing the money.
Janet一個人擔起賠錢的全部責任。

➲ 出題重點 undertake a task 從事一項任務
undertake for sb.'s security 擔保某人的安全

ver·i·fi·ca·tion [ˌvɛrɪfɪˋkeʃən] 名 確認、查證、作證

例 The verification shows that my brother is completely innocent.
證明顯示我哥哥是完全清白的。

ver·i·fy [ˋvɛrəˌfaɪ] 動 檢驗、核實

例 I need to verify your application with your company first.
我得先跟你的公司核對你的資料。

war·ran·ty [ˋwɔrəntɪ] 名 合理根據、正式授權、擔保

例 The checking fee would be free if your computer is under warranty.
若你的電腦仍在保固期內，檢查費將全免。

➲ 出題重點 under warranty 保固期間

PART 6

公司業務

Part 06 音檔雲端連結

因各家手機系統不同，若無法直接掃描，
仍可以至以下電腦雲端連結下載收聽。
（https://tinyurl.com/4tft3cxd）

a·chieve [ə`tʃiv] 動 完成、實現、達到

例 Those salespersons tried to **achieve** the monthly maximum sales.
銷售員們正努力地達成最高月銷售量的目標。

➲ 出題重點 achieve the goal 達成目標

a·chieve·ment [ə`tʃivmənt] 名 成就、功績

例 Being a successful businessman is the greatest **achievement** in his life.
身為一位成功的企業家是他生平最大成就。

➲ 出題重點 a great achievement 一大成就

a·dapt [ə`dæpt] 動 使適應

例 She has **adapted** herself very well to a foreign culture.
她總可以輕鬆地適應於不同的異國文化中。

➲ 出題重點 adapt oneself to... 使自己適應或習慣於……

a·ward [ə`wɔrd] 動 判定、授與、判給

例 His research about human cloning was **awarded** a Nobel Prize.
他對於複製人所做的相關研究獲得了諾貝爾獎。

➲ 出題重點 be awarded the top prize 獲得頭獎　confer 授與

a·bil·i·ty [ə`bɪlətɪ] 名 能力

例 A good sailor has the **ability** to judge the weather.
一個好的水手有著判斷天候好壞的能力。

➲ 出題重點 the ability to do... 做……的能力
to the best of one's ability 盡力

ac·com·plish [ə`kɑmplɪʃ] 動 完成某事物、做成功、實現

例 Those contestants **accomplished** the mission in less than one hour.
參賽者們不到一小時便完成了任務。

➲ 出題重點 accomplish a task 完成任務

ac·com·plished [ə`kɑmplɪʃt] 形 完全的、優雅的、技藝嫻熟的、有造詣的、熟練的

例 He is **accomplished** in field of art.
他的藝術技巧嫻熟優雅。

➲ 出題重點 an accomplished fact 既成事實

ac·count·ant [əˋkaʊntənt] 名 會計師

例 We need to hire an **accountant** to compile our account.
我們需要一位會計師來處理我們的帳務。

➲ 出題重點 certified public accountant 公認的會計師

ac·cu·rate [ˋækjərɪt] 形 正確的、準確的

例 An **accurate** estimate of the final cost reduces the budget waste.
精確預估總支出可以更有效的控制預算。

➲ 出題重點 be accurate at sth. 對……很精確

ac·knowl·edge·ment [əkˋnɑlɪdʒmənt] 名 承認、確認

例 I applied for nine jobs, but only got three **acknowledgements**.
我申請了九份工作，卻只收到三個確認通知。

➲ 出題重點 acknowledgement of... 承認……

ac·qui·si·tion [ˌækwəˋzɪʃən] 名 獲取、獲得物

例 The **acquisition** of new technology makes the electricity production more effective.
新技術的獲得使得發電過程更加有效率。

➲ 出題重點 the acquisition of knowledge 求知

al·lot [əˋlɑt] 動 （按份額）分配、分派

例 150,000$ has been **allotted** to the school for rebuilding the library.
這間學校分配到一百五十萬元來改建圖書館。

➲ 出題重點 allot a sum of money 撥出一筆經費

am·bi·tion [æmˋbɪʃən] 名 抱負、期望、野心

例 To become rich is his main **ambition** in life.
變有錢是他畢生最大的志向。

➲ 出題重點 a great ambition 雄大的抱負
sb. be filled with ambition 某人充滿了雄心壯志

ap·pear [əˋpɪr] 動 出現

例 If she hasn't **appeared** by ten o'clock, we should leave.
若十點後她仍然沒出現，我們就得出發了。

➲ 出題重點 it appears to me that... 據我看來　as it appears 似乎

ap·pen·dix [əˋpɛndɪks] 名 附錄、附件、闌尾、盲腸

例 All the imformation you need is included in the **appendix**.
你所需要的資料都附在附件中了。

➲ 出題重點 the appendix to a book 書之附錄

ap·pli·ca·tion [ˌæpləˋkeʃən] 名 請求、申請、申請書、應用

例 Your mortgage **application** will be approved tomorrow.
你的房貸申請明天就會通過了。

➲ 出題重點 make application for... 申請

ap·pli·cant [ˋæpləkənt] 名 申請者

例 More than one hundred **applicants** come to apply for this course.
將近有一百多人來申請這項課程。

➲ 出題重點 an applicant for sth. ……的申請人

ap·ply [əˋplaɪ] 動 運用、應用

例 You should **apply** the technique you have learned in this project.
你應該將你所學到的新技術應用在此專案上。

➲ 出題重點 apply to 申請

ap·point [əˋpɔɪnt] 動 任命、設備

例 She was **appointed** as the new marketing project manager.
她被任命為新的行銷專案經理。

➲ 出題重點 appoint especially 特派

ap·point·ed [əˋpɔɪntɪd] 形 約定的、指定的

例 Assemble in the lobby at the **appointed** time please.
請在指定的時間至飯店大廳集合。

➲ 出題重點 at the appointed time 在約定的時間

as·sign [əˋsaɪn] 動 分派、分配、規定、指定

例 Each team will be **assigned** a special mission to complete.
我們將會分派一項特別任務給各個隊伍完成。

➲ 出題重點 assign a roomto sb. 分配一个房間給某人

as·sis·tance [əˋsɪstəns] 名 幫助、援助

例 His financial **assistance** helps me go through the tough time.
他的經濟援助幫助我度過了難關。

➲ 出題重點 offer assistance to sb. 給某人提供帮助

as·sis·tant [əˋsɪstənt] 名 助手 形 接濟的、援助的、輔助的

例 She works as an **assistant** in the insurance company.
她在保險公司裡面當助理。

➲ 出題重點 assistant to... 是……的助手

at·tach [əˋtætʃ] 動 （多用於被動語態）配屬、使附屬

例 I **attached** a note to the letter and left it on the table.
我附了個字條在桌上的信上。

➲ 出題重點 attach a label to... 將標籤貼在……上

at·tach·ment [əˋtætʃmənt] 名 附件、附在電子郵件中一併傳送的檔案

例 Some of the email **attachments** are dangerous to the computer.
有些電子郵件附件是有害於電腦的。

au·thor·ize [ˋɔθə ˏraɪz] 動 批准

例 This medicine for high blood presure has been **authorized** to sell.
這項抗高血壓的藥品已被核准販售。

➲ 出題重點 be authorized to do sth. 被許可做某事

au·thor·ized [ˋɔθəˏraɪzd] 形 權威認可的、審定的、經授權的

例 These films are **authorized** and can be played publicly.
這些影片都是經過授權可公開播放的。

➲ 出題重點 an authorized textbook 審定之教科書

ba·sic [ˋbesɪk] 名 基本、要素、基礎 形 基本的、鹼性的

例 You have to learn more **basic** knowledge about marketing.
你得再多加強你行銷的基礎概念。

➲ 出題重點 basic language 基礎語言

be·long [bəˋlɔŋ] 動 屬於

例 All of the shops here **belong** to the same company.
這兒所有的店家都隸屬於同一家公司。

➲ 出題重點 belong to 屬於

be·side [bɪˋsaɪd] 介 在旁

例 His speech today in the meeting was totally **beside** the point.
他今天在會議上的演説完全地離題了。

➲ 出題重點 beside the point 離題、與主題無關
beside the question 離題

beg [bɛg] 動 請求、乞求

例 She lives on **begging** for the money on the street.
她以沿街乞討維生。

➲ 出題重點 beg for 乞求

boss [bɔs] 名 老闆

例 Most of the employees here have complained about their stingy **boss**.
這間公司多數的員工都對他們那小氣的老闆有所怨言。

break [brek] 名 中斷、休息 動 破裂

例 During the lunch time, we can have a short **break**.
中午吃飯時間時我們可以小歇一會。

➲ 出題重點 break out 爆發

break·down [`brek,daun] 名 故障、損壞

例 Their new car had a **breakdown** on the road!
他們的新車竟然在半路上拋錨了。

➲ 出題重點 have a breakdown 出了毛病

brief·ing [`brifɪŋ] 名 簡報（會）

例 You should attend the **briefing** tomorrow at eight o'clock in the morning.
明早八點你得出席一場簡報會議。

➲ 出題重點 at a briefing 在簡報會上

brief·ly [brifli] 副 暫時地、簡要地

例 He told me what had happened in the accident **briefly**.
他簡單地跟我說明了意外的事發經過。

➲ 出題重點 to put it briefly 簡單地說、簡言之

B
C

Cc

car·ri·er [`kærɪɚ] 名 運送者（公司）、郵遞員

例 My uncle has worked as a mail **carrier** for five years.
我叔叔已經當了五年的郵差了。

cause [kɔz] 名 原因、動機、理由、目標、理想 動 引起、惹起、使（發生）、促成

例 The firemen are looking for the **cause** of the wildfire.
消防員們正在找尋引發森林大火的原因。

➲ 出題重點 cause and effect 因果
have good cause to do sth. 有充分的理由那樣做

check [tʃɛk] 名 檢查、阻止、支票 動 檢查、制止、寄存

例 The supervisor will **check** the process of the new project tomorrow.
主管明天會來確認方案進行的狀況。

➲ 出題重點 blank check 空白支票　check out 核對、付帳離開旅館

clerk [klɝk] 名 職員、辦事員、【美】店員

例 The **clerks** over there are in charge of refund service.
那邊的店員是專門負責退換貨服務的。

➲ 出題重點 desk clerk 旅館的櫃臺職員

click [klɪk] 名 滴答聲 動 發出滴答聲

例 The old clock in living room always has a big **clicking** noise.
客廳裡的老時鐘總是發出響亮的滴答聲。

➲ 出題重點 a clicking noise 發出滴答的響聲

col·league [ˋkɑlig] 名 同事

例 She tries to build a good working relationship with new **colleagues**.
她試著和新同事們建立良好的工作關係。

➲ 出題重點 senior colleague 公司前輩

com·mon [ˋkɑmən] 名 公地 形 普遍的、共同的、共有的

例 These two new applications for cellphone have **common** features.
這兩項新出的手機應用程式有著同樣的特色。

➲ 出題重點 in common 共有、共同

com·mon·place [ˋkɑmən͵ples] 名 平凡的事、平常話 形 平凡的

例 Cellphones now are increasingly **commonplace**.
手機逐漸地成為尋常的生活配備。

➲ 出題重點 a commonplace topic 普通話題
commonplace book 雜記簿

com·mu·ni·ty [kəˋmjunətɪ] 名 團體社區、社會

例 The local **community** plays an important role in our society.
地方團體在社會上扮演重要的角色。

➲ 出題重點 the academic community 學者團體

com·mut·er [kəˋmjutɚ] 名 通勤者、經常往返者

例 The train accident made hundreds of **commuter** face long delays.
火車事故造成上百位通勤者的班車誤點。

➲ 出題重點 long-distance commuter 長途通勤者

com·pa·ny [ˋkʌmpənɪ] 名 同伴、一群人、公司

例 This couple wants to set up a **company** for selling traditional clothing.
這對夫妻想創立一間販賣傳統服飾的公司。

➲ 出題重點 in one's company 與某人一起

com·part·ment [kəmˋpɑrtmənt] 名 間隔間、車廂

例 He reserved the first class **compartment** for their honeymoon trip.
他為他們的蜜月之旅訂了頭等車廂。

com·pen·sa·tion [͵kɑmpənˋseʃən] 名 補償、賠償、報酬

例 He didn't get any **compensation** when he was dismissed from his job.
在遭到解雇時，他並未獲得任何補償金。

➲ 出題重點 pay as compensation 支付以作為補償

com·pet·i·tive [kəmˋpɛtətɪv] 形 有競爭能力的、經得起競爭的

例 To increase the business volume, we should create more competitive products.
為了增加營業額，我們應該製造更多有競爭力的產品。

➲ 出題重點 a competitive price 競爭價格

com·pli·ment [ˋkɑmpləˏmɛnt] 名 讚美

例 Her outstanding creativity in designing receives a lot of compliment.
她在設計上絕佳的創意得到許多讚賞。

➲ 出題重點 take a compliment 接受恭維

con·ceal [kənˋsil] 動 隱藏、對……保守祕密

例 She tries to conceal her sickness to her family.
她試著對家人隱藏她生病的事。

➲ 出題重點 concealed by 在……掩護下

con·cen·trate [ˋkɑnsn̩ˏtret] 動 集中

例 I can't concentrate on my homework with that noise.
噪音吵得我無法專注於功課上。

➲ 出題重點 concentrate on 集中於、專心於

C D

con·do·min·i·um [ˋkɑndəˏmɪnɪəm] 名【美】各戶有獨立產權的公寓（大廈）

例 She's going to move to the new condominium in next block.
她就要搬去隔壁區新蓋好的大廈去住了。

con·duc·tor [kənˋdʌktɚ] 名 領導者、經理、指揮管弦樂隊、合唱隊的、（市內有軌電車或公共汽車）售票員、【美】列車長

例 The conductor asked to check all the passengers' tickets.
列車長要求要確認所有乘客的車票。

con·sec·u·tive [kənˋsɛkjətɪv] 形 連續的、連貫的

例 This area has snowed for four consecutive days already.
這地方已經連續下了四天的大雪了。

➲ 出題重點 consecutive numbers 連號
for five consecutive years 連續五年

con·tin·ue [kənˋtɪnjʊ] 動 繼續、連續

例 He continues his lecture despite of the student's interruption.
他不管學生的干擾繼續上課。

➲ 出題重點 continue doing sth. 繼續做某事

con·ven·ient [kən`vinjənt] 形 方便的

例 The new public transportation makes people's life more **convenient.**
新的大眾運輸工具使得人們的生活更加便利。

➲ 出題重點 be convenient for... 便於……

cop·y [`kɑpɪ] 名 複本

例 My boss required me to get a **copy** of that secret document.
我老闆要求我替她拿一分祕密文件的複本。

➲ 出題重點 rough copy 草稿

cost [kɔst] 名 價錢、成本

例 Small companies find it hard to bear the **cost** of advertising.
小型企業仍無法負擔龐大的廣告成本。

➲ 出題重點 at the cost of... 以……為代價　cost sb. sth. 花費某人某物

cost·ly [`kɔstlɪ] 形 昂貴的、貴重的

例 His wrong decision to invest was a **costly** mistake.
他為他錯誤的投資決定付出昂貴的代價。

➲ 出題重點 costly jewels 昂貴的寶石

cou·ri·er [`kurɪɚ] 名 送快信的人、導遊

例 The package was delivered by a **courier** today in the morning.
今早送貨員送來了這份包裹。

➲ 出題重點 motorcycle courier 騎機車的送貨員

de·cline [dɪ`klaɪn] 動 謝絕、婉拒

例 She **declined** my dinner invitation due to family gathering.
因為家庭聚會的緣故她婉拒了我的晚餐邀請。

➲ 出題重點 decline from...to... 從……下降到……

de·duc·tion [dɪ`dʌkʃən] 名 扣除

例 Your family's allowance was in the form of a tax **deduction**.
你的家庭津貼是已經扣過稅的。

➲ 出題重點 make a deduction for sth. 打折扣

de·duct [dɪ`dʌkt] 動 扣除、演繹

例 A small amount is **deducted** from his wages for the tax.
他少部份的薪水會被扣除當稅款。

➲ 出題重點 deduct… from… 從……扣除……

de·lay [dɪˋle] 動 延期、阻滯

例 The heavy rain **delayed** the airplane for two hours.
大雨使班機誤點了兩個鐘頭。

➲ 出題重點 delay doing sth. 拖延做某事

de·lete [dɪˋlit] 動 刪除

例 You need to **delete** all these improper sentences from your article.
你必須從你文章中刪除這些不適宜的句子。

➲ 出題重點 delete… from… 從……刪除

de·liv·er·y [dɪˋlɪvərɪ] 名 分送（信件、貨物等）

例 The new express service guarantees the prompt **delivery** of goods.
這項新的快遞服務保證迅速到貨。

➲ 出題重點 express delivery 快捷

de·par·ture [dɪˋpɑrtʃɚ] 名 離開、出發

例 I had met several administrators before my **departure** for Canada.
在我前往加拿大前已經見過了幾位主管。

➲ 出題重點 departure platform （火車的）開車月臺
take one's departure 出發、離去

ded·i·ca·tion [ˏdɛdəˋkeʃən] 名 奉獻、專心致力

例 Her **dedication** to animal protection gained the respect of many people.
她對動物保育不遺餘力的奉獻贏得許多人的尊敬。

➲ 出題重點 show dedication 表現出奉獻的精神

ded·i·cate [ˋdɛdəˏket] 動 奉獻

例 She has **dedicated** herself to religion since she was a child.
自她小時候起她就將自己全心奉獻於宗教。

➲ 出題重點 dedicate oneself to... 全心獻身於……

def·i·cit [ˋdɛfəsɪt] 名 赤字、不足額

例 The amusement park has been operating at a great **deficit**.
這間遊樂園正面臨龐大的赤字問題。

➲ 出題重點 trade deficits 貿易赤字

de·sir·a·ble [dɪˋzaɪrəbl̩] 形 合意的、討人喜歡的

例 There are several **desirable** new houses in this district.
這個社區有許多讓人滿意的新房子。

➲ 出題重點 a desirable residence 理想的住宅

di·al [ˋdaɪəl] 名 鐘面（電話）撥號盤 動 撥（電話號碼）

例 She asked her secretary to **dial** her client directly.
她要祕書直接撥電話給客戶。

➲ 出題重點 dial telephone 撥號式電話

di·rec·to·ry [dəˋrɛktərɪ] 名 姓名地址錄、目錄

例 He found her address in the **directory** of high school graduates.
他從高中通訊錄中找到她的住址。

➲ 出題重點 a telephone directory 電話簿

dis·tri·bu·tion [ˏdɪstrəˋbjuʃən] 名 分配、分派、分攤

例 I don't agree about the **ditribution** of the profits this time.
我不同意此次利潤分配方式。

➲ 出題重點 the distribution of wealth 財富的分配

doc·u·ment [ˋdɑkjəmənt] 名 文件、公文、文獻 動 使含史實、以文件證明

例 You need these **documents** when applying for a passport.
申請護照時你需要準備這些文件。

➲ 出題重點 confidential document 機要文件
business document 商業文件

down·load [ˋdaʊnˏlod] 動 下載

例 Before using this software, you need to **download** some applications.
在使用這項軟體前，你得先下載一些程式。

down·town [ˏdaʊnˋtaʊn] 形 市區的 副 在市區、往市區

例 They went **downtown** to watch the concert of their friends.
他們進城去看朋友的音樂會。

➲ 出題重點 go downtown 去市區、進城

du·pli·cate [ˋdjupləˏket] 動 複寫、複製、使加倍、使成雙 [ˋdjupləkɪt] 名 複製品、副本 形 複製的、副的、兩倍的、完全相同的

例 She called me for asking where the **duplicate** keys were.
她打來問我備份鑰匙放哪兒。

➲ 出題重點 in duplicate 一式兩份

dust [dʌst] 名 灰塵

例 The cabinet in her room was covered with **dust**.
她房間的櫃子佈滿了灰塵。

➲ 出題重點 dust off... 除去……的灰塵

Ee

Track 068

e·lim·i·nate [ɪˋlɪmə͵net] 動 消除

例 Her team was **eliminated** from the list for cheating.
她的隊伍因為作弊而被剔除於名單之外。

➲ 出題重點 eliminate from... 從……除去

eas·y [ˋizɪ] 形 容易的、安逸的、舒適的、小康的、從容的 副 不費力地、輕鬆、悠閒、慢慢地

例 He works hard to provide his family an **easy** life.
他賣力工作為的就是要讓家人過舒適的生活 。

➲ 出題重點 be easy to do sth. 容易做某事 take it easy 慢慢來、不急

em·bar·rass [ɪmˋbærəs] 動 使困窘

例 Eve seemed **embarrassed** by the awkward situation.
在這尷尬的狀況下，Eve看似有點困窘。

en·a·ble [ɪnˋebḷ] 動 使能夠

例 The invention of light **enables** people to work at night.
電燈的發明使人們也能在晚上工作。

➲ 出題重點 enable sb. to 使某人能夠

en·cour·age [ɪnˋkɝɪdʒ] 動 鼓勵

例 The book **encourages** me to travel around the world.
這本書鼓舞了我去環遊世界。

➲ 出題重點 encourage sb. to do sth. 鼓勵某人做某事

en·cour·age·ment [ɪnˋkɝɪdʒmənt] 名 鼓勵、獎勵

例 His success is an **encouragement** to his team members.
他的成功對隊友們來說是一大鼓勵。

en·vi·ous [ˋɛnvɪəs] 形 嫉妒的、羨慕的

例 She is **envious** of her friend's wealth and happiness.
她嫉羨朋友的富裕與幸福生活。

➲ 出題重點 be envious of... 羨慕……、嫉妒……

ex·ert [ɪgˋzɝt] 動 發揮、運用

例 Superman has **exerted** all his strength to stop the train.
超人竭盡全力來阻止那輛火車。

➲ 出題重點 exert oneself to the utmost 盡全力

ex·pect [ɪk`spɛkt] 動 期望

例 The birthday gift I got from my father is what I **expected**.
爸爸送我的生日禮物正是我期待已久的。

➲ 出題重點 expect to 預期

ex·tract [ɪk`strækt] 動 抽出、拔出

例 I tried to **extract** my legs from the mud.
我試著把我的腿從泥濘中拔出來。

➲ 出題重點 extract...from... 從……抽出、引出……

Ff

fa·cil·i·tate [fə`sɪlə͵tet] 動（不以人作主語）使容易、使便利、推動、說明、促進

例 They held a meeting for **facilitating** the peace between two tribes.
為了促進兩族和平相處，他們召開了一場會議。

➲ 出題重點 facilitate economic cooperation 促進經濟合作

fa·cil·i·ty [fə`sɪlətɪ] 名 設備、熟練

例 This gym has the newest and best **facilities** in town.
這間健身房擁有鎮上最新和最好的設備。

fa·tigue [fə`tig] 名 疲勞

例 Taking a hot bath helps you take the **fatigue** away.
泡熱水澡有助於消除疲勞。

➲ 出題重點 muscle fatigue 肌肉疲勞

fac·sim·i·le [fæk`sɪməlɪ] 名 摹寫、傳真

例 I sent the ticket **facsimile** to my client last night.
我昨晚已將機票傳真給我的客戶。

➲ 出題重點 in facsimile 用複寫

fee [fi] 名 費（會費、學費等）、酬金

例 He works day and night for earning his mother's doctor **fee**.
他日以繼夜的工作只為了籌措母親的醫藥費。

➲ 出題重點 patent fee 專利費

fil·ter [`fɪltɚ] 動 過濾、濾清

例 This program can **filter** all the spam messages in your cellphone.
這項程式可以替你過濾手機中的垃圾訊息。

➲ 出題重點 coffee filter 咖啡濾紙

file [faɪl] 名 檔案、卷宗 動 把……歸檔、列隊行進

例 Most files of important clients are saved on the third floor.
多數重要客戶的檔案都存放在三樓。

➲ 出題重點 file clerk 檔案管理者

fin·ish [ˋfɪnɪʃ] 動 完成、結束

例 I need to spend one more year finishing my college.
我得再花一年來完成大學學業。

➲ 出題重點 finish doing sth. 完成某事

fix [fɪks] 動 使穩固

例 His determined words and confidence fix those soldiers' mind.
他堅定的字句和自信穩固了軍心。

➲ 出題重點 fix up 修理

flat·ter [ˋflætɚ] 動 諂媚、阿諛、奉承

例 She likes to flatter herself as the best dancer.
她總是自以為自己是最出色的舞者。

➲ 出題重點 flatter oneslf 自以為

flip [flɪp] 名 輕擊、輕打、筋斗 形 無禮的、冒失的、輕率的 動 彈、輕擊、（用鞭等）抽打、空翻、翻動書頁（或紙張）

例 Jack flipped a coin to decide if he should lie or not.
Jack用擲銅板來決定他是否得說實話。

➲ 出題重點 flip through 快速地翻閱

flow [flo] 名 河流、流水、流量 動 流動、川流不息

例 After the movie, the people flowed out of the theater.
電影播畢後，人們從戲院裡頭湧出來。

➲ 出題重點 flow away 流走、流逝

fold [fold] 名 羊欄、折痕、信徒 動 折疊、包、籠罩、交疊

例 You should fold these cards and put them into envelopes first.
你得先把這些卡片摺一摺並放到信封中。

➲ 出題重點 blind fold 遮眼

for·mat [ˋfɔrmæt] 名 開本、版式、格式 動 安排……的格局（或規格）、【計】格式化（磁片）

例 The bride is not satisfied with the format of their invitation.
新娘不太滿意他們請帖的格式

➲ 出題重點 digital format 數位模式

for·mu·late [ˋfɔrmjə͵let] 動 用公式表示、明確地表達、作簡潔的陳述

例 She tries to **formulate** her main idea in a few words.
她試著想用簡短的幾句話來闡明她的主要概念。

➲ 出題重點 formulate one's thought 確切表達想法

form [fɔrm] 名 表格

例 I need to fill out these **forms** for applying the volunteer work.
申請志工前我得先填好這些表格。

➲ 出題重點 fill out a form 填表格

form·er [ˋfɔrmɚ] 名 形成者、創造者、模型、樣板 形 從前的、前一個的

例 Her **former** job was much more tiresome than the latter.
她前一份工作可比現在這份累人多了。

➲ 出題重點 former president 前任總統

fos·ter [ˋfɔstɚ] 動 養育、培養、鼓勵、懷抱（希望）
形 撫養的、領養的、（雖無血統關係而）受撫育的

例 I decided to **foster** my niece after my brother passed away.
哥哥去世後，我決定領養我姪女。

➲ 出題重點 foster one's interest in... 培養某方面的興趣

fre·quent [ˋfrikwənt] 形 經常的、頻繁的 動 常去、常到

例 This small village near sea suffers from **frequent** pirate attack.
這個靠海的小村莊經常受到海盜攻擊。

➲ 出題重點 frequent flier 飛行常客

front [frʌnt] 名 前面、開頭、前線、態度、外表 形 前面的

例 The **front** of the postcard is the picture of volcanoes here.
明信片的正面是這兒火山群的照片。

➲ 出題重點 in front of 在……前面 front desk （飯店）服務櫃檯

fur·ni·ture [ˋfɝnɪtʃɚ] 名 必需用品、家具、設備

例 Some articles of **furniture** here were over three hundred years.
這兒有些家具已經有三百年以上的歷史了。

➲ 出題重點 furniture & fixture 設備裝修

fur·nish [ˋfɝnɪʃ] 動 供應、提供、裝備、佈置

例 He bought these paintings to **furnish** his new apartment.
他買了這些畫來佈置他的新公寓。

➲ 出題重點 furnish with 供給

glue [glu] 名 膠、膠水 動 膠合、黏貼、黏合

例 His mother asked him to **glue** the broken vase as punishment.
他媽媽要他把破花瓶黏好以示懲罰。

➲ 出題重點 glue up 封起來

graph [græf] 名 圖表、曲線圖

例 I made a **graph** of these figures to stress the increasing number.
我將這些數據做成圖表以強調數字成長。

➲ 出題重點 make a graph of... 把……製作成圖表

graph·ic [ˋgræfɪk] 形 繪畫似的、圖解的

例 Ian suggested that we can both supply text and **graphic** advertisements.
Ian建議我們可以同時用文字和圖片宣傳產品。

➲ 出題重點 give a graphic description of... 生動地描述……

handle [ˋhændḷ] 名 把手 動 處理

例 The main idea of this course is teaching people how to **handle** pressure.
這項課程的主要目的是教大家怎麼面對壓力。

➲ 出題重點 handle with 解決

handy [ˋhændɪ] 形 手邊的、唾手可得的、容易取得的、便利、敏捷的

例 The cleaning robot is a **handy** helper in your house.
這款清潔機器人是家中最敏捷方便的幫手。

➲ 出題重點 handy wipe 抽取式溼巾
handy man 手巧之人、受雇做雜事的人

i·den·ti·fy [aɪˋdɛntə͵faɪ] 動 確認、證明某人（某事物）、鑒別出（某人或某物）

例 She couldn't **identify** these suspects as her attacker.
她無法辨別哪個嫌疑犯是襲擊她的人。

➲ 出題重點 identify with 參與、和……打成一片

im·bal·ance [ɪmˋbæləns] 名 不平衡

例 They have a problem of the **imbalance** between salaries and housing costs.
他們正面臨家庭經濟收支不均的問題。

➲ 出題重點 an economic imbalance 經濟上的不均衡

in·dus·tri·ous [ɪnˋdʌstrɪəs] 形 勤奮的、勤勞的

例 He has been known as an **industrious** farmer among the village.
他是村裡出名勤奮的農夫。

➲ 出題重點 hard-working 勤勞的

in·i·tia·tive [ɪˋnɪʃɪ͵etɪv] 名 主動

例 Sherry has the **initiative** to open her own boutique in New York.
在紐約開服飾店是雪麗的創業夢。

➲ 出題重點 have / show / display initiative 有開創精神

ma·nip·u·late [məˋnɪpjə͵let] 動 操縱、控制、影響

例 The panel of the washing machine is too complicated to **manipulate**.
這台洗衣機因為面板太複雜而不好操作。

➲ 出題重點 manipulate stock prices 操縱股市價格

main·ly [ˋmenlɪ] 副 大體上、主要地

例 The habitants here are **mainly** from north Europe.
這兒的居民大多來自於北歐。

main·tain [menˋten] 動 保持

例 Exercise and healthy food help you **maintain** good figure and health.
運動和健康飲食可以讓你保持好身材和好身體。

➲ 出題重點 maintain peace 維護和平

main·te·nance [ˋmentənəns] 名 維護、保持、扶養、生活費用

例 Charles' company is mainly responsible for the building's **maintenance**.
Charles的公司主要在負責大樓保養事宜。

➲ 出題重點 maintenance service 維修服務

meas·ure [ˋmɛʒɚ] 名 尺寸、度 動 測量

例 This machine **measures** patients' blood pressure more precisely.
這個機器可以更精確地量到病人的血壓。

➲ 出題重點 measure up 合格、符合標準

mem·ber·ship [ˋmɛmbɚʃɪp] 名 會員資格、成員人數

例 One of the benefits of **membership** is having access to first-class cabin.
成為會員的好處之一就是可以乘坐頭等艙。

mem·o·ran·dum [ˌmɛməˋrændəm] 名 備忘錄、便箋、便函、買賣契約書

例 My secretary sent me a **memorandum** about the meeting.
我祕書寄給我一份會議備忘錄。

mis·sion [ˋmɪʃən] 名 使命、任務、傳道

例 David needs to fly to France tonight for a secret **mission**.
David今晚得飛往法國執行一項祕密任務。

➲ 出題重點 on a... mission 負有……的使命

mo·ti·va·tion [ˌmotəˋveʃən] 名 動機、誘因

例 The police couldn't figure out his **motivation** of killing his sister.
警方找不出他謀殺妹妹的動機。

mo·ti·vat·ed [ˋmotɪvetɪd] 形 有根據的、有動機的、由……推動的

例 His awkward behavior of following her is **motivated**.
他跟蹤她的奇怪行徑是有動機的。

mo·tive [ˋmotɪv] 名 動機、目的

例 He murdered the two girls on the street without any **motive**.
他毫無動機地在街上謀殺了那兩位女孩。

➲ 出題重點 motive power 原動力

mod·i·fy [ˋmɑdəˌfaɪ] 動 修改、緩和

例 We have to **modify** our plan due to the rain.
我們因雨而被迫改變計畫。

➲ 出題重點 modify the program 修改程式

mod·ule [ˋmɑdʒul] 名 模數、模組、（太空船的）艙

例 The full computer is made up with different **modules**.
一部完整的電腦是由不同的組件所組成的。

most·ly [ˋmostlɪ] 副 大部份、主要地

例 The audience of today's speech consisted **mostly** of teenagers.
今天來聽演講的聽眾大多為青少年。

Nn

nois·y [ˋnɔɪzɪ] 形 喧嚷的

例 The airport was crowded with **noisy** fans when the band arrived.
樂團到達時，吵雜的樂迷們已擠滿機場。

➲ 出題重點 get noisy 很吵

noise [nɔɪz] 名 噪音

例 The loud **noise** woke up everyone in the community last night.
昨晚那巨大的噪音吵醒了社區的每一個人

➲ 出題重點 make a noise 製造噪音

o·pin·ion [əˋpɪnjən] 名 意見、看法、主張

例 She tried to express her **opinion** on the design.
她試著表達她對這項設計的看法。

➲ 出題重點 in one's opinion 依某人看來　opinion poll 民意調查
a matter of opinion 見仁見智的問題

o·ver·haul [ˋovɚˌhɔl] 名 檢查
[ˌovɚˋhɔl] 動 檢查

例 You should **overhaul** the engine completely before you set off.
你出發前應該好好的檢查一次引擎。

➲ 出題重點 thorough overhaul 徹底檢修

ob·tain [əbˋten] 動 獲得、取得

例 Our team **obtained** the opportunity to enter the competition.
我們的隊伍獲得了參賽資格。

➲ 出題重點 obtain admission to 獲准進入

oc·cu·pa·tion [ˌɑkjəˋpeʃən] 名 職業

例 She has been a nurse by occupation for ten years.
她以護士為職已經有十年了。

➲ 出題重點 by occupation 按職業、就職業而言

odds [ɑdz] 名 不睦、爭論

例 The financial problem makes her at odds with her husband.
經濟問題使她與老公感情不睦。

➲ 出題重點 by all odds 毫無疑問的

of·fer [ˋɔfɚ] 名 建議、提供、提供之物 動 供給、提供、給與

例 She offers me a chance to promote my products.
她提供我機會來宣傳我的產品。

➲ 出題重點 offer sth. to sb. 提供某物給某人

of·fi·cer [ˋɔfəsɚ] 名 政府官員、軍官、警官、船長 動 指揮

例 The police officer gave a comment about the incident to the media.
這位警官向媒體發表了他對這事件的看法。

➲ 出題重點 a military officer 陸軍軍官

o·fi·cial [əˋfɪʃəl] 名 官員、公務員 形 官方的

例 Official news shows that all the people on the plane are fine.
官方消息顯示機上人員一切安好。

➲ 出題重點 an official report 官方報導

of·fi·cial·ly [əˋfɪʃəlɪ] 副 職務上、正式

例 The new department store was officially opened yesterday.
那家新的百貨公司昨天終於正式開幕了。

of·fice [ˋɔfɪs] 名 辦公處、公司

例 For more information you can go to the office on second floor.
二樓的辦公室可以提供你更多資訊。

➲ 出題重點 an office building 辦公大樓

off·shore [ˋɔfˋʃor] 形 向海面吹的、離岸的、近海的

例 She invited me to her villa offshore next weekend.
她邀我下周末去她的海邊別墅玩。

or·di·nar·y [ˋɔrdn̩ˌɛrɪ] 形 普通的、尋常的、慣例的、平常的

例 He quit his jobs and lived an ordinary life in the countryside.
他辭去工作並在鄉下過著平凡的生活。

➲ 出題重點 in an ordinary way 一如往常

out·fit [ˋaut͵fɪt] 名 用具、配備、機構、全套裝配 動 整裝、裝備

例 She bought a golf **outfit** for the competition next week.
她為下周的比賽買了一套高爾夫裝備。

➲ 出題重點 a camping outfit 露營裝備

paste [pest] 名 糊、麵團、漿糊 動 用漿糊粘、張貼

例 Josh **pasted** some posters on the wall of his room.
Josh在他房間牆上貼了一些海報。

➲ 出題重點 paste in 黏住、黏上

pet·ty [ˋpɛtɪ] 形 小的、不重要的、小規模的、小型的、細微的、小器的、卑鄙的

例 Lily is selfish and always treats people with a **petty** mind.
Lily為人自私且心胸狹窄。

➲ 出題重點 petty cash 小額現金

pile [paɪl] 名 一堆 動 堆積

例 I need to sign up for the **piles** of documents by nine.
九點前我得簽署完這一堆文件。

➲ 出題重點 pile up 堆積、積累、擱淺

post [post] 名 柱、郵件、郵政、職位 動 張貼、揭示、郵遞、快速旅行

例 He received the gift from his girlfriend by post.
他收到女友郵寄來的禮物。

➲ 出題重點 by post 郵寄　by return post 謹候賜覆

post·age [ˋpostɪdʒ] 名 郵資

例 You need to pay additional **postage** for the overweight parcel.
這份包裹過重所以你必須付額外郵資。

➲ 出題重點 postage stamp 郵票

post·al [ˋpostl̩] 形 郵政的、郵局的

例 The **postal** communication between the two countries is not convenient.
這兩國之間的郵政通訊不是很方便。

➲ 出題重點 postal parcel 郵包

pres·er·va·tion [͵prɛzɚˋveʃən] 名 保存

例 The government put a lot of efforts in historical building **preservation**.
政府致力於古蹟的保存維護。

pro·pose [prə`poz] 動 提議、求婚

例 He **proposed** building a movie theater across the street.
他提議在對街蓋一間戲院。

➲ 出題重點 propose to... 向……求婚

prop·er·ty [`prɑpətɪ] 名 財產、所有物、性質、特性

例 Most of the houses here belongs to Mike's **properties**.
這兒多數的房子都是屬於Mike的財產。

➲ 出題重點 real property 不動產　　property tax 財產稅
private property 私有財產

pur·suit [pə`sut] 名 追隨、尋求、追捕、職業

例 He lost his right leg during the **pursuit** of criminals.
他在追捕罪犯的過程中失去了右腿。

➲ 出題重點 in hot pursuit 緊跟、窮追

Qq

quit [kwɪt] 動 戒、停止、退出、【口】辭職

例 He has **quit** smoking after his wife got pregnant.
在他老婆懷孕後他就戒菸了。

➲ 出題重點 quit doing sth. 停止做某事

Rr

range [rendʒ] 名 山脈、行列、範圍 動 排列、歸類於、使並列

例 The books in this area should be **ranged** in alphabetical order.
這兒的書應該要以字母順序來排列。

➲ 出題重點 a range of 一系列

rank [ræŋk] 名 等級、橫列、階級 動 排列、歸類於、把……分等 形 繁茂的、惡臭的、討厭的、下流的

例 This novel was ranked as the best seller last year.
這本小說上了去年的暢銷書排行榜。

➲ 出題重點 rank among... 屬於……之間的等級

re·al·is·tic [ˌriə`lɪstɪk] 形 實際的、現實的、不為感情所動的

例 You have to consider about its **realistic** value before selling it.
在販售它之前你應該好好考慮一下它的實際價值。

➲ 出題重點 realistic value 實際價值（與名義價值相對）

re·cede [rɪ`sid] 動 後退、撤銷

例 Although the oil prices **receded** in May, they rose back last week.
儘管油價在五月時降價了，但上禮拜又回升了。

➲ 出題重點 recede into the background 退回幕後、逐漸失勢

re·main [rɪ`men] 動 保持、逗留、剩餘、殘存、停留、居住

例 She **remained** silent all the night after the fight.
吵過架後她整晚都不發一語。

➲ 出題重點 remain with 住在……的家裡、遺留在……的手中

re·new [rɪ`nju] 動 使更新、使恢復、補充、續借、復興

例 Steve decided to **renew** all the painting in his house.
Steve決定要重新粉刷他的房子。

➲ 出題重點 renew ideas 更新觀念

re·new·al [rɪ`njuəl] 名 更新、復興、恢復、續借、補充

例 You will receive your license **renewal** next month.
下個月你就會收到你更新過的證件。

re·pair [rɪ`pɛr] 動 修理、重新整修、修補、刷新

例 He works in the local company that **repairs** computers.
他在當地一家修電腦的公司上班。

➲ 出題重點 under repair 修理中

re·stric·tion [rɪ`strɪkʃən] 名 限制

例 There are certain **restrictions** when you visit this museum.
進入這間博物館參觀有一些限制。

➲ 出題重點 without restriction 无限制地

re·sume [ˏrɛzju`me] 名 履歷
[rɪ`zum] 動 再開始、繼續

例 He **resumed** his painting after his wife passed away.
他太太去世後，他又重新開始作畫。

➲ 出題重點 submit a resume 投遞履歷

rec·om·mend [ˏrɛkə`mɛnd] 動 勸告、建議

例 She highly **recommanded** me the new restaurant in downtown.
她跟我強力推薦鎮上新開的那家餐廳。

➲ 出題重點 strongly recommend 強烈建議

rest [rɛst] 名 休息、其餘、其他
動 休息、睡眠、靜止、依靠、保持（狀態）

例 The enemy troops are taking a **rest** near the river.
敵軍們正在河邊休息。

➲ 出題重點 have / take a rest 休息一下　at rest 靜止不動
rest sth. on sth. 依靠在……上

scrap [skræp] 動 視為廢物、扯開

例 We have to scrap our trip due to the bad weather.
因為天氣的關係我們不得不放棄去旅行。

➲ 出題重點 to scrap a battleship 拆毀戰艦

screen [skrin] 名 屏、銀幕、掩蔽物、屏風 動 掩蔽、包庇、放映、拍攝

例 Their photos were shown on the screen when lights were off.
當燈一暗，他們的照片便出現在螢幕上。

➲ 出題重點 big screen 寬螢幕

se·nior·i·ty [sinˋjɔrətɪ] 名 資歷

例 The workers here mostly have twenty to thirty years of seniority.
這兒的工人大多都有二三十年的資歷了。

se·quen·tial [sɪˋkwɛnʃəl] 形 連續的、相繼的、有順序的、結果的

例 The terribly sequential crimes puzzled the police in town.
一連串可怕的犯罪活動讓鎮上警察模不著頭緒。

S

se·quence [ˋsikwəns] 名 順序

例 Peter memorized the names on the list in sequence.
Peter照著名單上的次序背下這些名字。

➲ 出題重點 sequence code 序列碼
in rapid sequence 緊接著、一個接著一個

se·ri·al [ˋsɪrɪəl] 形 連續的

例 She organized the books according to the serial number.
她根據編號來排放書籍。

➲ 出題重點 serial number 編號

seat [sit] 名 座位、所在地、場所、席位 動 使坐下

例 He is expected to win the seat at the next election.
在下次選舉他即有可能可以獲得此議席。

➲ 出題重點 have a seat 請坐 win a seat 獲得議席 seat oneself 就座

slack [slæk] 名 鬆弛、靜止、淡季、閒散、居家褲 副 馬虎地、緩慢地 動 使鬆弛、使緩慢、馬虎從事 形 鬆弛的、不流暢的、疏忽的、軟弱的、漏水的、呆滯的、懶散的

例 There is a certain amount of slack in the oil industry.
目前石油工業可說是不太景氣。

➲ 出題重點 be slack in / about 慢吞吞地做某事 slack off 鬆懈、偷懶

spa·cious [ˋspeʃəs] 形 寬敞的

例 The best part of the apartment is the **spacious** bathroom.
這間公寓最棒的就是它那寬敞的浴室。

➲ 出題重點 huge gate and spacious courtyard 門庭廣闊

spec·i·fi·ca·tion [͵spɛsəfəˋkeʃən] 名 詳述、規格、說明書、規範

例 The **specification** for the design can help the engineer work precisely.
設計說明可以幫助工程師工作更精確。

stack [stæk] 名 堆、一堆 動 堆疊

例 She places those books and magazines in a neat **stack**.
她將書報雜誌整整齊齊地放成一堆。

➲ 出題重點 stack up 總結

stim·u·late [ˋstɪmjə͵let] 動 刺激、激發、激勵

例 The advertisement successfully stimulates the sales of our perfume.
這支廣告成功的刺激了我們香水的買氣。

➲ 出題重點 stimulate sb. to do sth. 激勵某人做某事

stip·u·late [ˋstɪpjə͵let] 動 規定、保證

例 The law **stipulates** that we can't drive after drinking.
法律規定酒後不得開車。

stress [strɛs] 名 壓力、強迫、壓迫 動 強調

例 Successful leaders should be able to make tough decisions under **stress**.
好的領導者應該要有在壓力下果決判斷的能力。

➲ 出題重點 lay stress on / upon 著重、強調
under (the) stress of 被所……驅使

strict [strɪkt] 形 要求完全服從或遵守的、嚴厲的、嚴格的

例 He is very **strict** with his children and grandchildren.
他對他的孩子和孫子都相當嚴格。

➲ 出題重點 be strict with sb. 對某人嚴格

string [strɪŋ] 名 細繩 動 連成一串

例 She tied the parcel up with a piece of **string**.
她用一根細繩把包裹綁起來。

➲ 出題重點 string along with 贊同、跟隨

struc·ture [ˋstrʌktʃɚ] 名 結構

例 Their new office is an impressive glasses and steel **structure**.
他們的新辦公室是非常特別的玻璃和鋼筋構造。

➲ 出題重點 the structure of... ……的構造

sub·mit [səbˋmɪt] 動 提出、服從、屈服

例 He **submitted** his proposal for tax reduction to the city council.
他將減稅的提議提交到市議會。

➲ 出題重點 submit resignation 提出辭呈

sub·scrip·tion [səbˋskrɪpʃən] 名 捐獻、訂金、訂閱、簽署、同意

例 Your **subscription** to the magazines is going to expire.
你所訂閱的雜誌就快到期了。

➲ 出題重點 subscription for shares 認股

sug·ges·tion [səˋdʒɛstʃən] 名 建議

例 She bought all the dresses at once at her friend's **suggestion**.
在她朋友的建議下，她一次買了所有的洋裝。

➲ 出題重點 make a suggestion 提出建議

sym·bol [ˋsɪmbḷ] 名 象徵

例 Roses are often viewed as the **symbol** of love.
玫瑰常被當作愛情的象徵。

➲ 出題重點 a symbol of ……的象徵

sym·bol·ic [sɪmˋbɑlɪk] 形 象徵的、符號的

例 The number of four is **symbolic** of misfortune in Chinese culture.
在中國文化中，數字四是不祥的象徵。

➲ 出題重點 be symbolic of... 是……的象徵

sys·tem·at·ic [͵sɪstəˋmætɪk] 形 系統的、體系的

例 She is very **systematic** in her approach to work.
她工作起來相當有條不紊。

➲ 出題重點 systematic botany 植物分類學
systematic theology 系統神學

Tt

task [tæsk] 名 工作、任務 動 使辛勞、煩累

例 The teacher assigned all students a **task** of cleaning the classroom.
老師派給學生們一項打掃教室的任務。

➲ 出題重點 fulfill one's task 完成任務 take to task 責備、斥責

ti·dy [ˋtaɪdɪ] 動 使整齊 形 整齊的、整潔的、有條理的

例 Her boss required her to keep the office clean and **tidy**.
她上司要求她要保持辦公室的整潔。

➲ 出題重點 tidy up 整理

tool [tul] 名 工具

例 The chimpanzee knows how to use twig as a **tool**.
黑猩猩懂得如何用樹枝來做工具。

➲ 出題重點 as a tool 作為工具　down tools 停止工作、罷工

tough [tʌf] 形 艱苦的

例 Last week was very **tough** for those private investors.
上禮拜對個人投資者來說是相當艱難的一個禮拜。

➲ 出題重點 get tough with sb. 對某人態度強硬起來

trans·ac·tion [trænsˋækʃən] 名 處理、會報、交易、事務、處理事務

例 Most of the customers worry about the security of online **transaction**.
許多顧客都很擔心線上交易的安全性。

➲ 出題重點 cash transactions 現金交易

type [taɪp] 名 類型、典型、模範 動 打字、測定（血等）類型

例 What **type** of house do you prefer to live in?
您偏好住甚麼類型的房子呢？

➲ 出題重點 true to type 典型的、照一定型式的

Uu

u·ni·for·mi·ty [ˌjunəˋfɔrmətɪ] 名 同樣、一式、一致、均勻

例 Obviously, your annual report is lack of **uniformity**.
顯然地，你的年度報告缺乏一致性。

➲ 出題重點 lack of uniformity 缺乏一致性

un·fold [ʌnˋfold] 動 打開、顯露、開展、闡明、伸展、開花

例 Kevin accidentally **unfolded** his proposal plan to his girlfriend.
Kevin不小心向他女友透漏了他的求婚計畫。

➲ 出題重點 unfold the wings 展開雙翅　unfold one's plan 透露計畫

vo·ca·tion [voˋkeʃən] 名 職業

例 He decided to change his **vocation** from doctor to writer.
他決定要從醫生改行當作家。

➲ 出題重點 choose / select a vocation 選擇職業
mistake one's vocation 選錯職業

warn [wɔrn] 動 警告、使提防、警戒、預告危險

例 The police **warned** us against going to the bars here.
警察警告我們不要去這裡的酒吧。

➲ 出題重點 warn sb. against doing sth. 警告某人不要做某事

warn·ing [ˋwɔrnɪŋ] 名 警告、預告、通知、預兆

例 Villager's **warning** stops him taking an adventure in the forest.
村民的警告讓他打消進森林冒險的念頭。

➲ 出題重點 take warning from... 引以為戒

wid·en [ˋwaɪdn̩] 動 加寬、放寬、擴展

例 The mayor is planning to **widen** the roads here.
市長正在計畫拓寬這裡的道路。

wipe [waɪp] 動 揩拭、擦、擦去

例 She **wiped** the dust off the table with a dry cloth.
她用乾抹布將桌上灰塵擦去。

➲ 出題重點 wipe away 擦去

W
Y

with·er [ˋwɪðɚ] 動 凋謝、衰退、使畏縮、感到羞愧

例 The flowers in the garden **withered** due to the drought.
乾旱使得花園的花都枯萎了。

➲ 出題重點 wither away 消失

wond·er [ˋwʌndɚ] 動 詫異

例 We **wonder** that such a young girl is the manager here.
我們相當詫異這個年輕女孩就是經理。

➲ 出題重點 wonder at... 對……感到驚奇 no wonder 難怪

work [wɜk] 名 勞力、勞心、勞動、工作

例 It takes a lot of **work** to plant flowers well.
要把花種好是很不容易的。

➲ 出題重點 at work 在工作

work·shop [ˋwɜk͵ʃɑp] 名 車間、工廠

例 Tina runs the **workshop** herself in the village near here.
Tina自己在附近村莊開了一家工廠。

worth·while [ˋwɝθˋhwaɪl] 形 值得做的、值得出力的

例 It is a **worthwhile** experience to travel around the world by bicycle.
騎單車環遊世界是十分值得的經驗。

➲ 出題重點 worthwhile investment 值得的投資

yield [jild] 動 生產、放棄、屈服

例 He was forced to **yield** his family and property.
他被迫放棄他的家人與財產。

➲ 出題重點 yield fruits 結果實　yield to 服從、屈服於

PART 7

飲食保健篇

Part 07 音檔雲端連結

因各家手機系統不同，若無法直接掃描，
仍可以至以下電腦雲端連結下載收聽。
（https://tinyurl.com/mr42ppdn）

ac·id [ˋæsɪd] 名 酸

例 Be careful, the **acid** may burn a hole on your clothes.
小心點，這酸可會在你衣服上燒出個洞來。

➲ 出題重點 carbonic acid gas 碳酸

al·le·vi·ate [əˋliviˌet] 動 使（痛苦等）易於忍受、減輕

例 The pain-killer didn't **alleviate** his headache at all.
止痛藥對他的頭痛一點幫助都沒有。

ap·pa·ra·tus [ˌæpəˋretəs] 名 機械、設備、儀器

例 They have installed some **apparatus** here to receive the signal.
他們在這裡安裝一些設備來接收訊息。

➲ 出題重點 electric apparatus 電氣裝置

ap·pe·tite [ˋæpəˌtaɪt] 名 欲望、食欲

例 The food in this Indian restaurant is totally to my **appetite**.
這間印度餐廳的菜完全合我的胃口。

➲ 出題重點 lose one's appetite 喪失食欲
to one's appetite 合某人的口味
have good / healthy appetites 食欲很好

ar·ti·fi·cial [ˌɑrtəˋfɪʃəl] 形 人造的

例 His new garden was covered with **artificial** grass.
他的新花園鋪的其實是人工草皮。

➲ 出題重點 artificial tooth 假牙

as·sim·i·la·tion [əˌsɪmḷˋeʃən] 名 同化、同化作用、消化

例 The culture here has been lost by the **assimilation** to Chinese culture.
這兒的文化因中國文化的同化而消失。

as·sim·i·late [əˋsɪmḷˌet] 動 吸收

例 It's not so easy to **assimilate** so much information at once.
一次就吸收這麼多資訊不太容易。

at·om [ˋætəm] 名 原子

例 Research showed that **atom** is the smallest unit of the element.
研究顯示原子是元素中的最小單位元。

➲ 出題重點 atom bomb 原子彈

at·ten·dant [ə`tɛndənt] 名 服務員

例 Holly kept asking the flight **attendant** for water.
Holly一直向空服員要水喝。

➲ 出題重點 a flight attendant 空服員

at·trib·ute [ə`trɪbjut] 名 屬性、品質、特徵

例 He has the physical **attributes** to become a soccer player.
他的體態有成為足球員的潛力。

ath·let·ic [æθ`lɛtɪk] 形 運動的

例 The **athletic** meet is the most important day in the school.
運動會是學校最重要的盛事。

➲ 出題重點 athletic field 運動場

ath·lete [`æθlit] 名 比賽者、運動員

例 The **athlete** broke his ankle when he tried to speed up.
那位運動員想加快速度時卻扭傷了腳踝。

➲ 出題重點 athlete's foot 足癬

au·to·ma·tion [ˏɔtə`meʃən] 名 自動控制、自動操作

例 Factory **automation** increases the monthly productivity of our company.
工廠自動化大大增加了我們公司的月生產量。

au·to·mat·ic [ˏɔtə`mætɪk] 名 自動機械 形 自動的、無意識的、機械的

例 This new vehicle is fully **automatic** and fuel efficient.
這台車是全自動又十分省油。

➲ 出題重點 fully automatic 全自動

au·to·mate [`ɔtəˏmet] 動 使自動化

例 The engineer **automates** the entire household appliance at his home.
那名工程師把他家的家電全部都自動化了。

Bb

bar [bɑr] 名 賣酒的櫃檯、酒吧

例 He invited me to the **bar** to watch the football game.
他邀我去酒吧看場球賽。

bend [bɛnd] 名 彎、拐角 動 彎曲、專心於、屈服

例 **Bending** a coin is the only trick that Frank can play.
弄彎硬幣是Frank唯一的伎倆。

➲ 出題重點 bend to 屈服於、服從

bev·er·age [ˋbɛvrɪdʒ] 名 飲料

例 **Beverages** are not allowed after you enter the subway station.
進入地鐵站後就不可以喝任何飲料。

➲ 出題重點 brew a beverage 調製飲料　a summer beverage 夏季飲料

blind·ing [ˋblaɪndɪŋ] 形 使眩目的、使看不見的

例 We couldn't see anything with the sudden **blinding** light.
在突如其來的閃光下我們什麼都看不見。

boil [bɔɪl] 名 沸點、沸騰 動 煮沸、激動

例 You need to **boil** the water before drink it.
喝這水之前要先煮過。

➲ 出題重點 boiled / boiling water 開水

breed [brid] 名 種、族 動 生育、飼養

例 My family used to **breed** lots of kangaroos in the garden.
我家以前在花園養了很多袋鼠。

➲ 出題重點 half-breed 混血兒

brew·er·y [ˋbruərɪ] 名 釀酒廠

例 Visiting the **brewery** here would be a part of our tour.
參觀這兒的酒廠是行程的一部分。

broil [brɔɪl] 動 燒烤

例 My grandmother **broiled** a turkey for the Thanksgiving dinner.
在感恩節大餐上我奶奶烤了一隻火雞。

browse [brauz] 動 瀏覽、吃草、放牧

例 She **browsed** through my book with a scornful look.
她輕蔑地瀏覽了一下我的書。

➲ 出題重點 browse through 瀏覽

Cc

ca·ter [ˋketɚ] 動 提供飲食、滿足（需要）、投合

例 The Italian restaurant **catered** most of our parties.
我們的宴會大多是這間義大利餐廳負責的。

➲ 出題重點 cater to sb. 悉心護理

ca·ter·ing [ˋketərɪŋ] 名 承辦酒席、提供飲食及服務

例 Adam is well-experienced in the wedding **catering**.
Adam在承辦婚宴方面很有經驗。

caf·e·te·ri·a [ˏkæfəˋtɪrɪə] 名 自助餐館

例 Students don't like the food in the school **cafeteria**.
學生們不喜歡學校餐館的菜。

ce·re·al [ˋsɪrɪəl] 名 穀類食品、穀類

例 Betty likes to have a **cereal** with milk in the morning.
Betty喜歡在早上吃一碗麥片牛奶。

➲ 出題重點 breakfast cereals 早餐用的穀類食品

cer·e·mo·ny [ˋsɛrəˏmonɪ] 名 典禮

例 The opening **ceremony** will be held on July second.
開幕式將在七月二號舉行。

➲ 出題重點 opening ceremony 開幕儀式

cham·pi·on [ˋtʃæmpɪən] 名 冠軍、擁護者

例 Eddie won the **champion** of the boxing championship.
Eddie贏得了拳擊賽的冠軍。

➲ 出題重點 a champion swimmer 優勝的游泳運動員

C D

cham·pi·on·ship [ˋtʃæmpɪənˏʃɪp] 名 錦標賽

例 Our team has practiced day and night for the **championship**.
我們早晚都在為了冠軍賽練習。

➲ 出題重點 win the championship 奪標

char·ac·ter·is·tic [ˏkærɪktəˋrɪstɪk] 名 特質、特性、特色

例 Being generous to friends is one of his **characteristics**.
待朋友大方是他的特色之一。

➲ 出題重點 alternating-charge characteristic 交流充電特性

char·ac·ter·ize [ˋkærɪktəˏraɪz] 動 表現……的特色、刻畫的……性格

例 The painting **characterized** the Death as a kind old man.
這幅畫將死神描繪成一個和藹的老人。

➲ 出題重點 be characterized as... 被描述為……

chef [ʃɛf] 名 廚師

例 Luis has been the **chef** in this Chinese restaurant for years.
Luis在這間中國餐廳當廚師已有好幾年了。

➲ 出題重點 pastry chef 甜點師傅

chop [tʃɑp] 名 砍、排骨 動 剁碎、砍、（風浪）突然改變方向

例 It's said that there is a man chopping tree on the moon.
傳說月亮上有個男人在砍樹。

➲ 出題重點 chop sth. down 砍倒某物

clear·ance [ˋklɪrəns] 名 清除

例 The last day of sale clearance made the shop full of customers.
最後一天大清倉吸引了許多客人到店裡來。

➲ 出題重點 customs clearance 結關、海關放行

com·prise [kəmˋpraɪz] 動 包含、由……組成

例 Our team is comprised of students from different universities.
我們的團隊是由不同大學的學生們所組成的。

➲ 出題重點 be comprised of 由……組成

con·ver·sion [kənˋvɝʃən] 名 變換、（宗教信仰之）改變、皈依

例 Her conversion from Buddhism to Catholicism surprised her family.
她從佛改信天主教讓她家人十分驚訝。

con·vert [kənˋvɝt] 動 轉換、改變、改變信仰

例 My father converted my brother's room into his study.
我爸將哥哥的房間改成他的書房。

➲ 出題重點 convert...into... 將……變成……

core [kor] 名 果心、中心

例 Our discussion didn't get to the core of the matter.
我們的討論根本沒觸及問題的核心。

➲ 出題重點 go to the core of the matter 直指事情核心

curve [kɝv] 動 彎曲

例 He is strong enough to curve a metal stick.
他強壯到可以弄彎一隻鐵棒。

dair·y [ˋdɛrɪ] 名 牛奶店、奶品場

例 She could not have any dairy product due to the allergy.
因為過敏的關係她不能吃任何乳製品。

➲ 出題重點 dairy products 乳製品

des·sert [dɪˋzɝt] 名 餐後甜點

例 The **dessert** of the restaurant today is cheese cake.
這家餐廳今天的餐後甜點是起司蛋糕。

➲ 出題重點 have sth. for dessert 以……作為甜點

di·et [ˋdaɪət] 名 節食、飲食

例 A healthy **diet** includes fresh fruits and vegetables.
健康的一餐應該要有新鮮水果和蔬菜。

➲ 出題重點 be on a diet 節食　organic diet 生機飲食

di·ges·tion [dəˋdʒɛstʃən] 名 消化力、領悟

例 She would have **digestion** problem if she had too much oil.
太過油膩會讓她消化不良。

dig·i·tal [ˋdɪdʒɪtḷ] 形 數字的

例 Each of my family now has a **digital** camara.
現在我家每個人都有一台數位相機。

➲ 出題重點 digital automation 數位自動裝置

dine [daɪn] 動 吃飯、進餐

例 He has to **dine** with his family every night.
每天晚上他都得跟家人一起吃飯。

➲ 出題重點 dine at restaurant 上館子　dining room 飯廳

dis·pos·a·ble [dɪˋspozəbḷ] 形 用完即丟的、隨時可以的

例 He bought a **disposable** camara in the amusement park.
他在遊樂園裡買了一台可棄式相機。

➲ 出題重點 disposable diapers 免洗尿布

dis·solve [dɪˋzɑlv] 動 溶解、解散

例 The sugar could not fully **dissolve** in the coffee.
糖粒無法在那杯咖啡中完全溶解。

➲ 出題重點 dissolve in 溶入

dive [daɪv] 名 潛水、跳水 動 潛水、下潛、俯衝

例 Victor **dived** into the river to find the ring.
Victor跳下水去找那枚戒指。

➲ 出題重點 take a dive into 專心於

drain [dren] 名 排水管、下水道、不斷消耗（需求）（如時間或精力等） 動 排水、使耗盡

例 The swimming pool is **drained** and cleaned every winter.
這泳池在冬天時都會把水排掉及清洗。

➲ 出題重點 drain off 排去、流掉

du·ra·ble [ˋdjʊrəbl] 形 持久的、耐用的

例 This old umbrella is made of very **durable** material.
這把老雨傘是用很耐用的材料做成的。

➲ 出題重點 consumer durable 耐久消費品

dust [dʌst] 名 灰塵

例 The kitchen was dirty and covered with **dust**.
廚房可說是又髒又布滿灰塵。

➲ 出題重點 dust off... 除去……的灰塵

Ee

e·lec·tri·cal [ɪˋlɛktrɪkl̩] 形 用電的

例 The fire was caused by the **electrical** fault.
那場火災肇因於電器走火。

➲ 出題重點 electrical discharge 放電

e·lec·tric [ɪˋlɛktrɪk] 形 電的、導電的、電動的、電氣

例 He got an **electric** shock when he changed the light bulb.
換燈泡時他突然被電了一下。

➲ 出題重點 electric wave 電波　electric storm 雷雨

en·er·get·ic [͵ɛnɚˋdʒɛtɪk] 形 精力充沛的、積極的

例 Ellen has been an **energetic** student in my class.
Ellen在我班上總是很積極有活力。

ex·per·i·men·tal [ɪk͵spɛrəˋmɛntl̩] 形 實驗的、根據實驗的

例 The **experimental** evidence showed that our hypothesis is true.
實驗結果顯示我們的假設是正確的。

➲ 出題重點 experimental psychology 實驗心理學

ex·per·i·ment [ɪkˋspɛrəmənt] 名 試驗、實驗

例 His **experiment** was presented in front of all the professors.
他在教授們面前演示他的實驗。

ex·per·tise [͵ɛkspɚˋtiz] 名 專家的意見、專門技術

例 Iris is widely known for her **expertise** as an interpreter.
Iris的專業口譯技術很有名。

➲ 出題重點 expertise in... 在某方面的專業知識

ex·pert [ˋɛkspɝt] 名 專家

例 David is the **expert** both in physics and mathmetics.
David是物理和數學方面的專家。

➲ 出題重點 be an expert in / at ……的專家、能手

ex·pos·i·to·ry [ɪkˋspɑzɪˏtorɪ] 形 解說的

例 The **expository** board here was dirty and broken.
這裡的解說看板又髒又破。

➲ 出題重點 expository writing 說明文

Ff

fea·ture [ˋfitʃɚ] 名 特徵、特色

例 This notebook has lightness and slightness **features**.
這款筆電的特色是又輕又薄。

➲ 出題重點 feature film 正片、故事片

feed [fid] 動 餵飽、供養、取為食料

例 My neighbor **feeds** the stray cats here every day.
我鄰居每天都會來餵這裡的貓。

➲ 出題重點 feed sb. 供養某人　feed on 以……為食
feed up 供給食物

fi·ber [ˋfaɪbɚ] 名 纖維、纖維物質

例 The doctor suggests him have more **fiber** in the diet.
醫生建議他平時要多吃一點纖維性食物。

➲ 出題重點 carbon fiber 碳纖維

fla·vor [ˋflevɚ] 名 味道 動 加味於

例 My favorite ice cream **flavor** is chocolate with mint.
我最喜歡的霜淇淋口味是薄荷巧克力。

➲ 出題重點 sweet flavor 甘味　literary flavor 文學氣息

flex·i·ble [ˋflɛksəbl̩] 形 柔韌性、易曲的、靈活的、柔軟的、能變形的、可通融的

例 My schedule is usually quite **flexible** on the weekends.
我週末的行程通常都滿有彈性的。

flour [flaʊr] 名 麵粉

例 The price of the **flour** has raised due to the drought.
因為乾旱的關係麵粉的價格調漲了。

➲ 出題重點 white flour 白麵粉

flu·id [ˋfluɪd] 名 流體

例 The doctor asked the nurse to drain some **fluid** from her lungs.
醫生要護士把她肺裡的積水先抽出。

➲ 出題重點 black writing fluid 墨汁

foam [fom] 名 泡沫

例 The bathtub is overflowing and the **foam** is everywhere.
浴缸的水滿了出來，泡泡流了滿地。

for·mu·la [ˋfɔrmjələ] 名 配方、處方

例 The **formula** of making Coca-Cola remains a secret.
製作可口可樂的配方仍然是個祕密。

fried [fraɪd] 形 油炸的、【俚】喝醉了的

例 He would order **fried** chicken everytime he came to this restaurant.
每次來這家餐廳他都會點炸雞。

➲ 出題重點 fried dumpling 鍋貼

fruit [frut] 名 水果、果類、果實、成果 動 結果實

例 A lot of tropic **fruits** are exported from this country.
很多熱帶水果都是從這個國家出口的。

➲ 出題重點 bear fruit 結果

Gg

gar·bage can [ˋgarbɪdʒ kæn] 名 垃圾箱

例 An anonymous called us that the bomb was in the **garbage can**.
一通不具名的電話告訴我們炸彈在垃圾桶裡。

gour·met [ˋgurme] 名 能精選品評美食、美酒的人

例 The **gourmet** criticized his restaurant harshly on the magazine.
這美食家在雜誌上替他的餐廳下了惡劣的評論。

grab [græb] 動 抓取

例 The baby would like to **grab** everything he sees.
小嬰兒會去抓任何他看到的東西。

➲ 出題重點 grab a bite 匆匆吃點東西　grab the moment 把握時機

grasp [græsp] 名 抓住、把握 動 緊握

例 It's difficult to **grasp** his main idea in his speech.
我們很難抓到他演講的重點。

➲ 出題重點 in the grasp of 在……的手中、在……控制下

in·gre·di·ent [ɪn`gridɪənt] 名 成分、因素

例 The **ingredients** of this cake are not easy to find.
這種蛋糕的原料不好找。

in·jure [`ɪndʒɚ] 動 損害、傷害

例 Livia was seriously **injured** in the car accident.
Livia在車禍中受到了重傷。

➲ 出題重點 injured party 受傷害的一方、受到不公平待遇的一方

in·stinct [`ɪnstɪŋkt] 名 本能

例 Protecting child from danger is the **instinct** of mother.
保護小孩遠離危險是母親的本能。

➲ 出題重點 instinct for... 有……的天分

in·sure [ɪn`ʃʊr] 動 給……保險、確保

例 You should **insure** your baggage before you travel abroad.
出國旅行前你應該要替你的行李先保險。

➲ 出題重點 insure sb. for... 為某人投保……（金額）

in·te·gra·tion [ˏɪntə`greʃən] 名 綜合

例 The conclusion has referred to the **integration** of other surveys.
這個結論還參考了其他研究的綜合成果。

➲ 出題重點 racial integration 種族融合

in·te·grat·ed [`ɪntəˏgretɪd] 形 綜合的、完整的

例 The choreography of modern dance is well **integrated** with the traditional.
這場現代舞的編排與傳統舞做了很棒的結合。

in·te·grate [`ɪntəˏgret] 動 使成整體、使一體化、取消（種族）隔離

例 He **integrated** my idea with his plan without my permission.
他未經過我同意就將我的點子納入他的計畫。

➲ 出題重點 integrate A with B 把 A 與 B 整合起來

in·ter·mission [ˏɪntɚ`mɪʃən] 名 間斷、中止、暫歇、中場休息

例 Most of the audience have left during the **intermission**.
很多觀眾在中場休息時就離席了。

in·ter·nal [ɪn`tɝnḷ] 形 內在的、內部的、國內的

例 There was a rapid decrease in **internal** trade last year.
去年國內貿易呈現巨幅縮減的狀況。

➲ 出題重點 internal auditing 內部審計、內部稽核

in·ter·val [ˋɪntɚvḷ] 名 距離、間隔時間、（音樂會等）中場休息

例 The **interval** between my home and his measures 100 meters.
他家跟我家相距只有一百公尺。

➲ 出題重點 after three-week interval 隔兩週後
at rare intervals 偶爾

Jj

jeop·ard·ize [ˋdʒɛpɚd͵aɪz] 動 危害

例 The scandal **jeopardized** his chances of winning the election.
醜聞危及了他的大選選情。

jog [dʒɑg] 動 慢跑

例 Peggy used to go **jogging** every morning before breakfast.
Peggy以前常在吃早飯前去慢跑。

➲ 出題重點 go jogging 慢跑

Ll

lean [lin] 動 傾斜、彎曲

例 The tower **leaned** on the bridge after the earthquake.
地震後那座塔傾倒在橋上。

➲ 出題重點 lean on 依靠著

leap [lip] 動 跳、躍、閃過

例 My dog **leaped** the fence when seeing my father coming home.
我家的狗遠遠看到爸爸回家會馬上躍過柵欄。

➲ 出題重點 leap to a conclusion 貿然斷定、過早下結論

liq·uid [ˋlɪkwɪd] 名 液體

例 The transparent **liquid** in the glass is actually strong acid.
杯子中的透明液體其實是強酸。

liq·uor [ˋlɪkɚ] 名 液體、酒、烈酒

例 Our bar sells the best **liquor** in town.
鎮上就屬我們酒吧的酒最棒了。

➲ 出題重點 in liquor 帶有醉意

lit·ter [ˋlɪtɚ] 動 亂丟（雜物）

例 There were piles of **litter** in his brother's room.
他弟弟房間堆滿了雜物。

lunch·eon [ˋlʌntʃən] 名 午宴、正式的午餐、便餐、午餐

例 We are going to have a business **luncheon** tomorrow.
明天我們會舉辦一場商業餐會。

ma·nip·u·la·tion [məˏnɪpjʊˋleʃən] 名 處理、操作、操縱、被操縱

例 He is accused of illegal **manipulation** of the stock market.
他被控惡意操縱股市。

mal·func·tion [mælˋfʌŋʃən] 名 （機器）運轉不正常、發生故障、失靈

例 The computer **malfunction** made the office in a mess.
電腦當機造成辦公室一團混亂。

➲ 出題重點 a major malfunction 嚴重故障

match [mætʃ] 名 比賽

例 Our team beat the other in the football **match**.
我們的球隊贏了這場足球比賽。

meal [mil] 名 一餐、一頓飯、膳食、粗穀粉

例 My uncle's dogs often have three **meals** a day.
我叔叔家的狗通常一天都吃三餐。

➲ 出題重點 have a meal 進餐

melt [mɛlt] 動 溶解、軟化

例 His heart **melted** when he saw the girl crying.
當那女孩一哭他就心軟了。

➲ 出題重點 melt away 逐漸溶解、消失

mess·y [ˋmɛsɪ] 形 骯髒的、凌亂的

例 The house was **messy** everywhere when Fendy came back.
當Fendy回家時整間房子可說是一團亂。

met·al [ˋmɛtḷ] 名 金屬

例 The gate is made of **metal** and not easy to break in.
大門是用金屬做的，不容易被破壞。

➲ 出題重點 precious metal 貴金屬

mi·cro·wave [ˋmaɪkrəˏwev] 名 微波、微波爐

例 He heated up the leftover pizza in the **microwave**.
他將剩下的披薩拿去微波加熱。

mild [maɪld] 形 適度的、不辛辣的、輕微的

例 The teacher gave him a **mild** punishment instead.
老師對他反而從輕發落。

➲ 出題重點 mild tobacco 淡菸

mix [mɪks] 名 混合 動 使混和、混淆、混合

例 He **mixed** the milk with chocolate to make a drink.
他將牛奶混上巧克力做成一杯飲料。

➲ 出題重點 mix up 混合

mix·ture [ˋmɪkstʃɚ] 名 混合、混合物

例 Our conversation is conducted in a **mixture** of English and Spanish.
我們的對話是以英西交雜進行的。

➲ 出題重點 mirth with a mixture of sadness 悲喜交加

mo·bil·i·ty [moˋbɪlətɪ] 名 靈活性、流動性

例 There is a greater **mobility** of labors in our company.
我們公司的員工流動性相當高。

mo·bile [ˋmobɪl] 名 （藝術）動態雕刻品（懸掛於空中，各部份可獨自移動之雕塑品） 形 可移動的、易變的、機動的

例 The **mobile** library is one of the pubic library services.
移動式圖書館是公立圖書館的服務項目之一。

➲ 出題重點 mobile phone 手機

mode [mod] 名 方式、模式、樣式、時尚

例 Space trip is a new **mode** of traveling nowadays.
太空之旅是現代的新旅行方式。

➲ 出題重點 full screen mode 全螢幕模式
church mode （音樂）教會調式

mod·el [ˋmɑdḷ] 名 模型、設計、型號 形 模範的

例 She made a clay **model** of her little sister.
她做了一個她妹妹的黏土模型。

➲ 出題重點 fashion model 時裝模特兒

mod·er·ate [ˋmɑdərɪt] 形 有節制的、溫和的、適度的

例 The Japanese restaurant is **moderate** in its charges.
這家日本料理店價格適中。

➲ 出題重點 moderate breeze 和風

mod·i·fy [ˋmɑdəˌfaɪ] 動 更改、修改、修飾、緩和、減輕

例 You need to **modify** the margins of your paper.
你報告的邊界需要修改一下。

➲ 出題重點 modify the program 修改程式

mo·tion [ˋmoʃən] 名 運動、動作 動 以手勢示意

例 I don't know how to put the truck in **motion**.
我不知道怎麼開這台卡車。

➲ 出題重點 put sth. in motion 開動某物
go through the motions 做表面工夫

move·ment [ˋmuvmənt] 名 活動、運動

例 The cat lay on the street without any **movement**.
那隻貓一動也不動的躺在那裡。

➲ 出題重點 in the movement 跟著潮流
movement to do sth. 做……的行動

mus·cle [ˋmʌsḷ] 名 肌肉

例 He develops the **muscles** in arms by weight lifting.
他用舉重來練手臂的肌肉。

mus·cu·lar [ˋmʌskjələ˞] 形 肌肉的、強健的

例 The runner has a pair of **muscular** legs.
這名跑者的腿部肌肉相當發達。

➲ 出題重點 a muscular man 健壯的男人

Nn

na·ked [ˋnekɪd] 形 裸體的、未遮蓋的、顯然的

例 We can't look at the sun with the **naked** eye.
我們無法以肉眼直視太陽。

nap [næp] 名 （白天）小睡、打盹、細毛 動 小睡、疏忽、修整

例 My mother likes to take a **nap** after lunch.
我媽媽喜歡在午餐後小睡一下。

➲ 出題重點 take a nap 小睡一下

neat [nit] 形 整潔的、雅致的

例 He always keeps his living room **neat** and clean.
他總是把客廳保持的乾淨又整齊。

nour·ish [ˋnɝɪʃ] 動 滋養、使健壯、懷有（希望、仇恨等）

例 We put fertilizer to **nourish** the apple tree.
我們用肥料來滋養這顆蘋果樹。

➲ 出題重點 nourish hope in one's heart 懷抱希望

nour·ish·ment [ˋnɝɪʃmənt] 名 食物、營養品

例 She sent some **nourishment** to her mother as gifts.
她寄了一些營養品當作禮物送給媽媽。

➲ 出題重點 lack of nourishment 營養不良

nu·tri·ent [ˋnjutrɪənt] 形 營養的

例 Baby's food usually contains many **nutrient** ingredients.
嬰兒的食物通常成分都很營養。

nu·tri·tion [njuˋtrɪʃən] 名 營養

例 Because of her poor **nutrition**, she fainted in the classroom.
因為營養不良的關係她突然在教室裡昏倒了。

➲ 出題重點 poor nutrition 營養不良

nu·tri·tious [njuˋtrɪʃəs] 形 滋養的

例 The whole meal bread is more **nutritious** than the white bread.
全麥麵包比白麵包還營養。

➲ 出題重點 nutritious food 營養食品

op·po·nent [əˋponənt] 名 對手

例 She easily defeated her **opponent** in the first round.
在第一輪比賽她就輕易地擊敗了對手。

➲ 出題重點 defeat the opponent 擊敗對手

op·por·tu·ni·ty [ˌɑpɚˋtjunətɪ] 名 機會、時機

例 He is waiting for a good **opportunity** to propose.
他在等一個求婚的好時機。

➲ 出題重點 take the opportunity of... 抓住……機會

ox·y·gen [ˋɑksədʒən] 名 氧

例 You would feel sleepy when your body needs more **oxygen**.
當你身體缺氧時你會很想睡覺。

pack·age [ˋpækɪdʒ] 動 包裝、打包

例 The bomb was **packaged** in a beautifully decorated box.
這個包裝精美的箱子裡裝的卻是炸彈。

➲ 出題重點 package deal 整批交易

pe·cu·li·ar·i·ty [pɪˏkjulɪˋærətɪ] 名 特殊、特質、怪癖

例 Jessie has a **peculiarity** of collecting used bottles.
Jessie有個收集廢罐子的怪癖。

peel [pil] 動 剝落

例 He cut his hand when he was **peeling** the apples.
在削蘋果時他不小心切到了手。

➲ 出題重點 peel off 去皮、離群

pen·e·tra·tion [ˏpɛnəˋtreʃən] 名 穿過、滲透、突破

例 To prevent the **penetration** of water, you should cover the entire device.
為了不讓水滲進來，你應該要將整個儀器包起來。

P

pen·e·trate [ˋpɛnəˏtret] 動 穿入、透過、看破

例 The knife **penetrated** the chest of the enemy directly.
刀子直接刺穿了敵人的胸膛。

➲ 出題重點 penetrate a mystery 看穿祕密

per·ceive [pɚˋsiv] 動 知覺、察覺

例 She **perceived** someone was walking on the roof last night.
她察覺到昨晚有人在屋頂上走路。

per·cep·tion [pɚˋsɛpʃən] 名 理解、感知、感覺

例 Her **perception** of the issue is different from mine.
她對這個議題的看法與我大不相同。

➲ 出題重點 have a clear perception of... 瞭解……

per·form [pɚˋfɔrm] 動 完成、上演

例 They are going to **perform** a Broadway show this year.
今年他們會表演一場百老匯音樂劇。

➲ 出題重點 perform a ceremony 舉行儀式

per·son [ˋpɝsn̩] 名 人、身體、容貌、【語法】人稱

例 He called me and asked me to visit him in **person**.
他打了電話給我並要我親自去拜訪他。

➲ 出題重點 in person 親自　a person of figure 有聲望的人
second person 第二人稱

phar·ma·ceu·ti·cal [͵fɑrməˋsjutɪkl̩] 名 藥物 形 製藥（學）上的

例 The **pharmaceutical** company was famous for making painkiller.
這家製藥廠以生產止痛藥而聞名。

phar·ma·cy [ˋfɑrməsɪ] 名 藥房、藥劑學、配藥業

例 He got the medicine for acnes in the **pharmacy**.
他在藥房買到了擦痘痘的藥。

➲ 出題重點 department of pharmacy 藥劑科

phys·i·cal [ˋfɪzɪkl̩] 形 肉體的、物質的、有形的

例 The **physical** change makes him look taller and thinner.
身體的改變讓他看起來更高更瘦。

➲ 出題重點 physical quality 體質

pierce [pɪrs] 動 刺穿

例 We tried to **pierce** a hole on the wall with a nail.
我們試著用一根釘子在牆上打洞。

➲ 出題重點 pierce sb. to the core 深深打動某人

plas·tic [ˋplæstɪk] 形 塑膠的

例 It is cheaper to operate the **plastic** surgery here.
在這裡做整型手術會比較便宜。

➲ 出題重點 plastic bag 塑膠袋

play·ground [ˋple͵graʊnd] 名 操場、遊樂場

例 Those kids were screaming and chasing each other on the **playground**.
小朋友們在遊樂場上互相追逐嬉戲。

➲ 出題重點 on the playground 在操場上

pour [por] 動 灌注、傾瀉、湧入、流、傾盆大雨

例 The crowd **poured** out of the stadium after the concert.
演唱會結束後人們從體育場中湧出來。

➲ 出題重點 pour cold water on... 潑冷水於……

pro·tein [ˋprotiɪn] 名 蛋白質

例 You need to have more **protein** from the meat.
你需要從肉中攝取更多的蛋白質。

race [res] 名（人、馬、車等的）速度競賽、比賽、競爭

例 He had lost all his money in the horse **race**.
他在賽馬中輸掉了所有積蓄。

➲ 出題重點 run a race with 與……賽跑

ral·ly [ˋrælɪ] 名 集會 動 重整旗鼓、（使）恢復健康、力量、決心、集結

例 The coach **rallied** those tired players and encouraged them.
教練再次集合疲憊的球員們並鼓勵了他們一番。

➲ 出題重點 road rally 賽車

rank·ing [ˋræŋkɪŋ] 名 等級、順序、地位

例 Do you know what the **ranking** of this university is?
你知道這所大學的排名多少嗎？

rap·id·ly [ˋræpɪdlɪ] 副 迅速地

例 The police arrived at the crime scene **rapidly**.
員警們迅速地到達了犯罪現場。

R

rare [rɛr] 形 稀有的

例 This yellow plant is very **rare** in our country.
這種黃色的植物在我們國家很少見。

➲ 出題重點 rare animal 稀少動物

raw [rɔ] 名 生肉、擦傷處、身上的痛處 形 未加工的、生食的、處於自然狀態的、不摻水的、擦掉皮的、陰冷的、刺痛的

例 Her knees were **raw** because she fell down on the street.
她在街上摔了一跤膝蓋就破皮了。

➲ 出題重點 raw silk 生絲

re·cep·tion·ist [rɪˋsɛpʃənɪst] 名 招待員、傳達員

例 Nerissa invited me to be the **receptionist** on her wedding.
Nerissa邀我當她婚禮的招待。

re·cess [rɪˋsɛs] 名（牆壁等的）凹進處、隱蔽處、休息、休會 動 使凹進、休假、休息

例 His lawyer told him something secretly in **recess**.
他的律師在退庭時悄悄地跟他說了一些話。

➲ 出題重點 in recess 在休會（退庭、休憩）中

re·cov·er [rɪˋkʌvɚ] 動 復原

例 It took a long time for her to **recover** from the sadness.
她花了很久的時間才從傷痛中走出來。

➲ 出題重點 recover the losses 挽回損失

re·fresh·ment [rɪˋfrɛʃmənt] 名 點心、飲料、精力恢復

例 **Refreshments** will be avilable after the conference.
會後將會送上茶點。

➲ 出題重點 refreshment room （車站等的）茶點室

re·lax·a·tion [ˌrilæksˋeʃən] 名 鬆弛、緩和、減輕、娛樂

例 Philip used to take a trip in summer for **relaxation**.
Philip以前夏天都會去旅行放鬆一下。

re·lieve [rɪˋliv] 動 減輕、免除

例 The essence therapy and massage can **relieve** your headache.
精油療法和按摩可以緩和妳的頭痛。

➲ 出題重點 relieve of 解除、消除、減輕

re·ly [rɪˋlaɪ] 動 依賴（於）、依靠、信任

例 Those victims of the earthquake **rely** on the aid from outside.
這些地震災民們只能依賴外界的支援。

➲ 出題重點 rely on 依靠、依賴

re·volve [rɪˋvalv] 動 （使）旋轉、考慮、迴圈出現

例 Their topics **revolve** around the money and the men.
他們的話題圍繞在錢和男人上。

➲ 出題重點 revolve around 繞著……旋轉

rec·i·pe [ˋrɛsəpɪ] 名 處方、食譜、妙策、祕訣

例 He stole the secret **recipe** for cookies from my grandmother.
他從我奶奶那兒偷了製作小甜餅的祕方。

➲ 出題重點 a recipe for success 成功的祕訣

rec·ord [ˋrɛkɚd] 名 記錄

例 The secretary would keep our conversation in **record**.
祕書會把我們的對話記錄下來。

➲ 出題重點 keep in record 被載於記錄、被記載著

res·cue [ˋrɛskju] 名 援助、救助 動 急救、援助、救濟

例 The helicopter was sent out to **rescue** the victims.
直升機已經出發前往營救受難者了。

➲ 出題重點 rescue sb. from... 從……中營救某人出來

ri·val [ˋraɪvl̩] 名 敵手、對手

例 Aaron and Johnny have been business **rivals** for a long time.
Aaron和Johnny長久以來都是商場上的對手。

➲ 出題重點 long-time rival 長期對手

rip [rɪp] 名 裂口、裂縫 動 撕、剝、劈、鋸、撕裂、裂開

例 His mother sewed up the **rip** in his pants.
他母親將他褲管上的裂縫縫補好了。

➲ 出題重點 rip up 猛烈撕碎

roast [rost] 動 烤、烘、嚴厲批評

例 The toast would be more delicious if you had **roasted** it.
這吐司要烤過才會比較好吃。

rot·ten [ˋratn̩] 形 腐爛的

例 The corpse of the rat was **rotten** in the cage.
那隻老鼠的屍體已經在籠子裡腐爛了。

➲ 出題重點 go rotten 腐敗

Ss

safe·guard [ˋsef͵gard] 動 維護、保護、捍衛

例 The anti-virus software would **safeguard** you computer from virus.
防毒軟體可以保護你的電腦不受病毒威脅。

➲ 出題重點 safeguard against 防範、預防

scale [skel] 名 天平、磅秤 動 攀登

例 Hotel ratings are on a **scale** of zero to fives stars.
飯店的等級評比有零到五星之分。

➲ 出題重點 tip the scales 稱重、失去平衡

scent [sɛnt] 名 氣味、嗅覺

例 The floral **scent** in the garden makes her relaxed and happy.
花園的花香讓她心曠神怡。

➲ 出題重點 feminine scent 女用香水　floral scent 花香

scram·ble [ˋskræmbl̩] 動 攀登、爬、攪拌、炒（蛋）

例 The dog **scrambled** over the rocks and kept up with us.
那條狗爬過岩石並跟上了我們。

➲ 出題重點 scramble along 爬向前、勉強對付過去

shape [ʃep] 名 外形、形狀、形態、模型、體形、身段、形式 動 製作、定形、使成形、塑造、使符合

例 Last night I saw a **shape** behind the door.
昨晚我看到門後有個身影。

➲ 出題重點 in the shape of... ……的形狀　in shape 在形狀上
take shape 具體化

shat·ter [ˋʃætɚ] 動 打碎

例 The waitress was nervous and **shattered** the coffee cup.
那名女服務生因為太緊張而打破了咖啡杯。

➲ 出題重點 shatter into pieces 支離破碎

shoot [ʃut] 名 射擊、發射、嫩枝、芽、苗 動 射擊、伸出、拍攝、揮出

例 The police **shot** at the bank rubber for three times.
員警向搶匪開了三槍。

➲ 出題重點 shoot at... 向……射擊

slice [slaɪs] 名 薄片

例 You should try the tequila with salt and a **slice** of lime.
喝龍舌蘭酒要配一些鹽巴和一片萊姆。

➲ 出題重點 a slice of 一片

slim [slɪm] 形 苗條的、纖細的

例 A regid diet and constant workout makes her **slimmer**.
嚴格的節食和持續運動讓她有著纖細的身材。

soak [sok] 動 浸、濡濕、自孔隙中吸入

例 He was **soaked** to the skin by the heavy rain.
他被這場大雨淋的渾身濕透。

➲ 出題重點 soak up 吸收、吸入

soft·en [ˋsɔfən] 動（使）變柔軟、（使）變柔和

例 She made an effort to **soften** her tone.
她努力地讓語氣委婉一點。

➲ 出題重點 soften up 削弱或破壞（士氣）

sound [saʊnd] 名 聲音、語音、噪音、吵鬧、海峽、聽力範圍 動 發聲、宣告、聽診、探測深度、試探 形 健全的、可靠的、合理的、有效的、健康的

例 The weird **sound** from the roof woke me up.
屋頂傳來的奇怪聲音把我吵醒了。

➲ 出題重點 sound good 聽起來不錯

sour [saur] 形 酸的、發酵的、酸腐的、酸味的

例 You should dump the soup yesterday because it has gone **sour**.
這鍋湯已經酸掉了快把它倒掉。

➲ 出題重點 go sour 變壞、變酸

spe·cial·ty [ˋspɛʃəltɪ] 名 特性、專長

例 Speaking three different languages is one of her **specialties**.
精通三國語言是她的專長之一。

➲ 出題重點 specialty shop 專賣店

spill [spɪl] 動 流出、溢出、灑出

例 The girl **spilt** the milk all over the table.
那女孩把牛奶灑得滿桌都是。

➲ 出題重點 spill one's guts 告密

squeeze [skwiz] 名 壓榨、擠 動 壓榨、擠

例 She has to **squeeze** the milk from those cows every morning.
每天早上她都得幫母牛們擠牛奶。

➲ 出題重點 squeeze in 擠進去

sta·di·um [ˋstedɪəm] 名 運動場

例 The **stadium** was filled for the rock band's concert.
體育場被來看搖滾樂團演唱會的樂迷們擠滿了。

➲ 出題重點 baseball stadium 棒球場

stain [sten] 名 汙漬

例 She got a blood **stain** on her new coat.
她的新外套上竟有一滴血漬。

➲ 出題重點 mud stain 泥汙

steel [stil] 名 鋼

例 All our products are made from stainless **steel**.
我們的產品都是以不鏽鋼製成的。

➲ 出題重點 stainless steel 不鏽鋼

steep [stip] 動 浸、漬、浸泡水中

例 She left the tea bag to **steep** and turned on the TV.
她將茶包浸泡在熱水中，然後開了電視。

stick·y [ˋstɪkɪ] 形 黏的、濕熱的

例 The floor became **sticky** and dirty after the party.
狂歡之後地板變得又黏又髒。

stiff [stɪf] 形 僵硬的

例 Her legs were **stiff** from kneeling for two hours.
她的腿跪了兩個小時後都僵硬了。

stiff·en [ˋstɪfn̩] 動 使變硬、使僵硬、使黏稠、變猛烈

例 Sherry bought a shirt with a **stiffened** collar to her father.
Sherry替爸爸買了一件硬領襯衫。

stor·age [ˋstorɪdʒ] 名 貯藏、倉庫、貯藏費

例 All the goods of our company are put in the **storage**.
我們公司所有的貨物都存放在倉庫。

➲ 出題重點 storage space 貯存場地

store [stor] 動 貯備或貯存某物

例 The basement is used to **store** their food and wine.
地下室是他們用來貯存食物或酒的地方。

strain [stren] 名 過度的疲勞、緊張、張力 動 扭傷、損傷、拉緊、盡力

例 Jessica **strained** her eyes by watching too much TV.
Jessica因為看太多電視而把眼睛弄壞了。

➲ 出題重點 muscle strain 肌肉拉傷

strength [strɛŋθ] 名 強度、強壯、力氣、力量、實力、體力

例 She hasn't got enough **strength** to move the table.
她力氣不夠搬不動那張桌子。

➲ 出題重點 Union is strength. 團結就是力量。

strength·en [ˋstrɛŋθən] 動 強化

例 This medicine can **strengthen** your muscles in your arms.
這種藥可以強化你的手臂肌肉。

➲ 出題重點 strengthen one's hand 某人採取有力措施

stuff [stʌf] 動 塞滿

例 Her nose was **stuffed** up due to the bad cold.
因為重感冒的關係，她鼻塞的很嚴重。

➲ 出題重點 stuff oneself 吃得過飽

sub·stance [ˋsʌbstəns] 名 物質、物

例 The chemical reaction would create harmful **substance** in the air.
這種化學反應會在空氣中產生有害物質。

➲ 出題重點 in substance 事實上；大體上

sub·sti·tute [ˋsʌbstə͵tjut] 名 代替品 動 以……代替、代替

例 Jason might be a good **substitute** for Fredy.
Jason可能是Fredy的最佳替代人選。

➲ 出題重點 be substituted for... 代替……

sub·tle [ˋsʌtl̩] 形 細微的、精緻的、靈巧的

例 There is a **subtle** difference between these two papers.
這兩份報告只有些許的不一樣。

sur·face [ˋsɝfɪs] 名 外表、表面

例 This table looks nice but it has a rough **surface**.
這張桌子看起來不錯但它表面有點粗糙。

sweep [swip] 動 打掃

例 We **swept** and mopped the floor of the shop today.
我們今天清掃並擦了店裡的地板。

➲ 出題重點 sweep the floor 清掃地板、掃地

swift·ly [ˋswɪftlɪ] 副 很快地、即刻

例 The sunny sky was **swiftly** becoming dark and cloudy.
晴朗的天空瞬間烏雲密佈。

sys·tem [ˋsɪstəm] 名 系統

例 The government built many bridges to improve the road **system**.
政府建了很多路橋來改善道路系統。

Tt

tab·let [ˋtæblɪt] 名 牌、匾額、藥片、藥丸

例 My father has to take two **tablets** after meals.
我爸爸飯後都得吃兩顆藥。

tap [tæp] 名 輕拍、輕敲、龍頭、旋塞 動 在……裝竊聽器

例 She **tapped** me on the shoulder and asked for a tissue.
她輕拍我的肩膀跟我要一張衛生紙。

➲ 出題重點 tap a telephone wire 偷聽電話

tem·per [ˋtɛmpɚ] 名 脾氣

例 Watch out, our boss is in a **temper** today.
小心點，老闆今天的脾氣不太好。

➲ 出題重點 lose one's temper 發脾氣

temp·ta·tion [tɛmpˋteʃən] 名 誘惑、誘惑物

例 She couldn't resist the **temptation** of ice cream.
她最受不了霜淇淋的誘惑了。

➲ 出題重點 irresistible temptation 無法抗拒的誘惑

tempt [tɛmpt] 動 引誘、誘惑、吸引

例 He **tempted** me with the cake when I was on a diet.
我在節食時他竟然用蛋糕來誘惑我。

➲ 出題重點 tempted by 受……誘惑

tend [tɛnd] 動 易於、有……的傾向

例 Girls **tend** to wear clothes with pink colors.
女孩子比較傾向穿粉紅色的衣服。

➲ 出題重點 tend to 易於、趨向

tie [taɪ] 名 線、鞋帶、不分勝負、平局、關係、領帶、領結
動 打結、約束、與……成平局、不分勝負

例 We have established trade **tie** with our neighboring country.
我們與鄰國建立了貿易關係。

➲ 出題重點 tie to 依靠、依賴　to tie the knot 結婚

tox·ic [ˋtɑksɪk] 形 有毒的、中毒的

例 The factory spilt **toxic** chemicals into the river.
工廠將有毒化學物質排進河流裡。

➲ 出題重點 toxic chemical 有毒化學物質

train [tren] 名 火車 動 訓練、培養

例 We woke up early to catch the first **train** to Taipei.
我們早起為的是要趕上第一班開往臺北的火車。

➲ 出題重點 by train 搭火車　train attendant 列車服務員

train·ing [ˋtrenɪŋ] 名 訓練

例 Eric finished all the **training** and received the lifeguard license.
Eric完成了所有訓練並取得救生員執照。

➲ 出題重點 in training 在培訓、在訓練中

u·nit [ˋjunɪt] 名 單位

例 There is something wrong with the power **unit** of your computer.
你的電腦電源出了點問題。

➲ 出題重點 unit price 單價

u·til·i·ty [juˋtɪlətɪ] 名 利益、效用

例 The basic **utility** of the product is the waterproof material.
這項產品的基本好處就是以防水材料製成。

➲ 出題重點 have practical utility 有實用價值　marginal utility 邊際效益

ut·most [ˋʌtˌmost] 名 極度

例 We ran to the **utmost** edge of the beach.
我們跑到海灘的最邊緣。

➲ 出題重點 do one's utmost 竭力、盡全力
make the utmost of... 充分利用

veg·e·tar·i·an [ˌvɛdʒəˋtɛrɪən] 名 素食者 形 主張素食的、含蔬菜的

例 Jenny has been a **vegetarian** since she was born.
Jenny從出生起就開始吃素了。

vig·or [ˋvɪgɚ] 名 精力、活力

例 The judge admired the **vigor** in their music video.
評審很欣賞他們音樂錄影帶中的活力。

➲ **出題重點** the vigor of youth 年輕人的活力

wan·der [ˋwɑndɚ] 動 漫遊、迷失

例 The stranger has **wandered** in the park for one hour.
那個陌生人已經在公園裡徘徊了一個小時。

➲ **出題重點** wander from the track 走入歧途

work·out [ˋwɝkˌaut] 名 運動、練習

例 After a one-hour **workout**, James was tired and thirsty.
運動完一小時後James又渴又累。

PART 8

技術醫療

Part 08 音檔雲端連結

因各家手機系統不同，若無法直接掃描，
仍可以至以下電腦雲端連結下載收聽。
（https://tinyurl.com/ysne6yfs）

a·vi·a·tion [͵evɪˋeʃən] 名 飛行、航空

例 Civil aviation uses cheaper price to attract more customers.
民用航空利用更便宜的票價來吸引顧客。

➲ 出題重點 civil aviation 民用航空

ac·id [ˋæsɪd] 名 酸

例 Having some acids ever day is good for your health.
每天攝取一些酸是有益於身體的。

➲ 出題重點 carbonic acid gas 碳酸

ache [ek] 名 疼痛 動 覺得疼痛

例 There are aches in my ankle after the accident.
出意外後我的腳踝都會痛。

➲ 出題重點 there are aches in...... ……疼痛

ad·vance [ədˋvæns] 動 前進

例 I have done my best to advance our project.
我已經盡力改善我們的方案了。

➲ 出題重點 in advance 提前、預先

ag·gra·va·tion [͵ægrəˋveʃən] 名 加重（病情、負擔、危機等的）、惱怒

例 The aggravation of her cancer makes her husband worried.
她的癌症惡化讓她先生非常擔心。

al·ler·gy [ˋælɚdʒɪ] 名 【醫】敏感症、反感

例 She has had a shrimp allergy since she was a little.
她從小就對蝦子過敏。

➲ 出題重點 food allergy 食物過敏　pollen allergy 花粉過敏

am·bu·lance [ˋæmbjələns] 名 救護車

例 The ambulance was stuck in the traffic jam for half an hour.
救護車在車陣中卡了半小時。

➲ 出題重點 ambulance chaser 唆使交通事故受害者打官司的不道德律師

back·ache [ˋbækˏek] 名 背痛

例 My mother would have a serious **backache** every winter.
每到冬天我媽媽就會背痛。

bat·ter·y [ˋbætərɪ] 名 電池

例 My cellphone's new **battery** was almost out of charge.
我手機的新電池已經快沒電了。

➲ 出題重點 charge a battery 給電池充電

be·long·ing [bəˋlɔŋɪŋ] 名 （常用複數）附屬品、附件

例 She left some personal **belongings** in her old room.
她在她原本的房間遺留了一些個人物品。

bi·o·tech·nol·o·gy [ˏbaɪotɛkˋnɑlədʒɪ] 名 生物工程學

例 Winnie is the expert in the field of **biotechnology**.
Winnie是生物工程學領域中的專家。

birth [bɝθ] 名 出生

例 The exact date of her **birth** remains unknown for a long time.
她的確切出生日期一直以來都是個謎。

➲ 出題重點 at birth 出生時　by birth 天生地、生來
give birth to 產生、引起、造成

bleed [blid] 動 使出血、放血

例 He was **bleeding** badly when his head hit the ground.
他頭撞到地板時流了很多血。

➲ 出題重點 bleed badly 流了很多血　bleeds for sb. 同情某人

blend [blɛnd] 動 混合

例 You should **blend** the water and the flour together first.
你應該要先將水和麵粉和在一起。

➲ 出題重點 blend in 調和、摻和　blend with 混合

blood [blʌd] 名 血液

例 I would like to donate my **blood**, but I'm too tired today.
我想捐血，但我今天太累了。

➲ 出題重點 warm blood 溫血
fresh/new blood 新鮮血液（新生力量）

blot [blɑt] 動 遮蔽

例 The dense cloud tonight **blotted** out the moonlight.
今晚雲層太厚都把月光遮掉了。

brain [bren] 名 腦

例 The accident caused him a **brain** damage and bone injuries.
意外造成她腦部受損以及骨折等傷害。

breath [brɛθ] 名 呼吸、氣味、微風

例 They were short of **breath** after running for one thousand meters.
跑了一公里他們已經氣喘吁吁了。

➲ 出題重點 be short of breath 氣喘吁吁　take a deep breath 深呼吸

breathe [brið] 動 呼吸、發出

例 My old dog **breathed** his last one hour ago.
我家的老狗一小時前斷氣了。

➲ 出題重點 breathe a sigh of relief 發出如釋重負的輕嘆
breathe one's last 斷氣

bright·ly [ˋbraɪtlɪ] 副 明亮地

例 The window was **brightly** polished by my younger sister.
這扇窗被我妹妹擦的晶亮。

bruise [bruz] 名 瘀傷、擦傷 動 打傷、撞傷

例 He had a bad **bruise** on his right eye due to the fight.
那場架讓他右眼多出一個大瘀青。

C

➲ 出題重點 severe bruise 嚴重的瘀傷　purple bruise 紫色瘀青

bulb [bʌlb] 名 電燈泡、球形物

例 The bulb in my office has burned out.
我辦公室的燈泡燒壞了。

➲ 出題重點 a tulip bulb 鬱金香的球莖

bump [bʌmp] 名 撞擊、腫塊 動 碰（傷）、撞（破）

例 She **bumped** her leg into the table in the darkness.
在黑暗中她的腿撞上了桌子。

➲ 出題重點 bump into sb. 巧遇某人　bump into sth. 撞上某物

burn [bɝn] 動 燃燒、發燙

例 These materials **burn** easily, so you have to be careful.
這些材料十分易燃，所以你得小心。

Cc

ca·ble [ˋkebl̩] 名 電纜、纜、索 動 打（海底）電報

例 The **cable** was on fire and then the box exploded.
那條電纜著火後接著箱子就爆炸了。

➲ 出題重點 on cable 通過電纜

cal·cu·late [ˋkælkjə͵let] 動 計算

例 He calculated how many people have come to the conference.
他計算著與會貴賓的人數。

➲ 出題重點 calculate on an abacus 打算盤

cal·cu·la·tion [͵kælkjəˋleʃən] 名 計算、估計

例 By my calculation, no more than fifty people would pass the test.
我預估不到五十人會通過測驗。

cal·cu·la·tor [ˋkælkjə͵letɚ] 名 計算機

例 I need to borrow a calculator because mine is dead.
我得借台計算機，因為我的壞了。

➲ 出題重點 electronic calculator 電子計算機、電子計算器

can·cer [ˋkænsɚ] 名 癌

例 His grandfather died from the lung cancer last year.
他爺爺去年死於肺癌。

cel·lu·lar [ˋsɛljəlɚ] 形 細胞的、多孔的

例 She has to record every cellular change in every hour.
她每個小時都要記錄一次細胞的變化。

chart [tʃɑrt] 名 圖表 動 製圖

例 The sales chart shows a decline in the past two months.
這份圖顯示前兩個月的銷售量下降了。

➲ 出題重點 bar chart 柱狀圖

chem·i·cal [ˋkɛmɪkḷ] 形 化學的

例 There are some dangerous chemical materials in these bottles.
這些瓶子裡有一些危險化學物質。

chip [tʃɪp] 名 晶片

例 His company is famous for making memory chips for mobile phone.
他的公司以製作手機記憶卡聞名。

➲ 出題重點 chip on one's shoulder 好鬥的情緒

cho·les·ter·ol [kəˋlɛstə͵rol] 名 膽固醇

例 You should avoid food containing too much cholesterol.
你應避免攝取含有太多膽固醇的食物。

➲ 出題重點 cut down on cholesterol 降低膽固醇

chron·ic [ˋkrɑnɪk] 形 慢性的

例 The cough has become chronic with my grandmother.
咳嗽已經變成奶奶的老毛病。

➲ 出題重點 be chronic with sb. ……是某人的老毛病

cir·cuit [ˋsɝkɪt] 名 一圈

例 The moon takes one month to make a circuit of the earth.
月球繞地球一圈要一個月的時間。

➲ 出題重點 electrical circuit 電路

clin·ic [ˋklɪnɪk] 名 診所、門診所

例 Most of the clinics were closed in the morning today.
大部分的診所今天早上都不會開。

➲ 出題重點 attend the clinic 接受檢查

clip [klɪp] 名 夾子、迴紋針、子彈夾 動 剪短、修剪

例 She collected all the receipts fastened them with a clip.
她收集了所有的收據並用迴紋針夾起來。

➲ 出題重點 clip sb's wings 限制某人的權利

clone [klon] 名 無性系、無性繁殖、複製品 動 無性繁殖、複製

例 The bag was created as a cheap Gucci clone.
那個包包只是Gucci的廉價複製品。

➲ 出題重點 clinical psychology 臨床心理學

close [kloz] 名 結束 動 關閉、結束 [klos] 形 近的 副 接近、緊密地

例 The company has decided to close down the branch in China.
該公司決定關閉中國大陸的分公司。

➲ 出題重點 close down 關掉、倒閉、停止營業
close to 近的、接近的　close friend 密友

close·ly [ˋkloslɪ] 副 接近地

例 He watched me closely to make sure I was not lying.
他非常靠近地盯著我看，想確定我沒在說謊。

com·plaint [kəmˋplent] 名 抱怨、埋怨

例 She always did her job quietly without any complaint.
她總是靜靜地做事且從不埋怨。

➲ 出題重點 complaint department 客服申訴部

com·plex·ion [kəmˋplɛkʃən] 名 情況、局面

例 The complexion of the war has become worse by days.
戰況可說是一天比一天糟。

➲ 出題重點 a good complexion 好氣色

com·pound [ˋkɑmpaʊnd] 名 混合物、【化】化合物
[kɑmˋpaʊnd] 動 混合

例 The juice is a compound of papaya, orange and watermelon.
這杯果汁是以木瓜和橘子、西瓜混合而成的。

➲ 出題重點 compound word 複合字

con·nect [kəˋnɛkt] 動 連接、聯結

例 The bridge is important because it connects two big cities.
這條橋相當重要，因為它連接了兩個大城市。

➲ 出題重點 connect with 與……聯繫

con·nec·tion [kəˋnɛkʃən] 名 聯繫

例 We lost every connection with him ten days ago.
十天前我們失去他所有音訊。

➲ 出題重點 distant connection 遠親

cough [kɔf] 動 咳嗽

例 The smoke from the passing truck makes me cough.
卡車經過留下的黑煙讓我咳嗽。

➲ 出題重點 have a cough 咳嗽

coun·ter [ˋkaʊntɚ] 名 櫃檯

例 She sat down at the information counter and smiled.
她坐在服務台後微笑。

➲ 出題重點 counter offer 討價還價

cure [kjʊr] 動 治癒、治療

例 He cured his father's illness immediately with magic power.
他用魔法立即治好了父親的病。

➲ 出題重點 cure A of B 治療A的B病

Dd

da·ta [ˋdetə] 名 datum 的複數；【計】資料

例 DVD can store a lot more data than CD.
DVD 能存放比 CD 還多的資料。

➲ 出題重點 data capture 數據捕捉

de·te·ri·o·rate [dɪˋtɪrɪə͵ret] 動 （使）惡化

例 Relationships between them have deteriorated sharply in recent weeks.
最近幾週他們倆的關係又惡化了。

den·tal [ˋdɛntḷ] 形 牙齒的

例 Your wisdom tooth needs a major **dental** operation.
你的智齒需要動一個牙科大手術才能解決。

➲ 出題重點 dental floss 牙線

den·tist [ˋdɛntɪst] 名 牙科醫生

例 Julia is going to the **dentist** this afternoon.
Julia今天下午要去看牙醫。

di·a·be·tes [͵daɪəˋbitɪs] 名【醫】糖尿病；多尿症

例 Patients with **diabetes** can't control the amount of sugar in the blood.
糖尿病患者無法控制血液裡的糖分含量。

di·ag·nose [͵daɪəgˋnos] 動 診斷

例 My aunt fainted when she was **diagnosed** with breast cancer.
當診斷顯示我姑姑得了乳癌，她馬上昏了過去。

di·men·sion [dɪˋmɛnʃən] 名 尺寸；尺度

例 We have to make sure what the **dimensions** of the box are.
我們得先確定盒子的尺寸。

➲ 出題重點 demension of sth. 某物的尺寸

dig·it [ˋdɪdʒɪt] 名 阿拉伯數字

例 The password of the safe should be six-**digit** number.
保險箱的密碼是六個阿拉伯數字。

dip [dɪp] 動 浸；沾

例 She **dipped** some honey on her finger and tried the flavor.
她用指頭沾了點蜂蜜並嚐了一下它的味道。

➲ 出題重點 dip into 下沉到

dis·ab·le [dɪsˋebḷ] 動 使殘廢；使失去能力；喪失能力

➲ 出題重點 disable from 失去……能力

例 The virus would **disable** both your Internet and your computer.
這種病毒會同時讓你的網路和電腦當掉。

dis·a·bled [dɪsˋebḷd] 形 傷殘的

例 Mark was permanently **disabled** in the World War II.
Mark因二次大戰而變成終身殘疾。

dis·ease [dɪˋziz] 名 疾病

例 He caught an unknown **disease** when he traveled to Africa.
他去非洲時染上了一種不知名的病。

➲ 出題重點 catch a disease 染上疾病　spread (a) disease 傳播疾病
prevent (a) disease 預防疾病

dom·i·nant [ˋdɑmənənt] 形 有統治權的；佔優勢的；支配的

例 The dominant influence in her life is her high school teacher.
她一生中影響她最大的人是高中老師。

dose [dos] 名 劑量；（一）劑；（一）服 動（給……）服藥

例 She dosed herself with aspirin when she had a headache.
每次頭痛時她就會服用阿斯匹靈。

➲ 出題重點 fatal dose 會致命的劑量

down·load [ˋdaʊnˏlod] 動 下載

例 The software could be downloaded free from the Internet.
網路可以免費下載這款軟體。

drug·store [ˋdrʌgˏstor] 名【美】藥房；藥妝店

例 You can buy the make-up in the drugstore near our house.
在我們家附近的美妝店就可以買到這個化妝品。

Ee

e·col·o·gy [ɪˋkɑlədʒɪ] 名 生態學、生態環境

例 There is no life here because the ecology is completely destroyed.
因為生態環境遭破壞所以這裡沒有任何生物。

e·lec·tric·i·ty [ˌilɛkˋtrɪsətɪ] 名 電、電流

例 There are no electricity and running water in the village here.
這個村莊沒有電也沒有自來水。

➲ 出題重點 cut off the electricity 切斷電力

e·lec·tron·ic [ˌilɛkˋtrɑnɪk] 形 電子的

例 You can't use electronic dictionary while taking the exam.
考試時你們不准使用電子字典。

➲ 出題重點 electronic watch 電子錶

e·lec·tron·ics [ɪlɛkˋtrɑnɪks] 名 電子學

例 George is studying for the electronic degree in Harvard.
George正在哈佛大學攻讀電子學學位。

e·mis·sion [ɪˋmɪʃən] 名（光、熱等的）散發、發射、噴射

例 Too much emission of carbon dioxide would harm our earth.
排放過多的二氧化碳會傷害地球。

e·mit [ɪˋmɪt] 動 釋放出

例 This old scooter would **emit** a lot of smoke.
這台老機車會冒很多煙。

e·rupt [ɪˋrʌpt] 動 爆發

例 The highest volcano has not erupted for five years.
最高的那座火山已經有五年沒噴發了。

➲ 出題重點 erupted in anger 生氣

e·rup·tion [ɪˋrʌpʃən] 名 爆發、火山灰

例 The volcanic **eruption** has made many villages disappeared.
火山爆發讓許多村莊都消失了。

e·vap·o·rate [ɪˋvæpəˏret] 動 蒸發

例 The sun soon **evaporates** the water on the ground.
太陽瞬間就使地上的水窪蒸發了。

e·vap·o·ra·tion [ɪˏvæpəˋreʃən] 名 蒸發（作用）

例 The water in the bottle has decreased due to the **evaporation**.
水瓶中的水因蒸發而減少。

e·volve [ɪˋvɑlv] 動 發展、進化、形成

D

例 The simple idea has **evolved** into a creative play.
這個簡單的想法逐漸發展成這齣有創意的劇碼。

➲ 出題重點 evolve into 逐漸發展成

earth·quake [ˋɝθˏkwek] 名 地震、【喻】在震盪、在變動

例 He invented a device that can forecast the **earthquake**.
他發明了一種可以預測地震的儀器。

ec·o·log·i·cal [ˏɛkəˋlɑdʒɪkəl] 形 生態學的

例 More and more people are noticing the seriousness of **ecological** problems.
越來越多人開始重視生態問題的嚴重性。

el·e·ment [ˋɛləmənt] 名 要素

例 We need one more **element** to complete the compound.
我們還缺一個元素就可以完成這個混合物。

eld·er·ly [ˋɛldəlɪ] 形 年老的

例 My uncle is rather **elderly** now and he can't walk very fast.
我叔叔已經老了，而且走路也走不快。

➲ 出題重點 the elderly 老年人

en·gi·neer [ˌɛndʒəˋnɪr] 名 工程師、機械師

例 He has determined to be a computer **engineer** since he was little.
他從小就立志要當個電腦工程師。

➲ 出題重點 civil engineer 土木工程師

en·gi·neer·ing [ˌɛndʒəˋnɪrɪŋ] 名 工程、工程學

例 Genetic **engerneering** can help you have a perfect baby.
基因工程學可以幫助你生一個完美寶寶。

ep·i·dem·ic [ˌɛpəˋdɛmɪk] 名 流行病

例 The **epidemic** of flu has made many people sick.
這波流感讓很多人都病了。

➲ 出題重點 an influenza epidemic 流行性感冒的傳播

ev·o·lu·tion [ˌɛvəˋluʃən] 名 進化

例 We have observed the **evolution** of this bird for a long time.
我們觀察這隻鳥的成長過程已經很久了。

ex·er·cise [ˋɛksɚˌsaɪz] 名 運動 動 訓練、運動

例 Swimming and running are my husband's favorite **exercises**.
游泳和跑步是我先生最喜歡的兩項運動。

➲ 出題重點 take exercise 做運動

ex·haus·tion [ɪgˋzɔstʃən] 名 疲憊、筋疲力盡

例 He was in the state of **exhaustion** after returning from the journey.
旅遊回來後他感到筋疲力盡。

ex·ter·nal [ɪkˋstɝnl] 名 外部、外面 形 外部的、客觀的

例 The **external** pressure almost makes her break down.
外界的壓力讓她快要崩潰了。

➲ 出題重點 external link 外部連結

faint [fent] 名 昏倒 動 昏暈 形 虛弱的、衰弱的、暗淡的

例 I nearly **fainted** when he told me the news.
當他告訴我這個消息時我差點昏過去。

fe·ver [ˋfivɚ] 名 發燒、熱病 動 （使）發燒

例 This medicine will help the **fever** go down.
這個藥可以幫助退燒。

➲ 出題重點 catch a fever 發燒

fit [fɪt] 名 突然發作、痙攣 動 使合身、使適應 形 合適的、恰當的

例 The purple dress and new hair **fits** you very well.
這件紫色洋裝和你的新髮型很適合你。

➲ 出題重點 be fit for… 適合……

fit·ness [ˋfɪtnɪs] 名 健康

例 She's working out and having diet to improve her **fitness**.
她用健身和節食來保持體態。

flock [flɑk] 名 群（主要是指飛鳥家禽、牲畜的群）

例 We saw a **flock** of sheep eating grass on the farm.
我們看見一群羊在農場裡吃草。

➲ 出題重點 a flock of 一群

flood [flʌd] 名 洪水、漲潮 動 氾濫、淹沒、充滿

例 Four days of heavy rain **flooded** many villages near river.
連續四天的大雨使許多河岸邊的村落都被淹沒了。

frag·ile [ˋfrædʒəl] 形 易碎的、易損的

例 The **fragile** glasses should be put in the cupboard.
這些易碎的玻璃杯應該要放在櫃子裡。

➲ 出題重點 fragile china 易碎的瓷器

fric·tion [ˋfrɪkʃən] 名 摩擦、摩擦力

例 The argument of president election creates **friction** between two friends.
關於總統大選的爭論造成他們兩個好友之間的衝突。

➲ 出題重點 family friction 家庭不合
be lighted by friction 靠摩擦點燃

Gg

gas [gæs] 名 氣體、煤氣、瓦斯

例 The gas stove is very efficient for cooking.
瓦斯爐做飯效率很高。

➲ 出題重點 gas station 加油站　gas up 加汽油
turn on the gas 開煤氣

ge·net·ic [dʒəˋnɛtɪk] 形 遺傳的、基因的

例 Your son's heart problem might have a **genetic** basis.
你兒子的心臟問題可能跟基因有關。

➲ 出題重點 genetic engineer 遺傳工程學家

gen·er·ate [ˋdʒɛnəˏret] 動 產生、使發生

例 The singer's visit is **generating** a lot of excitement.
這位歌手的到訪使人們興奮不已。

➲ 出題重點 be generated by… 由……引起的

gene [dʒin] 名【遺傳】因數、【遺傳】基因

例 The **gene** from my father affects my appearance more.
我的外表遺傳到爸爸的基因比較多。

germ [dʒɝm] 名 微生物、細菌

例 This new disinfectant can kill all known **germs**.
這個新的消毒劑能殺死所有已知的病菌。

glow [glo] 名 暗淡的光 動 發熾熱的光

例 He talked to me with the cigarette **glowing** in the dark.
他在跟我談話的同時他的香菸在黑暗中發亮。

➲ 出題重點 glow of sunset 夕照　glow with rage 怒容滿面

grav·i·ty [ˋgrævətɪ] 名 地心引力

例 It is the **gravity** that can keep us on the earth.
是地心引力讓我們能站在地球上的。

➲ 出題重點 anti gravity 反重力

hand·i·capped [ˋhændɪˏkæpt] 形 殘障的

例 The construction of the library meets the needs of the **handicapped**.
圖書館的構造可滿足殘障人士的需要。

hard·ware [ˋhɑrdˏwɛr] 名（電腦的）硬體

例 His company sells tanks and other military **hardware**.
他的公司專賣坦克與其他軍事裝備。

➲ 出題重點 hardware store 五金店

harm·ful [ˋhɑrmfəl] 形 有害的

例 Smoking is **harmful** to your lung and your family.
吸菸對你的肺還有你的家人都是有害的。

➲ 出題重點 harmful effects 公害　harmful to 有害於

head·ache [ˋhɛdˏek] 名 頭痛

例 The naughty boy is a constant **headache** for his teacher.
那頑皮的男孩總是讓他的老師很頭痛。

heal [hil] 動 治癒、醫治

例 It took four months for her leg to heal properly.
她的腿過了四個月才完全痊癒。

➲ 出題重點 heal – all 萬靈藥

heat [hit] 名 熱、熱度 動 加熱、激昂

例 The unbearable heat made the woman faint in the park.
炎熱的天氣讓一個婦女在公園昏倒了。

➲ 出題重點 at a heat 一口氣地

hec·tic [ˋhɛktɪk] 形 臉紅的、興奮的、忙亂的

例 A hectic social life makes her busier and happier.
繁忙的社交生活讓她過得充實又快樂。

height [haɪt] 名 高度、身高

例 Your daughter is already about the same height as yours.
你女兒都快跟你一樣高了。

➲ 出題重點 at the height of… 在……的高度、在……最盛時、在……的高潮中

hos·pi·tal·ize [ˋhɑspɪtḷ͵aɪz] 動 使住院治療

例 Her father was hospitalized for further treatment last night.
她爸爸昨晚住院做進一步的治療。

hurt [hɝt] 動 疼痛、傷害

例 Several passengers were seriously hurt in the train accident.
在那起火車事故中有一些乘客受到重傷。

➲ 出題重點 hurt one's feelings 傷害某人的感情

hy·poth·e·sis [haɪˋpɑθəsɪs] 名 假設

例 She doesn't believe in my hypothesis about the origin of mankind.
她不相信我關於人類起源的假設。

Ii

ill [ɪl] 形 有病的、生病的、惡意的

例 His grandfather has been ill for one week already.
他爺爺已經病了一個禮拜了。

im·mun·i·ty [ɪˋmjunətɪ] 名 免疫性、豁免權

例 The law gave my brother the immunity from military service.
法律讓我哥哥免服兵役。

im·mune [ɪ`mjun] 形 免疫的

例 This shot can make your son **immune** to chicken pox.
注射這個可以讓妳兒子對水痘免疫。

➲ 出題重點 immune from 免於

im·pul·sive [ɪm`pʌlsɪv] 形 衝動的

例 I'm an **impulsive** shopper that I often buy unnecessary things.
我是個衝動的消費者，常常買一些不必要的東西。

im·pulse [`ɪmpʌls] 名 衝擊、刺激

例 My sister bought the high heels on an **impulse**.
我姐姐一時衝動買下了那雙高跟鞋。

➲ 出題重點 impulse purchase 一時衝動的購買

in·fant [`ɪnfənt] 名 幼兒

例 He could not fall asleep with the crying of the **infant**.
寶寶的哭聲吵得他無法入睡。

➲ 出題重點 infant school 幼兒學校

in·fect [ɪn`fɛkt] 動 傳染、傳播

例 The unknown virus **infected** almost the entire village.
這項未知的病毒感染了整座村莊。

➲ 出題重點 infect with 感染……

in·stall [ɪn`stɔl] 動 裝置

例 The engineer installed anti-virus **software** in my computer.
工程師在我電腦裡安裝了防毒軟體。

in·stru·ment [`ɪnstrəmənt] 名 樂器

例 She can play the clarinet, the trumpet and several other **instruments**.
她會吹豎笛、小號以及其他數種樂器。

in·sur·ance [ɪn`ʃurəns] 名 保險

例 He received 100,000NT dollars **insurance** after the car accident.
車禍後他領到了十萬元的保險金。

➲ 出題重點 insurance against 針對……保險

in·take [`ɪn͵tek] 名 引入之量、攝取量

例 Too much **intake** of vitamin wouldn't help you more.
攝取過多維他命C對你並沒有幫助。

in·ven·tion [ɪn`vɛnʃən] 名 發明、創造

例 The medical device is one of his best **inventions**.
這項醫療儀器是他最棒的發明之一。

ir·ri·gate [ˋɪrə͵get] 動 灌溉

例 The device can irrigate crops in the desert more effectively.
這項設施可以更有效率地灌溉沙漠中的農作物。

lab·o·ra·to·ry [ˋlæbrə͵torɪ] 名 實驗室

例 The laboratory was on fire and all our research documents were destroyed.
實驗室發生大火使得我們的研究資料都沒了。

➲ 出題重點 laboratory animal 實驗用動物

launch [lɔntʃ] 動 發射

例 The crew launched the first communications satellite yesterday.
工作人員昨天發射了第一枚通訊衛星。

➲ 出題重點 launch out into 開始從事　launch pad 發射台

lid [lɪd] 名 蓋子、【口】限制、眼瞼

例 I could not find the lid of the box.
我找不到箱子的蓋子。

lie [laɪ] 名 謊話、謊言 動 說謊、躺

例 He lied to me because he doesn't want to make me disappointed.
他向我撒謊是因為不想讓我失望。

➲ 出題重點 lie down 躺下　lie in sth. 在於……
lie to sb. 對某人說謊

light·weight [ˋlaɪtˋwet] 形 輕量的

例 He has won the lightweight championship last year.
他去年已經贏得了輕量級的冠軍。

Mm

ma·chine [məˋʃin] 名 機器

例 I deleted all the messages in the answering machine.
我刪了答錄機中所有的留言。

➲ 出題重點 washing machine 洗衣機　machine code 機器語言
turn a machine on / off 開、關機器

ma·chin·er·y [mə`ʃinərɪ] 名 機器、機械

例 Our products are made by hand rather than by **machinery**.
我們的產品都是手工製作而非機器。

➲ 出題重點 machinery room 機房、車間

me·te·or·o·log·i·cal [ˌmitɪərə`lɑdʒɪkḷ] 形 氣象的

例 I need an accurate **meteorological** record to forcast the weather.
我需要精確的氣象紀錄來預測天氣。

me·te·or·ol·o·gy [ˌmitɪə`rɑlədʒɪ] 名 氣象學、氣象狀態

例 He is the authoritative professor of **meteorology** in our school.
他是我們學校最有權威的氣象學教授。

med·i·cal [`mɛdɪkḷ] 形 醫學的

例 This new **medical** instrument can examine your brain waves.
這項醫療儀器可以檢查你的腦波。

➲ 出題重點 medical history 病歷、病史

med·i·ca·tion [ˌmɛdɪ`keʃən] 名 藥物治療、藥物

例 Jacob is on the **medication** for his heart condition.
Jacob正在接受心臟治療的藥物。

➲ 出題重點 drugless medication 不用吃藥的治療

med·i·cine [`mɛdəsn̩] 名 醫藥、醫學

例 His patient refuses to take the **medicine** for headache.
他的病人拒絕服用治頭痛的藥。

➲ 出題重點 take medicine 吃藥

men·tal [`mɛntḷ] 形 心智的、心理的

例 The accident causes some **mental** problems to her son.
那場車禍使她兒子有點心理障礙。

➲ 出題重點 mental problem 心理問題

men·tal·i·ty [mɛn`tælətɪ] 名 智力、精神、心理、思想情況

例 Persons of average **mentality** are able to distinguish your fault.
智力正常的人都看得出你的錯誤。

➲ 出題重點 abnormal mentality 變態心理

meth·od [`mɛθəd] 名 方法、規律

例 He came up with a new **method** to earn more money.
他想到了一個可以賺更多錢的新方法。

min·er·al [ˋmɪnərəl] 名 礦物

例 The northern area of the country is rich in **mineral**.
這國家的北部盛產礦物。

➲ 出題重點 mineral jelly 凡士林、礦凍

mind [maɪnd] 名 介意

例 She changed her **mind** after she had talked to me.
跟我談過後她就改變主意了。

➲ 出題重點 absence of mind 心不在焉　bear sth in mind 記住某事
change sb's mind 改變某人的注意

mo·ment [ˋmomənt] 名 瞬間、片刻

例 He stole her purse at the **moment** when she passed him.
他在她經過的瞬間偷了她的皮包。

➲ 出題重點 for a moment 一會兒、片刻　at any moment 隨時
in a moment 立刻、馬上

mol·e·cule [ˋmɑlə͵kjul] 名【化】分子、微粒

例 There many water **molecules** in the air.
空氣中有許多水分子。

➲ 出題重點 water molecule 水分子

Nn

nerve [nɝv] 名 神經、膽量、勇氣 動 鼓起勇氣

例 It takes a bit of **nerve** to work in the funerary service.
在葬儀社工作需要有一點膽量。

➲ 出題重點 lose one's nerve 不知所措、失去勇氣

nor·mal [ˋnɔrml̩] 形 正常的

例 The doctor said that her heart beat was **normal**.
醫生說她的心跳一切正常。

➲ 出題重點 normal temperature 正常體溫

nu·cle·ar [ˋnjuklɪɚ] 形 原子的、核心的

例 They opposed building a **nuclear** power plant in their hometown.
他們反對在家園建造核電廠。

➲ 出題重點 nuclear bomb 核彈

op·er·ate [ˋɑpə͵ret] 動 操作、轉動、施手術

例 He was informed that the doctor was **operating** on a patient.
他被告知説該醫生正在替病人開刀。

➲ 出題重點 operate on… 在……上操作

op·er·a·tion [͵ɑpəˋreʃən] 名 運轉、操作

例 The **operation** of the machine is normal and smooth.
機器的運轉相當順暢無礙。

or·bit [ˋɔrbɪt] 名 軌道 動 繞……軌道而行、沿軌道飛行

例 There are nine planets **orbiting** the sun in the solar system.
太陽系有九個行星繞著太陽轉。

➲ 出題重點 bring sth within the orbit of… 把某事帶上……的軌道

or·gan·ic [ɔrˋgænɪk] 形 器官的、有機的

例 My mother believes that **organic** food is healthier to the body.
我媽深信有機食品對身體是比較好的。

or·gan·ism [ˋɔrgən͵ɪzəm] 名 生物體、有機體

例 The living **organism** here could not bear the heat and die.
這裡的生物因受不了高溫而死亡。

➲ 出題重點 living organism 生物

pa·tient [ˋpeʃənt] 名 病人 形 忍耐的、有耐心的

例 The teacher is very **patient** to his students.
該老師對學生相當有耐心。

➲ 出題重點 be patient with… 對……有耐心

phy·si·cian [fəˋzɪʃən] 名 醫生、內科醫生

例 He lost the prescription that the **physician** gave him.
他弄丟了醫生開的處方。

pill [pɪl] 名 藥丸

例 She forgot to take **pills** before dinner last night.
她昨天晚餐前忘記吃藥了。

pin·point [ˋpɪn͵pɔɪnt] 動 查明 形 極精確細微的

例 The program can **pinpoint** the exact place she is immediately.
這項程式可以立即查出她現在的確切位置。

plan·et [ˋplænɪt] 名 行星

例 It said that there is life on that **planet**.
據說那個星球上有生物的蹤跡。

po·lar [ˋpolɚ] 形 【天】兩極的、極地的、南轅北轍的

例 The **polar** ice cap is decreasinmg due to the global warming.
北極冰帽區的面積因為地球暖化的關係正在減少。

pole [pol] 名 杆

例 The electricity **pole** suddenly fell down and hit an old woman.
電線杆突然倒下並砸到一名老婦人。

pos·si·bil·i·ty [͵pɑsəˋbɪlətɪ] 名 可能性、可能發生的事物

例 He said that there is a small **possibility** of rain tonight.
他說今晚的降雨機率很小。

pos·si·ble [ˋpɑsəbl̩] 形 可能的

例 Nina has done her **possible** to help me fix the computer.
Nina已經盡力地幫我修電腦了。

➲ 出題重點 as soon as possible 儘快　if possible 如果可能的話
do one's possible 盡力

pow·er [ˋpauɚ] 名 力量

例 The manager has the **power** to decide who should be fired.
經裡有權決定要開除誰。

➲ 出題重點 power off 斷掉電源　come into power 掌權
have power over sb. 掌控某人

pow·er·ful [ˋpauɚfəl] 形 強大的、有力的

例 The giant in the painting is strong **powerful**.
這幅畫中的巨人強而有力。

pre·scrip·tion [prɪˋskrɪpʃən] 名 藥方

例 You can get the pills in the pharmacy with this **prescription**.
帶著這個藥方去藥局就可以拿到這些藥丸。

➲ 出題重點 write out a prescription 開處方

pre·vail [prɪˋvel] 動 盛行

例 The hair style has **prevailed** here for a long time.
這種髮型在這裡已經流行一陣子了。

pre·ven·tion [prɪˋvɛnʃən] 名 防止、預防

例 The government knows the importance of AIDS **prevention**.
政府很清楚愛滋防治的重要性。

pre·ven·tive [prɪˋvɛntɪv] 形 預防性的

例 We should have taken **preventive** measures before the accident happened.
意外發生前我們早該做好預防措施的。

➲ 出題重點 take preventive measures 採取預防措施

prec·e·dence [prɪˋsidn̩s] 名 領先於、優先權

例 The name will be listed in order of **precedence**.
姓名將依時間先後順序排列。

prec·e·dent [ˋprɛsədənt] 名 先例

例 He has broken with the **precedent** by allowing me to travel.
他破例答應讓我去旅行。

➲ 出題重點 set a precedent 開先例

preg·nant [ˋprɛgnənt] 形 懷孕的

例 Ula has been **pregnant** with her second child for three months.
Ula懷了第二個孩子已經三個月了。

prev·a·lent [ˋprɛvələnt] 形 普遍的、流行的

例 This kind of hair style had been **prevalent** in 1960s.
這種髮型在六O年代很流行。

probe [prob] 名 探詢、調查 動 探查、調查

例 They are **probing** the cause of the fire last night.
他們正在調查昨晚大火的原因。

pro·jec·tion [prəˋdʒɛkʃən] 名 發射

例 They couldn't watch the film because Danny forgot to bring **projection** equipment.
因為Danny忘了帶放映機所以他們今天看不了影片。

➲ 出題重點 a projection room 放映室

psy·chi·a·trist [saɪˋkaɪətrɪst] 名 精神病學家

例 The **psychiatrist** has reaserched this abnormal case for a while.
該精神病學家已經研究這個不尋常的案例一陣子了。

pulse [pʌls] 名 脈搏

例 We should check her **pulse** first to make sure if she is alive.
我們應該要先確認她的脈搏來看她是否還活著。

ra·di·ate [ˋredɪˏet] 動 放射、射出

例 The fireworks radiated from the the sky and lighted up the lake.
煙火從天空放射出去，照亮了湖面。

➲ 出題重點 radiate from 成輻射狀伸展出去

ra·di·a·tion [ˏredɪˋeʃən] 名 發光、發熱、輻射

例 Be careful, this machine may produce harmful radiation.
小心點，這個機器可能會產生有害的輻射線。

➲ 出題重點 radiation sickness 輻射中毒

ra·di·us [ˋredɪəs] 名 半徑、範圍

例 There are four convenience stores within a radius of 200 meters.
兩百公尺半徑內這兒就有四家便利商店。

➲ 出題重點 earth radius 地球半徑

rap·id [ˋræpɪd] 形 迅速的

例 There has been a rapid change in this town.
這個小鎮改變得相當迅速。

re·ac·tion [rɪˋækʃən] 名 反應

例 My initial reaction was to wake up my mother.
我第一個反應就是去叫醒我媽媽。

re·ac·tor [rɪˋæktɚ] 名 核反應堆、反應裝置

例 He doesn't know why the reactor has suddenly lost control.
他不知道為什麼核反應爐突然開始失控。

re·cy·cle [riˋsaɪkḷ] 動 再利用

例 We can recycle those papers and change them into reprocessed papers.
我們可以回收這些廢紙，再把它們做成再生紙。

rem·e·dy [ˋrɛmədɪ] 名 藥物、治療（法）

例 The doctor knows many traditional remedies for headache.
這個醫生知道很多治頭痛的傳統療法。

➲ 出題重點 remedy a loss 彌補損失

rub [rʌb] 動 擦、摩擦

例 The black cat **rubbed** its head against my hand.
那隻黑貓用牠的頭磨蹭著我的手。

➲ 出題重點 rub down 按摩、使磨損、徹底梳刷　rub sth off 擦掉某物
rub sth up 擦亮某物

sat·el·lite [ˋsætḷˏaɪt] 名 人造衛星

例 The spy **satellite** can help us get more secret information of the enemy.
間諜衛星可以幫助我們獲取更多敵人的機密資訊。

sat·u·rate [ˋsætʃəˏret] 動 浸透、使飽和、使充滿

例 Both her hair and shirt were **saturated** with the rain.
她的頭髮和襯衫都被雨淋得濕透了。

scar [skɑr] 名 傷痕、疤痕 動 使留下傷痕、創傷

例 The burn became an ugly **scar** on his right hand.
燙傷在他右手留下了醜陋的疤痕。

➲ 出題重點 acne scar 痘疤

scrape [skrep] 名 刮、擦、刮擦聲 動 刮掉、擦掉

例 He hired the boy to **scrape** all the paintings on the wall.
他雇了個男孩幫他把牆上的漆都刮掉。

➲ 出題重點 scrape away 刮落

scratch [skrætʃ] 動 搔、擦掉、刮傷

例 The cat **scratched** his hand when he tried to catch it.
他試著抓那隻貓時，貓咪卻抓了他一把。

➲ 出題重點 scratch about for 到處搜尋

screw [skru] 名 螺絲釘、螺旋 動 旋轉

例 I need one more **screw** to fix the shelf.
我還需要一個螺絲釘來固定這個板子。

➲ 出題重點 screw on 旋上

sen·sor [ˋsɛnsɚ] 名 感測器

例 The humidity **sensor** can help you control the moisture content here.
這個溼度感測器可以幫你控制這裡的濕度。

shiv·er [ˋʃɪvɚ] 動 顫抖

例 He **shivered** in the snow and begged for something to eat.
他在大雪中顫抖著乞討一些充飢的食物。

➲ 出題重點 feel a cold shiver 覺得很冷

sim·u·late [ˋsɪmjəˏlet] 動 模擬、模仿、假裝、冒充

例 He used to use this trick in the class to **simulate** illness.
他以前總愛用這伎倆在課堂上裝病。

sim·u·la·tion [ˏsɪmjəˋleʃən] 名 仿真、假裝、模擬

例 The computer **simulation** can help you understand the process of the mission.
這個電腦模擬畫面可以幫助你更加了解任務過程。

skel·e·ton [ˋskɛlətn̩] 名 （動物之）骨架、骨骼、大綱

例 She would send me the **skeleton** of her new novel tomorrow.
她明天會寄給我新小說的大綱。

➲ 出題重點 skeleton in the closet 不可告人的祕密

slip [slɪp] 名 滑倒、事故 動 使滑動、滑過

例 He **slipped** on the ice and broke his nose.
他在冰上滑了一跤摔斷了鼻樑。

➲ 出題重點 slip down 失足

soft·ware [ˋsɔftˏwɛr] 名 軟體

例 Joseph wrote the **software** for preventing the USB virus.
Joseph寫了一份預防USB病毒的軟體。

sore [sor] 形 疼痛的

例 The **sore** throat made me not able to speak loudly.
喉嚨痛使得我不能大聲說話。

➲ 出題重點 get sore about sth 因某事而惱火

span [spæn] 名 持續時間 動 以指距量

例 A life time for dog is a **span** of about 16 years.
狗的一生大約有十六年。

➲ 出題重點 span length 跨度距離

stick [stɪk] 名 棍、棒、手杖 動 黏住、黏貼

例 We need to collect more **sticks** to start the fire.
我們得收集更多的木棍來生火。

➲ 出題重點 in a cleft stick 進退兩難

sting [stɪŋ] 動 刺痛、刺、螫

例 Vivian was **stung** seriously by the bees in the woods.
Vivian被森林裡的蜜蜂螫得很嚴重。

➲ 出題重點 sting for 索取高價

stom·ach·ache [ˋstʌmək͵ek] 名 胃痛、肚子痛

例 The medicine for the **stomachache** is in the first drawer.
胃痛的藥放在第一個抽屜中。

stun [stʌn] 名 暈眩、打昏、驚倒 動 使暈倒、打暈、使驚嚇

例 He was **stunned** by the horrible view and couldn't speak.
他被這可怕的畫面嚇得說不出話。

➲ 出題重點 stunned by 被……嚇呆

suf·fer [ˋsʌfɚ] 動 遭受、生病

例 His father has **suffered** from the headache for twenty years.
他父親受頭痛之擾已有二十年之久。

➲ 出題重點 suffer from 忍受、遭受

sur·ger·y [ˋsɝdʒərɪ] 名 外科手術

例 The **surgery** was successful and he will recover soon.
手術相當成功，他很快就會復原的。

sur·viv·al [sɚˋvaɪvḷ] 名 生存

例 He was the only **survival** of the terrorist attack last year.
他是去年恐怖攻擊事件中唯一的生還者。

➲ 出題重點 the survival of the fittest 適者生存

sur·vive [sɚˋvaɪv] 動 存活、生命比……長

例 He **survived** the slaughter and escaped to another city.
他從大屠殺中存活下來，並逃離到另一個城市。

sweat [swɛt] 名 汗 動 （使）出汗

例 The humid weather here makes people **sweat** easily.
這兒濕熱的天氣非常容易讓人滿身大汗。

➲ 出題重點 sweat away at 努力從事

symp·tom [ˋsɪmptəm] 名 症狀

例 The doctor could not explain why he had such a **symptom**.
連醫生也無法解釋為什麼他有這樣的症狀。

➲ 出題重點 symptom of a disease 病象
withdrawal symptom 戒毒症狀、脫癮症狀

tech·ni·cal [ˋtɛknɪkl] 形 技術的、技術上的

例 There are some **technical** problems in the movie.
這部電影有一些技術上的疏失。

tech·nique [tɛkˋnik] 名 技巧

例 She has practiced different **techniques** of playing the quitar.
她練了許多不同的彈吉他技巧。

tech·nol·o·gy [tɛkˋnɑlədʒɪ] 名 技術、科技、工業技術、工程學

例 The computer **technology** has progressed year by year.
電腦工業技術可說是一年比一年進步。

ten·ta·tive [ˋtɛntətɪv] 形 試驗性的、試探的、暫定的

例 It's just a **tentative** plan to see how the consequence would be.
這只是個試驗性的計畫，看看結果會如何。

➲ 出題重點 tentative plan 暫時的計畫

ther·a·py [ˋθɛrəpɪ] 名 治療

例 The **therapy** can gradually decrease the germs in your kidney.
這項療法可以慢慢地讓你腎臟中的細菌減少。

➲ 出題重點 be in therapy 接受治療

tired [taɪrd] 形 疲勞的、累的、疲倦的

例 He was **tired** of doing the same work every day.
他厭倦了每天都做一樣的事。

tis·sue [ˋtɪʃʊ] 名 （動、植物的）細胞組織

例 The **tissue** was destroyed by the chemical substance right away.
這份細胞組織馬上被化學物質破壞了。

tooth·ache [ˋtuθˏek] 名 牙痛

例 He has suffered from the **toothache** for three days.
他牙痛已經折磨他三天了。

trans·form [trænsˋfɔrm] 動 改觀

例 Nelly decided to **transform** their house into a hostel.
Nelly決定要把他們家改建成民宿。

➲ 出題重點 transform data 變換數據

tran·si·tion [træn`zɪʃən] 名 轉移、變化

例 The transition from a teenage to an adult is obvious.
從青少年到成人的轉變是相當明顯的。

➲ 出題重點 a transition from…to… 從……到……的轉變

trans·par·ent [træns`pɛrənt] 形 透明的

例 He is always transparent about his love toward his wife.
他毫不隱藏對老婆的愛。

➲ 出題重點 transparent paper 透明紙

trans·plant [træns`plænt] 動 移植、使遷徙

例 My mother transplanted those flowers outside in the garden.
媽媽將花全部移到花園去種。

➲ 出題重點 cornea transplant 眼角膜移植

treat [trit] 名 對待、款待 動 對待、款待

例 Cindy always treats my daughter as her own granddaughter.
Cindy待我女兒就像在對待自己的孫女一樣。

➲ 出題重點 treat with 對待

treat·ment [`tritmənt] 名 治療

例 His fever didn't respond to the treatment and became worse.
他的高燒治療無效，甚至還加重。

tu·mor [`tjumɚ] 名 瘤

例 The surgeon suggested him that he should remove the tumor.
外科醫生建議他切除腫瘤。

➲ 出題重點 a benign tumor 良性腫瘤

twin [twɪn] 名 雙胞胎（之一） 形 孿生的

例 They are twin sisters but they have opposite personalities.
她們雖是雙胞胎姊妹，卻有著截然不同的個性。

ul·ti·mate·ly [ˋʌltəmɪtlɪ] 副 最後、終於

例 Ultimately, they gave up the plan and went home.
最後他們只得放棄計畫回家去。

un·con·scious [ʌnˋkɑnʃəs] 形 不省人事的、未發覺的、無意識的

例 He has been unconscious for two days after the accident.
意外發生後他已經失去意識兩天了。

vac·ci·nate [ˋvæksn̩ˏet] 名 被接種牛痘者 動 進行預防接種

例 Those babies need to be vaccinated against smallpox after five months.
五個月後這些嬰兒都得接受天花疫苗接種。

vac·ci·na·tion [ˏvæksn̩ˋeʃən] 名【醫】接種疫苗、種痘

U
V

例 There are two knids of vaccination against measles.
這兒有兩種抗麻疹的疫苗。

vac·cine [ˋvæksin] 名 疫苗 形 疫苗的、牛痘的

例 This flu vaccine protects against the flu virus effectively.
這個流感疫苗可以有效的預防流感病毒。

➲ 出題重點 flu vaccine 流感疫苗

vi·rus [ˋvaɪrəs] 名 病毒

例 The virus has infected all your computer system already.
你的電腦系統已經全部被這個病毒入侵了。

➲ 出題重點 virus infection 病毒感染

vi·tal [ˋvaɪtl̩] 形 極重要的、致命的

例 The heart plays a vital role in the delivery of blood.
在輸送血液時心臟扮演了相當重要的角色。

vi·tal·i·ty [vaɪˋtælətɪ] 名 活力、生命力、生動性

例 Those kids were full of **vitality** when they were playing games.
玩遊戲時這些孩子個個都生龍活虎的。

➲ 出題重點 be full of vitality 充滿生氣
regain one's vitality 恢復生機

vir·tu·al [ˋvɜtʃuəl] 形【物】有效的、事實上的、【電腦】虛擬的

例 You can call her and take a **virtual** tour of her house.
你可以打給她然後實際參觀一下她家。

➲ 出題重點 the virtual extinction 實質上的絕種

vul·ner·a·ble [ˋvʌlnərəbḷ] 形 易受攻擊的、有弱點的

例 The lion chose a **vulnerable** antelope and hunted it down.
那隻獅子挑了一隻較弱的羚羊並追捕牠。

➲ 出題重點 be vulnerable to fraud 易受騙的

whole·some [ˋholsəm] 形 有益健康的

例 Swimming is a wholesome exercise for people from all ages.
游泳是一項不分老少又有益健康的運動。

➲ 出題重點 wholesome food 健康的食物

width [wɪdθ] 名 寬度

例 The width of the table cannot fit in the room.
桌子的寬度跟房間不合。

wire [waɪr] 名 金屬絲 動 裝設電線

例 The wire had a sparkling and burned all the things in the house.
那條金屬線走火並燒毀了房子裡所有物品。

wound [wund] 名 創傷、傷口 動 傷、傷害

例 Your wound couldn't meet the water and the sun.
你的傷口不能碰到水也不能曬到太陽。

W

PART 9

傳媒娛樂篇

Part 09 音檔雲端連結

因各家手機系統不同，若無法直接掃描，
仍可以至以下電腦雲端連結下載收聽。
（https://tinyurl.com/39a2m8cm）

ac·tiv·i·ty [æk`tɪvətɪ] 名 活動

例 Extra-curricular **activity** is as important as school work.
課外活動和學校作業同樣重要。

➲ 出題重點 extra-curricular activity 課外活動

ac·tion [`ækʃən] 名 作用、行為

例 We should take **action** as soon as possible.
我們必須儘快行動。

ac·tu·al·ly [`æktʃuəlɪ] 副 真實地

例 **Actually**, I think what you said is valueless.
事實上，我覺得你説的話沒有價值。

act [ækt] 名 行為、法令 動 扮演、起作用

例 I like **acting**.
我喜歡演戲。

➲ 出題重點 act on… 依照～行事

A

ad·van·tage [əd`væntɪdʒ] 名 便利、利益

例 You shouldn't take **advantage** of others.
你不該利用別人。

➲ 出題重點 take advantage of 利用
have an advantage over sb. 比某人佔優勢

ad·vance [əd`væns] 名 前進、進步 動 促進、提高、提出

例 My fishing skill **advanced** after months of practice.
我的釣魚技巧在數個月的練習後進步了。

➲ 出題重點 in advance 提前、預先

ad·ver·ti·sing [`ædvɚ,taɪzɪŋ] 名 廣告

例 **Adverting** might be more important than producing.
廣告可能比製造重要。

ad·ver·tise [`ædvɚ,taɪz] 動 登廣告、公佈

例 The Ministry of Education **advertised** the new policy.
教育部公佈新法令。

➲ 出題重點 commercial advertiser 商業廣告商

ad·ver·tise·ment [,ædvɚ`taɪzmənt] 名 廣告、宣傳

例 **Advertisement** is a delicate art.
廣告是門精緻的藝術。

aer·o·space [ˌɛrəˋspes] 名 太空

例 NASA is famous for their **aerospace** science.
NASA的航太科學很有名。

af·firm [əˋfɝm] 動 斷言、證實

例 Could anyone **affirm** your statements?
有人可以證實你的說詞嗎？

➲ 出題重點 affirm one's loyalty to one's country 矢言報效祖國

ag·ri·cul·ture [ˋægrɪˌkʌltʃɚ] 名 農業、農耕、農藝

例 **Agriculture** is the cornerstone of every developing culture.
農業是開發中文化的基石。

➲ 出題重點 the Ministry of agriculture 農林部

al·lege [əˋlɛdʒ] 動 宣稱、聲言

例 A website **alleged** candidate No.2 won the election beforehand.
一個網站先宣佈二號候選人贏得選舉。

al·li·ance [əˋlaɪəns] 名 聯盟、聯合

例 England and America are **alliance** during WWII.
英國和美國在二戰時聯盟。

ar·ti·cle [ˋɑrtɪkl] 名 文章、物品、條款、冠詞

例 Read this **article** before continuing with the subject.
繼續這個主題前先讀這篇文章。

➲ 出題重點 article of faith 信條

as·sert [əˋsɝt] 動 主張、聲明、斷言

例 My sister **asserted** her ownership by putting stickers on her stuffs.
我妹在她的東西上貼貼紙以宣示主權。

at·tract [əˋtrækt] 動 吸引、引起……的注意

例 That handsome guy **attracts** my attention.
那個帥哥吸引了我的目光。

➲ 出題重點 be attracted to sb. 被某人吸引
attract sb.'s attention 引起某人的注意

au·di·ence [ˋɔdɪəns] 名 觀眾

例 **Audience** from the world came to see the magic show.
世界各地的觀眾來看魔術秀。

➲ 出題重點 audience rating 收視率

au·di·to·ri·um [ˌɔdəˋtorɪəm] 名 禮堂

例 The principal held a speech in the **auditorium**.
校長在禮堂舉行演講。

➲ 出題重點 well-equipped auditorium 設備完善的禮堂
concert auditorium 演奏廳

av·er·age [ˋævərɪdʒ] 名 平均 動 求……的平均數

例 The **average** number of customers per month is 100.
每月平均客量為一百人。

bal·ance [ˋbæləns] 名 平穩、平衡

例 Jack lost his **balance** on the pommel horse and fell to the ground.
Jack在鞍馬上失去平衡，摔到地上。

➲ 出題重點 lose sb's balance 失去平衡 balance the trade 平衡貿易
keep balance on... 維持平衡

bank [bæŋk] 名 銀行、堤岸

例 We used to play around the river **bank**.
我們以前在河岸邊玩。

➲ 出題重點 on the bank of 在岸上

bank·ing [ˋbæŋkɪŋ] 名 銀行業

例 Citibank is an international **banking** company.
花旗是個國際銀行企業。

bat·tle [ˋbætl̩] 名 戰役、戰爭 動 戰鬥、鬥爭

例 Great **battles** are fought during WW II.
二戰期間有許多有名的戰役。

bound·a·ry [ˋbaʊndərɪ] 名 邊界、邊界線

例 Don't set **boundary** for yourself.
不要畫地自限。

➲ 出題重點 boundary fence 邊界範圍

boy·cott [ˋbɔɪˌkɑt] 動 抵制

例 Some Taiwanese **boycotts** Korean products out of patriotism.
有些台灣人出於愛國心抵制韓國產品。

➲ 出題重點 a trade boycott 貿易抵制
put a boycott on sb. 一致拒絕與某人來往

brief [brif] 名 摘要 形 簡短的

例 I'll give a **brief** speech after the CEO.
我會在執行長之後發表簡短演說。

➲ 出題重點 in brief 簡言之

broad·en [ˋbrɔdn̩] 動 使放寬

例 Travelling can **broaden** one's horizons.
旅行能增廣見聞。

➲ 出題重點 to broaden sales 擴大銷售
to broaden one's horizons 增廣見聞

bu·reau [ˋbjʊro] 名 局、處、所

例 The News **Bureau** censors movies and TV shows.
新聞局審查電影和電視節目。

➲ 出題重點 weather bureau 氣象局

bu·reau·cra·cy [bjʊˋrɑkrəsɪ] 名 官僚、官僚機構

例 **Bureaucracy** could decay as time goes by.
官僚體制可能隨時間腐敗。

bul·le·tin [ˋbʊlətɪn] 名 公告、報告

例 You could find our latest news on the **bulletin**.
你能在佈告欄上取得我們的最新資訊。

➲ 出題重點 bulletin board 電子公告牌

ca·su·al·ty [ˋkæʒʊəltɪ] 名 災禍、傷亡者

例 The total **casualties** from this typhoon are 200.
這次颱風傷亡人數為兩百人。

➲ 出題重點 the total casualties 傷亡總數

case [kes] 名 事件、案例

例 This is a special **case**.
這是特殊事件。

➲ 出題重點 in case of 如果、萬一 a case in point 恰當的例子
in such case 在這種情況下

cast [kæst] 名 擲、扔 動 投射、擲

例 The boys **cast** stone toward the poor dog.
男孩們向可憐的狗狗丟石頭。

➲ 出題重點 cast aside 拋棄 cast away 丟掉、浪費

cat·a·log [ˋkætəlɔg] 名 目錄、目錄冊 動 編目錄

例 You can order anything from the catalog.
你可以訂目錄上的東西。

➲ 出題重點 card catalog 卡片目錄

cat·e·go·rize [ˋkætəgə͵raɪz] 動 加以類別、分類

例 Would you categorize these documents?
可以把這些檔分類嗎？

cat·e·go·ry [ˋkætə͵gorɪ] 名 種類

例 People can be divided into 3 major categories.
人可劃分成三大類。

➲ 出題重點 a category of 為……的一種

cel·e·brate [ˋsɛlə͵bret] 動 慶祝

例 Let's celebrate Nancy's birthday!
來慶祝Nancy的生日吧！

➲ 出題重點 Let's celebrate! 咱們來慶祝一下吧！

char·i·ty [ˋtʃærətɪ] 名 慈善、施捨

例 That entrepreneur does a lot of charity.
那個企業家做很多慈善事業。

➲ 出題重點 in charity 出於惻隱之心

cir·cu·la·tion [͵sɝkjəˋleʃən] 名 迴圈、流通、【報刊】發行量

例 Water in swimming pools goes into circulation.
游泳池的水會循環。

➲ 出題重點 large circulation 大的發行量

cir·cu·lar [ˋsɝkjələ] 名 通知、公告 形 環狀的、圓形的

例 The hour hand does a circular motion.
時針轉了一圈。

➲ 出題重點 circular tour 環程旅行

clap [klæp] 名 拍手聲 動 鼓掌

例 Clap along the music, please.
請跟著音樂拍手。

co·in·ci·dence [koˋɪnsədəns] 名 一致、巧合

例 All are coincidences. I have nothing to do with them.
全都是巧合。與我無關。

col·um·nist [ˋkɑləmɪst] 名 專欄作家

例 Jimmy is a famous columnist.
Jimmy是個有名的專欄作家。

➲ 出題重點 newspaper columnist 報紙專欄作家

C

col·umn [ˋkɑləm] 名 圓柱、欄

例 Put these words into the correct column.
將這些字放入正確的欄位中。

➲ 出題重點 financial column 財經專欄

col·lab·o·rate [kəˋlæbəˌret] 動 合作、勾結、通敵

例 The two empires collaborated with each other.
兩大企業互相合作。

com·mu·ni·ca·tion [kəˌmjunəˋkeʃən] 名 通訊

例 Everyone should learn the art of communication.
每個人都要學習溝通的藝術。

➲ 出題重點 means of communication 傳播工具

com·pi·la·tion [ˌkɑmpɪˋleʃən] 名 編輯、彙編

例 This CD is the compilation of top 100 love songs of 2011.
這張CD是2011年百大首情歌合輯。

com·pile [kəmˋpaɪl] 動 編輯、搜集

例 Guinness World Record compiled amazing things from the world.
金氏世界紀錄匯集世界新奇的事。

➲ 出題重點 compile materials into a book 把資料彙集成書

con·demn [kənˋdɛm] 動 譴責、反對

例 Jeff was condemned for cheating.
Jeff因為作弊被譴責。

➲ 出題重點 strongly condemn 強烈地譴責

con·grat·u·late [kənˋgrætʃəˌlet] 動 祝賀、慶賀

例 My friends congratulate me on passing the exam.
我朋友祝賀我通過考試。

➲ 出題重點 congratulate sb. on sth. 向某人祝賀某事

con·tem·po·rar·y [kənˋtɛmpəˌrɛrɪ] 形 當代的、同時代的

例 Who is your favorite contemporary artist?
你最喜歡的當代藝術家是誰？

➲ 出題重點 contemporary art 當代藝術

con·tra·dic·tion [ˌkɑntrəˋdɪkʃən] 名 矛盾、否認、反駁

例 What you say is in contradiction with what you do.
你言行不一。

➲ 出題重點 be in contradiction with… 與……相矛盾

con·tra·dict [͵kɑntrə`dɪkt] 動 否認、抵觸

例 Your opinion contradicted to mine.
你的意見跟我相抵觸。

➲ 出題重點 contradict point-blank 直截了當地反駁

con·tro·ver·sial [͵kɑntrə`vɝʃəl] 形 爭論性的、有爭議的

例 Abortion is a controversial topic.
墮胎是個有爭議性的話題。

➲ 出題重點 a controversial subject 有爭議性的話題

con·tro·ver·sy [`kɑntrə͵vɝsɪ] 名 爭論、辯論、論戰

例 The headline news arises controversy among viewers.
頭條新聞引起觀眾爭論。

➲ 出題重點 arouse controversy 引起爭議

coun·try [`kʌntrɪ] 名 國家、國土

例 I like country music.
我喜歡鄉村音樂。

➲ 出題重點 foreign country 外國 country music 鄉村音樂

crit·i·cize [`krɪtə͵saɪz] 動 批評

例 You have no right to criticize me.
你沒資格批評我。

➲ 出題重點 criticize sb. for doing sth. 批評某人做了某事

cru·cial [`kruʃəl] 形 至關重要的

例 The policeman got a crucial clue.
那個警員握有關鍵證據。

➲ 出題重點 a crucial problem 關係重大的問題

crude [krud] 形 天然的、粗糙的、未加修飾的

例 Robinson built a crude shelter when drifted to an unknown island.
Robinson在漂流到不知名小島時建造了粗糙的住所。

➲ 出題重點 crude oil 原油

Dd

de·reg·u·la·tion [dɪ`rɛgju͵leʃən] 名 撤銷管制

例 Airline deregulation gives more freedom to transportation.
撤銷航運管制讓交通更自由。

de·scribe [dɪˋskraɪb] 動 描寫、敍述

例 Could you **describe** the man you saw?
你可以描述一下你看見的男人嗎？

➲ 出題重點 describe A as B 把A描繪成B

de·tail [ˋditel] 名 細節、詳情 動 詳述、細說

例 Adapted movies don't have **details**.
改編的電影沒有細節。

➲ 出題重點 in detail 仔細的

dem·on·strate [ˋdɛmənˏstret] 動 證明、例證

例 Let me **demonstrate** how to use the new technology.
讓我示範如何使用這項新科技。

➲ 出題重點 demonstrate the powers 大顯神通

des·crip·tion [dɪˋskrɪpʃən] 名 描寫、描述

例 Her beauty is beyond **description**.
她的美無法形容。

➲ 出題重點 beyond description 無可形容的

di·gest [daɪˋdʒɛst] 名 分類、摘要 動 消化、融會貫通

例 I need some time to **digest** what you said.
我需要一點時間消化你說的。

di·ver·si·ty [daˋvɝsətɪ] 名 差異、多元性

例 Bio-**diversity** balances our living environment.
生物多樣性平衡我們生存的環境。

➲ 出題重點 a diversity of interest 廣泛的興趣

di·ver·sion [daɪˋvɝʒən] 名 轉換、娛樂

例 Golf is my favorite **diversion**.
高爾夫是我最喜歡的娛樂。

di·vert [daɪˋvɝt] 動 轉向

例 The river **diverted** from here.
河流從這轉向。

dis·perse [dɪˋspɝs] 動 散佈、傳播、散開

例 The guards **dispersed** the dissatisfied reporters.
警衛疏散了不滿的記者。

➲ 出題重點 disperse into 消散

dis·trac·tion [dɪˋstrækʃən] 名 娛樂、分心

例 I really have to work without **distraction**.
我真的必須全神貫注的工作。

➲ 出題重點 without distraction 全神貫注

dis·tract [dɪˋstrækt] 動 轉移

例 I'll **distract** the bodyguard, so you can sneak in.
我會轉移保鑣的注意，你溜進去。

➲ 出題重點 be distracted from 分散

disk [dɪsk] 名 唱片、光碟

例 Could you give me a **disk** to copy the documents?
可以給我光碟拷貝檔嗎？

➲ 出題重點 compct disc 光盤、唱片

dra·ma [ˋdrɑmə] 名 戲劇、戲劇性

例 I was the leading actress of our school **drama**.
我是學校戲劇的女主角。

dra·mat·ic [drəˋmætɪk] 形 戲劇的、引人注目的

例 Lady Gaga likes **dramatic** clothing.
Lady Gaga喜歡戲劇化的服裝。

➲ 出題重點 give dramatic performances 演出戲劇

dras·tic [ˋdræstɪk] 形 劇烈的、極嚴重的

例 **Drastic** measures will be taken if the situation went worse.
如果情況變糟，將採取嚴厲措施。

➲ 出題重點 drastic measures 嚴厲措施

du·bi·ous [ˋdjubɪəs] 形 可疑的、不確定的

例 I'm **dubious** about studying aboard.
我不確定是否要出國留學。

➲ 出題重點 be dubious about… 對……感到懷疑

Ee

edit [ˋɛdɪt] 動 編輯

例 Rick has already **edited** out the inappropriate parts in this video.
Rick已經將影片裡不合宜的部分刪掉了。

➲ 出題重點 edit out 刪去

e·di·tion [ɪˋdɪʃən] 名 版本

例 This is the fifth **edition** of the dictionary.
這是字典的第五版。

➲ 出題重點 a second edition 再版書　a pocket edition 袖珍版

e·rase [ɪˋres] 動 抹去、【俚】殺死

例 Jade would like to **erase** her miserable childhood memory.
Jade希望抹去她悲慘的童年回憶。

➲ 出題重點 erase from 擦掉

e·ven·tu·al [ɪˋvɛntʃuəl] 形 最後的、結果的

例 The two countries reached an **eventual** decision after years of dispute.
經過多年的爭辯，兩國得到最後的決定。

➲ 出題重點 eventual settlement 最終解決

en·close [ɪnˋkloz] 動 圍繞、隨函附寄

例 Our cabin was **enclosed** with beautiful flowers.
我們的小木屋被美麗的花朵圍繞。

➲ 出題重點 enclose with... 用……圍入

en·joy [ɪnˋdʒɔɪ] 動 享受、喜歡

例 **Enjoy** the meal!
享受食物。

➲ 出題重點 enjoy doing sth 享受做某事

en·joy·ment [ɪnˋdʒɔɪmənt] 名 享樂、快樂

例 Zack bullies others for **enjoyment**.
Zack霸凌他人尋求樂趣。

en·large·ment [ɪnˋlɑrdʒmənt] 名 放大

例 Cindy's friends gave her an **enlargement** of her photo.
Cindy的友人送她她照片的放大圖。

en·ter·tain [ˏɛntɚˋten] 動 使娛樂、招待、考慮

例 The clown **entertained** the guests.
小丑娛樂賓客。

➲ 出題重點 entertain rebellious scheme 包藏禍心
entertain pessimistic 抱著悲觀

en·ter·tain·er [ˏɛntɚˋtenɚ] 名 演藝人員

例 Robert Pattinson is a famous **entertainer**.
Robert Pattinson是有名的演藝人員。

en·thu·si·as·tic [ɪnˏθjuzɪˋæstɪk] 形 熱心的、狂熱的

例 Vic is an **enthusiastic** journalist.
Vic是個熱情的記者。

➲ 出題重點 enthusiastic about 熱心於……
enthusiastic participation 踴躍的參與

en·thu·si·asm [ɪnˋθjuzɪˏæzəm] 名 熱心、巨大興趣

例 I admire Susan's **enthusiasm** for dancing.
我欣賞Susan對舞蹈的熱誠。

➲ 出題重點 great enthusiasm 一腔熱誠
a spell of enthusiasm 一股熱情

en·thu·si·ast [ɪnˋθjuzɪˏæst] 名 狂熱者、熱心人

例 My uncle is an **enthusiast** about politics.
我叔叔是政治狂熱份子。

en·large [ɪnˋlɑrdʒ] 動 擴大、增長

例 Don't **enlarge** other's fault.
不要放大他人的過錯。

➲ 出題重點 enlarge a photo 放大照片

en·rich [ɪnˋrɪtʃ] 動 使富足、使肥沃

例 My children have **enriched** my life.
我的孩子豐富我的人生。

➲ 出題重點 enrich...with... 用……充實……

ev·i·dence [ˋɛvədəns] 名 證據 動 證實、證明

例 The detective needs more **evidence** to find the killer.
偵探需要更多的證據來找出殺手。

➲ 出題重點 on good evidence 證據充足

ex·ceed [ɪkˋsid] 動 超過、勝過

例 Your performance **exceeded** my expectation.
你的表現超乎預期。

➲ 出題重點 exceed the speed limit 超速

ex·pres·sion [ɪkˋsprɛʃən] 名 表達、表情

例 Facial **expression** tells a lot.
面部表情傳達許多訊息。

➲ 出題重點 an expression of good will 一番好意

ex·traor·di·nar·y [ɪkˋstrɔdn̩ˏɛrɪ] 形 驚人的、非比尋常的

例 My mother is an **extraordinary** woman.
我母親是個非比尋常的女子。

ex·treme [ɪkˋstrim] 名 極端 形 極端的

例 Don't go to **extreme**.
不要走極端。

➲ 出題重點 extreme sport 極限運動

fab·u·lous [ˋfæbjələs] 形 寓言般的、難以置信的

例 Disney Land is a **fabulous** place.
迪士尼王國是個夢幻的地方。

➲ 出題重點 a fabulous vacation 非常愉快的假期

fac·tor [ˋfæktɚ] 名 因素、原動力

例 Several **factors** are considered in this research.
這個實驗考慮許多因素。

➲ 出題重點 factor analysis 因素分析　factor in 將……納入

fake [fek] 名 偽造物 形 假冒的

例 The officer is teaching people how to detect **fake** money.
警員正在教導如何分辨假鈔。

➲ 出題重點 fake bill 偽鈔　fake fat 人造油脂

false [fɔls] 形 錯的、不真實的、虛偽的

例 Giving **false** witness is a serious crime.
作偽證是重罪。

➲ 出題重點 a false alarm 虛假的警報　false teeth / hair 假牙、假髮

fash·ion [ˋfæʃən] 名 流行、時尚 動 製作、形成

例 Kate Moss is a **fashion** icon.
Kate Moss是時尚指標。

➲ 出題重點 go out of fashion 過時、被潮流淘汰
fashion week 時裝週

fash·ion·a·ble [ˋfæʃənəbl̩] 形 流行的、時髦的

例 I have a collection of **fashionable** hats.
我收集了一些時尚的帽子。

➲ 出題重點 fashionable dresses 時裝

fed·er·al [ˋfɛdərəl] 形 聯邦的、同盟的

例 **Federal** government will protect your family.
聯邦政府會保護你的家人。

➲ 出題重點 federal government 聯邦政府

fes·ti·val [ˋfɛstəvl̩] 名 節日 形 節日的

例 People solve puzzles on Lantern **Festival.**
元宵節猜燈謎。

➲ 出題重點 Spring Festival 春節

fic·tion [ˋfɪkʃən] 名 小說

例 Ernest Hemingway is my favorite fiction writer.
海明威是我最喜歡的小說家。

fierce [fɪrs] 形 兇猛的、強烈的、殘忍的

例 Wolf is a **fierce** animal.
狼是兇猛的動物。

➲ 出題重點 cunning and fierce 刁悍

film [fɪlm] 名 電影 動 把……拍成電影

例 I'm going to **film** this and upload it on the web.
我會把這錄下來然後上傳到網路上。

➲ 出題重點 see a film 看電影

fis·cal [ˋfɪskl̩] 形 財政的

例 **Fiscal** deficit is the budget deficit of a government.
財政赤字是指政府預算赤字。

flag [flæg] 名 旗、標記 動 標記

例 You can see the national **flag** every household.
每戶人家都有國旗。

➲ 出題重點 national flag 國旗

flash [flæʃ] 名 閃光

例 You should turn on the **flash** when taking photos at night.
晚上拍照的時候要開閃光。

➲ 出題重點 in a flash 立刻、一瞬間

flour·ish [ˋflɝɪʃ] 動 茂盛、盛行

例 The family business **flourished** in the US.
家族企業在美國蓬勃發展。

➲ 出題重點 flourish in soil 在土裡茂盛地生長

for·eign [ˋfɔrɪn] 形 外國的、外來的

例 You can buy lots of **foreign** products in this supermarket.
你能在這間超市買到各種外國商品。

➲ 出題重點 foreign language 外語 foreign countries 外國

forth·com·ing [͵forθˋkʌmɪŋ] 名 來臨 形 即將來臨的

例 The **forthcoming** exam makes me nervous.
即將到來的考試讓我緊張。

foun·da·tion [faʊnˋdeʃən] 名 建立、基礎、基金

例 Honesty is the **foundation** of healthy relationship.
誠信是健全關係的基石。

➲ 出題重點 foundation bed 基座、地基

fran·chise [ˋfræn͵tʃaɪz] 名 特權 動 賦予特權

例 Citizens above 18 are given the **franchise**.
滿18歲的公民有投票權。

free·lanc·er [ˋfri͵lænsɚ] 名 自由作家、自由記者

例 There are lots of on-line **freelancers** nowadays.
現今有許多網路上的自由作家。

Gg

glob·al [ˋglobḷ] 形 球形的、全球的

例 We are living in a **global** village.
我們生活在地球村。

➲ 出題重點 global village 地球村

glob·al·i·za·tion [͵globəlaɪˋzeʃən] 名 全球化、全球性

例 **Globalization** changes business form.
全球化改變商業型態。

Hh

high [haɪ] 形 高的、高級的

例 Girls have **high**-pitched voice.
女生音調高。

➲ 出題重點 high above the sky 高高在天上
fly high 飛得很高

i·mag·i·na·tion [ɪ͵mædʒəˋneʃən] 名 想像、想像力

例 Use your **imagination**.
用點想像力。

➲ 出題重點 tour by imagination 神遊

il·lu·sion [ɪˋljuʒən] 名 幻影

例 His thoughtful behaviors are **illusion**; he never cares about others.
他體貼的行為都是幻覺，他不曾在乎他人。

➲ 出題重點 dispel illusions 消除幻想　be under an illusion 有錯覺

im·me·di·ate·ly [ɪˋmidɪɪtlɪ] 形 立刻、馬上、直接地

例 I'll report my findings **immediately**.
我會立刻回覆我的發現。

in·ci·dent [ˋɪnsədənt] 名 事件、事變 形 附帶的、易於發生的

例 Assaulting random stranger isn't a single **incident**.
襲擊陌生人不是單一事件。

➲ 出題重點 the pearl harbor incident 日本偷襲珍珠港事件

in·duce·ment [ɪnˋdjusmənt] 名 誘因、刺激物

例 Paul gives his dog cookies as an **inducement** to do tricks.
Paul用餅乾當誘餌，讓狗狗表演。

in·dus·try [ˋɪndəstrɪ] 名 工業、勤奮

例 Fashion **industry** is a tough world.
時尚圈是個嚴酷的世界。

I

in·for·ma·tion [ˏɪnfɚˋmeʃən] 名 資料

例 A secret agent will provide all the **information** you need.
祕密特務會提供你所需的訊息。

➲ 出題重點 gain information about 獲得……的情報

in·for·mal [ɪnˋfɔrml̩] 形 非正式的

例 We had an **informal** meeting beforehand.
我們之前開一次非正式的會議。

in·form [ɪnˋfɔrm] 動 告訴、通知

例 We'll **inform** you.
我們再通知你。

➲ 出題重點 inform respectfully 敬告　inform sb. of sth.　通知某人某事

in·put [ˋɪnˏput] 名 輸入 動 輸入

例 My teachers gave me lots of valuable **inputs**.
我老師給我許多有用的資訊。

➲ 出題重點 input and output 輸入和輸出

in·sert [ɪnˋsɝt] 名 插入物 動 插入、嵌入

例 I'll **insert** your personal information into the personnel file.
我會將你的個資加入人事檔案中。

➲ 出題重點 insert core 插入心

in·struct [ɪnˋstrʌkt] 動 指導、命令

例 The manager **instructed** the new clerk.
經理指導新員工。

➲ 出題重點 instruct sb. to do sth. 教導某人做某事

in·ter·pre·ta·tion [ɪn͵tɝprɪˋteʃən] 名 解釋、口譯

例 Everyone has their own **interpretation** for music.
每個人對音樂都有自己的詮釋。

in·ter·pret·er [ɪnˋtɝprɪtɚ] 名 口譯人員

例 A professional **interpreter** can make a fortune.
專業口譯員可以賺很多錢。

➲ 出題重點 a professional interpreter 專業的口譯員

in·ter·rup·tion [͵ɪntəˋrʌpʃən] 名 中斷、打斷

例 The super star would not tolerant any **interruption** during his meditation.
那位巨星不能忍受在冥想時受打擾。

in·volve [ɪnˋvɑlv] 動 捲入、牽涉

例 Jacky **involved** in an international scandal.
Jacky牽涉一件國際醜聞。

➲ 出題重點 involve in… 牽涉、捲入……

in·quir·y [ɪnˋkwaɪrɪ] 名 質詢、調查

例 The suspect answered policemen's **inquiries** with trembled voice.
嫌疑犯以顫抖的聲音回答警員的質詢。

➲ 出題重點 answer sb.'s inquiries 回答某人的質詢
bear inquiry 經得起追查（常用於否定句）

in·ter·na·tion·al [͵ɪntɚˋnæʃənḷ] 形 國際的

例 Jay Chou is an **international** entertainer.
周傑倫是國際表演者。

in·ves·ti·ga·tion [ɪn͵vɛstəˋgeʃən] 名 調查、研究

例 We will cooperate with your **investigation**.
我們會配合調查。

➲ 出題重點 investigation bereau 調查局

in·ves·ti·gate [ɪnˋvɛstə͵get] 動 調查、研究

例 The detective **investigated** in several peculiar cases.
偵探調查過許多古怪的案件。

is·sue [ˋɪʃu] 名 發行、爭論點 動 發行、出版

例 A new policy was **issued** yesterday.
昨天發布一個新政策。

➲ 出題重點 environmental issues 環境議題

jour·nal [ˋdʒɝnl̩] 名 日報、期刊、日誌

例 I read TESOL **journals**.
我閱讀英語教學期刊。

jour·nal·ism [ˋdʒɝnl̩ˌɪzəm] 名 新聞業、報章雜誌

例 **Journalism** is flourishing in 21st century.
新聞業在21世紀蓬勃發展。

➲ 出題重點 Department of Journalism 新聞學系

Ll

law [lɔ] 名 法律、法則 動 對……起訴、控告

例 Every citizen should obey the **law**.
每位公民都應該遵守法律。

➲ 出題重點 break the law 觸犯法律

lei·sure [ˋliʒɚ] 名 閒暇、休閒

例 I play goif in my **leisure** time.
我閒暇時後打高爾夫球。

➲ 出題重點 leisure center 娛樂中心

li·a·bil·i·ty [ˌlaɪəˋbɪlətɪ] 名 責任、傾向

例 Education is citizen's **liability**.
教育是公民職責。

li·a·ble [ˋlaɪəbl̩] 形 有責任的、易……的

例 The old building is **liable** to collapse.
那棟舊建築快塌了。

lib·er·a·tion [ˌlɪbəˋreʃən] 名 解放

例 The family celebrated his **liberation**.
全家歡慶他被解放。

➲ 出題重點 thorough liberation 徹底解放
on one's liberation 某人被釋放時

lib·er·ty [ˋlɪbɚtɪ] 名 自由、自主

例 Councilors shouldn't abuse the **liberty** of speech.
議員不該濫用言論自由權。

➲ 出題重點 liberty of speech 言論自由

lit·er·al [ˋlɪtərəl] 形 照字面的

例 Simple sentences could have **literal** translations.
簡單的句子能逐字翻譯。

➲ 出題重點 a literal translation 逐字翻譯

lit·er·al·ly [ˋlɪtərəlɪ] 副 照字面地、真正地

例 I **literally** blew up the case.
我真的毀了那個任務。

mat·ter [ˋmætɚ] 名 事件、問題、物質 動 有關係、要緊

例 Gender doesn't **matter** when it comes to love.
愛與性別無關。

➲ 出題重點 as a matter of fact 事實上
it's no matter that… ……無關緊要

me·di·a [ˋmidɪə] 名 媒體

例 Public opinion is affected by mass **media**.
大眾意見被媒體影響。

➲ 出題重點 mass media 大眾傳播媒體

me·di·um [ˋmidɪəm] 名 媒介、工具 形 中等的

例 Internet is a useful **medium** to get information.
網路是收集資訊的有用工具。

men·tion [ˋmɛnʃən] 名 提及 動 說起

例 Now you've **mentioned**. Where is the money?
既然你提起了。錢在哪？

➲ 出題重點 mention of… 提及……

mi·nor·i·ty [maɪˋnɔrətɪ] 名 少數、少數民族

例 We shouldn't ignore the voice of the **minority**.
我們不能漠視少數人的聲音。

➲ 出題重點 minority problem 少數民族問題

mir·a·cle [ˋmɪrəkḷ] 名 奇蹟、奇事

例 We need a **miracle** to get through the matter.
我們需要奇蹟來度過。

➲ 出題重點 do the miracle 創造奇蹟

mo·men·tar·y [ˋmomən͵tɛrɪ] 形 瞬間的、短暫的

例 I felt a **momentary** blackout when stood up.
我站起來的時候，眼前忽然一片黑暗。

mod·ern [ˋmɑdɚn] 名 現代人 形 現代化的、現代的

例 There are various forms of **modern** art.
現代藝術有許多形式。

month·ly [ˋmʌnθlɪ] 名 月刊 形 每月的 副 每月一次

例 I've subscribed a **monthly** science journal.
我訂了科學月刊。

➲ 出題重點 monthly expenses 月支

mu·nic·i·pal [mjuˋnɪsəpḷ] 形 市政的、地方性的

例 **Municipal** swimming pool is open to everyone.
市立游泳池開放給所有人。

➲ 出題重點 a municipal library 國立圖書館

mu·tu·al [ˋmjutʃuəl] 形 共有的、互相的

例 Clown fish has constructed a **mutual** relationship with coral.
小丑魚和珊瑚建立共生關係。

➲ 出題重點 mutual benefit 互惠、互利

mul·ti·na·tion·al [͵mʌltɪˋnæʃənḷ] 名 跨國公司 形 跨國公司的

例 Mos burger is a **multinational** fast food store.
摩斯漢堡是跨國速食店。

Nn

neg·a·tive [ˋnɛgətɪv] 形 否定的、負面的

例 Simon's attitude toward marriage is **negative**.
Simon對婚姻保持否定看法。

net·work [ˋnɛt͵wɝk] 名 網、網狀組織

例 The college has formed a Autism support **network**.
該大學已經建構了自閉症支持網絡組織。

neu·tral [ˋnjutrəl] 名 中立者、中立國 形 中立的、中性的

例 I'll remain **neutral** between your relationship.
我在你們的關係中保持中立。

➲ 出題重點 remain neutral 保持中立

news [njuz] 名 新聞、消息

例 Catherine told me the **news** of my lost brother.
Catherine告訴我我失蹤弟弟的消息。

➲ 出題重點 good news 好消息　that's news to sb. 某人還不知曉
break the news to sb. 委婉的把壞消息轉告某人

no·ti·fy [ˋnotə͵faɪ] 動 通知、告知

例 I'll **notify** you the outcome.
我會通知你結果。

➲ 出題重點 notify party （提單）被通知人、受貨人

nom·i·nate [ˋnɑmə͵net] 動 提名、推薦

例 Patrick was **nominated** best actor of the year.
Patrick被提名今年最佳演員。

➲ 出題重點 nominated as 被提名為……

o·rig·i·nal [əˋrɪdʒənl] 名 原文、原稿 形 原始的、最初的

例 The **original** concept is to make an intelligent talk show.
最初的構想是機智的訪談節目。

➲ 出題重點 original copy 正本、原本

o·ver·turn [ˋovɚ͵tɝn] 名 滅亡、推翻
[͵ovɚˋtɝn] 動 推翻、顛倒

例 The angry people **overturned** the tyrant.
憤怒的人民推翻暴君。

➲ 出題重點 overturn the regime 推翻政權

o·ver·whelm·ing [͵ovɚˋhwɛlmɪŋ] 形 壓倒性的、無法抵抗的

例 Cathy's speech was **overwhelming**.
Cathy的演講風靡全場。

ob·jec·tion [əbˋdʒɛkʃən] 名 反對、異議

例 The boss's **objection** forced us to abandon the plan.
老闆的異議讓我們不得不放棄該項計畫。

➲ 出題重點 have an objection to doing sth 反對做某事

ob·jec·tive [əbˋdʒɛktɪv] 名 目標 形 真實的、客觀的

例 Teachers have teaching **objectives** every lesson.
老師每節課都有教學目標。

➲ 出題重點 objective truth 客觀事實

on·line [ɑnˋlaɪn] 形 線上的、連線的

例 League of Legends is a famous **online** game.
英雄聯盟是個有名的線上遊戲。

out·come [ˋaʊtˏkʌm] 名 結果

例 Waiting for the **outcome** is torturing.
等待結果真是煎熬。

out·line [ˋaʊtˏlaɪn] 名 輪廓、外形 動 概述、列提綱

例 Attendants have to guess from the **outlines** of the objects' shadow.
參與者必須從物品影子的輪廓猜測。

➲ 出題重點 clear outline 清楚的輪廓

Pp

pale [pel] 動 變蒼白、失色 形 蒼白的、暗淡的

例 Her face turned **pale** after hearing the accident.
聽到那個意外，她的臉變蒼白。

➲ 出題重點 make pale by comparison 相形見絀

pan·ic [ˋpænɪk] 名 恐慌 形 驚慌的

例 Everyone went **panic** by the alarm.
每個人都因警鈴而恐慌。

➲ 出題重點 financial panic 金融大恐慌

paper·work [ˋpepɚˏwɝk] 名 文書工作

例 My secretary does most of the **paperwork** for me.
我祕書幫我做完大部分的文書工作。

pas·sive [ˋpæsɪv] 形 被動的

例 Learning shouldn't be **passive**.
學習不該是被動的。

pas·time [ˋpæs͵taɪm] 名 娛樂、消遣

例 How do you spend your **pastime**?
你做什麼消遣？

pe·cu·liar [pɪˋkjuljɚ] 形 奇異的、特有的

例 A **peculiar** guy followed me to the office.
有個怪人跟蹤我到公司。

➲ 出題重點 be peculiar to… 是……所特有的

pe·ri·od·i·cal [͵pɪrɪˋɑdɪkḷ] 名 期刊

例 My university published a science **periodical**.
我的大學出版了科學期刊。

pi·o·neer [͵paɪəˋnɪr] 名 先驅、創使人 動 初創、創始

例 Bill Gates is a **pioneer** in software industry.
Bill Gates是軟體界的先鋒。

➲ 出題重點 pioneer product 新產品

plot [plɑt] 名 情節、密謀 動 密謀

例 The story **plot** of Harry Potter was extraordinary.
Harry Potter的故事情節很離奇。

➲ 出題重點 plot out 劃分

pop·u·lar [ˋpɑpjələ] 形 流行的、受歡迎的

例 LOHAS is a **popular** lifestyle.
樂活是個流行的生活型態。

➲ 出題重點 in popular 流行中

pop·u·lar·i·ty [͵pɑpjəˋlærətɪ] 名 流行、聲望

例 The female singer gained **popularity** by scandals.
那個女歌手因為醜聞獲得名聲。

por·tray [porˋtre] 動 描繪、扮演

例 Emma Rowling vividly **portrayed** Hermione Granger in Harry Potter.
Emma在Harry Potter中生動地飾演妙麗一角。

pos·i·tive [ˋpɑzətɪv] 名 確實、正數 形 無疑的、積極的

例 Grandpa's condition is **positive**.
爺爺的情況很樂觀。

pose [poz] 名 姿勢 動 提出、作姿勢

例 I'm so excited that the band members are **posing** for my magazine.
我好興奮那個樂團的成員接受替我的雜誌拍攝。

➲ 出題重點 pose a problem 提出問題

pov·er·ty [ˋpavətɪ] 名 貧窮、缺乏

例 Poverty strikes the country.
貧困打擊這個城市。

➲ 出題重點 poverty of thought 思想貧乏

pres·ent [ˋprɛznt] 名 禮物、現在 形 現在的、到場的

例 Santa Claus gives presents to good kids.
聖誕老人給好孩子禮物。

➲ 出題重點 at present 目前

pre·ced·ing [priˋsidɪŋ] 形 在前的、前述的

例 The author gave a detailed description in the preceding chapter.
作家在前一章做了詳細的描述。

pre·oc·cu·pied [priˋɑkjə͵paɪd] 形 被先佔的、全神貫注的

例 I'm preoccupied with a complete stranger.
我的心思被那個陌生人佔據。

pre·serve [prɪˋzɝv] 動 保持、保護

例 We should do more to preserve wild animals.
我們必須做更多來保護野生動物。

➲ 出題重點 preserve…from 保存……以免

pres·sure [ˋprɛʃɚ] 名 壓力 動 施以壓力

例 The manager was under a lot of pressure.
經理壓力很大。

➲ 出題重點 under pressure 在壓力下

press [prɛs] 名 出版社 動 壓、按

例 Press the red button when emergency.
緊急時按下紅色按鈕。

➲ 出題重點 press on 強加於

pro·found [prəˋfaʊnd] 形 淵博的、深奧的

例 The old man has profound knowledge about the tribe's history.
老人對部落的歷史有淵博的知識。

➲ 出題重點 a man of profound learning 學識淵博的人

pro·gram [ˋprogræm] 名 節目、計畫

例 I like the new TV program.
我喜歡那個新節目。

pro·gres·sive [prəˋgrɛsɪv] 名 改革論者 形 前進的、進步的

例 Never own a house is a progressive thinking.
絕不打算買房是個新潮的想法。

➲ 出題重點 progressive party 改革派

pro·hi·bi·tion [ˌproəˋbɪʃən] 名 禁止、禁令

例 Many countries have import **prohibition** to protect local business.
許多國家用進口限制保護本國產業。

➲ 出題重點 import prohibition 禁止進口

pro·hi·bit [proˋhɪbɪt] 動 禁止、阻止

例 Drinking was **prohibited** here.
這裡禁止喝酒。

➲ 出題重點 frohibit sb. from doing sth. 阻止某人做某事

pro·tect [prəˋtɛkt] 動 保護

例 The roof **protects** us from the rain.
屋頂保護我們免於雨淋。

➲ 出題重點 protect from… 保護使免於……

prob·a·bil·i·ty [ˌprabəˋbɪlətɪ] 名 可能性

例 I wouldn't deny the **probability** to marry him.
我不否定嫁給他的可能性。

prom·i·nent [ˋprɑmənənt] 形 卓越的、突出的

例 Anthony is a **prominent** singer.
Anthony是個傑出的歌手。

➲ 出題重點 prominent success 優異成績

pub·li·ca·tion [ˌpʌblɪˋkeʃən] 名 出版物、出版、發行

例 Our company deals with book **publications**.
本公司處理書籍出版事宜。

➲ 出題重點 publication date 出版日期

pub·lic·i·ty [pʌbˋlɪsətɪ] 名 公開

例 Korean pop-singers gain **publicity** through the Internet.
韓國歌手經由網路受矚目。

pub·lish [ˋpʌblɪʃ] 動 出版、發表

例 J. K. Rolling **published** a book series and gained a fortune.
J.K. Rolling出版系列書並獲利良多。

Qq

qual·i·fi·ca·tion [ˌkwaləfəˋkeʃən] 名 資格、條件

例 I have various **qualifications**.
我有很多證書。

➲ 出題重點 without qualification 無條件地、無保留地

qual·i·fied [ˋkwɑləˏfaɪd] 形 合格的、勝任的

例 My score is qualified for this job.
我的成績符合這個工作。

➲ 出題重點 a qualified psychiatrist 合格的精神醫師

qual·i·fy [ˋkwɑləˏfaɪ] 動 （使）具有資格、證明合格

例 Dr. Wang isn't a qualified doctor.
Dr. Wang是不合格的醫師。

quar·ter·ly [ˋkwɔrtəlɪ] 名 季刊 形 一年四次的、每季的 副 每季地

例 My family flies to Bali quarterly.
我們家每季都飛去峇里島。

ques·tion·naire [ˏkwɛstʃənˋɛr] 名 調查問卷

例 Please fill in this questionnaire.
請填這份問卷。

➲ 出題重點 fill out a questionnaire 填寫問卷

quo·ta·tion [kwoˋteʃən] 名 引用語、報價單

例 You have to use quotation marks when citing.
引用要加冒號。

Rr

rad·i·cal [ˋrædɪkḷ] 形 根本的、激進的

例 The reporter expressed his radical views on TV.
記者在節目上表達激進的觀點。

➲ 出題重點 radical views 激進的觀點

ramp [ræmp] 名 斜坡 動 暴怒、亂衝

例 You'll see the restroom down he ramp.
斜坡下面就看得到洗手間了。

re·cruit [rɪˋkrut] 動 徵募、補充

例 My brother was recruited.
我弟弟被徵召。

➲ 出題重點 be recruited from… 從……僱來的

re·lease [rɪˋlis] 名 釋放、發佈 動 釋放、發表

例 News on presidential election was released last night.
昨晚發佈了一則關於總統選舉的新聞。

➲ 出題重點 release from 解除、豁免

re·port [rɪˋport] 名 報導、記錄 動 報告

例 Sally has to report her findings to her boss.
Sally必須將她的發現報告給老闆。

➲ 出題重點 make a report of 作報告　by report 據報導
report sth./sb to sb. 舉報、告發

re·port·er [rɪˋportɚ] 名 記者、通訊員

例 Reporters should stay neutral when broadcasting.
記者播報時要保持中立。

re·vise [rɪˋvaɪz] 動 修訂、校訂

例 My English teacher asked me to revise my composition.
我的英文老師要我校對作文。

re·frain [rɪˋfren] 名 重複、疊句 動 節制、戒除

例 I should refrain my spending.
我需要節制花費。

re·proach [rɪˋprotʃ] 動 譴責

例 Steven casted a reproaching look towards me.
Steven對我投以譴責的眼神。

rea·son·a·ble [ˋriznəbl] 形 合理的、適度的

例 20,000 is a reasonable prize for a fur coat.
兩萬元是皮草大衣的合理價錢。

reg·is·tered [ˋrɛdʒɪstɚd] 形 掛號的、登記的

例 I've sent a registered mail to your company.
我已經寄掛號信到你們公司了。

rep·u·ta·tion [ˏrɛpjəˋteʃən] 名 名譽、名氣

例 Jack the Ripper has a bad reputation.
開膛手傑克名聲很糟。

➲ 出題重點 have a reputation for... 因……而有名

role [rol] 名 角色、作用

例 I tried to play my roles.
我試著扮演好自己的角色。

➲ 出題重點 rock and roll 搖滾樂　call the roll 點名　roll back 卷起

ru·mor [ˋrumɚ] 名 謠傳

例 Rumor has it that Jean got married at the age of 17.
謠傳Jean 17歲就結婚了。

Ss

scope [skop] 名 眼界、範圍

例 I've learned to see things from a different **scope**.
我學會以不同的觀點看事情。

sig·na·ture [ˋsɪgnətʃɚ] 名 簽名、簽字

例 This is a fraud **signature**.
這是假冒的簽名。

sim·i·lar [ˋsɪmələ] 形 相似的、同類的

例 My friends and I have **similar** tastes.
我跟我朋友品味相似。

➲ 出題重點 be similar to sb 對某人來說很熟悉

snap [snæp] 動 快照、猛地抓住、突然斷裂

例 Dead twigs can be **snapped** off easily.
枯樹枝可以輕易被折斷。

➲ 出題重點 snap at 抓住

source [sors] 名 起源

例 I wonder what's the **source** of Mary's information.
我好奇Mary訊息的來源是哪裡。

spell [spɛl] 名 符咒、一段時間、輪班 動 拼寫、費力讀懂

例 Justin Bieber cast a **spell** on teenage girls.
Justin Bieber對少女施展魔咒。

➲ 出題重點 spell out 拼出來　spell over 考慮

spread [sprɛd] 名 傳播、蔓延 動 攤開、散佈

例 The death of the wise man **spread** in no time.
那睿智之人的死訊快速傳開。

➲ 出題重點 spread about 分散

stan·dard [ˋstændɚd] 名 標準、規範

例 Your performance is up to the **standard**. I'm so proud.
你超乎標準的表現讓我驕傲。

➲ 出題重點 up to the standard 達到標準

stir [stɝ] 名 騷動、監牢 動 移動、激起

例 The witch **stirred** queer elements in the pot.
巫婆在鍋裡攪著奇怪的東西。

➲ 出題重點 stir up 激起、鼓動、煽動

su·per·fi·cial [ˋsupɚˋfɪʃəl] 形 表面的、淺薄的

例 Jimmy is such a superficial guy.
Jimmy真是個膚淺的男人。

➲ 出題重點 superficial wound 表皮傷口

sup·port [səˋport] 名 支持 動 支持、供養

例 Fans around the globe claim they will support Twilight whatsoever.
世界各地的粉絲表明無論如何都支持暮光之城。

➲ 出題重點 in support of 支持、支援

sup·pose [səˋpoz] 動 認為應該、假定

例 Children are supposed to obey their parents.
小孩應該聽從父母的。

➲ 出題重點 be supposed to… 應該、有……義務

sup·press·ion [səˋprɛʃən] 名 鎮壓、抑制

例 The suppression of the riot caused several deaths.
鎮壓暴動造成數名人員死亡。

tan·gle [ˋtæŋg!] 名 混亂狀態 動 處於混亂狀態、使糾結

例 Actors and actresses' relationships tangled.
男女演員的感情糾結在一起。

➲ 出題重點 tangles of wire 糾結在一起的電線

touch [tʌtʃ] 名 觸覺、手感 動 接觸、觸摸

例 Don't touch me with your dirty hands.
別用你的髒手碰我。

➲ 出題重點 keep in touch with… 與……保持聯繫
touch on 提起、談到

trag·e·dy [ˋtrædʒədɪ] 名 悲劇、慘案

例 English majors all read Shakespeare's tragedies.
主修英文的人都讀過莎士比亞的悲劇。

➲ 出題重點 in the midst of tragedy 處於悲劇中

tran·si·tion·al [trænˋzɪʃən!] 形 變遷的、過渡期的

例 We are under a transitional phase.
我們正在過渡階段。

tre·men·dous [trɪˋmɛndəs] 形 可怕的、極大的

例 I've went through **tremendous** pain because of the car accident.
我因為那場車禍經歷可怕的痛苦。

trend [trɛnd] 名 潮流、趨勢

例 Padded shoulders are back in **trend**.
墊肩重新開始流行。

ul·ti·mate [ˋʌltəmɪt] 形 最終的、終極的

例 My **ultimate** goal is world peace.
世界和平是我的終極目標。

➲ 出題重點 an ultimate truth 根本的事實

un·rea·son·a·ble [ʌnˋriznəbl] 形 不講道理的、不合理的

例 Jessica bought the dress at an **unreasonable** prize.
Jessica以不合理的價格買了那件洋裝。

ur·gent·ly [ˋɝdʒəntlɪ] 副 迫切地、急切地

例 Miss Lin **urgently** needs to come up with new ideas.
林小姐急需想出新點子。

vain [ven] 形 徒然的、無效的、自負的

例 I tried to tell him out of it but in **vain**.
我試著叫他退出但沒用。

➲ 出題重點 in vain 徒然

van·ish [ˋvænɪʃ] 動 消散、消失

例 The magician **vanished** before my nose.
那個魔術師在我眼下消失。

➲ 出題重點 vanish away 消失

vi·su·al [ˋvɪʒuəl] 形 視覺的、形象的

例 Teacher used lots of **visual** aids to draw students' attention.
老師利用教具吸引學生注意。

➲ 出題重點 visual broadcast 電視廣播

vi·o·la·tion [ˌvaɪəˋleʃən] 名 違反、違背

例 Drinking is a **violation** of school regulation.
喝酒違反校規。

wide·spread [ˋwaɪdˋsprɛd] 形 廣布的、普遍的

例 There is a **widespread** belief that 2012 is the Last Judgment.
很多人認為2012是世界末日。

➲ 出題重點 widespread news 眾所皆知的消息

wit·ness [ˋwɪtnɪs] 名 證據、目擊者 動 目擊、作證

例 I **witnessed** an accident on my way home.
我回家的途中目擊意外。

➲ 出題重點 eyewitness 目擊證人

wor·thy [ˋwɝðɪ] 名 傑出人物、知名人士 形 有價值的、可敬的

例 Michael Jackson is **worthy** of such a grand treatment.
Michael Jackson值得這樣盛大的對待。

➲ 出題重點 a worthy man 可敬的男人

PART 10

教育學習

Part 10 音檔雲端連結

因各家手機系統不同，若無法直接掃描，
仍可以至以下電腦雲端連結下載收聽。
（https://tinyurl.com/mrhuwtz7）

a·li·en [ˋelɪən] 形 不相同的、國外的

例 Illegal aliens live a hard life.
非法居民生活刻苦。

➲ 出題重點 alien invasion 外星人入侵　illegal alien 非法居民

a·live [əˋlaɪv] 形 活的

例 The illustration came alive under her exquisite drawing skill.
插畫在她精湛的繪畫技巧下活躍起來。

➲ 出題重點 come alive 活躍起來、警覺起來

a·part [əˋpɑrt] 副 分散地、拆開、與眾不同地

例 Promise me we'll never be apart.
承諾絕不離開我。

➲ 出題重點 apart from... 除開、除……之外

ab·sorb [əbˋsɔrb] 動 吸收、專注

例 Children absorb new information quickly.
小孩很快吸收新訊息。

➲ 出題重點 be absorbed in... 專心於……

ab·stract [ˋæbstrækt] 名 摘要、概要、抽象 [æbˋstrækt] 動 摘要、提煉、抽象化 [ˋæbstrækt] 形 抽象的、深奧的、理論的

例 Read the abstract first.
先讀摘要。

➲ 出題重點 abstract art 抽象派、抽象藝術

ab·surd [əbˋsɝd] 形 荒謬的、可笑的

例 Stop talking about your absurd plans.
別再講那些荒謬的計畫了。

➲ 出題重點 absurd notion 荒謬的想法

ac·a·dem·ic [͵ækəˋdɛmɪk] 形 學術的、學校的

例 My family values children's academic performance.
我們家重視小孩的學術表現。

➲ 出題重點 an academic degree 學位

ad·mis·sion [ədˋmɪʃən] 名 入學許可、准入、入場費

例 Florence got the admission to UCLA.
Florence得到加州大學的入學許可。

➲ 出題重點 admission ticket 入場券

ag·ri·cul·tur·al [ˌægrɪˋkʌltʃərəl] 形 農業的

例 **Agricultural** machinery is widely used since there isn't enough manpower.
農用機器被廣泛使用因為人力資源不足。

➲ 出題重點 agricultural fair 農產展

an·ces·tor [ˋænsɛstɚ] 名 祖先

例 My **ancestors** were from Mainland China.
我的祖先來自中國大陸。

➲ 出題重點 remote ancestor 遠祖

apt [æpt] 形 易於……的、有……傾向的

例 William is **apt** to being aggressive.
William很容易被挑釁。

➲ 出題重點 apt description 貼切的形容

ar·chi·tec·ture [ˋɑrkəˌtɛktʃɚ] 名 建築、建築學、體系機構

例 Casper wants to study in **architecture**.
Casper想讀建築。

ar·chi·tect [ˋɑrkəˌtɛkt] 名 建築師

例 Renzo Piano is a famous Italian **architect**.
Renzo Piano是有名的義大利建築師。

A
B

ar·ti·cle [ˋɑrtɪkḷ] 名 物品、文章、條款、冠詞

例 Don't forget to add **articles** before singular nouns.
別忘了在單數名詞前加冠詞。

➲ 出題重點 grilled octopus 烤章魚

ar·tic·u·late [ɑrˋtɪkjəlet] 動 用關節連接、清晰明白地說 [ɑrˋtɪkjəlɪt] 形 有關節的、發音清晰的

例 **Articulate** speech is important if your work involves talking in public.
如果你的工作內容需要公開演說，口齒清晰是必要的。

➲ 出題重點 articulate precisely 準確地發音

as·sign·ment [əˋsaɪnmənt] 名 任務、作業

例 This **assignment** is a team work.
這次的作業需小組合作。

➲ 出題重點 plum assignment 好差事

at·mo·sphere [ˋætməsˌfɪr] 名 大氣、氣氛

例 The **atmosphere** is weird when I entered the room.
我進房的時候氣氛很詭譎。

at·ten·tion [ə`tɛnʃən] 名 注意、專注

例 Attention, please.
請注意。

➲ 出題重點 pay attention to 注意到

at·ten·tive [ə`tɛntɪv] 形 注意的、專心的、留意的

例 Sherry is an attentive hostess.
Sherry是個貼心的主持人。

at·tend [ə`tɛnd] 動 出席、照顧

例 The singer attended the awarding ceremony despite the rumor.
那位歌手不顧流言仍舊出席了頒獎典禮。

at·ti·tude [`ætə͵tjud] 名 態度

例 I care more about your attitude than your performance.
比起你的表現，我更看重態度。

➲ 出題重點 attitude to / about / toward 對……的態度
strike an attitude 裝模作樣

Bb

ba·sic [`besɪk] 名 基本、要素、基礎、【計】BASIC 語言、基本高階語言 形 基本的、鹼性的

例 These are the basic dance steps of salsa.
這是騷莎舞的基本舞步。

➲ 出題重點 basic language 基礎語言

bare·ly [`bɛrlɪ] 副 僅僅、幾乎沒有

例 Mandy barely ate her dinner.
Mandy幾乎沒吃晚餐。

➲ 出題重點 be barely of age 剛成年

base [bes] 名 底部、基礎、基地

例 This vessel has a metal base.
這花瓶有個金屬底。

➲ 出題重點 bass guitar 低音吉他

bi·og·ra·phy [baɪ`ɑgrəfɪ] 名 傳記

例 Steve Jobs' biography sold well after his death.
Steve Jobs的傳記在他死後暢銷。

➲ 出題重點 write biography 立傳

board [bord] 動 寄膳

例 Help me load the cargos on board.
幫我把貨物載到船上。

➲ 出題重點 on board 到船上、在船上

board·ing [ˋbordɪŋ] 名 寄膳、【總稱】木板

例 Sam has studied at boarding school since he was 7.
Sam從7歲就在寄宿學校讀書。

brush [brʌʃ] 名 刷子、毛刷、畫 動 刷、撣

例 Don't forget to brush your teeth before going to bed.
睡前別忘了刷牙。

➲ 出題重點 brush away 刷去

cen·tu·ry [ˋsɛntʃərɪ] 名 世紀

例 I-cloud is an innovative invention in 21st century.
雲端科技是21世紀的創新發明。

cer·tif·i·cate [səˋtɪfəkɪt] 名 證書

例 I got my graduation certificate yesterday.
我昨天拿到畢業證書。

➲ 出題重點 graduation certificate 畢業證書

chap·ter [ˋtʃæptə] 名 篇章

例 You can find the information you need in chapter two.
你可以在第二章找到你要的資訊。

➲ 出題重點 chapter and verse 確切的依據

ci·ta·tion [saɪˋteʃən] 名 引用

例 This course teaches how to make citation.
這門課教導如何引用。

cite [saɪt] 動 舉出、引證

例 Would you cite a case to support your saying?
你可以舉出例證來支援你的論點嗎？

civ·i·li·za·tion [ˏsɪvl̩əˋzeʃən] 名 文明、教化

例 Civilization is overpraised. Primitive lifestyle has its attraction.
文明被高估了，原始生活形式有其吸引力。

➲ 出題重點 spiritual civilization 精神文明

civ·i·lized [ˋsɪvḷ͵aɪzd] 形 文明的、開化的

例 Promise you would act like a civilized person.
跟我保證你會舉止有禮。

clar·i·ty [ˋklærətɪ] 名 清楚、清晰、透明

例 Your essay is lack of clarity.
你的文章不夠清楚。

➲ 出題重點 the clarity of one's voice 某人清脆的嗓音

clas·si·fi·ca·tion [͵klæsəfəˋkeʃən] 名 分類、分級

例 Library has its own classification system.
圖書館有自己的分類系統。

➲ 出題重點 classification item 明細科目

clas·si·fy [ˋklæsə͵faɪ] 動 使分類、使列等

例 Classifying clothes will give you a neat wardrobe.
衣服分類能給你整齊的衣櫃。

com·po·si·tion [͵kɑmpəˋzɪʃən] 名 作文

例 My composition is praised by my teacher.
我的老師稱讚我的作文。

con·cept [ˋkɑnsɛpt] 名 觀念、概念

例 The concept is radical; I'm wondering if we can do it.
概念很激進，我不確定是否可以做到。

➲ 出題重點 concept art 概念藝術

con·cise [kənˋsaɪs] 形 簡明的、簡練的

例 Peter gave a concise report on the new project.
Peter針對新企畫作了簡明的報告。

➲ 出題重點 a concise report 簡明的報告

con·clu·sion [kənˋkluʒən] 名 斷定、結論

例 In conclusion, lots of marine animals are in critical state.
總結來說，許多海洋生物瀕臨危險。

con·crete [ˋkɑnkrit] 形 實在的、非抽象的、具體的

例 In some languages, concrete and abstract nouns get different articles.
某些語文的具體和抽象名詞有不同冠詞。

➲ 出題重點 concrete noun 具體名詞

con·struc·tion [kənˋstrʌkʃən] 名 建築、建築物、解釋、造句

例 The construction of Taipei101 is grand.
建造臺北101聲勢浩大。

➲ 出題重點 under construction 構架中

con·struct [kən`strʌkt] 動 構成、組合

例 It took decades to **construct** a pyramid.
建造金字塔得花數十年。

➲ 出題重點 construct sentence 造句

cor·rec·tion [kə`rɛkʃən] 名 改正、修正、糾正

例 Please make some **correction**.
請做些修正。

course [kors] 名 課程、過程、一道菜 動 運行、流動

例 Stella took a yoga **course** in college.
Stella大學時修了瑜珈課。

➲ 出題重點 in the course of... 在……過程中　of course 當然了

cul·tur·al [`kʌltʃərəl] 形 修養的、文化的

例 On the **cultural** aspect, Lady Gaga's outfit is expressing some ideas.
以文化層面來説，Lady Gaga的服裝表達了一些想法。

➲ 出題重點 Cultural Revolution 文化大革命

cul·ture [`kʌltʃɚ] 名 文化、文明

例 You should be prepared for **culture** shock when travelling.
旅行的時候要對文化衝擊做心理準備。

cur·ric·u·lum [kə`rɪkjələm] 名 課程

例 We'll have to stick to the **curriculum**.
我們要照表操課。

➲ 出題重點 extra curriculum 課外活動

de·bate [dɪ`bet] 名 辯論、討論 動 爭論、辯論

例 We had a **debate** on death penalty.
我們對死刑進行辯論。

➲ 出題重點 debate on... 對……爭論

de·fec·tive [dɪ`fɛktɪv] 名 有缺陷的人 形 有缺陷的、（智商或行為有）欠缺的

例 Though Monica is mentally **defective**, she is an outgoing girl.
儘管Monica心智不健全，她仍是個外向的女孩。

de·fect [dɪˋfɛkt] 名 缺點、缺陷

例 Lack of perseverance is his chief **defect**.
沒恆心是他主要的缺點。

➲ 出題重點 a physical defect 生理缺陷

de·fine [dɪˋfaɪn] 動 下定義、闡釋

例 **Define** happiness in your own words.
用你自己的話定義快樂。

➲ 出題重點 define separately 另行定義

de·gree [dɪˋgri] 名 學位、階段、程度

例 Johnny got his bachelor **degree** at the age of 17.
Johnny 17 歲就拿到學士學位了。

➲ 出題重點 to a degree 非常（到達某一種程度）

de·rive [dəˋraɪv] 動 得自、起源

例 Dragon-boat festival **derived** from honoring toward a loyal courtier.
端午節源自對一位忠臣的敬意。

➲ 出題重點 derive from... 源自……

de·scen·dant [dɪˋsɛndənt] 名 子孫、後裔

例 The **descendant** of Confucius gave a speech on the double-tenth festival.
孔子的後裔在雙十節發表了演說。

➲ 出題重點 a remote descendant 隔了許多帶的後裔

de·scent [dɪˋsɛnt] 名 降下、世系、侵襲

例 People gathered to watch the **descent** of the hot balloon.
人們聚集看熱氣球下降。

➲ 出題重點 by descent 祖籍為

de·scribe [dɪˋskraɪb] 動 描寫、敍述

例 Could you **describe** your mother-in-law in one word?
你可以用一個字形容你丈母娘嗎？

➲ 出題重點 describe A as B 把A描繪成B

dec·ade [ˋdɛked] 名 十年

例 It took **decades** to accomplish such a work.
完成這樣的作品得花數十年。

➲ 出題重點 counter decade 十進位計數器

dec·la·ra·tion [͵dɛkləˋreʃən] 名 宣佈、申報、聲明

例 The biologist made a **declaration** of new species he found.
生物學家宣佈發現的新物種。

➲ 出題重點 make a declaration 宣告　custom declaration　海關申報表

def·i·ni·tion [ˌdɛfəˋnɪʃən] 名 定義、解説、清晰度

例 Look up the **definition** of "deja vu" in the dictionary.
用字典裡找「似曾相似」的意思。

depth [dɛpθ] 名 深度、深奧、深刻

例 The swimming pool is 200 meter in **depth**.
泳池有200公尺深。

➲ 出題重點 in depth 深入地

di·plo·ma [dɪˋplomə] 名 文憑、畢業證書

例 Wendy doesn't have a college **diploma**, so she's not qualified.
Wendy沒有大學文憑，所以不符資格。

➲ 出題重點 diploma work 畢業論文

dic·ta·tion [dɪkˋteʃən] 名 聽寫、口述

例 All levels of **dictation** tests are available in this website.
這網站有所有程度的英文聽寫測驗。

➲ 出題重點 take dictation of… 聽寫……

dic·tate [ˋdɪktet] 名 命令、要求 動 口述

例 The old professor **dictated** his essay to an undergraduate.
老教授口述論文給一位大學生。

dor·mi·to·ry [ˋdɔrməˌtorɪ] 名 寢室、宿舍

例 I enjoy living in the **dormitory**.
我喜歡住在宿舍。

Ee

e·ra [ˋɪrə] 名 時代、紀元

例 My son's biggest dream is visiting the **era** of dinosaur.
我兒子最大的夢想是拜訪恐龍時代。

➲ 出題重點 christian era 西元

ed·u·ca·tion [ˌɛdʒəˋkeʃən] 名 教育、訓練

例 My parents make sure I get good **education**.
我父母確保我有良好的教育。

➲ 出題重點 receive education 接受教育

ed·u·ca·tion·al [ˌɛdʒuˋkeʃənḷ] 形 教育的、教育性的

例 I work in an **educational** institution.
我在教育機構工作。

ed·u·cate [ˋɛdʒəˏket] 動 教育

例 I educate my children to be honesty.
我教我的小孩要正直。

➲ 出題重點 educate students 教育學生

el·e·men·ta·ry [ˏɛləˋmɛntərɪ] 形 初學的、基本的、初步的

例 My father and I went to the same elementary school.
我跟我爸讀同一間小學。

➲ 出題重點 elementary school 小學

el·e·vate [ˋɛləˏvet] 動 提高

例 Could you elevate the table? I need to clean the floor.
你可以把桌子抬起來嗎？我要清地板。

➲ 出題重點 to elevate mood 振奮情緒

es·say [ˋɛse] 名 企圖、散文、小品文 動 企圖、嘗試

例 We are told to write an essay on the political situation in Taiwan.
我們被要求撰寫一篇關於台灣政治情況的文章。

es·sence [ˋɛsn̩s] 名 本質

例 The essence of every relationship is impulse.
戀愛的本質是衝動。

➲ 出題重點 of the essence 不可或缺的、極重要的

eth·ics [ˋɛθɪks] 名 倫理、道德規範

例 Teaching is a profession that respects ethics.
教學是個重視倫理道德的職業。

➲ 出題重點 business ethics 商業道德

ex·am·ine [ɪgˋzæmɪn] 動 檢查、調查、考試

例 We are examining the functions of different cells.
我們在檢查不同細胞的功能。

➲ 出題重點 under examine 被檢查　examine sth 檢查某物
examine sb in/on sth. 測驗某人

ex·am·ple [ɪgˋzæmp!] 名 例子

例 Give me an example of successful marriage life.
舉一個婚姻生活成功的例子。

➲ 出題重點 set an example to 樹立榜樣
follow the example of 照……的樣子　for example 例如

ex·cel [ɪkˋsɛl] 動 勝過、優於

例 Mike excels James in all subjects.
Mike每科都比James優秀。

➲ 出題重點 excel in any sphere 擅長各種領域

ex·plo·ra·tion [ˌɛkspləˋreʃən] 名 探險、探勘

例 My uncle began an exploration for gold mine toward the south.
我叔叔到南部探勘金礦。

➲ 出題重點 underwater exploration 水底探險

ex·plore [ɪkˋsplor] 動 探險、探測

例 I love to explore the unknown places.
我熱愛探索未知地。

ex·plor·er [ɪkˋsplorɚ] 名 探險家

例 Marco Polo is a famous explorer.
Marco Polo是著名探險家。

Ff

fa·mil·iar·i·ty [fəˌmɪlɪˋærətɪ] 名 熟悉、精通、親密

例 Familiarity with at least three languages is required for the job.
這工作要求精通至少三種語言。

➲ 出題重點 Familiarity breeds contempt. 過份熟稔易滋侮謾之心（近廟欺神）（諺）

fab·u·lous [ˋfæbjələs] 形 寓言般的、難以置信的

例 My grandma's cooking is fabulous.
我外婆煮的菜超好吃。

➲ 出題重點 a fabulous vacation 非常愉快的假期

fac·ul·ty [ˋfækl̩tɪ] 名 才能、全體教員、學院科系

例 This university has a strong faculty.
這間大學職員陣容堅強。

fel·low [ˋfɛlo] 名 人、夥伴、朋友、伴侶 形 同伴的、同事的、同道的

例 Marian is an old fellow of mine.
Marian是我的老朋友。

fic·tion [ˋfɪkʃən] 名 小說、虛構的文學作品

例 I love to read fictions to kill time.
我喜歡讀小說殺時間。

flu·ent [ˋfluənt] 形 流利的、流暢的

例 I can speak fluent Mandarin.
我中文很流利。

➲ 出題重點 fluent English 流利的英語

Gg

gath·er [ˋgæðɚ] 動 收集、採集

例 Let's gather the empty cans in the park.
一起把公園裡的空罐收集起來。

➲ 出題重點 gather from... 從……推測、從……獲悉

glue [glu] 名 膠、膠水 動 膠合、黏貼、黏合

例 Glue the handout on your textbook.
把講義黏到課本上。

➲ 出題重點 glue up 封起來

grad·u·al [ˋgrædʒuəl] 形 逐漸的

例 Add the pigment in the water, and you'll see a gradual color change.
把顏料加到水裡，你會看到顏色逐漸改變。

➲ 出題重點 gradual development 逐步的發展

grad·u·ate [ˋgrædʒuˏet] 動 畢業、得到學位

例 I'll graduate this fall.
今年秋天我就畢業了。

➲ 出題重點 graduate from 畢業於…… graduate course 研究所課程

grade [gred] 名 成績、等級 動 使分級、使分類

例 Grades aren't the most important thing.
分數不是最重要的。

➲ 出題重點 first grade 一年級

harsh [hɑrʃ] 形 嚴厲的、苛刻的、粗糙的

例 You are too harsh on him.
你對他太嚴苛了。

➲ 出題重點 harsh treatment 苛待

her·i·tage [ˋhɛrətɪdʒ] 名 遺產

例 Fort San Domingo is a cultural heritage.
紅毛城是文化遺產。

his·to·ry [ˋhɪstrɪ] 名 歷史

例 We should learn from **history**.
我們應該學習歷史教訓。

➲ 出題重點 ancient history 古代史　make history 創造歷史
a long history 悠久的歷史

his·tor·i·cal [hɪsˋtɔrɪkḷ] 形 歷史上的

例 Steven is professional in **historical** research.
Steven專長史學研究。

his·tor·ic [hɪsˋtɔrɪk] 形 歷史上著名的、有歷史性的

例 The First Sino-Japanese War was a crucial **historic** battle.
清日甲午戰爭是個關鍵的歷史戰役。

➲ 出題重點 historic speech 歷史上有名的演說

hu·man [ˋhjumən] 名 人類 形 人的、有人性的

例 **Human** should care more about other species.
人類應該更加關懷其他物種。

➲ 出題重點 human beings 人、人們　human race 人類

hum·ble [ˋhʌmbḷ] 動 使……卑下、貶抑 形 卑下的、微賤的、謙遜的、粗陋的

例 Mr. Anderson is a **humble** person.
Anderson先生是個謙遜的人。

i·de·al [aɪˋdiəl] 名 理想 形 理想的

例 Describe your **ideal** husband.
形容一下你的理想丈夫。

➲ 出題重點 ideal humidity 理想濕度

i·mag·i·na·ble [ɪˋmædʒɪnəbḷ] 形 可想像的、可能的

例 The chaos at MRT station during New Year's Eve is imaginable.
新年前夕捷運站的混亂情形是可以想見的。

i·mag·i·nar·y [ɪˋmædʒəˏnɛrɪ] 形 假想的、想像的、虛構的

例 Do you have an **imaginary** friend when you were a child?
你小時候有想像的朋友嗎？

➲ 出題重點 imaginary number 虛數

i·mag·ine [ɪˋmædʒɪn] 動 想像、猜測

例 Imagine flying with wings.
想像用翅膀飛翔。

➲ 出題重點 imagine doing… 想像正在做……

ig·nor·ance [ˋɪgnərəns] 名 無知

例 Sometimes ignorance is more destructive.
有時無知的破壞力更大。

➲ 出題重點 be kept in ignorance 受人蒙蔽 in ignorance of 不知

ig·nore [ɪgˋnor] 動 不顧、疏忽、不理睬

例 Ignore what Jason said; he was drunk.
忘了Jason說過的話，他醉了。

➲ 出題重點 ignore doing sth 忽視做某事

il·lus·tra·tion [ɪˏləsˋtreʃən] 名 說明、例證、例子、圖表、插圖

例 You'll get a better idea from this illustration.
圖解會讓你更明白。

im·age [ˋɪmɪdʒ] 名 圖像、肖像、比喻、映射 動 想像、造……的像、反映、象徵

例 I can see Olivia's image on the screen.
我能在螢幕上看到Olivia的影像。

➲ 出題重點 inverted image in water 水中的倒影

in·dex [ˋɪndɛks] 名 索引、【數學】指數、指標 動 編入索引中、指出

例 Using the index can save you lots of time.
使用索引能省很多時間。

➲ 出題重點 thumb index 字母索引

in·di·cate [ˋɪndəˏket] 動 指出、指示

例 What are you indicating?
你的意思是？

in·di·ca·tion [ˏɪndəˋkeʃən] 名 指出、指示、跡象、暗示

例 Some can foretell weather change from indications.
有些人能靠跡象預測天氣。

➲ 出題重點 ground indication 接地指示

in·dis·pen·sa·ble [ˏɪndɪˋspɛnsəbḷ] 形 不可缺少的

例 I-phone became indispensable to more and more people.
I-phone對越來越多人來說是不可或缺的。

➲ 出題重點 indispensable quality 不可或缺的特質

in·duce [ɪn`djus] 動 導致

例 Nick's friends **induce** him to skip classes.
Nick的朋友誘導他蹺課。

in·spi·ra·tion [ˌɪnspə`reʃən] 名 靈感

例 I found **inspiration** from my everyday life.
我在日常生活中找到靈感。

in·spire [ɪn`spaɪr] 動 鼓舞、激發

例 The principal's speech **inspired** everyone.
校長的演講鼓舞了每個人。

➲ 出題重點 be inspired by… 被……激勵

in·stance [`ɪnstəns] 名 實例、建議、要求、情況、場合 動 舉……為例、獲得例證

例 I'll give you some **instances** to prove my point.
我會給你例子證明我的論點。

in·sti·tu·tion [ˌɪnstə`tjuʃən] 名 公共機構、協會、制度

例 People are dying to work in government **institutions** nowadays.
現代人擠破頭搶公職。

➲ 出題重點 support an institution 支助某一機構
a banking institution 金融機構

in·sti·tute [`ɪnstəˌtjut] 名 學會、學院、協會 動 創立、開始、制定、創辦

例 My cousin studies at the Massachusetts **Institute** of Technology.
我表弟在麻省理工學院讀書。

in·teg·ri·ty [ɪn`tɛgrətɪ] 名 正直、誠實、完整（性）

例 Nobody questioned the **integrity** of the policeman.
沒人質疑那位警員的誠信。

➲ 出題重點 in the integrity 完整、原封不動

in·tel·lect [`ɪntl̩ˌɛkt] 名 智力

例 My father is a man of **intellect**.
我爸才智過人。

➲ 出題重點 develop one's intellect 發展才智

in·tel·lec·tu·al [ˌɪntl̩`ɛktʃuəl] 形 智力的

例 Minesweeper is an **intellectual** game.
踩地雷是益智遊戲。

in·tel·li·gence [ɪn`tɛlədʒəns] 名 智力

例 Orangutan is an animal with high **intelligence**.
猩猩是聰明的動物。

➲ 出題重點 central intelligence agency 中央情報局（美國）

in·tel·li·gent [ɪn`tɛlədʒənt] 形 伶俐的、聰明的

例 David is an **intelligent** boy.
David是個伶俐的男孩。

in·ter·pret [ɪn`tɝprɪt] 動 解釋、闡明、口譯

例 The Korean singer hired someone to **interpret** for him.
那韓國名星雇人替他翻譯。

➲ 出題重點 interpret…as 把……理解為

know [no] 動 知道、瞭解、認識、熟悉、認出、分辨

例 Do you **know** how much I sacrificed for you?
你知道我為你犧牲了多少嗎？

➲ 出題重點 know well of sth. 對……很瞭解
it is well known that… 眾所皆知……
as you/we know 正如你們／我們知道的一樣

knowl·edge [`nɑlɪdʒ] 名 知識

例 "**Knowledge** is power" is a famous quotation by Bacon.
「知識就是力量」是Bacon的名言。

lack [læk] 名 缺乏 動 缺乏、沒有

例 **Lack** of strategy can get you fired.
缺乏策略可能害你被開除。

➲ 出題重點 lack of 缺乏 lack for 缺乏、不夠

lan·guage [`læŋgwɪdʒ] 名 語言

例 Jason showed **language** aptitude at a young age.
Jason很小就展現語言天分。

learn [lɝn] 動 學習

例 It's never too late to **learn**.
學習不嫌晚。

➲ 出題重點 learn of 瞭解、知道　learn sth from... 從……知道某事
learn from 學習

lec·ture [ˋlɛktʃɚ] 名 講課、正式演講 動 演講

例 My mother **lectured** me on coming home late.
我媽對我晚回家說教了一番。

➲ 出題重點 lecture hall 講堂、演講廳

leg·en·dar·y [ˋlɛdʒəndˏɛrɪ] 形 傳說中的、傳奇的

例 Beatles is a **legendary** music band.
Beatles是個傳奇樂團。

➲ 出題重點 a legendary hero 傳奇英雄

leg·end [ˋlɛdʒənd] 名 傳說、傳奇文學、圖例

例 Hou-yi is a hero of ancient Chinese **legend**.
Hou-yi是中國古老傳說的英雄。

➲ 出題重點 legend text 說明文字

lit·er·a·ture [ˋlɪtərətʃɚ] 名 文學、文藝、文獻

例 I enjoy **literature** classes.
我喜歡文學課。

➲ 出題重點 literature search 文獻調查、文獻研究

log·i·cal [ˋlɑdʒɪkl̩] 形 邏輯的、合乎邏輯推理的

例 Your point of view isn't **logical** at all.
你的看法一點都不合邏輯。

➲ 出題重點 according to logical order 按步就班
logical result 必然的結果

log·ic [ˋlɑdʒɪk] 名 邏輯、邏輯學、邏輯性

例 I don't know why people don't get my **logic**.
我不瞭解為什麼別人不懂我的邏輯。

➲ 出題重點 formal logic 形式邏輯學

ma·jor [ˋmedʒɚ] 名 主修、主修科目 形 主要的、較多的

例 Potato was the aborigines' **major** food.
馬鈴薯是原住民的主要食物。

➲ 出題重點 major in 主攻、專修

ma·jor·i·ty [məˋdʒɔrətɪ] 名 多數、大半、【法律】成年

例 The **majority** has to respect the minority.
多數尊重少數。

➲ 出題重點 majorities of 大多數

man·ner [ˋmænɚ] 名 行為舉止

例 The boy's mother reminded him to have **manners**.
男孩的媽媽提醒他要有禮貌。

➲ 出題重點 have manners 有禮貌

man·u·script [ˋmænjə͵skrɪpt] 名 手稿、原稿

例 The museum displayed Leonardo da Vinci's **manuscripts**.
博物館展出達文西的手稿。

➲ 出題重點 polish manuscript 潤飾手稿　a book in manuscript 手抄本

mar·gin [ˋmɑrdʒɪn] 名 頁邊的空白、邊緣、利潤、差數 動 加邊於、加旁註於

例 I took notes on the **margin** of the book.
我在書頁空白處抄筆記。

➲ 出題重點 by a narrow margin 勉強

mark [mɑrk] 名 特性、特徵 動 在……留下痕跡、標出

例 The juice left a **mark** on my white t-shirt.
果汁在我T恤上留下痕跡。

mas·ter [ˋmæstɚ] 名 碩士、名師、師傅

例 They are contesting for the title of **master** chief.
他們在爭奪大廚的頭銜。

mi·nor [ˋmaɪnɚ] 名 未成年人、副修科目 動 輔修 形 較小的、次要的、未成年的

例 Hugh Jackman played a **minor** role in X-Men Origins.
Hugh Jackman在X戰警前傳中演個小角色。

➲ 出題重點 be master of 控制、掌握　make oneself master of　精通
be one's own master 不受他人控制

min·ute [ˋmɪnɪt] 名 分鐘 形 微小的

例 There are minute differences between the twin sisters.
那對雙胞胎姊妹間只有微小的差異。

➲ 出題重點 in a minute 很快　wait a minute 等一下
the minute (that)… 一……就……

mo·not·o·nous [məˋnɑtənəs] 形 單調的

例 All work turned monotonous if you don't have passion.
沒有熱情，所有工作都會變單調。

➲ 出題重點 monotonous work 單調乏味的工作

mon·o·tone [ˋmɑnə͵ton] 名 單調

例 The speaker's monotone made the listeners fall asleep.
講者單調的聲音讓聽眾睡著。

mor·al [ˋmɔrəl] 名 道德、教訓、品行 形 道德上的、品行端正的

例 Good story teaches a moral lesson.
好的故事有道德教訓。

➲ 出題重點 draw a moral from… 從……中吸取教訓

Nn

nov·el [ˋnɑvl̩] 名 小說、長篇故事 形 新奇的、新穎的、異常的

例 I had written novels since high school.
我從中學起寫小說。

Oo

ob·scure [əbˋskjʊr] 動 遮蔽、使暗、使模糊 形 含糊的、不清楚的、難解的

例 The night club is so obscure that I can't see others' faces.
夜店暗到我看不清別人的臉。

➲ 出題重點 be obscured by… 被……遮掩

or·i·gin [ˋɔrədʒɪn] 名 起源、由來、起因、出身

例 The teacher asked students to find the origin of these words.
老師要求學生找出這些字的字源。

➲ 出題重點 the origin of… ……的來源

out·stand·ing [ˋautˋstændɪŋ] 形 傑出的

例 Jason Mraz is an **outstanding** singer.
Jason Mraz是位傑出的歌手。

pass [pæs] 名 通行、走過 動 經過

例 The policemen wouldn't let the drunken driver **pass**.
員警不讓酒醉的駕駛通過。

➲ **出題重點** pass by 經過　come to such a pass 處境不妙
pass sth to sb. 傳某物給某人

per·son·al·i·ty [ˌpɜsṇˋælətɪ] 名 人格、個性

例 Alice has a loving **personality**.
Alice個性討喜。

per·spec·tive [pɚˋspɛktɪv] 名 觀點、遠景、前途、希望

例 Try to see things from different **perspectives**.
嘗試用不同角度觀看事情。

➲ **出題重點** see things in perspective 正確的觀察事情

po·ten·tial [pəˋtɛnʃəl] 名 潛力 形 潛在的、可能的

例 Ryan is a **potential** super star.
Ryan有潛力成為巨星。

prac·tice [ˋpræktɪs] 名 練習、慣例、實踐 動 練習、實踐

例 **Practice** what you preach.
言行合一。

➲ **出題重點** in practice 實際上　put sth into practice 付諸實踐
out of practice 生疏的

praise [prez] 名 讚揚、稱讚、讚美的話 動 讚揚、歌頌、稱讚

例 Audiences **praised** his honest opinion with applause.
觀眾以掌聲讚揚他中肯的意見。

pre·oc·cu·py [priˋɑkjəˌpaɪ] 動 使全神貫注、迷住

例 My mind is **preoccupied** with his question.
我不停地想他的問題。

prep·a·ra·tion [ˌprɛpəˋreʃən] 名 準備

例 After 6 months of **preparation**, we had a wonderful party.
經過6個月的準備，派對很成功。

pri·mar·y [ˋpraɪˌmɛrɪ] 形 第一的、初級的、主要的

例 Passing the exam is my **primary** focus now.
通過考試是我現在主要的目標。

➲ 出題重點 a matter of primary importance 頭等重要的事

prim·i·tive [ˋprɪmətɪv] 形 原始的、簡單粗糙的

例 You have to learn to use **primitive** tools in the wild.
你必須學會在野外使用簡單的工具。

➲ 出題重點 primitive society 原始社會

prime [praɪm] 名 最初、青春、壯年 動 預先準備好、灌注、填裝 形 第一流的、主要的、最初的、有青春活力的、壯年的

例 I'm considering buying ASUS Transformer **Prime**.
我在考慮買華碩至尊變型平板。

pro·ceed·ing [prəˋsidɪŋ] 名 行動、進行、動作

例 Don't worry; the project is under **proceeding**.
別擔心，計畫進行中。

pro·fes·sion·al [prəˋfɛʃənḷ] 名 專家 形 專業的

例 Joseph is a **professional** cook.
Joseph是專業廚師。

➲ 出題重點 professional proficiency 專業能力

pro·file [ˋprofaɪl] 名 剖面、側面、外形、輪廓

例 Your **profile** against the sunset is astonishing.
夕陽下你的側影美的驚人。

prog·ress [ˋprɑgrɛs] 名 進步、行進、進展 [prəˋgrɛs] 動 進步

例 I can see your **progresses**.
我看到你的進步。

➲ 出題重點 make progress in… 在……有進展

pun·ish [ˋpʌnɪʃ] 動 處罰

例 I refused to be **punished** for something I didn't do.
我拒絕為我沒犯的錯受罰。

➲ 出題重點 punish sb for… 因……而懲罰某人

puz·zle [ˋpʌzḷ] 名 難題、益智遊戲 動 令人迷惑

例 Leanne was **puzzled** by the old man's words.
Leanne被老人的話迷惑。

➲ 出題重點 puzzle over 苦思

ra·cial [ˋreʃəl] 形 人種的、種族的

例 Our should strive to eliminate **racial** stereotypes and biases.
我們應該努力消除種族刻板印象和偏見。

➲ 出題重點 racial discrimination 種族歧視

re·fine [rɪˋfaɪn] 動 精煉、精製、使文雅高尚

例 The water is properly **refined**.
水被好好的提煉過了。

➲ 出題重點 refine on 琢磨、推敲

re·lig·ious [rɪˋlɪdʒəs] 名 僧侶、尼姑、修道士 形 信奉宗教的、虔誠的、修道的、嚴謹的

例 Mr. Robinson is a **religious** man.
Robinson先生是個虔誠的人。

re·sem·ble [rɪˋzɛmbl̩] 動 類似

例 Elaine **resembles** her mother.
Elaine和媽媽長得很像。

re·spec·tive [rɪˋspɛktɪv] 形 分別的、各自的

例 We'll go our **respective** ways from now on.
我們從此分道揚鑣。

➲ 出題重點 respective duties 各自的責任

re·vi·sion [rɪˋvɪʒən] 名 修訂、修改、修訂本

例 The rules are in need of **revision**.
規則需要修訂。

ref·er·ence [ˋrɛfərəns] 名 指示、提及、參考

例 Please put a list of **references** at the last page.
請在最後一頁註明參考資料。

➲ 出題重點 without reference to... 不論、與……無關

rough·ly [ˋrʌflɪ] 副 大約地、粗糙地

例 It takes **roughly** 10 minutes to get to the library from here.
從這裡到圖書館大概10分鐘。

rust [rʌst] 動 使生鏽

例 Water **rusts** metals.
水使金屬生鏽。

➲ 出題重點 be in rust 生銹

san·i·tar·y [ˋsænə͵tɛrɪ] 形 衛生的、清潔的

例 We don't accept exchanges due to **sanitary** reason.
基於衛生考量，我們不提供換貨服務。

schol·ar·ship [ˋskɑlɚ͵ʃɪp] 名 獎學金、學問、學識

例 I received a scholarship from Harvard University.
我得到哈佛大學的獎學金。

sci·ence [ˋsaɪəns] 名 科學、理科

例 **Science** is a lot of fun.
科學很有趣。

score [skor] 名 分數、理由、樂譜 動 計分

例 The soccer player **scored** at the last minute.
足球選手在最後一刻得分。

➲ 出題重點 score up 記下、記入賬

script [skrɪpt] 名 手稿、筆跡、劇本

例 I want you to follow the **script** I wrote.
我要你們照著我寫的劇本演。

➲ 出題重點 script girl 場記員

se·mes·ter [səˋmɛstɚ] 名 學期

例 We'll have an exchange student this **semester**.
這學期會有一個轉學生。

sem·i·nar [ˋsɛmə͵nɑr] 名 研討會、討論會

例 There is a **seminar** on teacher-parent relationship tonight.
今晚有場親師關係討論會。

sen·ior [ˋsinjɚ] 形 年長的、高級的

例 The government invited **senior** citizens to attend the parade.
政府邀請長者們參加遊行。

si·mul·ta·ne·ous [͵saɪmḷˋtenɪəs] 形 同時的、同時發生的

例 The twin baby bursts into **simultaneous** tears.
雙胞胎同聲大哭。

➲ 出題重點 simultaneous interpretation 同聲傳譯

sim·i·lar·i·ty [͵sɪməˋlærətɪ] 名 類似、類似處

例 You could find lots of **similarities** in these two works.
你能在這兩部作品中找到許多相似處。

sim·ple [ˋsɪmp!] 名 身分卑微 形 簡單的

例 Youngsters are promoting the virtue of simple life.
年輕人宣導簡單生活的好處。

➲ 出題重點 simple life 簡樸的生活　simple-minded 頭腦簡單的

sketch [skɛtʃ] 名 素描、梗概、大意

例 Street painter did a sketch of that little girl.
街頭畫家畫了小女孩的素描。

➲ 出題重點 sketch out 草擬、概略地 述

sort [sɔrt] 名 分類、種類

例 You can find all sorts of tomato products there.
你能在哪裡找到各種番茄商品。

spe·cies [ˋspiʃɪz] 名 種類、物種

例 There are over 1,000 animal species on this island.
島上有超過千種的動物。

spe·cif·ic [spɪˋsɪfɪk] 形 特定的

例 Could you give me the specific location?
你可以給我具體的位置嗎？

spec·u·la·tion [ˏspɛkjəˋleʃən] 名 思索、投機買賣

例 His land speculation led to his divorce.
他地產投資失利，最後離婚了。

spir·i·tu·al [ˋspɪrɪtʃəl] 形 精神的

例 The manager gave spiritual talk every morning.
經理每個早上都會精神喊話。

sta·tion·e·ry [ˋsteʃənˏɛrɪ] 名 文具、信紙

例 Designing stationery isn't as easy as you think.
設計文具不是你想的那麼簡單。

stick·er [ˋstɪkɚ] 名 不屈不撓的人、貼紙

例 The company put their slogan on bumper sticker.
公司將口號做成保險桿貼紙。

stim·u·la·tion [ˏstɪmjəˋleʃən] 名 激勵、鼓舞、刺激

例 Bonus is a huge stimulation for employees.
紅利是職員的一大激勵。

strive [straɪv] 動 努力、奮鬥

例 I'm striving for the future.
我正為未來奮鬥。

stud·y [ˋstʌdɪ] 動 讀書、研究

例 I've been **studying** for 12 hours.
我讀書12個小時了。

➲ 出題重點 study for… 為……而學習

sub·ject [ˋsʌbdʒɪkt] 名 科目、主題、臣民 [səbˋdʒekt] 動 使服從

例 What is your favorite **subject**?
你最喜歡什麼科目？

sub·tract [səbˋtrækt] 動 減去

例 **Subtract** 2 from 12 and you have 10.
12減2等於10。

sum·ma·rize [ˋsʌmə͵raɪz] 動 概述、總結、摘要而言

例 Could you **summarize** this thick book in 500 words?
你能為這本厚厚的書做500字的摘要嗎？

sum·ma·ry [ˋsʌmərɪ] 名 摘要、概要

例 In **summary**, the government has been deceiving citizens for years.
總之，政府欺騙人民多年。

➲ 出題重點 in summary 總之

sur·vey [ˋsɝve] 名 勘察、調查

例 We come up with a completely different finding in our **survey**.
在我們的調查中得出完全不同的發現。

Tt

tal·ent [ˋtælənt] 名 有才能者、天資、天才

例 Mutants are people born with special **talents**.
異種人是生下來就有特殊能力的人。

teen·ag·er [ˋtin͵edʒɚ] 名 青少年

例 **Teenagers** are experiencing physical and psychological changes.
青少年經歷身心變化。

ten·den·cy [ˋtɛndənsɪ] 名 趨向、傾向、意向、方向

例 Sally has a **tendency** to believe in other's words.
Sally傾向相信他人的話。

the·o·ry [ˋθiərɪ] 名 學說、理論

例 Winnie came up with a **theory** based on yours.
Winnie以你的理論為基礎想出新理論。

➲ 出題重點 in theory 理論上　hypothesis　假說

theme [θim] 名 主題

例 Everyone can sing the **theme** song of "SpongeBob SquarePants".
大家都會唱《海綿寶寶》的主題曲。

➲ 出題重點 a theme song 主題歌

thought·ful [ˋθɔtfəl] 形 有思想的、體貼的、關心的

例 It's **thoughtful** of you to bring wipes to the picnic.
帶濕紙巾來野餐真貼心。

tra·di·tion [trəˋdɪʃən] 名 傳統

例 Giving girls gold necklace on their 20est birthday is our family **tradition**.
在女孩20歲時送金項鍊是我們家的傳統。

➲ 出題重點 follow the tradition 遵循傳統

trace [tres] 名 足跡、痕跡 動 追蹤、追溯

例 The predator is following the **trace** of the prey.
掠食者追蹤獵物的足跡。

➲ 出題重點 trace back to 追溯到

tran·script [ˋtrænˏskrɪpt] 名 抄本

例 Do you have the **transcript** of this video?
你有這個影片的抄本嗎？

➲ 出題重點 a transcript of a tape 錄音帶的文字記錄

trans·late [trænsˋlet] 動 翻譯

例 This book has been **translated** into fifty languages.
這本書被翻成50種語言。

➲ 出題重點 translate into 翻譯成、轉化成

treas·ure [ˋtrɛʒɚ] 名 財寶、財富、珍品、財產 動 珍愛、珍惜、儲藏、珍藏

例 I **treasure** the time with my family.
我珍惜和家人相處的時光。

tu·i·tion [tjuˋɪʃən] 名 學費

例 I pay my college **tuition** myself.
我自己付大學學費。

➲ 出題重點 tuition fee 學費

tune [tjun] 名 曲調

例 Peter is humming a tune with his hands in the pocket.
Peter手插口袋哼著小調。

➲ 出題重點 out of tune 走調

un·der·grad·u·ate [͵ʌndɚˋgrædʒuɪt] 名（尚未取得學位的）大學生、大學肄業生 形 大學生的

例 Emma is a Yale undergraduate.
Emma是耶魯大學的大學生。

➲ 出題重點 law undergraduate 法律大學生

up·right [ˋʌp͵raɪt] 名 垂直、豎立 形 垂直的、正直的、合乎正道的 副 筆直地、直立狀地

例 Soldiers stood upright by the gate.
軍人在門邊直挺地站著。

➲ 出題重點 upright position 直立的姿勢

ver·sion [ˋvɝʒən] 名 譯文、譯本、翻譯

例 I've read a different version of this book.
我讀過不同版本的書。

➲ 出題重點 English version 英文版
the film version of… ……的電影版

vo·ca·tion·al [voˋkeʃən!] 形 職業的

例 I went to the vocational high school.
我讀高職。

➲ 出題重點 vocational counseling 職業輔導

vol·ume [ˋvɑljəm] 名 卷、冊、體積、量、音量

例 Wig can add your hair volume.
假髮能增加髮量。

➲ 出題重點 volume capacity 容量

vol·un•teer [ˌvɑlənˋtɪr] 名 志願者 動 自願義務服務 形 自願的、義務的

例 Selena and Frank are both **volunteers** of China Youth Crops.
Selena和Frank都是救國團的志工。

➲ 出題重點 volunteer for 自願

wit [wɪt] 名 智力、機智、智慧

例 This is a battle of **wit** between you and me.
這是場你我的智力之爭。

➲ 出題重點 at one's wits'end 志窮力竭、不知所措

PART 11

人際社交篇

Part 11 音檔雲端連結

因各家手機系統不同，若無法直接掃描，
仍可以至以下電腦雲端連結下載收聽。
（https://tinyurl.com/bdh6azup）

a·dopt [əˋdɑpt] 動 採用、正式接受、收養

例 I don't think your idea will be adopted.
我認為你的想法不會被採用。

➲ 出題重點 adopt sb. as his / her son / daughter 收養某人為兒子／女兒

a·dop·tion [əˋdɑpʃən] 名 採用、收養

例 The adoption of this policy would relieve the unions of a tremendous burden.
採納這一政策將會減輕工會的沉重負擔。

a·mus·ing [əˋmjuzɪŋ] 形 有趣的

例 The professor's speech is quite amusing.
這教授的演說相當有趣。

a·muse·ment [əˋmjuzmənt] 名 娛樂、樂趣

例 To our amusement, the actor jumped on and off the stage.
令我們感到有趣的是，那個演員從舞臺跳上跳下。

➲ 出題重點 amusement park 遊樂園

a·vail·a·ble [əˋveləbḷ] 形 可用的

例 The swimming pool is available only in summer.
這個游泳池只在夏天開放。

➲ 出題重點 sb. be available now. 某人現在有空

a·void [əˋvɔɪd] 動 避免

例 My supervisor always asked me to avoid making the same mistake.
我的上司總是要我避免犯相同的錯誤。

➲ 出題重點 avoid doing sth 避免做某事

a·wait [əˋwet] 動 等候

例 You may await your visitors in the hall.
你可以在大廳等你的訪客。

➲ 出題重點 await arrival 迎候

ac·cept [əkˋsɛpt] 動 接受、認可

例 I hope you can accept my apology.
我希望你可以接受我的道歉。

➲ 出題重點 accept of 承諾

ac·cept·a·ble [ək`sɛptəb!] 形 可接受的、合意的

例 Compliments are always acceptable.
恭維話總是受歡迎的。

➲ 出題重點 Your apology is acceptable. 你的道歉是可接受的

ac·cess [`æksɛs] 名 接近、通道、入口 動 存取（電腦檔案）

例 The dirt road provides the only access to the house.
這條泥巴路是通往這間房子的唯一通道。

➲ 出題重點 access to...... 可以獲得、接近⋯⋯

ac·claimed [ə`klemd] 形 受到讚揚的

例 His contribution to charity is highly acclaimed.
他對於慈善的貢獻受到高度讚揚。

ac·tiv·i·ty [æk`tɪvətɪ] 名 活動

例 Those children enjoy outdoor activities.
那些小孩很喜歡戶外活動。

➲ 出題重點 extra-curricular activity 課外活動

ac·cus·tom [ə`kʌstəm] 動 使習慣於

例 I am pretty accustomed to the custom here.
我對於這裡的風俗民情相當習慣。

➲ 出題重點 accustomed to 習慣於

ac·knowl·edge [ək`nɑlɪdʒ] 動 接受、承認

例 I acknowledged that her criticism is just.
我承認她所做的批評是公正的。

➲ 出題重點 acknowledge that 承認

adult [ə`dʌlt] 名 成人 形 成年的

例 Please act like an adult, or you won't learn anything.
請你的行為舉止像大人一點，否則你什麼都學不到。

➲ 出題重點 adult movie 成人電影

al·ly [ə`laɪ] 名 同盟者、同盟國

例 England and Russia were allies in the Second World War.
英國和俄國在第二次世界大戰中是盟國。

➲ 出題重點 ally with 使結盟　loyal ally 忠實盟友

am·a·teur [`æmə͵tʃur] 名 業餘愛好者 形 業餘的

例 The pictures were taken by an amateur photographer.
這些照片是一位業餘攝影師所拍攝的。

➲ 出題重點 amateur player 業餘運動員

an·noy [ə`nɔɪ] 動 打擾、使苦惱、騷擾

例 My sister always **annoys** me when I am on the phone.
我妹妹總是在我講電話的時候煩我。

➲ 出題重點 be annoyed with sb. for sth. 對（某人）為（某事）而生氣

ap·pe·tite [`æpə,taɪt] 名 欲望、食欲

例 James has no **appetite** for spicy food.
James不喜歡辣的食物。

➲ 出題重點 lose one's appetite 喪失食欲
to one's appetite 合某人的口味

ap·peal [ə`pil] 名 吸引力 動 求助、呼籲

例 The students **appealed** for an extension on their assignment.
這些學生懇求延長他們交作業的時間。

➲ 出題重點 A appeal to B A 向 B 求助
sth. appeal to sb. 某事引起某人的興趣

ap·pear·ance [ə`pɪrəns] 名 出現、露面、外貌

例 Don't judge a person by his **appearance**.
不要以貌取人。

➲ 出題重點 at first appearance 乍看起來 by appearances 根據外表

ap·point·ment [ə`pɔɪntmənt] 名 約定

例 I'm sorry I can't have lunch with you; I have a prior **appointment**.
很抱歉我沒辦法跟你吃午餐，我有一個重要的會要開。

➲ 出題重點 to one's disappointment 令某人感到失望的是……

ap·pre·ci·ate [ə`priʃɪ,et] 動 欣賞、鑑賞、賞識

例 I really **appreciated** what you had done for me.
我真的很感謝你所為我做的。

➲ 出題重點 be not appreciated 不被賞識

as·so·ci·ate [ə`soʃɪɪt] 名 同伴 [ə`soʃɪ,et] 動 使聯繫起來

例 I always **associate** Christmas with Santa Claus.
我總是把聖誕節和聖誕老公公聯想在一起。

➲ 出題重點 associate with...... 把……聯合在一起

as·pect [`æspɛkt] 名 方面、外觀

例 The fierce **aspect** of the salesman frightened the customer off.
那個店員的兇相把顧客嚇走了。

➲ 出題重點 assume a new aspect 面目一新

as·sur·ance [əˋʃurəns] 名 承諾、保證、把握、信心、（人壽）保險

例 They answered with **assurance** that it was against the rules.
他們很有把握地回答說那是違反規定的。

➲ 出題重點 endowment assurance 養老保險

au·thor·i·ty [əˋθɔrətɪ] 名 權威、官方、當局

例 I'm sorry, but I don't have the **authority** to grant your request.
很抱歉，我沒有權力可以答應你的要求。

➲ 出題重點 an authority on… 在……的權威

Bb

back·ground [ˋbækˏgraund] 名 背景、個人背景資料

例 He came from an impoverished **background**.
他出身貧寒。

➲ 出題重點 come from an impoverished background 出身貧寒
remain in the background 隱身幕後

ban·quet [ˋbæŋkwɪt] 名 宴會

例 A **banquet** was given in honor of the visiting guests.
為來訪的賓客舉行了宴會。

➲ 出題重點 to hold a banquet 舉辦宴會

be·hav·ior [bɪˋhevjɚ] 名 舉止、行為

例 He was on his best **behavior**.
他表現極好。

➲ 出題重點 rude in behavior 失態

be·tray [bɪˋtre] 動 洩露、出賣

例 He would suffer death rather than **betray** the secret.
他寧死也不願洩漏祕密。

➲ 出題重點 betray a secret to sb. 向某人洩漏祕密

be·tray·al [bɪˋtreəl] 名 背叛、被出賣

例 No one can tolerate your **betrayal**.
沒有人能容忍你的背叛。

beat [bit] 名 敲打 動 打、打敗

例 I think you can **beat** all the obstacles in front of you.
我認為你可以打敗在你面前的那些困境。

➲ 出題重點 beat sb to death 把某人打死

bend [bɛnd] 名 彎曲 動 彎曲、專心於

例 The boys **bent** their attention on making model ships.
男孩們聚精會神地製作船模型。

➲ 出題重點 bend to 屈服於、服從

bet [bɛt] 名 賭、打賭 動 賭、賭錢

例 I **bet** against the feasibility of the plan.
我打賭斷定這個計畫行不通。

➲ 出題重點 bet on... 下賭注於……

bright [braɪt] 形 明亮的、生氣勃勃的、愉快的、聰明的

例 He is full of **bright** ideas.
他足智多謀。

➲ 出題重點 be / get up bright and early 大清早、一大早

bril·liant [ˋbrɪljənt] 形 極聰明的、有才能的

例 He came up with a **brilliant** idea.
他想出了一個絕妙的主意。

Cc

cel·e·bra·tion [ˏsɛləˋbreʃən] 名 慶祝

例 We had a big **celebration** after we graduated.
在我們畢業後大肆地慶祝了一番。

➲ 出題重點 day for national celebration 普天同慶

chance [tʃæns] 名 機會、可能性 動 碰巧、偶然發生、冒……的險 形 偶然的

例 I ran into my boss in the convenience store by **chance**.
我在便利商店巧遇我的老闆。

➲ 出題重點 take a chance 冒險、碰運氣　a good chance 一個好機會
the chances are that... 可能……

charm·ing [ˋtʃɑrmɪŋ] 形 迷人的、有魅力的

例 Glen is absolutely a **charming** guy.
Glen的確是個很迷人的傢伙。

chase [tʃes] 名 追捕、打獵 動 追逐、追捕

例 He never ceased to **chase** after his dream in his vigorous youth.
在精力充沛的年輕時代他從未停止過追求自己的夢想。

➲ 出題重點 chase out of sb. 把某人趕出去　chase after 追趕

chat [tʃæt] 動 聊天、交談

例 They **chatted** about the film shown last night.
他們閒聊著昨夜放的電影。

➲ 出題重點 chat about sth. with sb. 與某人聊天

cheat [tʃit] 名 欺騙、騙子 動 欺騙、騙取

例 The salesman **cheated** me into buying a fake.
那個推銷員騙我買了假貨。

choice [tʃɔɪs] 名 選擇、選擇權 形 精選的、慎選的

例 It's time for you to make a good **choice**.
該是你做個好選擇的時候了。

clar·i·fi·ca·tion [ˌklærəfəˋkeʃən] 名 澄清、淨化

例 I need your clarification of this **misunderstanding**.
我需要你澄清這個誤會。

com·fort [ˋkʌmfɚt] 名 安慰、舒適 動 安慰、使（痛苦等）緩和

例 Chocolate is the best **comfort** food.
巧克力是最好撫慰人心的食物。

➲ 出題重點 comfort station 公共廁所（休息室）

com·mu·ni·ty [kəˋmjunətɪ] 名 團體社區、社會

例 He did it for the good of the **community**.
他為了公眾的利益而做這件事。

➲ 出題重點 in the community 在社區中

com·plain [kəmˋplen] 動 抱怨

例 Stop complaining about your job.
別再抱怨你的工作了。

➲ 出題重點 complain about...... 抱怨……

com·plaint [kəmˋplent] 名 控訴、疾病、身體不適

例 There is no real reason for **complaint**.
沒有什麼可抱怨的理由。

➲ 出題重點 complaint department 客服申訴部

com·pre·hen·sion [ˌkɑmprɪˋhɛnʃən] 名 理解、包含

例 Your problem is beyond my **comprehension**.
你的問題我無法理解。

➲ 出題重點 reading comprehension skills 閱讀理解能力

com·ply [kəmˋplaɪ] 動 順從、遵守

例 We will comply with all **rules** that you set.
我們會遵守你所訂下的所有規範。

con·cern [kən`sɝn] 名 焦慮、擔心、公司 動 有關係、使煩惱

例 He is concerned for her safety.
他擔心她的安全。

➲ 出題重點 concern about 對……關心

con·verse [`kɑnvɝs] 名 相反的事物
[kən`vɝs] 動 交談
[kən`vɝs] 形 相反的、顛倒的

例 Jack spent most of his time at the party conversing with a beautiful girl.
Jack在派對上花了大部分的時間在跟一個漂亮的女孩談天。

➲ 出題重點 converse theorem 逆定理

con·vic·tion [kən`vɪkʃən] 名 堅定的信仰、定罪

例 His political convictions are very radical.
他的政治信念非常激進。

➲ 出題重點 be in full conviction that... 完全相信……

con·vince [kən`vɪns] 動 使確信、使相信、說服

例 I was convinced that he knew the truth.
我確信他知道事實。

➲ 出題重點 convince sb. of sth. 使某人確認某事

dare [dɛr] 名 挑戰 動 敢於、不懼

例 How dare you ask me such a question?
你怎敢問我這樣的問題？

➲ 出題重點 dare not utter a word 不敢吭一聲

de·ceive [dɪ`siv] 動 欺騙、蒙蔽

例 I was deceived into thinking that he was trustworthy.
我上當受騙，以為他很可靠。

➲ 出題重點 deceive oneself 欺騙自己
appearances can deceive 人不可貌相

de·cent [`disn̩t] 形 體面的、合適的

例 For a week, he didn't have a decent meal.
他一個星期沒有吃一頓像樣的飯。

➲ 出題重點 be decent to sb. 對某人很和氣

de·cent·ly [ˋdisn̩tlɪ] 副 高雅地、端正地

例 The new manager was **decently** dressed.
新來的經理衣著得體。

de·cide [dɪˋsaɪd] 動 決定

例 I **decided** to finish my assignment by ten.
我決定在十點之前把我的作業完成。

➲ 出題重點 decide to do sth. 決定做某事　not decide yet 還沒有決定
decide on sth. 決定某事

de·cline [dɪˋklaɪn] 動 拒絕

例 She **declined** to have lunch with me, saying that she wasn't feeling well.
她說她身體不舒服，婉拒了與我共進午餐。

➲ 出題重點 decline from…to… 從……下降到……

de·fec·tive [dɪˋfɛktiv] 名 有缺陷的人 形 有缺陷的、（智商或行為有）欠缺的

例 He is mentally **defective**.
他心智不健全。

de·lib·er·a·tion [dɪˏlɪbəˋreʃən] 名 熟思、商議

例 After long **deliberation**, he decided not to go.
他再三考慮後決定不去了。

de·lib·er·ate [dɪˋlɪbəˏret] 動 商討、仔細考慮 [dɪˋlɪbərɪt] 形 故意的、審慎的

例 His manner was quiet, his speech was **deliberate**.
他舉止文靜，說話審慎。

➲ 出題重點 deliberate on… 仔細思考……

de·part [dɪˋpɑrt] 動 離開、啟程、逝世

例 We plan to **depart** at noon.
我們計畫中午離開。

➲ 出題重點 depart for 出發去（某地）

dis·close [dɪsˋkloz] 動 透露、說出

例 She refused to **disclose** her name and address.
她不肯透露自己的姓名和地址。

➲ 出題重點 disclose…to… 洩漏……給……

dis·cour·age [dɪsˋkɝɪdʒ] 動 使氣餒、使沮喪

例 She was **discouraged** by setbacks.
她因挫折而灰心了。

➲ 出題重點 discourage from 阻攔、勸阻

dis·crim·i·na·tion [dɪˌskrɪməˋneʃən] 名 歧視

例 Is there racial **discrimination** in your country?
你們國家是否存在種族歧視？

➲ 出題重點 racial discrimination 種族歧視

dis·guise [dɪsˋgaɪz] 名 偽裝 動 偽裝、掩飾

例 The celebrity **disguised** himself as a deliveryman in order to fool the reporters.
那個名人偽裝自己成為一個送快遞的，為了要瞞騙過那些記者。

➲ 出題重點 in disguise 偽裝

dis·gust [dɪsˋgʌst] 名 反感、厭惡 動 使嫌惡

例 We were **disgusted** by the smell of the garbage dump.
我們對於垃圾場的臭味感到作嘔。

➲ 出題重點 to one's disgust 結果使人掃興

du·ra·ble [ˋdjʊrəbl̩] 形 持久的、耐用的

例 Choose **durable** fabric for you furniture if you want it to last a long time.
如果你想要家具可以用久一點，選些比較耐用的布料。

➲ 出題重點 consumer durable 耐久消費品

dull [dʌl] 動 使遲鈍、使陰暗 形 感覺或理解遲鈍的、無趣的

例 Jake thinks he is too **dull** to make a speech in public.
Jake認為他太遲鈍了以致於無法在公開場合發表演說。

e·merge [ɪˋmɝdʒ] 動 出現

例 Jill went to her room to study and didn't **emerge** until dinner time.
Jill去她的房間唸書，直到晚餐時間才出現。

➲ 出題重點 emerge from 露出、浮現

ear·nest [ˋɝnɪst] 形 認真的、嚴肅的

例 I appreciated your **earnest** desire to help me.
我很感謝你熱心的想幫助我。

➲ 出題重點 in earnest 認真地、誠摯地

ease [iz] 動 減輕、緩和

例 The tension between the couple has **eased**.
這對情侶間的緊張情勢已經有減緩了。

➲ 出題重點 at ease 舒適、快樂　take one's ease 安心、放心
with ease 輕鬆地

el·e·gant [ˋɛləgənt] 形 文雅的、端莊的

例 Her elegant manners impressed everyone at the party.
她優雅的舉止令派對上的每個人都印象深刻。

➲ 出題重點 elegant manners 優雅的舉止

em·bar·rass·ing [ɪmˋbærəsɪŋ] 形 尷尬的、令人為難的

例 This is such an embarrassing experience.
這真是一個令人尷尬的經驗。

em·bar·rass·ment [ɪmˋbærəsmənt] 名 困窘

例 Ken cannot forget the embarrassment of walking into the ladies' room by mistake.
Ken無法忘記誤闖女生廁所的尷尬窘境。

➲ 出題重點 become angry from embarrassment 惱羞成怒

em·brace [ɪmˋbres] 名 擁抱

例 She embraced her offer to help her with her English.
她欣然接受他幫她學英文的提議。

➲ 出題重點 embrace the chance 把握機會

en·coun·ter [ɪnˋkaʊntɚ] 動 遭遇、偶遇

例 I was surprised to encounter my neighbor in the bookstore.
在書店巧遇我的鄰居真令我驚訝。

➲ 出題重點 one to one encounter 一人對一人

en·dure [ɪnˋdjʊr] 動 忍耐、忍受

例 The settlers endured many hardships during their first winter.
這些移民者在第一個移民的冬天經歷了許多困境。

➲ 出題重點 endure pain 忍受痛苦

en·thu·si·as·tic [ɪn͵θjuzɪˋæstɪk] 形 熱心的、狂熱的

例 All of us are enthusiastic about the idea of throwing a party.
我們都非常熱衷於要舉辦派對這個想法。

➲ 出題重點 enthusiastic about 熱心於……
enthusiastic participation 踴躍的參與

en·thu·si·asm [ɪnˋθjuzɪ͵æzəm] 名 熱心、熱忱

例 The proposal was greeted with great enthusiasm.
這個建議受到熱情的響應。

➲ 出題重點 great enthusiasm 一腔熱誠
a spell of enthusiasm 一股熱情

en·thu·si·ast [ɪnˋθjuzɪ͵æst] 名 狂熱者

例 My father is an enthusiast about politics.
我爸爸是個政治狂熱者。

eth·i·cal [ˋɛθɪkḷ] 形 道德的

例 I won't do it; it's not ethical at all.
我是不會這麼做的，這一點也不符合職業道德。

ex·pe·ri·ence [ɪkˋspɪrɪəns] 動 經驗、體驗

例 She had no experience of life at all.
她毫無生活經驗。

fa·mous [ˋfeməs] 形 著名的、出名的

例 He is famous for his paintings.
他以他的畫作聞名。

➲ 出題重點 be famous for... 因……而出名
be famous as 作為……而出名

fame [fem] 名 名聲、聲譽

例 The actor's fame increased after he won the Academy Award.
這位演員的聲勢在獲得奧斯卡獎後逐漸上升。

➲ 出題重點 hall of fame 名人堂

feast [fist] 名 宴會 動 款待、宴請

例 It is a tradition to enjoy a feast after a wedding.
在結婚典禮過後享受一場盛宴是個傳統。

➲ 出題重點 feast at the public crib 擔任公職的肥缺

fig·ure [ˋfɪgjɚ] 名 數字、身材 動 計算出、演算出

例 Glen has a good figure because he works out often.
Glen因為常健身所以身材很好。

➲ 出題重點 figure out 計算出來、弄明白

flat·ter·y [ˋflætərɪ] 名 奉承、恭維話

例 You must not fall for his flatteries.
你不可聽信他的阿諛之詞。

for·mal [ˋfɔrmḷ] 形 形式的、正式的

例 You needn't be so formal with me.
你對我不必如此拘束。

➲ 出題重點 formal introduction 正式介紹

frank [fræŋk] 形 率直的、坦白的

例 I will be **frank** with you.
坦白跟你說吧。

➲ 出題重點 to be frank 坦白說

fre·quent·ly [ˋfrikwəntlɪ] 副 時常地

例 This question is **frequently** asked.
這個問題屢次被提出。

fric·tion [ˋfrɪkʃən] 名 摩擦、衝突

例 The two people always have **friction**.
這兩個人總是發生衝突。

➲ 出題重點 family friction 家庭不合
be lighted by friction 靠摩擦點燃

frus·trate [ˋfrʌsˏtret] 動 挫敗、使感到灰心

例 Don't get **frustrated** easily, you still have a lot of chances.
不要那麼容易就感到灰心，你還有很多機會。

frus·tra·tion [ˏfrʌsˋtreʃən] 名 挫折、不滿、失望

例 Don't vent your **frustration** on me.
別把你受到挫折的怒氣發在我身上。

➲ 出題重點 sense of frustration 挫折感

fu·ner·al [ˋfjunərəl] 名 葬禮

例 I cannot believe I have to attend my best friend's **funeral**.
我不敢相信我竟然要參加我最好朋友的葬禮。

➲ 出題重點 funeral monument 墓碑

fuss [fʌs] 名 大驚小怪（的人） 動 大驚小怪

例 I don't want to make a **fuss** over such a trifle.
我不想為這種小事大驚小怪。

➲ 出題重點 make a fuss over… 為……大驚小怪

Gg

gain [gen] 名 獲利、增加 動 贏得、獲得

例 He had **gained** himself a reputation for unfairness.
他使自己得到了一個不公正的名聲。

➲ 出題重點 no pains no gains 不勞而無獲

gen·er·ous [ˋdʒɛnərəs] 形 慷慨的、大方的

例 She is **generous** in giving help.
她樂於助人。

➲ 出題重點 be generous to… 對……寬容的

glance [glæns] 名 一瞥、匆匆一看 動 掃視、匆匆一看

例 Have you got time for a **glance** at this report?
你有沒有時間看一下這份報告？

➲ 出題重點 is clear at a glance, understand at a glance 一目了然
read ten lines at one glance 一目十行
at first glance 第一眼

glare [glɛr] 名 眩目的光、怒目而視 動 閃耀

例 She gave the rude man a **glare**.
她對那個粗魯的男人怒目而視。

➲ 出題重點 glare at 怒視著……

glimpse [glɪmps] 名 一瞥、一看 動 瞥見

例 He **glimpsed** at my new watch and said it was a good bargain.
他看了一眼我的新手錶說買得很好。

➲ 出題重點 get a glimpse of… 瞥見了……

gos·sip [ˋgɑsəp] 名 閒言閒語、流言蜚語

例 I am not interested in any **gossip** at all.
我對於閒言閒語一點興趣也沒有。

greet [grit] 動 迎接、問候

例 She **greeted** her guests at the door.
她在門口迎接客人。

➲ 出題重點 greeting card 賀年卡

Hh

hail [hel] 名 冰雹、來得又多又猛的事物 動 招呼、致敬

例 An old friend **hailed** me from across the street.
一個老朋友在馬路對面和我打招呼。

➲ 出題重點 hail to 向……致敬

harm [hɑrm] 名 傷害、損害 動 傷害、損害

例 It will **harm** no one at all.
它絕不會傷害任何人。

➲ 出題重點 do harm 傷害　　no harm 不妨、不礙事

harm·ful [ˋharmfəl] 形 有害的

例 Smoking is **harmful** to health.
吸菸有害健康。

➲ 出題重點 harmful effects 公害

help [hɛlp] 名 幫忙 動 治療

例 What have you got that will **help** a cold?
你有什麼藥能治感冒嗎？

➲ 出題重點 can't help… 忍不住　help sb to do sth. 説明某人做某事
help oneself to… 隨意取食

high·light [ˋhaɪˏlaɪt] 名 加亮區、最精彩的部分 動 突出、強調

例 Her performance was the **highlight** of the show.
她的表演是那場演出中最精采的部分。

➲ 出題重點 the highlight of… ……最精彩、重要的部分、場面、事件

hu·mil·i·ate [hjuˋmɪlɪˏet] 動 羞辱、使丟臉

例 I was so **humiliated** when I couldn't remember her name.
當我記不起她的名字時，我感到丟臉極了。

➲ 出題重點 be humiliated by… 因……而蒙羞

hu·mil·i·at·ing [hjuˋmɪlɪˏetɪŋ] 形 羞辱性的、丟臉的

例 It is such a **humiliating** experience.
這真是個丟臉的經驗。

Ii

i·so·late [ˋaɪsḷˏet] 動 孤立、隔離

例 If you **isolate** people like that, you will end up being alone.
如果你要那樣孤立人的話，你最後一定會落得自己一個人的下場。

➲ 出題重點 isolate from… 與……隔離

i·so·la·tion [ˏaɪsḷˋeʃən] 名 隔絕、孤立

例 I don't like the feeling of total **isolation**.
我不喜歡被完全孤立的感覺。

i·den·ti·fi·ca·tion [aɪˏdɛntəfəˋkeʃən] 名 身份的證明、確認

例 I used my driver's license as **identification**.
我用駕照作為身分證明。

im·pli·ca·tion [ˌɪmplɪˋkeʃən] 名 含意、暗示

例 I resent your **implication** that my work is unsatisfactory.
我討厭你這話的暗示之意，似乎我的工作不能令人滿意。

➲ 出題重點 make an implication 做暗示　by implication 含蓄地、暗中

im·plic·it [ɪmˋplɪsɪt] 形 暗示的、含蓄的

例 Her silence gave **implicit** consent.
她的沉默表示默許。

➲ 出題重點 an implicit agreement 私下說好

in·stead [ɪnˋstɛd] 副 代替、更換

例 There was no Coke, so I had orange juice **instead**.
因為沒有可樂，我就喝了柳橙汁。

➲ 出題重點 instead of 代替

in·sult [ɪnˋsʌlt] 名 侮辱

例 She couldn't forgive such a terrible **insult** to her pride.
她不能原諒對她的自尊如此嚴重的侮辱。

➲ 出題重點 The last insult smarts the most. 最近受到的侮辱最刺人

in·ter·act [ˌɪntɚˋækt] 動 相互作用、相互影響

例 Owing to his hot temper, I barely **interact** with him.
由於他的壞脾氣，我和他之間幾乎沒有互動。

in·ter·ac·tion [ˌɪntəˋrækʃən] 名 交互作用、配合

例 There is no **interaction** between John and Mary.
John和Mary之間沒有互動。

in·ter·ac·tive [ˌɪntɚˋæktɪv] 形 一起活動或互相合作的

例 I look forward to getting **interactive** with him.
我期待與他的互動。

in·ter·rupt [ˌɪntəˋrʌpt] 動 打斷、打擾

例 I don't want to **interrupt** you. Go on with your story.
我不想打斷你。請繼續講你的故事。

➲ 出題重點 interrupt conversation 插話

in·ti·ma·cy [ˋɪntəməsɪ] 名 親密

例 An **intimacy** grew up between us.
我們之間的關係親密起來了。

➲ 出題重點 break off the intimacy 斷絕交情

in·tro·duce [ˏɪntrəˋdjus] 動 介紹

例 Allow me to **introduce** my friend Mr. Chen to you.
允許我向你介紹我的朋友陳先生。

➲ 出題重點 introduce to… 介紹給……

in·tro·duc·tion [ˏɪntrəˋdʌkʃən] 名 介紹、引見

例 He was shaking her hands before I could finish the **introduction**.
未等我介紹完，他就在握她的手了。

➲ 出題重點 letter of introduction 介紹信　general introduction 引論

in·tro·duc·to·ry [ˏɪntrəˋdʌktərɪ] 形 介紹性的

例 The meeting is **introductory** for new comers.
這場會議是對新進員工的介紹活動。

in·con·ven·ience [ˏɪnkənˋvinjəns] 名 麻煩、不方便之處

例 Working without a computer is an **inconvenience**.
沒有電腦是很不方便的事。

in·con·ven·ient [ˏɪnkənˋvinjənt] 形 不便的、有困難的

例 It is **inconvenient** to meet tomorrow.
明天要見面不太方便。

in·i·ti·ate [ɪˋnɪʃɪˏet] 動 開始、創始

例 I decided to **initiate** a new course of studies.
我決定要開設一門新課程。

➲ 出題重點 initiate a program 開始一項計畫

in·i·ti·al [ɪˋnɪʃəl] 名 起首大寫字母 形 最初的、初始的

例 Now that we have completed the **initial** step, let's move on.
既然我們已經完成了初步的步驟，我們就再繼續吧。

➲ 出題重點 initial speed 起始的速度

in·vi·ta·tion [ˏɪnvəˋteʃən] 名 邀請

例 She received an **invitation** to the party.
她接到參加聚會的邀請。

➲ 出題重點 accept the invitation 接受邀請

Ll

leave [liv] 名 假期 動 遺留、離開

例 Mary **left** school last year and she is working in a shop now.
Mary去年退了學，現正在一家商店工作。

➲ 出題重點 leave for… 出發去……　leave sth to sb. 留……給某人
ask for leave 請假

lend [lɛnd] 動 借給、貸（款）

例 Who lent you the bike?
誰借你這台腳踏車的？

➲ 出題重點 lend…to sb 借……給某人

ma·ture [məˋtjur] 動 使成熟、長成 形 成熟的、深思的、慎重的

例 Although you are only seventeen, I think you are mature enough.
雖然你才十七歲，但是我覺得你已經夠成熟了。

➲ 出題重點 Wine and judgment mature with age. 酒老味濃、人老識深。
great talent takes time to mature 大器晚成

mere [mɪr] 形 僅僅的、只不過

例 Don't be so impatient. We've been waiting for mere 5 minutes.
不要那麼沒耐心。我們只不過等了五分鐘而已。

➲ 出題重點 A mere scholar, a mere ass. 十足的書呆子、十足的笨蛋。

mind [maɪnd] 動 注意、留心

例 Mind the wet paint.
當心油漆未乾。

➲ 出題重點 absence of mind 心不在焉
change sb's mind 改變某人的注意
bear sth in mind 記住某事

min·is·ter [ˋmɪnɪstɚ] 名 部長、大臣

例 The minister is responsible for the Treasury Department of the government.
那位部長掌管政府的財政部。

ne·glect [nɪgˋlɛkt] 動 忽視、疏忽

例 He was so busy that he neglected his health.
他忙得連身體健康都無法顧及。

o·dor [ˋodɚ] 名 氣味、名聲

例 She is in bad odor.
她名聲不好。

➲ 出題重點 be in bad odor 名聲不佳

ob·sta·cle [ˋɑbstəkl̩] 名 阻礙、障礙（物）

例 His reluctance to compromise is an obstacle to his political success.
他不肯妥協是他政治上成功的一個障礙。

➲ 出題重點 throw obstacles in one's way 妨礙某人

ob·vi·ous·ly [ˋɑbvɪəslɪ] 副 明顯地

例 Obviously, you are not interested in this project at all.
很明顯地，你對於這個計畫一點興趣也沒有。

oc·ca·sion·al·ly [əˋkeʒənl̩ɪ] 副 有時候、偶爾

例 I hope you can visit me occasionally.
我希望你偶爾來看看我。

op·po·site [ˋɑpəzɪt] 名 相反的事物 形 相對的、相反的

例 They have opposite views on the question.
在這個問題上他們持相反的觀點。

op·tion·al [ˋɑpʃənl̩] 形 可選擇的、隨意的

例 The course is optional.
這個課程是選修課。

➲ 出題重點 an optional subject 選修科目

or·di·nar·y [ˋɔrdn̩ˏɛrɪ] 形 普通的

例 She had on an ordinary dress to work.
她穿著平常的衣服來上班。

Pp

par·tic·i·pate [pɑrˋtɪsəˏpet] 動 參加

例 Everyone can participate in this game.
每個人都能參加這項遊戲。

➲ 出題重點 participate in 參加、參與

par·ty [`partɪ] 名 聚會、政黨

例 Will you come to my birthday **party** tonight?
你會來參加我今天晚上的生日派對嗎？

➲ 出題重點 hold a party 舉行晚會　be party to sth. 支持、參加……
give a party 舉辦宴會

par·tic·i·pa·tion [pɑr͵tɪsə`peʃən] 名 分享、參與

例 We wanted more direct **participation** in the solution of the problem.
我們要求更多的直接參與解決這個問題。

plain [plen] 名 平原、曠野 形 清楚的、坦白的

例 The meaning of this sentence is very **plain**.
這句句子的意思十分清楚。

➲ 出題重點 in plain English 用淺顯的英語、坦白地説

po·lite [pə`laɪt] 形 有禮貌的

例 He is always so **polite** to others.
他對其他人總是很有禮貌。

➲ 出題重點 be polite to sb 對某人禮貌

pre·cau·tion [prɪ`kɔʃən] 名 預防、防範

例 We have taken necessary **precautions** against fire.
我們已採取必要的防火措施。

➲ 出題重點 ozone layer 臭氧層

pre·ma·ture [͵primə`tjʊr] 形 過早的、提前的

例 This disease produces **premature** aging of the brain.
這種疾病使大腦過早衰老。

➲ 出題重點 premature death 夭折

pre·tend [prɪ`tɛnd] 動 假裝、偽稱

例 Don't **pretend** to be friendly with me.
不要假裝對我友善。

➲ 出題重點 pretend to do sth. 假裝做某事

pre·vail·ing [prɪ`velɪŋ] 形 佔優勢的、主要的、流行的

例 She is in the **prevailing** position in this kind of situation.
她在這情況下是佔上風的。

pre·vent [prɪ`vɛnt] 動 防止

例 Washing your hands frequently is one way to **prevent** illness.
勤洗手是預防疾病的一個方式。

➲ 出題重點 prevent sb. from doing sth. 阻止某人做某事

pri·va·cy [ˋpraɪvəsɪ] 名 獨處、祕密

例 We draw the curtains at night for **privacy**.
晚上我們為了隱私拉上窗簾。

➲ 出題重點 invade one's privacy 侵犯某人的隱私

pri·vate [ˋpraɪvɪt] 名 列兵、士兵 形 祕密的、私人的

例 It's impolite to ask **private** questions in public.
在公開場合問私人問題是很不禮貌的。

pro·fes·sion [prəˋfɛʃən] 名 職業、專業

例 She intends to make teaching her **profession**.
她打算以教書為業。

➲ 出題重點 make it a profession to do sth 以做某事為業

prop·er [ˋprɑpɚ] 形 適當的、適宜的

例 What would be a **proper** gift for my boss?
適合我老闆的禮物是什麼？

➲ 出題重點 He alone is rich who makes proper use of his riches. 只有會用錢的人才是富人。

pur·sue [pɚˋsu] 動 追求、從事

例 The police **pursued** the bank robbers on foot.
警方徒步追銀行搶匪。

➲ 出題重點 Fools pursue pleasure regardless of the cost.
傻瓜尋樂、不惜代價。

Qq

quar·rel [ˋkwɔrəl] 名 吵架、反目 動 吵架、爭吵

例 The children often **quarrel** over what to watch on TV.
孩子們總是吵著要看什麼電視。

➲ 出題重點 quarrel with sb. 和某人爭吵

raise [rez] 動 舉起、養育

例 The single mother **raised** her three children by herself.
那位單親母親獨自一人扶養三個孩子。

➲ 出題重點 raise up 舉起　raise one's head 抬頭
raise funds 籌集資金

re·late [rɪˋlet] 動 敘述、關於、把……聯繫起來

例 During dinner, Tom **related** everything he had done that day.
吃晚餐的時候，Tom敘述他當天所發生的事。

➲ 出題重點 relate with… 與……有關

re·nowned [rɪˋnaʊnd] 形 有名的、有聲譽的

例 She is very **renowned** in the field of art.
她在藝術界很有名。

➲ 出題重點 be renowned for 以……而出名

re·signed [rɪˋzaɪnd] 形 順從的、聽天由命的

例 I don't believe in those fortune tellers; my faith is **resigned**.
我不相信那些算命師，我的信念就是聽天由命。

re·solve [rɪˋzɑlv] 名 決心 動 決定、決心

例 Greg **resolved** to speak to his boss about the promotion.
Greg決定和他老闆提升遷的事。

➲ 出題重點 resolve into 分解成

re·un·ion [riˋjunjən] 名 團聚、（久別的親友、同事的）聚會

例 Our class will hold its ten-year **reunion** next month.
我們班上下個月會舉辦十年的同學會。

re·veal [rɪˋvil] 動 洩露

例 My best friend told me a secret and I promised not to **reveal** it.
我的好朋友告訴我一個祕密，而我答應他不會洩露出去。

➲ 出題重點 reveal a secret 揭露秘密

re·act [rɪˋækt] 動 起反應、反抗、反對

例 When someone yelled fire, the audience **reacted** by running for the exits.
當有人喊說失火了，觀眾們的反應是馬上向逃生出口奔跑。

➲ 出題重點 react against 反抗

re·fus·al [rɪˋfjuzl̩] 名 拒絕、推卻

例 Frank was annoyed by his sister's **refusal** to let him use her CD player.
Frank因為他姐姐拒絕借他CD播放器而感到惱怒。

➲ 出題重點 refusal of payment 拒絕付款

re·fuse [rɪˋfjuz] 動 拒絕

例 I am afraid that I have to **refuse** your invitation.
我恐怕必須婉拒你的邀請了。

➲ 出題重點 refuse doing sth 拒絕做某事

re·peat [rɪˋpit] 動 重複

例 Can you repeat my **question**?
你可以重覆一次我的問題嗎？

re·trieve [rɪˋtriv] 動 重新得到、挽回

例 I ran back to my office and **retrieved** my bag.
我奔回辦公室拿自己的包包。

➲ 出題重點 retrieve one's spirits 恢復精神

rep·re·sent [ˌrɛprɪˋzɛnt] 動 象徵、作為……的代表

例 They said that they **represented** the committee.
他們說他們代表該委員會。

➲ 出題重點 represent sth. to sb. 向某人說明某事

res·o·lu·tion [ˌrɛzəˋluʃən] 名 決心

例 Worst of all, he had no hope of shaking her **resolution**.
最糟的是，他知道無法動搖她的決心。

➲ 出題重點 take a firm resolution to do sth 下很大決心做某事

rid·i·cule [ˋrɪdɪkjul] 名 嘲笑、奚落 動 嘲笑、奚落

例 I can't figure out why they **ridicule** this constructive suggestion.
我不懂他們為什麼要嘲笑這一個有建設性的建議。

➲ 出題重點 pour ridicule on sb. 嘲弄某人

rig·id [ˋrɪdʒɪd] 形 僵直的

例 I can tell you are nervous from your **rigid** body.
我可以從你那僵硬的身軀看出你很緊張。

➲ 出題重點 a rigid building 堅固的建築

rig·or·ous [ˋrɪgərəs] 形 嚴格的、嚴厲的

例 He is very **rigorous** to his children's education.
他對於孩子們的教育相當嚴格。

➲ 出題重點 make a rigorous study of… 對……進行縝密的研究

rough [rʌf] 形 粗糙的、刺耳的、令人不快的

例 I have a **rough** idea what she looks like.
我大略知道她長得怎樣。

➲ 出題重點 a rough estimate 粗略估計

rude·ness [ˋrudnɪs] 名 粗蠻、無禮

例 No one can bear your **rudeness** anymore.
再以沒有人可以忍受你的無禮了。

Ss

shal·low [ˋʃælo] 形 淺的、淺薄的

例 The lake is quite **shallow**.
這個湖泊很淺。

➲ 出題重點 shallow man 淺薄之人

shame [ʃem] 名 羞恥、羞愧

例 Evan found it difficult to bear the **shame** of bankruptcy.
Evan覺得要忍受破產的羞愧很難受。

➲ 出題重點 bring shame on sb 使某人蒙羞

shame·ful [ˋʃemfəl] 形 可恥的、丟臉的

例 I think you owe me an apology owing to your **shameful** conduct.
我認為由於你可恥的行為你還欠我一個道歉。

shrug [ʃrʌg] 名 聳肩 動 聳肩（表示冷淡、懷疑等）

例 Peter **shrugged** his shoulders to indicate that he didn't know.
Peter聳聳肩，表示說他不知道這件事。

➲ 出題重點 shrug off 聳肩表示蔑視、不理

si·lence [ˋsaɪləns] 名 沉默、緘默 動 使沉默、使安靜

例 Jane first broke the **silence**.
Jane首先打破沉默。

➲ 出題重點 in silence 沉默

si·lent [ˋsaɪlənt] 形 無聲的、沉默的

例 He was **silent** for a moment.
他沉默了一會兒。

➲ 出題重點 Better silent than cry. 此時無聲勝有聲。

sin·gle [ˋsɪŋg!] 形 單身的、單一的

例 As a **single** mother, she worked extremely hard.
身為一個單親媽媽，她工作得格外認真。

➲ 出題重點 in singles 單獨地、個別地

sit·u·ate [ˋsɪtʃʊˏet] 動 使位於、使處於

例 We are discussing where to **situate** a new hospital.
我們正在討論要在哪裡蓋新的醫院。

slash [slæʃ] 名 猛砍 動 大量削減、嚴厲批評

例 His boss **slashed** his project.
他的計畫被他的老闆嚴厲的批評。

➲ 出題重點 slash at 猛擊

smash [smæʃ] 動 破壞、粉碎

例 He got drunk and started to **smash** things.
他喝醉了開始砸東西。

➲ 出題重點 smash hit 受歡迎的

S

snatch [snætʃ] 動 奪取、獲取

例 He **snatched** the book out of my hand.
他把書從我手裡搶走了。

➲ 出題重點 snatch away 奪取

so·cial [ˋsoʃəl] 形 社會的

例 Opinions on various **social** problems differ from person to person.
有關各種社會問題的意見因人而異。

spon·ta·ne·ous [spɑnˋtenɪəs] 形 自發的、隨興的

例 He made a **spontaneous** offer of help.
他自願提供幫助。

➲ 出題重點 spontaneous activity 自發性活動
spontaneous combustion 自燃

sta·tus [ˋstetəs] 名 地位、身分

例 He is after wealth and **status**.
他追求財富和地位。

➲ 出題重點 the statue of Liberty 自由女神像

sta·bi·lize [ˋstebl̩aɪz] 動 使穩定

例 The government took measures to **stabilize** prices.
政府採取措施穩定物價。

➲ 出題重點 stabilize the market price 安定物價
stabilize the currency 安定金融

stage [stedʒ] 名 舞臺

例 Some girls are dancing on the **stage**.
有一些女孩在舞臺上跳舞。

➲ 出題重點 in the stage of… 在……期間

stare [stɛr] 動 凝視、盯著看

例 Stop **staring** at me like that.
不要那樣看著我。

➲ 出題重點 stare at 盯著……看

strange [strendʒ] 形 奇怪的、陌生的

例 I just don't like your **strange** behavior.
我就是不喜歡你那奇怪的行為。

➲ 出題重點 be strange to… 對……不習慣

strang·er [ˋstrendʒɚ] 名 陌生人

例 My mother asked me not to talk to **strangers**.
我媽媽要我不要跟陌生人説話。

strap [stræp] 名 帶 動 用帶縛住、用帶捆紮

例 The two pieces of luggage were **strapped** together.
那兩件行李綑綁在一起。

➲ 出題重點 leather strap 皮帶

sub·or·di·nate

[səˋbɔrdn̩ɪt] 名 下屬
[səˋbɔrdn̩ˏet] 動 服從
[səˋbɔrdn̩ɪt] 形 次要的、下級的

例 He treats his **subordinate** kindly.
他對他的下屬很好。

➲ 出題重點 be subordinate to… 比……次要、低於……

suc·ces·sor [səkˋsɛsɚ] 名 繼承者、接任者、後續的事物

例 The vice president was the president's **successor**.
副總統是總統的繼任人。

suit·a·ble [ˋsutəbl̩] 形 適當的、適合的

例 He was just not **suitable** for the job.
他不適任於這工作。

➲ 出題重點 be suitable for the job 適合這項工作

Tt

tal·ent·ed [ˋtæləntɪd] 形 有才能的

例 He is a very talented artist.
他是一個很有才能的藝人。

tame [tem] 動 馴服、服從 形 馴服的

例 Don't be afraid. Those horses are tame.
不用害怕。那些馬很溫馴。

➲ 出題重點 tame animals 家畜

te·di·ous [ˋtidɪəs] 形 單調乏味的、沉悶的、冗長乏味的

例 The speech was so tedious, I almost fell asleep.
這演講好沉悶，我都快睡著了。

➲ 出題重點 a tedious story 冗長乏味的故事

threat [θrɛt] 名 脅迫、威脅

例 Some people think that machinery is a threat to this job.
有些人認為機器是對他們工作的一種威脅。

tol·er·ance [ˋtɑlərəns] 名 寬容、容忍

例 My tolerance to the pain is very low.
我對痛的忍耐程度很低。

➲ 出題重點 show tolerance towards sb 容忍某人、寬容某人

tol·er·ant [ˋtɑlərənt] 形 容忍的、寬恕的

例 She was tolerant of different views.
她容忍不同的意見。

➲ 出題重點 be tolerant of… 對……容忍

va·can·cy [ˋvekənsɪ] 名 空位、空處

例 We have a vacancy for an engineer.
我們有一個工程師的空缺。

➲ 出題重點 vacant room 空的房間

vi·sa [ˋvizə] 名 簽證 動 在（護照上）簽證

例 I obtained a visa to visit Japan.
我獲得入境日本的簽證。

➲ 出題重點 transit visa 過境簽證

whis·tle [ˋhwɪsl̩] 名 哨子、口哨、汽笛 動 吹口哨、鳴笛

例 The referee blew his **whistle**, and the game stopped.
裁判吹哨音時比賽就結束了。

wis·dom [ˋwɪzdəm] 名 智慧、明智的行為

例 I would question the **wisdom** of borrowing such a large sum of money.
我懷疑借這麼一大筆錢是否明智。

➲ **出題重點** wisdom tooth 智齒

with·hold [wɪðˋhold] 動 拒給、抑制

例 You should know how to withhold the pressure of your studies.
你應該要知道如何抵制你學業上的壓力。

with·stand [wɪθˋstænd] 動 承受住、抵住

例 Explorers have to **withstand** hardships.
探險者得忍受艱苦。

➲ **出題重點** withstand kicks and blows 經得起拳打腳踢

yell [jɛl] 名 叫聲、喊聲 動 大叫（著說）、忍不住笑、呼喊

例 How could you **yell** at me like that?
你怎麼可以這樣對我大吼大叫？

➲ **出題重點** yell at sb. 對著某人喊

PART 12

情感交流篇

Part 12 音檔雲端連結

因各家手機系統不同，若無法直接掃描，
仍可以至以下電腦雲端連結下載收聽。
（https://tinyurl.com/z2rtvhu3）

a·dore [ə`dor] 動 崇拜、愛慕、【口】喜愛

例 I have **adored** Glen since I was a little girl.
從我小時候就一直很愛慕Glen。

➲ 出題重點 totally adore 十分崇拜

a·lert [ə`lɜt] 名 警惕、警報 形 提防的、警惕的

例 You should be **alert** to this stranger.
你要小心這個陌生人。

➲ 出題重點 alert to do 留心做

a·maz·ing [ə`mezɪŋ] 形 令人驚異的

例 Your performance is quite **amazing**.
你的表演真是令人驚奇。

a·pol·o·gize [ə`pɑlə͵dʒaɪz] 動 道歉

例 You should definitely **apologize** for what you had done.
你的確應該為你的所作所為道歉。

➲ 出題重點 apologize for…… 因……而道歉

a·shamed [ə`ʃemd] 形 羞恥的、恥於

例 Billy was **ashamed** of his bad behavior.
Billy對於他不良的行為感到羞愧。

➲ 出題重點 be ashamed of…… 對……感到慚愧

a·ston·ish [ə`stɑnɪʃ] 動 使驚異

例 We were all **astonished** at the news of her sudden death.
她突然去世的消息讓我們都很震驚。

➲ 出題重點 absolutely astonished 大為吃驚

a·ston·ish·ment [ə`stɑnɪʃmənt] 名 驚訝

例 To our **astonishment**, he just left without saying a word.
讓我們驚訝的是，他就這樣不發一語的走了。

➲ 出題重點 great astonishment 極度錯愕

a·wake [ə`wek] 動 喚醒、覺醒、領會、覺悟 形 警覺的、醒的

例 Larry **awoke** from his nap when the phone rang.
Larry當電話響的時候從午覺中醒了過來。

➲ 出題重點 awake sb.'s interest 激起某人的興趣
awoke from a sound sleep 從沉睡中醒來

a·ware [əˋwɛr] 形 知道的、察覺的

例 I was not aware that he was mad at me.
我沒有察覺到他在生我的氣。

➲ 出題重點 be aware of…… 意識到……

a·ware·ness [əˋwɛrnɪs] 名 意識

例 There is a general awareness that we are not supposed to judge a person by his appearance.
人們普遍瞭解我們不應該以貌取人。

ab·so·lute [ˋæbsə͵lut] 形 完全的、純粹的

例 The boy has absolute trust in his older brother.
那個男孩完全的信任他哥哥。

➲ 出題重點 absolute value 絕對值

ad·mi·ra·tion [͵ædməˋreʃən] 名 欽佩

例 I truly appreciate your admiration.
我很感謝你的讚美。

➲ 出題重點 respect and admiration 由衷敬仰

ad·mire [ədˋmaɪr] 動 讚歎、欽佩

例 We admired him all the more for his talent for music.
他的音樂天份使我們對他更加敬佩。

➲ 出題重點 admire sb. for 讚賞某人

ad·vice [ədˋvaɪs] 名 建議、忠告

例 I need your advice because I don't know how to solve the problem.
因為我不知道怎麼解決這個問題，所以我需要你給我建議。

➲ 出題重點 advice column 讀者問答專欄

ad·vise [ədˋvaɪz] 動 忠告、勸告

例 He advised me that I talk to Glen at once.
他勸我立刻去跟Glen談談。

➲ 出題重點 advise sb. that+ 原型 V. 勸某人……
advise sb. against+Ving. 勸某人不要……

af·fec·ta·tion [͵æfɪkˋteʃən] 名 假裝、虛偽、做作

例 The affectations in the way she speaks irritated me.
她說話時裝腔作勢的樣子真是惹惱我。

air·mail [ˋɛr͵mel] 名 航空郵件

例 He sent back the contract by airmail.
他用航空郵件寄回合約。

➲ 出題重點 by airmail 用航空郵寄

an·tic·i·pate [æn`tɪsə͵pet] 動 期望、預期

例 It is impossible to anticipate when it will happen.
不可能預料這事情何時會發生。

➲ 出題重點 anticipate sb.'s arrival 期待某人的到來

anx·ious [`æŋkʃəs] 形 焦慮的、擔憂的、渴望的

例 She is pretty anxious about her grades.
她相當擔心她的成績。

➲ 出題重點 be anxious about...... 為……擔心

as·pi·ra·tion [͵æspə`reʃən] 名 呼吸、抱負、渴望

例 He has no aspiration for fame or gain.
他不圖名利。

as·pire [ə`spaɪr] 動 渴望、立志

例 Undoubtedly, she aspired to become an excellent actress.
無疑地，她渴望成為一位傑出的演員。

aw·ful [`ɔful] 形 可怕的、極壞的

例 The food served in the new restaurant is awful.
那間新餐廳的食物難吃極了。

➲ 出題重點 an awful earthquake 可怕的地震

awk·ward [`ɔkwɚd] 形 尷尬的、笨拙的

例 Tom is an awkward dancer but a good singer.
Tom是個笨拙的舞者，但是卻是個傑出的歌手。

➲ 出題重點 awkward squad 烏合之眾、一小隊訓練不足的新兵

Bb

be·wil·der [bɪ`wɪldɚ] 動 使迷惑、使不知所措

例 We were bewildered by your explanation.
我們被你的解釋給搞糊塗了。

bit·ter [`bɪtɚ] 形 苦的、痛苦的

例 Life is bitter and short, so don't waste your time.
人生苦短，勿浪費光陰。

➲ 出題重點 bitter end 最後、結局、到底、至死

bold [bold] 形 大膽的、無畏的

例 His bold speech made me so surprised.
他大膽的演講讓我嚇了一跳。

➲ 出題重點 make a bold try 做了一個大膽嘗試

calm [kɑm] 形 平靜的

例 You must remain **calm** when facing those difficulties.
當面對困難時你要保持冷靜。

➲ 出題重點 calm down 平靜下來

care·ful [ˋkɛrfəl] 形 謹慎的、小心的

例 Mary is quite sensitive; be **careful** when you talk to her.
Mary相當敏感，跟她講話你要謹慎小心點。

➲ 出題重點 be careful of 當心　be careful about 注意、關切、講究

cheer [tʃɪr] 動 為……加油、使振奮、使高興

例 The audience **cheered** the movie star as she walked on stage.
電影明星走上舞臺時觀眾為她歡呼。

➲ 出題重點 cheer up 高興起來、使高興

clear [klɪr] 形 清楚的、明白的

例 Please give me a **clear** explanation of this matter.
請你針對這件事給我一個清楚的解釋。

➲ 出題重點 make it clear 把事情弄清楚　clear one's throat 清嗓子
clear out 清理、清空

coarse [kors] 形 粗糙的、粗劣的

例 The way you expressed your opinion is quite **coarse**.
你表達意見的方式相當粗俗。

➲ 出題重點 in the course of...... 在……過程中　of course 當然了

com·fort [ˋkʌmfət] 名 安慰、舒適、安慰者、安慰物 動 安慰、鼓舞、使緩和

例 We could give him no **comfort** except John.
除了John之外沒有人可以給他安慰。

➲ 出題重點 comfort station 公共廁所（休息室）

com·plain [kəmˋplen] 動 抱怨

例 Why are you always **complaining** about your life?
你為什麼總是在抱怨你的生活？

➲ 出題重點 complaint department 客服申訴部

com·pli·men·ta·ry [͵kɑmpləˋmɛntərɪ] 形 問候的、稱讚的、免費贈送的

例 My boss was very **complimentary** about what I did for the company.
老闆對我為公司所付出的極其讚賞。

con·do·lence [kən`doləns] 名 哀悼、弔唁

例 I appreciate your **condolences**.
感謝你的慰問。

con·fi·dence [`kɑnfədəns] 名 相信、信任

例 I have complete **confidence** in your ability to do it.
我對你做這件事的能力十分有信心。

➲ 出題重點 confidence vote 信任投票　lose confidence 失去信心

con·fi·dent [`kɑnfədənt] 形 自信的、有信心的、信服的

例 She is **confident** of her ability to overcome those obstacles.
她有自信自己有能力可以克服那些障礙。

➲ 出題重點 be confident of / that 對……有自信、有信心

con·fide [kən`faɪd] 動 傾訴、委託、信賴

例 I **confide** in him and he has never cheated on me.
我信賴他，他從來沒有欺騙過我。

con·science [`kɑnʃəns] 名 良心、良知

例 I can't believe that cheating on the exam did not bother his **conscience** at all.
我不敢相信他對於考試作弊這件是一點都不會良心不安。

con·scious [`kɑnʃəs] 形 察覺的、意識到的

例 Mary was not **conscious** of the fact that she had offended her boss.
Mary沒有察覺到她已經得罪了她的上司。

➲ 出題重點 be conscious of 意識到……、察覺到……

con·tent [`kɑntɛnt] 名 內容 動 使滿足 [kən`tɛnt] 形 知足的

例 He seems **content** to work here.
他似乎很滿意在這裡的工作。

➲ 出題重點 be content to 願意

con·tem·plate [`kɑntəm͵plet] 動 思量、仔細考慮、意欲

例 You need to **contemplate** the problem before making the final decision.
在做下最後決定之前，你必須仔細思考這個問題。

➲ 出題重點 contemplate the sea 凝視著大海

cou·ra·geous [kə`redʒəs] 形 勇敢的、有膽量的

例 It was **courageous** of you to stand out for me.
你為我挺身而出真的很勇敢。

➲ 出題重點 be courageous 要勇敢

cour·te·ous [ˋkɝtɪəs] 形 彬彬有禮的、謙恭的

例 The teacher complimented Mr. Brown on having a **courteous** son.
那位老師稱讚布朗先生有這麼一個彬彬有禮的兒子。

cour·te·sy [ˋkɝtəsɪ] 名 禮貌

例 Mr. Chen greeted me just out of **courtesy**.
陳先生出於禮貌向我打了招呼。

➲ 出題重點 be courtesy of...... 蒙……的好意、蒙……的提供

Dd

de·lib·er·ate [dɪˋlɪbərɪt] 形 故意的、從容的

例 Everyone could tell that it was a **deliberate** lie.
每個人都看得出來那是故意撒謊。

➲ 出題重點 deliberate on...... 仔細思考……

de·light [dɪˋlaɪt] 名 喜悅、愉快

例 Jill expressed her **delight** by clapping her hands.
Jill高興得拍起手來。

➲ 出題重點 delight oneself with...... 以……自娛

de·light·ed [dɪˋlaɪtɪd] 形 欣喜的、快樂的

例 She was **delighted** with her unexpected promotion.
她因為無預期的升遷而喜悅。

de·light·ful [dɪˋlaɪtfəl] 形 令人愉快的、可喜的

例 We spent a **delightful** evening with our family.
我們和家人度過了一個愉快的夜晚。

de·pend·ent [dɪˋpɛndənt] 形 依賴的

例 Once Sam began working, he was no longer **dependent** on his parents.
Sam一開始工作就不再依賴他的父母親了。

➲ 出題重點 dependent on 依靠

de·pres·sion [dɪˋprɛʃən] 名 沮喪、消沉、低氣壓

例 Due to the trip to the seashore, Mary was out of her **depression**.
由於到海邊旅行，Mary不再憂鬱。

➲ 出題重點 atmospheric depression 低氣壓

de·press [dɪˋprɛs] 動 使沮喪、壓下

例 The players were **depressed** by their failure to win the game.
這些球員因為他們無法贏得比賽而感到沮喪。

➲ 出題重點 depressed key 按鈕、按鍵

de·serve [dɪˋsɝv] 動 值得、應受

例 You **deserve** to get a better job.
你應該要得到一個更好的工作才是。

➲ 出題重點 deserve a beating 該挨打

de·sire [dɪˋzaɪr] 名 欲望、心願 動 欲望、想要

例 I have no desire to **discuss** the question.
我不想要討論這個問題。

➲ 出題重點 desire for 渴望

de·spair [dɪˋspɛr] 名 失望、絕望

例 Why are you always in **despair**? Be positive.
你為什麼總是對事情那麼絕望？樂觀一點。

➲ 出題重點 in despair 絕望

de·spite [dɪˋspaɪt] 介 不管、儘管、不論 名 蔑視、惡意、怨恨

例 **Despite** her bad cold, Ellen insisted on going to work.
儘管Ellen感冒很嚴重，她還是堅持要繼續工作。

➲ 出題重點 enjoy in despite poverty 窮開心

de·ter·mi·na·tion [dɪˏtɝmɪˋneʃən] 名 決心

例 She has the **determination** to overcome all the obstacles to success.
她有決心克服通往成功路上的一切障礙。

de·ter·mined [dɪˋtɝmɪnd] 形 堅決的、決定了的

例 I am determined to finish my assignment tonight.
我下定決心要在今晚完成我的作業。

de·vo·tion [dɪˋvoʃən] 名 奉獻、獻身、深愛

例 We appreciated his **devotion** of time and money to the project.
我們感謝他為這一個計畫所花費的時間和金錢。

➲ 出題重點 devotion to 對……獻身

de·vot·ed [dɪˋvotɪd] 形 投入的、深愛的

例 Henry is so **devoted** to his career.
Henry投入於他的工作。

deep [dip] 形 深處的、聲音低沉的

例 He has a **deep** voice.
他的聲音很低沉。

➲ 出題重點 deep seas 深海　deep in the forest 森林深處
be deep in thought 沉思著

del·i·cate [ˋdɛləkət] 形 精密的、敏感的、易碎的

例 Those vases are so **delicate**, you should be more careful.
那些花瓶很容易破碎，你要格外小心。

des·per·ate [ˋdɛspərɪt] 形 不顧一切的、拚死的、令人絕望的

例 He was **desperate** when he broke up with his girlfriend.
當他與女朋友分手的時候，他十分絕望。

➲ 出題重點 a desperate man 亡命之徒

dis·ap·point [ˏdɪsəˋpɔɪnt] 動 使失望

例 Don't be **disappointed** with the final result.
別對最後的結果太失望。

➲ 出題重點 disappoint in love 失戀
disappoint with / at;be disappointed with 失望於

dis·cour·age [dɪsˋkɝɪdʒ] 動 使氣餒、阻礙

例 I do not want to **discourage** you, but you still make a lot of efforts.
我不想要讓你氣餒，但是你還需要很多的努力。

➲ 出題重點 discourage from 阻攔、勸阻

dis·cov·er·y [dɪˋskʌvərɪ] 名 發現、發明的東西

例 Your new **discovery** in the field of science can contribute to your hard work.
你在科學領域的新發現是由於你的認真。

dis·guise [dɪsˋgaɪz] 名 偽裝、遮掩物 動 假裝、偽裝、掩飾

例 The celebrity **disguised** himself as a mailman to fool the reporters.
那個名人把自己偽裝成是郵差來唬弄那些記者。

➲ 出題重點 in disguise 偽裝

dis·gust [dɪsˋgʌst] 動 使嫌惡、使噁心

例 We were **disgusted** by your terrible attitude.
我們對你惡劣的態度感到嫌惡。

➲ 出題重點 to one's disgust 結果使人掃興

dis·sat·is·fac·tion [ˏdɪssætɪsˋfækʃən] 名 不滿、令人不滿的事物

例 To my **dissatisfaction**, you didn't even try to do your job well.
令我不滿意的是，你甚至連試著要把你的工作做好都不肯。

dis·sat·is·fy [dɪsˋsætɪs͵faɪ] 動 使感覺不滿、不滿足

例 Why are you always getting dissatisfied with your life?
為什麼你總對你的生活不滿足？

dis·tinct [dɪˋstɪŋkt] 形 清楚的、明顯的、截然不同的、獨特的

例 It's your **distinct** personality that makes me impressed.
就是你那獨特的個性讓我印象深刻。

➲ 出題重點 be distinct from...... 與……不同

dis·tress [dɪˋstrɛs] 名 悲痛、窮困、不幸、危難、憂傷 動 使悲痛、使窮困、使憂傷

例 The loss of her best friend **distressed** her greatly.
失去她最好的朋友使她很痛苦。

➲ 出題重點 mental distress 焦慮

draw·back [ˋdrɔ͵bæk] 名 缺點、障礙

例 The only **drawback** of the trip was that the weather was not good enough.
這趟旅程唯一的缺點就是天氣不夠好。

➲ 出題重點 remedy a drawback 消除弊端

dread [drɛd] 名 恐懼、懼怕 動 懼怕、擔心

例 Most of us **dread** a visit to the dentist.
我們大多數的人都害怕去看牙醫。

➲ 出題重點 dread the grave 怕死

dread·ful [ˋdrɛdfəl] 形 可怕的、【口】討厭的

例 The dream I had last night was totally **dreadful**.
我昨晚做的夢真是太可怕了。

➲ 出題重點 a dreadful experience 恐怖的經歷

Ee

e·mo·tion·al [ɪˋmoʃən!] 形 情緒的、感情的、令人動情的

例 It is said that females tend to be more **emotional** than males do.
據說女性比男性更情緒化。

em·bar·rass·ing [ɪmˋbærəsɪŋ] 形 令人為難的、令人尷尬的

例 The situation that you are facing right now is quite **embarrassing**.
你現在正面臨的情況真是相當尷尬。

em·bar·rass·ment [ɪmˋbærəsmənt] 名 困窘、阻礙

例 My face turned red with **embarrassment**.
我窘得臉都紅了。

➲ 出題重點 become angry from embarrassment 惱羞成怒

en·deav·or [ɪnˋdɛvɚ] 名 努力、企圖 動 努力、試圖

例 Your **endeavor** to this project really impressed me.
你對於這項計畫的努力讓我印象深刻。

➲ 出題重點 endeavor to 盡力於…… business endeavor 創業

en·dure [ɪnˋdjʊr] 動 持久、忍耐、容忍

例 Many elders cannot **endure** the cold weather.
許多長者無法承受寒冷的天氣。

➲ 出題重點 have endurance 有耐力 beyond endurance 令人無法忍受

en·gage [ɪnˋgedʒ] 動 與……訂婚、忙於、聘雇

例 After ten years, Mary finally decided to be **engaged** to Jerry.
十年後，Mary終於決定要跟Jerry訂婚了。

➲ 出題重點 engage in 從事於、忙於

en·gage·ment [ɪnˋgedʒmənt] 名 約會、婚約、諾言、雇傭、交戰

例 Jack and Amy invited many guests to their **engagement** party.
Jack和Amy邀請了很多賓客參加他們的訂婚晚會。

➲ 出題重點 have / has an engagement with B A和B有約會
engagement ring 訂婚戒指

en·joy·a·ble [ɪnˋdʒɔɪəbl̩] 形 令人愉快的、可享受的

例 Working with you is such an **enjoyable** experience.
與你共事真是個愉快的經驗。

en·vy [ˋɛnvɪ] 名 嫉妒

例 The reason why she said that is completely out of **envy**.
她會這麼說的原因完全都是出自於忌妒。

➲ 出題重點 out of envy 出於忌妒

ex·cep·tion·al [ɪkˋsɛpʃənəl] 形 例外的、異常的、特別的

例 Those students showed **exceptional** passion for math.
那些學生對數學表現出異常的熱情。

ex·cit·ed [ɪkˋsaɪtɪd] 形 感到興奮的

例 Most of us are **excited** about this trip.
我們對於這次的旅行都感到很興奮。

ex·cit·ing [ɪk`saɪtɪŋ] 形 令人興奮的

例 This basketball game is very **exciting**.
這場籃球比賽很刺激。

ex·cite [ɪk`saɪt] 動 激動、興奮、刺激

例 The news **excited** everybody.
這個消息讓每個人都興奮了起來。

ex·cite·ment [ɪk`saɪtmənt] 名 刺激、興奮、激動

例 To my **excitement**, the candidate that I supported finally won the election.
令我興奮的是，我所支持的候選人終於贏得選舉。

ex·claim [ɪks`klem] 動 呼喊

例 The children **exclaimed** with excitement.
孩子們興奮地大叫。

ex·haus·tion [ɪg`zɔstʃən] 名 疲憊、筋疲力盡、竭盡

例 I was in a state of **exhaustion** after the long journey.
這次長途旅行後我感到筋疲力盡。

ex·treme [ɪk`strim] 形 極端的、極限的

例 The employees at this chemical factory work under **extreme** pressure.
在這間化學工廠工作的員工壓力非常大。

➲ 出題重點 extreme sport 極限運動

Ff

fa·mil·iar [fə`mɪljɚ] 形 熟悉的、親密的

例 You look **familiar**; have we ever met before?
你看起來好面熟，我們以前有見過嗎？

➲ 出題重點 familiar with 熟悉

fa·vor [`fevɚ] 名 幫忙、恩惠、贊許、偏好
動 支持、贊成、賜予、照顧、偏愛

例 Can you do me a **favor**?
你可以幫我一個忙嗎？

➲ 出題重點 in favor of 支持

fail [fel] 動 失敗、缺少

例 I **failed** to turn in my English assignment on time.
我沒有準時繳交英文作業。

➲ 出題重點 fail in...... 在……上失敗、變弱

fail·ure [ˋfeljɚ] 名 失敗、失敗者、無功之事

例 Your **failure** is because of you laziness.
你的失敗是因為怠惰。

faith [feθ] 名 信仰、忠誠

例 He always puts his **faith** in the future.
他對未來總是抱有信心。

➲ 出題重點 be in bad faith 不誠實的　article of faith 信條
have no faith in 不信賴

faith·ful [ˋfeθfəl] 形 忠實的、忠誠的

例 It's so lucky to have a **faithful** friend like you.
能有一個像你這麼忠誠的朋友真的很幸運。

fan·cy [ˋfænsɪ] 名 幻想、迷戀、想像力、愛好、喜好 動 想像、想要、喜歡、以為 形 精美的、昂貴的、花俏的、高檔的

例 Jacky took his date to a **fancy** restaurant for dinner.
Jacky帶他的約會對象到一家昂貴的餐廳吃晚餐。

➲ 出題重點 take a fancy to 喜歡上
fancy-free 未解戀愛滋味的、天真無邪的

fan·ta·sy [ˋfæntəsɪ] 名 幻想 動 幻想、想像

例 If you don't work harder, your dream of becoming successful is only a **fantasy**.
如果你不認真一點，你夢想要成功根本就只是幻想。

fan·tas·tic [fænˋtæstɪk] 形 幻想的、奇異的、荒謬的、空想的、極好的

例 Your idea is utterly **fantastic**.
你的想法一點也實用。

➲ 出題重點 have fantastic ideas 異想天開

fate [fet] 名 命運、運氣

例 They were sure that **fate** was responsible for their meeting.
他們相信他們相遇是命運的安排。

➲ 出題重點 man is the master of his own fate 人定勝天

fault [fɔlt] 名 缺點、錯誤

例 The **fault** is entirely mine.
責任全在於我。

➲ 出題重點 find fault with…… 故意找……的碴

fear [fɪr] 名 恐怖、害怕、擔心、敬畏 動 害怕、為……擔心、敬畏

例 My worst fears were quickly realized.
我最擔心害怕的事很快就成真了。

➲ 出題重點 be in fear of sth. 為……提心吊膽
fear that...... 害怕、擔心…… out of fear 由於恐懼

for·tu·nate [ˋfɔrtʃənɪt] 形 幸運的、幸福的

例 That is a fortunate start to have a new job.
有個新工作是個好的開始。

for·tune [ˋfɔrtʃən] 名 運氣、好運、財產

例 She told my fortune by reading my palm.
他靠著手相幫我算命。

➲ 出題重點 fortune cookie 算命餅乾

frag·ile [ˋfrædʒəl] 形 脆弱的、虛弱的

例 After the cold, Danny looked quite fragile.
感冒過後，Danny看起來相當虛弱。

➲ 出題重點 fragile china 易碎的瓷器

frank [fræŋk] 形 率直的、坦白的

例 To be frank with you, I have never liked you since the first day I met you.
老實說，從我第一天遇見你就從沒有喜歡過你。

➲ 出題重點 to be frank 坦白說

fright [fraɪt] 名 驚駭、吃驚

例 Your sudden showing up made me nearly die of fright.
你突然出現差點把我嚇死了。

fright·en [ˋfraɪtn̩] 動 使吃驚

例 The ghost story frightened the child.
這個鬼故事使孩子十分驚恐。

➲ 出題重點 frighten away 嚇跑、嚇走

fu·ri·ous [ˋfjʊrɪəs] 形 狂怒的、狂暴的、激烈的

例 My mother was furious when I took her car without asking her first.
我媽媽非常生氣，當她知道我開她的車卻沒有事先詢問她的時候。

➲ 出題重點 furious with anger 狂怒

fu·ry [ˋfjʊrɪ] 名 猛烈、暴怒、狂怒

例 In his fury, he tore the letter to pieces.
他盛怒之下把信撕得粉碎。

➲ 出題重點 fury of the wind 狂風

fuss [fʌs] 名 忙亂、大驚小怪的人 動 忙亂、小題大作

例 Don't make a **fuss** over such trifles.
別對小事大驚小怪。

➲ 出題重點 make a fuss over…… 為……大驚小怪

gaze [gez] 名 凝視、端詳 動 凝視

例 Don't just **gaze** at me without saying anything.
不要只是看著我什麼都不說。

➲ 出題重點 gaze at 盯住

glance [glæns] 名 一瞥、眼光、匆匆一看 動 掃視、匆匆一看

例 I cannot forget him at first **glance**.
第一眼看到他我就忘不了他了。

➲ 出題重點 is clear at a glance,understand at a glance 一目了然
read ten lines at one glance 一目十行
at first glance 第一眼

glare [glɛr] 名 眩目的光、顯眼、怒目而視、光滑的表面 動 閃耀、怒視

例 They stopped arguing and **glared** at each other.
他們停止了爭論，相互怒視著對方。

➲ 出題重點 glare at 怒視著……

glimpse [glɪmps] 名 一瞥、一看 動 瞥見

例 He **glimpsed** at my new watch and said it was a nice one.
他看了一眼我的手錶，說那是支不錯的錶。

➲ 出題重點 get a glimpse of…… 瞥見了……

gloom·y [ˋglumɪ] 形 陰暗的、悲觀的、陰鬱的

例 I can tell by your **gloomy** face that the news is bad.
從你憂鬱的臉上我可以看出情況不妙。

➲ 出題重點 the gloomy economic forecast 經濟前景黯淡

grat·i·tude [ˋgrætəˏtjud] 名 感激

例 You should show your **gratitude** to people who have helped you.
你應該對幫助過你的人表示感激之意。

➲ 出題重點 overcome with feeling of gratitude 不勝感愧
Gratitude is a heavy burden. 欠別人的情是沉重的負擔。

grate·ful [ˋgretfəl] 形 感激的、感謝的、受歡迎的

例 I am really **grateful** to your help.
你的幫忙我很感激。

➲ 出題重點 extremely grateful 不勝感激
be grateful to A for B 感謝的、感激的

grief [grif] 名 悲傷、憂愁之事

例 Losing her dog caused Emily great **grief**.
失去她的狗讓Emily很悲傷。

harsh [hɑrʃ] 形 嚴厲的、粗糙的、苛刻的

例 The **harsh** training makes us stronger.
嚴格的訓練讓我們更堅強。

➲ 出題重點 harsh treatment 苛待

heav·y [ˋhɛvɪ] 形 重的、沉悶的、沮喪的

例 This box is too **heavy** for me to move.
這個箱子太重了，我搬不動。

➲ 出題重點 heavy with…… 因……而沉重　heavy work 繁重的工作
heavy traffic 交通擁堵

hes·i·tate [ˋhɛzə͵tet] 動 猶豫、躊躇

例 You have been wasting too much time **hesitating**.
你已經浪費很多時間在猶豫這件事上了。

➲ 出題重點 do not hesitate to write me 不吝指教
hesitate about sth. 猶豫某事

hon·or [ˋɑnɚ] 名 尊敬、敬意、榮譽、光榮 動 尊敬、給以榮譽

例 It is an **honor** for me to meet you.
很榮幸可以遇到你。

➲ 出題重點 do honor to 向某人表達敬意
honor roll 榮譽名 冊、榮譽名 單; 榮譽榜
honor system 榮譽制度

hos·pi·tal·i·ty [͵hɑspɪˋtælətɪ] 名 殷勤、款待、好客

例 Many thanks for your **hospitality** you showed me.
非常感謝你對我的款待。

hu·mil·i·ate [hju`mɪlɪ͵et] 動 使羞辱、使蒙羞、使丟臉

例 He has **humiliated** her beyond endurance.
她把他羞辱得無地自容。

➲ 出題重點 be humiliated by…… 因……而蒙羞

hum·ble [`hʌmbḷ] 動 使卑下、使謙卑 形 卑下的、微賤的、謙遜的、粗陋的

例 Many celebrities are successful because they are surprisingly **humble**.
很多名人的成功都是因為他們出奇地謙恭。

Ii

in·cred·i·ble [ɪn`krɛdəbḷ] 形 難以置信的、不足信的、不大可能的

例 For such a tiny woman she had an **incredible** appetite.
對這麼一個小個子女人來說，她的胃口大得令人難以置信。

in·de·pend·ence [͵ɪndɪ`pɛndəns] 名 獨立

例 It's time for you to gain **independence**.
該是你獨立的時候了。

in·fe·ri·or·i·ty [ɪnfɪrɪ`ɑrətɪ] 名 自卑、次等、劣勢

例 He had a feeling of **inferiority**.
他有自卑感。

ig·no·rant [`ɪgnərənt] 形 不知的、無知的

例 Your **ignorant** behavior truly embarrassed yourself.
你無知的行為真的只是讓你自己更尷尬而已。

➲ 出題重點 be ignorant of…… 在……方面無知、不知……

i·ron·i·cal [aɪ`rɑnɪkl] 形 說反話的、諷刺的

例 It's **ironical** that you showed your respect to the one that had hurt you.
你對曾經傷害過你的人表示敬意真是諷刺。

in·tent [ɪn`tɛnt] 名 意圖

例 The man was charged with **intent** to kill.
那人被指控蓄意謀殺。

➲ 出題重點 good intent 出於善意

in·tense [ɪnˋtɛns] 形 強烈的、渴望的

例 I cannot take your **intense** love anymore.
我再也不能接受你那強烈的愛意了。

➲ 出題重點 intense fall 暴雨

in·ten·tion [ɪnˋtɛnʃən] 名 意圖、目的

例 It is my **intention** to refuse your invitation.
我刻意要拒絕你的邀請。

➲ 出題重點 bad intention 歹意

ir·ri·tate [ˋɪrəˏtet] 動 激怒、使發火、發紅、發痛

例 Your reaction **irritated** me a little.
你的反應讓我有點惱火。

➲ 出題重點 be irritated by [with] sb. 被某人激怒
be irritated against sb. 對某人生氣

Kk

keen [kin] 形 鋒利的、敏銳的、熱心的、渴望的

例 With such a **keen** mind, you can pursue any profession you want.
有著敏銳的想法，你可以追求任何你想要的職業。

➲ 出題重點 be keen on 喜愛

la·zi·ness [ˋlezɪnɪs] 名 怠惰、無精打采

例 Owing to your **laziness**, you can never succeed.
因為你的怠惰，你永遠沒辦法成功。

la·zy [ˋlezɪ] 形 懶惰的、懶散的

例 She is so **lazy**; that's why no one likes her.
她太懶惰了，這就是為什麼沒有人喜歡她。

➲ 出題重點 be too lazy to do sth. 太懶了以致不願做某事

Mm

Track 158

mar·ve·lous [ˋmɑrvələs] 形 神奇的

例 He had had the most **marvelous** experience.
他有過極奇特的經驗。

➲ 出題重點 truly marvelous 真了不得

mem·o·ra·ble [ˋmɛmərəbl̩] 形 值得紀念的、難忘的

例 The moment you won the race was **memorable**.
你贏得比賽的那個時刻是值得紀念。

mer·it [ˋmɛrɪt] 名 優點、價值 動 該當、值得

例 People may not like her, but she has her **merits**.
人們也許不喜歡她，但是她也有她的優點。

➲ 出題重點 merit rating 成績評估、優點評定

mis·er·a·ble [ˋmɪzərəbl̩] 形 悲慘的、痛苦的、令人難堪的

例 She always looks upset because of her **miserable** childhood.
她因為悲慘的童年，所以總是看起很心煩。

mis·er·y [ˋmɪzərɪ] 名 痛苦、不幸

例 Nothing could make her forget her **misery** after her boyfriend left her.
沒有什麼可以讓她忘記她男朋友離她而去時的痛苦。

➲ 出題重點 Misery loves company. 同病相憐。

mis·lead·ing [mɪsˋlidɪŋ] 形 誤解的、令人誤解的、易誤解的

例 Your opinion is quite **misleading**, I cannot tell whether you are against the idea or not.
你的意見容易令人誤解，我都不知道你究竟是贊成或是反對這個意見。

mod·est [ˋmɑdɪst] 形 謙虛的、謙讓的、適度的

例 Vicky was too **modest** to claim credit for her work.
Vicky太謙虛了，對於工作都不邀功。

➲ 出題重點 It is good to find modest words to express immodest things.
要用客氣話說不客氣的事。

Nn

nui·sance [ˋnjusn̩s] 名 討厭的人或東西

例 He was nothing but a **nuisance**.
他是一個十足的討厭鬼。

➲ 出題重點 make oneself a nuisance 惹人厭

Oo

o·ver·come [ˏovɚˋkʌm] 動 克服

例 I believe you can **overcome** those difficulties in the end.
我相信你最後一定能克服那些困難。

➲ 出題重點 overcome the enemy 戰勝敵人

o·ver·flow [ˏovɚˋflo] 名 溢出、超值、洋溢 動 使溢出、使充滿

例 His heart **overflowed** with gratitude.
他的心裡充滿了感激之情。

➲ 出題重點 overflowed with 充滿

o·ver·whelm [ˏovɚˋhwɛlm] 動 壓倒、使受不了

例 I was **overwhelmed** by his generosity.
他的慷慨令我感激難言。

➲ 出題重點 overwhelmed by 被淹沒

ob·sess [əbˋsɛs] 動 佔據心思

例 David was **obsessed** with a girl he had just met.
David被一個他剛剛認識的女孩迷住了。

of·fen·sive [əˋfɛnsɪv] 形 令人不快的、討厭的

例 Your speech is very **offensive** to me.
你的發言冒犯了我。

➲ 出題重點 offensive language 無禮的言辭

op·ti·mism [ˋɑptəmɪzəm] 名 樂觀、樂觀主義

例 I like your ideas of **optimism**.
我喜歡你的樂觀主義。

➲ 出題重點 optimism bias 樂觀主義傾向

pa·tience [ˋpeʃəns] 名 耐心、忍受

例 Glen showed his love to me with **patience**.
Glen很有耐心的對我表現他的愛。

➲ 出題重點 be out of patience…… 對……不耐煩

pain·ful [ˋpenfəl] 形 疼痛的、使痛苦的

例 Breaking up with her boyfriend was such a **painful** experience for Mary.
和她的男朋友分手這件事，對於Mary來說是個痛苦的經驗。

par·don [ˋpɑrdn̩] 動 原諒、饒恕

例 **Pardon** me for not writing to you sooner.
請原諒我未能及早給你寫信。

➲ 出題重點 I beg your pardon. 請再說一次。

per·sist [pɚˋsɪst] 動 堅持、固執、持續

例 Mary **persisted** in going out with him even though we asked her not to.
雖然我們叫她別去，但Mary還是堅持要跟他出去。

➲ 出題重點 avoid overeating 避免吃得過多

per·sist·ent [pɚˋzɪstənt] 形 堅持的、固執的、持續的

例 Dealing with a **persistent** argument can be annoying.
處理不斷的爭論是很討人厭的。

pes·si·mis·tic [͵pɛsəˋmɪstɪk] 形 悲觀的

例 Your **pessimistic** thought will lead you to failure one day.
你悲觀的想法總有一天會讓你失敗。

pes·si·mism [ˋpɛsə͵mɪzəm] 名 悲觀、悲觀主義

例 You need to get rid of your ideas of **pessimism**.
你必須擺脫悲觀主義的想法。

plain [plen] 形 清晰的、樸素的、普通的

例 I must be **plain** with you.
我必須坦白跟你說。

➲ 出題重點 in plain English 用淺顯的英語、坦白地說

pleas·ant [ˋplɛzənt] 形 令人愉快的、舒適的、舉止得當的

例 The trip was very **pleasant**.
那次的旅行很愉快。

pleas·ure [ˋplɛʒɚ] 名 高興、愉快、樂事

例 It is my **pleasure** to do you a favor.
能幫上你的忙是我的榮幸。

➲ 出題重點 to one's pleasure…… 令某人開心的是……

plen·ty [ˋplɛntɪ] 名 充分、豐富 形 足夠的

例 He has **plenty** of humorous stories to tell.
他有許多幽默好笑的故事可以說。

➲ 出題重點 plenty of 許多

prayer [prɛr] 名 祈禱、祈禱文

例 We hope your **prayers** will be answered.
我們希望你的祈禱能應驗。

pre·fer [prɪˋfɝ] 動 較喜歡、偏好

例 Evan **prefers** home-cooked meal to fast food.
Evan比較喜歡家常菜而不是速食。

➲ 出題重點 prefer to 較喜歡

prej·u·dice [ˋprɛdʒədɪs] 名 偏見 動 使有偏見

例 You are not supposed to make the final decision because of your own **prejudice**.
你不應該因為你個人的偏見就做下最後決定。

➲ 出題重點 have am prejudice in one's favor 對某人有偏愛

pride [praɪd] 名 自豪、驕傲、傲慢 動 使自豪、使自誇

例 Glen takes **pride** in his talent of music.
Glen以自己的音樂才華為傲。

➲ 出題重點 take pride in…… 以……為傲

Rr

rage [redʒ] 名 狂怒、盛怒

例 Jane was in a **rage** when she found her boyfriend cheated on her.
當Jane發現她男朋友偷吃時她勃然大怒。

➲ 出題重點 fly into a rage 勃然大怒

rare [rɛr] 形 稀少的、罕見的、極好的

例 This kind of flowers must be **rare**, I have never seen them before.
這種花一定很罕見，我以前從未見過。

re·call [rɪˋkɔl] 名 召回、回憶 動 回憶、記起、取消

例 I know his face, but I can't recall his name.
我認得出他的臉，但是卻想不起他的名字。

➲ 出題重點 recall from 撤回、召回

re·ceive [rɪˋsiv] 動 接受、收到、接到

例 I am so glad to receive your invitation.
我很高興收到你的邀請函。

➲ 出題重點 receive from sb. 收到某人的來信　receive sb. 歡迎某人

rec·og·ni·tion [ˏrɛkəgˋnɪʃən] 名 認識、認出、正式承認

例 My recognition of the face was immediate.
我一下子就認出那張面孔了。

➲ 出題重點 out of all recognition 認不出來

re·col·lect [ˏrɛkəˋlɛkt] 動 記起、想起

例 I don't recollect having seen her before.
我不記得以前曾見過她。

re·gard [rɪˋgɑrd] 動 視為、看作、考慮、關於

例 I regard Glen as my soul mate.
我把Glen視為是我的心靈伴侶。

➲ 出題重點 regard A as B 把A視為B

re·gret [rɪˋgrɛt] 名 遺憾、惋惜、悔恨 動 為……感到遺憾、後悔、惋惜

例 I regret the loss of her friendship.
我為失去她的友誼而遺憾。

➲ 出題重點 regret doing sth. 後悔做過某事

re·gret·ta·ble [rɪˋgrɛtəbl̩] 形 後悔的、可惜的

例 You will be regrettable for giving up the chance.
你放棄這個機會一定會後悔的。

re·jec·tion [rɪˋdʒɛkʃən] 名 拒絕

例 Mary's rejection to join my birthday party really made me depressed.
Mary拒絕參加我的生日派對實在令我很沮喪。

re·luc·tance [rɪˋlʌktəns] 名 不願、勉強

例 She showed her reluctance to work with us.
她表示不願意與我們共事。

re·luc·tant [rɪˋlʌktənt] 形 不情願的、勉強的

例 Although Tom was reluctant to take this job, he did anyway.
雖然Tom不想做這個工作，但是最後他還是做了。

➲ 出題重點 be reluctant to do sth 不情願做某事

ri·dic·u·lous [rɪˋdɪkjələs] 形 荒謬的、可笑的

例 The story you told me was **ridiculous**. Did you just make it up?
你跟我講的那個故事太荒謬了。你自己捏造的吧？

➲ 出題重點 a ridiculous rumor 荒謬的傳聞

sat·is·fac·to·ry [ˏsætɪsˋfæktərɪ] 形 滿意的、如願以償的

例 The result is not **satisfactory** at all.
結果一點也不令人滿意。

scare [skɛr] 名 驚恐、恐慌 動 驚嚇、受驚、威嚇

例 She was **scared** out of her wits.
她被嚇得不知所措。

➲ 出題重點 scare away 嚇跑　be scared of 害怕　scare out 嚇出來

sen·sa·tion [sɛnˋseʃən] 名 感覺、知覺

例 A dead body is without **sensation**.
死人是沒有感覺的。

➲ 出題重點 the sensation of hearing 聽覺

sen·si·ble [ˋsɛnsəbḷ] 形 合理的、可感覺的、敏感的

例 I am **sensible** of my error.
我感覺到自己的錯誤了。

sen·ti·men·tal [ˏsɛntəˋmɛntḷ] 形 感傷的、重感情的、多愁善感的

例 She kept all the old photos for **sentimental** reasons.
她保留所有的這些舊照片是出於情感上的緣故。

➲ 出題重點 sentimental value 情感價值

sense [sɛns] 名 感官、官能 動 感知、意識到

例 I like you because of your **sense** of humor.
我喜歡你是因為你的幽默感。

➲ 出題重點 make sense 有意義　bring to one's senses 使頭腦正常
in a sense 在某種意義上來說

sin·cere [sɪnˋsɪr] 形 真摯的、真誠的

例 He was popular with his **sincere** attitude.
他因為真誠的態度受到歡迎。

skep·ti·cal [ˋskɛptɪkḷ] 形 好懷疑的、無神論的

例 Many were **skeptical** about this solution.
許多人對這一個解決方法表示懷疑。

➲ 出題重點 skeptical attitude 懷疑態度

slip·per·y [ˋslɪpərɪ] 形 不可靠的、光滑的

例 That guy is a **slippery** character.
那人是一個狡猾的傢伙。

slug·gish [ˋslʌgɪʃ] 形 遲緩的、呆滯的

例 I felt very **sluggish** after the long meeting.
在漫長的會議過後，我一點也不想動。

slump [slʌmp] 名 消沉、衰退、暴跌 動 失敗、消沉、暴跌、跌落

例 The **slump** of our business makes everyone worried.
生意不好讓每個人都很擔心。

➲ 出題重點 economic slump 經濟衰落

sole [sol] 形 唯一的

例 She was the **sole** female in this team.
她是這個團隊裡唯一的女性。

➲ 出題重點 sole agency 獨家代理商

soothe [suð] 動 撫慰、安慰、使平靜

例 Time will definitely **soothe** your pain.
時間一定會撫平你的傷痛。

➲ 出題重點 soothe one's rage 平息某人的怒氣

spouse [spauz] 名 配偶（指夫或妻）

例 I am sorry to hear that you lost your **spouse**.
很遺憾你失去另一半。

➲ 出題重點 lose spouse 失偶 good spouse 良偶

straight·for·ward [ˏstretˋfɔrwəd] 形 坦言的、率直的

例 I must insist on your giving me a **straightforward** answer.
我一定要你給我一個直接了當的回答。

sug·gest [səˋdʒɛst] 動 建議、提出、使想起、暗示

例 I **suggest** that you take this job.
我建議你接受這份工作。

sus·pi·cious [səˋspɪʃəs] 形 懷疑的、可疑的

例 Your reaction was quite **suspicious**. Is there anything wrong?
你的反應相當可疑。有發生什麼事嗎？

sym·pa·thiz·er [ˋsɪmpə,θaɪzɚ] 名 同情者、同感者、同意者

例 I don't need you to be my sympathizer.
我不需要你當個同情我的人。

sym·pa·thy [ˋsɪmpəθɪ] 名 同情、憐憫

例 Your sympathy can sometimes hurt people.
你的同情有時反而會是傷害人的。

Tt

ten·der [ˋtɛndɚ] 名 提供、投標、提議 動 提供、提出 形 嫩的、溫柔的、體貼的

例 Mary's boyfriend was very tender toward her.
Mary的男朋友對她非常溫柔。

➲ 出題重點 tender age 幼年

ter·ri·fic [təˋrɪfɪk] 形 令人恐怖的、【口】非常好的

例 Your performance is terrific, and I am very impressed.
你的表演非常好，令我印象深刻。

thrill [θrɪl] 名 激動、恐怖 動 顫抖、激動、使毛骨悚然

例 I was thrilled by her conversation.
她的談話使我很激動。

➲ 出題重點 thrill at 因……而顫慄

thrill·ing [ˋθrɪlɪŋ] 形 毛骨悚然的、顫動的、發抖的

例 The ghost story was pretty thrilling; I think I might have a nightmare tonight.
這個鬼故事真是令人毛骨悚然，我想我今天晚上可能會做惡夢。

tol·er·ate [ˋtɑlə,ret] 動 容忍、寬容

例 Thank you for tolerating my bad temper all the time.
謝謝你總是忍受我的壞脾氣。

Uu

u·ni·que [juˋnik] 形 獨特的、與眾不同的、不凡的

例 His unique personality makes him become so popular.
他獨特的個性讓他變得很受歡迎。

up·set [ʌpˋsɛt] 名 生氣、沮喪

例 The news gave her quite an upset.
這消息使她大為心煩意亂。

➲ 出題重點 upset stomach 肚子痛、胃部翻覆

Vv

vac·u·um [ˋvækjuəm] 名 真空、空虛、真空吸塵器
動 以吸塵器打掃

例 Her husband's death left a vacuum in her life.
她丈夫的死使她的生活變得空虛。

➲ 出題重點 vacuum cleaner 吸塵器

vow [vaʊ] 名 許願、誓約 動 宣誓、立誓、發誓

例 The couple made a vow to be with each other forever.
那對夫妻發誓永遠守候在彼此身邊。

Ww

wea·ry [ˋwɪrɪ] 動 使疲乏、使厭煩 形 疲勞的、疲憊不堪的

例 You looked a little weary.
你面露倦容。

➲ 出題重點 weary employees 疲憊的員工

wise [waɪz] 名 方式、方法、聰明的人
形 英明的、有判斷力的、聰明的、狡猾的

例 It's wise of you to choose him as your partner.
你選他當你的搭檔真是明智。

➲ 出題重點 in any wise 無論如何

wit·ty [ˋwɪtɪ] 形 富於機智的、詼諧的

例 It's your witty way of talking that attracts me.
就是你那有趣的談話方式吸引了我。

➲ 出題重點 witty remark 妙語

yearn [jɜn] 動 渴望、懷念、嚮往

例 Who doesn't yearn for freedom?
誰不渴望自由？

➲ 出題重點 yearn for home 想家　　yearn to sb. 嚮往某人

PART 13

休閒旅遊篇

Part 13 音檔雲端連結

因各家手機系統不同，若無法直接掃描，
仍可以至以下電腦雲端連結下載收聽。
（https://tinyurl.com/yc4pfb68）

a·board [əˋbord] 介 在船（飛機、車）上 副 上船（飛機、車）

例 If you don't go **aboard** the ship now, you will probably be late.
如果你現在不上船，你可能會遲到。

a·broad [əˋbrɔd] 副 在國外

例 I hope I could study **abroad** when graduating from senior high.
我希望當高中畢業後可以出國讀書。

➲ 出題重點 go abroad 去國外

a·bun·dance [əˋbʌndəns] 名 豐富、充足

例 The host prepared an **abundance** of food and drink for the guests.
這位主人為客人們準備了豐盛的食物。

a·bun·dant [əˋbʌndənt] 形 豐富的、充裕的

例 I cannot wait to see the **abundant** natural resources in the tourist spot.
我等不及要看那觀光景點裡豐富的自然資源。

➲ 出題重點 become abundant 變得豐富

a·sleep [əˋslip] 形 睡著的、睡熟的

例 Because of jet lag, I could not fall **asleep** at night.
由於時差的關係，我晚上都睡不著。

➲ 出題重點 fall asleep 睡著

a·wake [əˋwek] 動 喚醒、覺醒 形 警覺的、醒的

例 The heavy rain **awoke** me during the middle of the night.
大雨把我從半夜中吵醒。

➲ 出題重點 awake sb.'s interest 激起某人的興趣
awoke from a sound sleep 從沉睡中醒來

ac·com·mo·date [əˋkɑmə͵det] 動 容納、供給住宿

例 The new hotel can **accommodate** over 1000 tourists.
這間新的飯店可以容納超過一千人。

➲ 出題重點 accommodate sb. for the night 留某人過夜
accommodate sb. with sth. 為某人提供……

ac·com·mo·da·tion [ə͵kɑməˋdeʃən] 名 膳宿、便利、適應

例 It is hard to book any hotels during holidays, not to mention any overnight **accommodations**.
在假日要訂到飯店是很困難的，更別說是可以過夜的住處了。

ac·com·pa·ny [əˋkʌmpənɪ] 動 陪伴、隨著……發生

例 I need my friends to **accompany** me when I am alone.
當我一個人的時候我需要朋友的陪伴。

➲ 出題重點 accompany with 伴隨

ac·cus·tom [əˋkʌstəm] 動 使習慣

例 I can tell that you still need some time to be **accustomed** to the food here.
我看得出來你還需要點時間適應這裡的食物。

➲ 出題重點 accustomed to 習慣於

ad·ja·cent [əˋdʒesn̩t] 形 鄰近的、接近的

例 I went to a shopping mall, which is **adjacent** area to our hotel.
我去了一間在我們飯店附近的購物中心。

ad·ven·ture [ədˋvɛntʃɝ] 名 冒險、冒險的經歷 動 冒險

例 My grandfather enjoys talking about his boyhood **adventures**.
我的祖父總愛談論他兒時的冒險經歷。

ad·ven·tur·ous [ədˋvɛntʃərəs] 形 喜歡冒險的、敢做敢為的、充滿危險的

例 John is such an **adventurous** boy; he doesn't afraid of taking risks.
John是個喜歡冒險的男孩，他不害怕冒險。

af·flu·ence [ˋæfluəns] 名 富裕、富足

例 One's achievements and **affluence** don't satisfy him; they make him desire for more.
成就與興旺往往不能使慾望滿足，反倒激起人的慾望。

air·line [ˋɛr͵laɪn] 名 航空公司

例 I usually travel by China **Airlines**.
我常坐華航的飛機旅行。

➲ 出題重點 domestic airline 國內航線

aisle [aɪl] 名 通道

例 I would like an **aisle** seat.
我想要靠走道的座位。

➲ 出題重點 aisle seat 走道旁的座位 supermarket aisle 超市走道

al·ti·tude [ˋæltə͵tjud] 名（尤指海拔）高度、高處（海拔甚高的地方）

例 He found it difficult to breathe at high **altitudes**.
他覺得在高空呼吸困難。

➲ 出題重點 altitude sickness 高山症

am·ple [ˋæmpḷ] 形 足夠的、充足的、廣大的

例 There is **ample** evidence to believe that man is guilty.
有充分的理由相信那個人是有罪的。

➲ 出題重點 ample evidence 充分的證據

an·chor [ˋæŋkɚ] 名 錨 動 拋錨、錨定

例 The boats **anchored** off Boston.
那幾艘船在波士頓港外海面下錨停泊。

➲ 出題重點 sea anchor 海錨

an·tique [ænˋtik] 名 古董

例 Mr. Chen takes great interest in collecting **antiques**.
陳先生對收藏古董很有興趣。

➲ 出題重點 antique collector 古玩收藏家　antique furniture 古董家具

ar·range [əˋrendʒ] 動 安排、計畫、排列

例 Mr. White asked his secretary to **arrange** a meeting.
懷特先生要他的祕書安排一場會議。

➲ 出題重點 arrange with sb. about sth. 與某人商定某事
arrange for… 為……安排

ar·ri·val [əˋraɪvḷ] 名 抵達、到達、到達的人

例 We all look forward to the **arrival** of our guests.
我們都很期待客人的到來。

➲ 出題重點 the arrival of the guests 客人的到來
arrival lobby 入境大廳　new arrivals 新來的人

at·mos·phere [ˋætməs͵fɪr] 名 大氣

例 The **atmosphere** of the country is very much polluted.
這個國家的空氣受到嚴重的污染。

at·trac·tion [əˋtrækʃən] 名 吸引、吸引力、吸引人的事物

例 Science fictions used to hold a special **attraction** for me.
過去科幻小說對我有特別的吸引力。

➲ 出題重點 magnetic attraction 磁力

at·trac·tive [əˋtræktɪv] 形 吸引人的

例 The offer is quite **attractive** to us.
這一出價對我們具有相當大的吸引力。

➲ 出題重點 attractive to sb. 對某人具有吸引力

Bb

Track 165

bag·gage [ˋbægɪdʒ] 名 行李

例 Upon arriving in America, I lost my **baggage**.
我一到美國後就發現我的行李不見了。

➲ 出題重點 baggage car 行李車　baggage room 行李寄放處
check the baggage (before boarding the plane) 托運行李

bal·co·ny [ˋbælkənɪ] 名 陽臺

例 You can see the sea from the **balcony** of our hotel.
從我們飯店的陽台你可以看到大海。

bare [bɛr] 動 使赤裸 形 赤裸的、空的

例 Don't walk around with your **bare** feet.
不要打赤腳走來走去。

bare·ly [ˋbɛrlɪ] 形 幾乎沒有、貧乏地

例 He has **barely** enough money to go shopping.
他的錢僅能夠勉強購物。

➲ 出題重點 be barely of age 剛成年

bar·ren [ˋbærən] 名 荒地 形 不孕的、貧瘠的、沒有結果的

例 You cannot grow anything on this **barren** field.
你這貧瘠的田地上你種不出什麼東西。

➲ 出題重點 barren soil 荒蕪的土地　barren desert 貧瘠的沙漠

base·ment [ˋbesmənt] 名 地下室

例 The **basement** of this hotel is rather humid.
這家飯店的地下室相當潮濕。

beau·ti·ful [ˋbjutəfəl] 形 美麗的、很好的

例 Where did you buy this **beautiful** dress?
你在哪裡買這件美麗的洋裝？

➲ 出題重點 beautiful weather 晴朗宜人的天氣

blast [blæst] 名 爆炸、衝擊波 動 爆炸、毀滅

例 The front gate was blasted open with a cannon.
前門被大砲轟開了。

➲ 出題重點 blast off 升空

bloom [blum] 名 花 動（使）開花、（使）繁盛

例 This kind of plant usually **blooms** in May.
這種植物通常在五月開花。

➲ 出題重點 bloom of youth 風華正茂

blos·som [ˋblɑsəm] 名 花（尤指結果實者）花開的狀態 動 開花、興旺

例 The room was decorated with beautiful pink **blossoms**.
這間房間用美麗的粉紅色花朵裝飾。

➲ 出題重點 in blossom 開花

board [bord] 名 木板、板 動 用木板覆蓋、提供食宿

例 The tree was sawn into **boards**.
這棵樹被鋸成一塊塊的木板。

➲ 出題重點 on board 到船上、在船上

board·ing [ˋbordɪŋ] 名 寄膳（宿）、【總稱】木板

例 I need a job offering **boarding**.
我需要一個提供食宿的工作。

brake [brek] 名 閘、煞車 動 煞車

例 The **brakes** on this car must be repaired.
這台車的煞車需要修理。

➲ 出題重點 brake the car 煞車　put a break on 減緩

Cc

cab [kæb] 名 計程車、（機車、卡車、起重機的）駕駛室

例 Would you please hail a **cab** for me?
可以請你幫我叫輛計程車嗎？

cab·in [ˋkæbɪn] 名 小屋、船艙

例 The hunter lived in a **cabin** in the woods.
那個獵人之前住在樹林裡的小屋。

➲ 出題重點 cabin boy 船上的服務員

car·riage [ˋkærɪdʒ] 名 馬車、姿態

例 Four horses pulled the **carriage**.
四匹馬拉一輛馬車。

➲ 出題重點 first/second-class carriage 頭等（二等）車廂

chill [tʃɪl] 名 寒意、寒顫 動 使變冷 形 寒冷的

例 The **chill** of autumn is in the air.
秋天的寒意到處感覺得到。

➲ 出題重點 catch a chill 著了涼

chill·y [ˋtʃɪlɪ] 形 寒冷的

例 Due to the **chilly** weather, they decided to stay inside.
由於天氣寒冷，他們決定待在室內。

➲ 出題重點 chilly politeness 冷淡的客套

chore [tʃor] 名 家務雜事、討厭的事

例 Washing the dishes is one of my daily **chores**.
洗碗是我每天要做的家務之一。

cli·mate [ˋklaɪmɪt] 名 氣候

例 He could not stand the humid **climate** in England.
他沒辦法忍受英國潮濕的氣候。

co·zy [ˋkozɪ] 形 舒適的、安逸的、愜意的

例 The fireplace makes this a **cozy** room.
壁爐使這個房間變得更舒適宜人。

➲ 出題重點 a cozy sofa 舒適的沙發

com·pan·ion [kəmˋpænjən] 名 同伴、伴侶

例 Glen was the faithful **companion** of me.
Glen是我最忠誠的同伴。

➲ 出題重點 boon companion 好朋友、摯友

B

con·tain·er [kənˋtenɚ] 名 容器

例 I need a **container** for the vegetables.
我需要一個容器來裝蔬菜。

➲ 出題重點 container ship 貨櫃船

con·ven·ience [kənˋvinjəns] 名 方便

例 Are there any **convenience** stores around here?
在這附近有任何的便利商店嗎？

➲ 出題重點 convenience store 便利商店

cor·ri·dor [ˋkɔrədɚ] 名 走廊

例 Each room opens onto the **corridor**.
每間房間的門都對著走廊。

➲ 出題重點 walk through the corridor 穿過走廊

corner [ˋkɔrnɚ] 名 角落、隅

例 A cabinet sits in a **corner** of the room.
房間的一角立著一個櫥櫃。

➲ 出題重點 in the corner 在角落

cot·tage [ˋkatɪdʒ] 名 村舍

例 We will take a vacation in a small cottage by the river.
我們會在河邊的一間小農舍裡度假。

➲ 出題重點 thatched cottage 茅舍

couch [kautʃ] 名 長沙發

例 After ten-hour flight, I was lying exhaustedly on the couch.
經過了十個小時的飛行後，我疲累地躺在沙發上。

➲ 出題重點 couch potato 懶惰的人

crea·ture [ˋkritʃɚ] 名 動物、生物、人

例 You can see some unique creatures in this country.
你可以在這個國家看到一些獨特的生物。

➲ 出題重點 creature comforts 物質享受

creep [krip] 動 爬行

例 The baby crept across the floor to reach the toy.
那個嬰兒爬過地板去拿玩具。

➲ 出題重點 creep along 沿著……爬行

crew [kru] 名 全體人員、（工作）隊

例 The crew on this plane was very experienced.
這艘飛機的全體工作人員都很有經驗。

crop [krap] 名 農作物

例 In this country, the main crops that are grown for export are bananas and coffee.
在這個國家，為了出口而種植的主要作物是香蕉跟咖啡。

cross [krɔs] 動 使交叉、橫過 形 交叉的、橫貫的

例 They crossed the river by boat.
他們乘舟渡河。

➲ 出題重點 cross out 劃掉

crowd [kraud] 名 群眾 動 聚集、擠滿

例 There was a crowd of people in front of the town hall.
市政大廳前有一群人。

➲ 出題重點 crowd in 擠進

crowd·ed [ˋkraudɪd] 形 擁擠的

例 The famous tourist spot was crowded with people.
這有名的觀光景點擠滿了人。

cu·ri·os·i·ty [ˌkjurɪˋasətɪ] 名 好奇心

例 The children showed a great deal of curiosity about new things.
這些小孩對於新的事務表現出了高度的好奇心。

➲ 出題重點 arouse one's curiosity about sth. 引起某人對某事的好奇心

cu·ri·ous [ˋkjʊrɪəs] 形 求知的、奇怪的

例 I was **curious** about everything I saw in this country.
我對於在這國家裡所看到的一切都感到好奇。

➲ 出題重點 be curious of... 對……感到好奇

cur·rent·ly [ˋkɝəntlɪ] 副 現在

例 I cannot find my passport **currently**.
我現在找不到我的護照。

cus·tom [ˋkʌstəm] 名 習俗、慣例

例 The celebration of Christmas is a **custom** in America.
慶祝耶誕節在美國是一種習俗。

➲ 出題重點 customs officer 海關人員

Dd

damp [dæmp] 名 濕度 動 使潮濕 形 潮濕的

例 Stella wiped the counter with a **damp** cloth.
Stella用一條濕布擦櫃檯。

➲ 出題重點 damp off 腐敗、枯萎

de·pos·it [dɪˋpɑzɪt] 動 放置、儲存

例 You can **deposit** your luggage here and we will take them to the hotel.
你可以把行李寄放在這裡，我們會幫你拿到飯店。

➲ 出題重點 deposit safe 保險箱 deposit account 存款帳戶

de·tour [ˋditʊr] 名 便道、繞路 動 使繞道

例 The taxi driver made a **detour** to avoid the town center.
計程車司機繞道而行，避開市中心。

dec·o·rate [ˋdɛkəˏret] 動 裝飾、為……做室內裝修

例 The great hall was **decorated** with flowers.
大廳裡裝飾著花朵。

➲ 出題重點 decorate with... 以……來裝飾

del·i·ca·cy [ˋdɛləkəsɪ] 名 微妙、優雅

例 The **delicacy** of your dance really impressed me.
你優雅的舞蹈令我印象深刻。

des·ert [ˋdɛzɚt] 名 沙漠 [dɪˋzɝt] 動 拋棄

例 Nobody likes to live in that **desert** region.
沒有人喜歡生活在那個沙漠地區。

di·men·sion [dəˋmɛnʃən] 名 尺寸、尺度、維（數）、度（數）

例 We stayed at a hotel of generous **dimensions**.
我們住在一間寬敞的飯店。

➲ 出題重點 the dimension of… ……的長寬高

di·vi·sion [dəˋvɪʒən] 名 區劃、分歧

例 **Division** of opinion among them contributed to their failure.
他們之間的意見分歧導致了他們的失敗。

dig [dɪg] 動 挖掘

例 The workers were **digging** a tunnel through the hill.
這些工人正在挖一條貫通這座山的通道。

➲ 出題重點 dig coal 挖煤　dig for 發掘
have / take a dig at sb. 嘲笑某人

dim [dɪm] 形 微暗的、看不清的、朦朧的

例 It was difficult to read in the **dim** room.
在燈光微暗的房間裡看書是很困難的。

dis·ap·pear [ˌdɪsəˋpɪr] 動 消失

例 The dog just **disappeared** all at once.
那隻狗突然間就消失了。

dis·as·ter [dɪzˋæstɚ] 名 災禍

例 We cannot know when the natural **disasters** will happen.
我們沒辦法知道天然災害何時會發生。

➲ 出題重點 disaster area 災區

dis·as·trous [dɪzˋæstrəs] 形 損失慘重的

例 The terrible typhoon caused **disastrous** damage to Taiwan.
這可怕的颱風對台灣造成了慘重的傷害。

➲ 出題重點 a disastrous fire 災難性的大火

dis·cov·er [dɪˋskʌvɚ] 動 發現

例 My missing luggage was **discovered** at the bus stop.
我遺失的行李在公車站找到了。

➲ 出題重點 discover sth. 發現某物、某事

dis·cov·er·y [dɪ`skʌvərɪ] 名 發現、被發現的事物

例 You can make many new **discoveries** when traveling abroad.
你出國旅行時會有很多的新發現。

dis·tance [`dɪstəns] 名 距離

例 It is a long **distance** from America to Taiwan.
美國離台灣很遠。

➲ 出題重點 in the distance 在遠處

dis·trict [`dɪstrɪkt] 名 管區、區域

例 The waterfall is the most outstanding feature of this **district**.
瀑布是這一區的最大特色。

➲ 出題重點 district prosecutor 地檢署檢察官

dis·turb [dɪ`stɝb] 動 擾亂、妨礙

例 Don't **disturb** me when I fall asleep.
我睡著的時候別吵我。

➲ 出題重點 disturb the peace 擾亂治安

do·mes·ti·cat·ed [də`mɛstəˏketɪd] 形 馴服的、家庭的

例 Mary is not at all **domesticated**.
Mary一點也不愛做家務。

dor·mi·to·ry [`dɔrməˏtorɪ] 名 宿舍

例 Sharing a room with my friends when traveling is like living in a college **dormitory**.
出外旅行和朋友睡同一間房間，就像是回到大學時代的宿舍生活一樣。

➲ 出題重點 dormitory superintendent 宿舍舍監

down·town [ˏdaʊn`taʊn] 形 市區的 副 在市區、往市區

例 How much time do we need to go **downtown**?
我們到市區需要多少時間？

drag [dræg] 名 拖拉 動 拖、拖曳、緩慢而費力地行動

例 Not able to lift the suitcase, he **dragged** it down the hall.
他抬不動手提箱，乾脆就把它拖到走廊。

➲ 出題重點 drag down 向下拖、使衰弱

drift [drɪft] 名 沖流、流向 動 漂流

例 The fisherman turned off the motor and let his boat **drift**.
那漁夫把馬達關掉讓他的船漂流著。

➲ 出題重點 drift along 隨波逐流、混日子

drive [draɪv] 名 駕車、驅動器 動 開車、駕駛（馬車、汽車等）

例 I need someone that can **drive** me to the airport.
我需要有人可以載我到機場去。

➲ 出題重點 drive away 驅趕　take a drive 駕車出遊
drive sb crazy 使某人發瘋

Ee

element [ˋɛləmənt] 名 元素、生活環境

例 What's the main **element** that you are considering when traveling abroad?
出國旅行你所要考慮的主要因素是什麼？

em·bark [ɪmˋbɑrk] 動 乘船、搭載

例 We embarked on a **cruiser**.
我們搭上一艘輪船。

en·vi·ron·ment [ɪnˋvaɪrənmənt] 名 環境

例 It is highly important to preserve the **environment**.
維護自然環境非常重要。

en·vi·ron·men·tal [ɪnˋvaɪrənˋmɛntḷ] 形 周圍的、環境的

例 Many big cities emphasize the importance of **environmental** protection.
許多大城市都強調環保的重要性。

ex·cur·sion [ɪkˋskɝʒən] 名 遠足、遊覽、離題

例 We took the weekend **excursion** to the seashore.
週末我們去海濱遊玩了。

ex·hausted [ɪgˋzɔstɪd] 形 疲憊不堪的

例 After a ten-hour shopping, you looked extremely **exhausted**.
逛了十個小時的街，你看起來累壞了。

ex·haus·tion [ɪgˋzɔstʃən] 動 疲憊、筋疲力盡、竭盡

例 I was in a state of **exhaustion** after the long journey.
這次長途旅行過後我感到精疲力竭。

ex·tinct [ɪkˋstɪŋkt] 形 滅絕的、熄滅的

例 The volcano here is **extinct**.
這裡的火山是死火山。

➲ 出題重點 extinct dinosaur 絕種的恐龍

ex·tinc·tion [ɪkˋstɪŋkʃən] 名 消失

例 Apes are in danger of **extinction**.
猿類正處於絕種的危險中。

Ff

fade [fed] 動 褪色、凋謝

例 My new shirt **faded** when I washed it.
我的新襯衫一洗就褪色了。

出題重點 fade in 漸現　fade out 漸隱

fare [fɛr] 名 車費

例 Can you tell me what the **fare** from London to Manchester is?
你可以跟我說從倫敦到曼徹斯特的車費是多少嗎?

出題重點 excess fare 越站補票費

fas·ci·nate [ˋfæsṇ͵et] 動 使著迷

例 I was totally **fascinated** by the natural beauty here.
我被這裡的天然美景所吸引。

出題重點 fascinated by 為……著迷

fas·ci·nat·ing [ˋfæsṇ͵etɪŋ] 形 迷人的、醉人的、著魔的

例 This is a **fascinating** city full of ancient buildings.
這是座有著許多古老建築的迷人城市。

fas·ten [ˋfæsṇ] 動 紮牢、扣住、繫緊

例 Please fasten your seatbelts for takeoff.
飛機要起飛了，請繫上您的安全帶。

出題重點 fasten with rope 用繩子綁住　fasten the seatbelt 繫安全帶

fence [fɛns] 名 柵欄、圍牆 動 用籬笆圍住、防護

例 He built a **fence** around the garden.
他在花園周圍築了籬笆。

出題重點 fence ...against 防護……以免
fence off 用柵（牆、籬笆等）隔開

fer·til·i·ty [fɝˋtɪlətɪ] 名 肥沃、豐產、多產

例 The cropland is full of **fertility**.
這農田很肥沃。

出題重點 fertility rate 生育率

fer·til·ize [ˋfɝtḷ͵aɪz] 動 使肥沃

例 Farmers need to **fertilize** the field regularly.
農夫必須定期施肥。

➲ 出題重點 fertilizer company 肥料公司

fer·tile [ˋfɝtḷ] 形 肥沃的

例 The land is so **fertile** that three crops a year can grow.
這片土地很肥沃，一年可種三季莊稼。

➲ 出題重點 fertile fields 沃土

flat [flæt] 形 平坦的、乏味的

例 His speech so quite **flat** that I almost fell asleep.
他的演講相當無聊，我差點都快睡著了。

float [flot] 名 漂流物 動 浮動、飄浮

例 The empty boat was **floating** on the sea.
那艘空船在海上漂浮。

➲ 出題重點 float parade 花車遊行

floor [flor] 名 地板

例 Put away the toys on the **floor** right now.
現在馬上把地板上的玩具收拾好。

➲ 出題重點 on the floor 在地板上　the ground floor　一樓

foun·tain [ˋfaʊntɪn] 名 噴泉、本源

例 A beautiful stone **fountain** was set in the middle of the garden.
花園中央造了一個漂亮的石頭噴水池。

fra·grance [ˋfregrəns] 名 芬芳、香氣、香味

例 The flowers spread their **fragrance** far and wide.
花朵的芳香散發到四面八方。

fra·grant [ˋfregrənt] 形 芬芳的、香的

例 The air in the garden was fresh and **fragrant**.
花園裡的空氣既清新又芬芳。

frame [frem] 名 鏡框、構架

例 I would like to buy new spectacles **frames** for my sister.
我想要買新的鏡架給我姊姊。

➲ 出題重點 be not framed for 不適於、經不起、受不住

free·way [ˋfri͵we] 名 高速公路

例 Taking the **freeway** does really save us a lot of time.
走高速公路確實節省了我們很多時間。

fringe [frɪndʒ] 名 瀏海、邊緣 動 以穗裝飾

例 She wore her hair in a fringe.
她留著瀏海。

fu·el [`fjuəl] 名 燃料

例 They are trying to find a cleaner and cheaper fuel for cars.
他們正試圖找一種更乾淨且更便宜的汽車燃料。

fume [fjum] 名 煙、氣體

例 Tobacco fumes filled the air in the room.
室內的空氣中充滿了香菸的煙霧。

➲ 出題重點 toxic fume 毒氣

fur·ni·ture [`fɝnɪtʃɚ] 名 家具、設備

例 The furniture in this hotel is classic.
這飯店的家具走經典路線。

➲ 出題重點 furniture & fixture 設備裝修

Gg

ga·rage [gə`rɑʒ] 名 汽車間、修車廠、車庫 動 放入車庫

例 Is there a garage for us to park our cars?
這裡有車庫可以停車嗎?

gar·bage [`gɑrbɪdʒ] 名 垃圾

例 Remember to take out the garbage when you go out.
出門時記得把垃圾拿出去。

➲ 出題重點 garbage can 垃圾桶

gas [gæs] 名 氣體、煤氣、瓦斯

例 Is there a gas station nearby?
這附近有加油站嗎?

➲ 出題重點 gas station 加油站　gas up 加汽油
turn on the gas 開煤氣

gear [gɪr] 名 齒輪、(汽車)排檔 動 調整、(使)適合、換檔

例 This car has three gears.
這輛車有三檔。

➲ 出題重點 be geared to 適應

grain [gren] 名 穀物、穀粒

例 These farmers here grow grains, such as wheat, barley, and so on.
在這裡的農夫們種植穀物維生,像是小麥、大麥等等。

grand [grænd] 形 堂皇的、雄偉的、主要的

例 We met many **grand** people when we went to the palace.
我們去皇宮時遇見了許多顯赫的人物。

➲ 出題重點 grand palace 雄偉的宮殿

gro·cer·y [ˋgrosərɪ] 名【美】食品雜貨店、食品、雜貨

例 Our fridge is almost empty; let's do some grocery shopping.
我們的冰箱都快空了，一起去購物吧。

➲ 出題重點 in the grocery way 做雜貨生意

ground [graʊnd] 名 地面 動 放地上 形 基本的

例 Pick up the trash on the **ground**, please.
請把地上的垃圾撿起來。

➲ 出題重點 on the ground 在地上

grow [gro] 動 種植、生長、發育

例 The people here **grow** bananas for living.
這裡的人以種香蕉為生。

➲ 出題重點 grow up 成長

growth [groθ] 名 生長、增長

例 This report is about the population **growth** rate of Taiwan.
這是一份關於台灣人口成長率的報告。

hab·it·at [ˋhæbə͵tæt] 名 棲息地

例 I prefer to see animals in their natural **habitat**, rather than in zoos.
我喜歡看生活在自然棲息地的動物，而非動物園內的動物。

➲ 出題重點 a natural habitat 天然棲息地
the habitat of... ……的棲息地

half·way [ˋhæfˋwe] 形 中途的、部分的 副 半路地、在中途

例 I will meet you **halfway** between your hotel and mine.
我在你的飯店和我的飯店中間處和你碰面。

har·bor [ˋhɑrbɚ] 名 海港

例 During the gale the ships stayed in the **harbor**.
刮大風時船隻停泊在港內。

➲ 出題重點 boston harbor 波士頓港　harbor dues 入港稅、港務費

hem·i·sphere [ˋhɛməs͵fɪr] 名 半球、地球的一半

例 What is the largest city in the southern **hemisphere**?
南半球上哪個城市最大？

➲ 出題重點 the water [lamd] hemisphere 水〔陸〕半球

hol·low [ˋhɑlo] 形 中空的、凹陷的、虛偽的

例 The squirrel built a nest in the **hollow** trunk of the tree.
那隻松鼠在樹中空的樹幹中築了巢。

➲ 出題重點 hollow–eyed 眼窩凹陷的
hollow–hearted 不誠實的、虛偽的

ho·ri·zon [həˋraɪzn̩] 名 水準線、地平線

例 We watched until the sun sank below the **horizon**.
我們看著太陽沉落地平線。

➲ 出題重點 on the horizon 即將出現的

hor·i·zon·tal [͵hɑrəˋzɑntl̩] 形 地平線的、水準的

例 The ground was **horizontal** to the flagpole.
旗杆直豎在地面上。

➲ 出題重點 to draw a horizontal line 畫出水準線

hous·ing [ˋhaʊzɪŋ] 名 供給住宅、房屋

例 Many immigrants here are living in bad **housing**.
這兒有許多移民者住在破舊的房屋裡。

➲ 出題重點 look for housing 尋找住宿

huge [hjudʒ] 形 龐大的

例 They spent a **huge** amount of money on this trip.
他們花了一大筆錢在這趟旅行上。

➲ 出題重點 a huge amout of 一大筆　a huge increase 很大的漲幅

hu·mid [ˋhjumɪd] 形 潮濕的、濕氣重的

例 I don't like the **humid** weather here.
我不喜歡這裡潮濕的天氣。

hu·mid·i·ty [hjuˋmɪdətɪ] 名 濕氣、潮濕

例 It is the **humidity** that makes it so uncomfortable today.
濕氣使得今天的天氣令人不舒服。

hunt [hʌnt] 名 狩獵、搜索、搜尋 動 打獵、搜尋

例 November is a good time to **hunt** deer.
十一月正是獵鹿的好時節。

➲ 出題重點 hunt after 探求

hunt·ing [ˋhʌntɪŋ] 名 打獵

例 Would you like to go **hunting** with the locals?
你想跟當地人去打獵嗎？

Ii

i·den·ti·fi·ca·tion [aɪˏdɛntəfəˋkeʃən] 名 證件

例 I used my driver's license as **identification**.
我用駕照當做身分證明。

i·den·ti·ty [aɪˋdɛntətɪ] 名 身份

例 His driver's license revealed his **identity**.
他的駕照證明了他的身分。

➲ 出題重點 self – identity 自我認同
identity card 身分證（常略作 ID card）

i·tin·er·ar·y [aɪˋtɪnəˏrɛrɪ] 名 旅行的計畫或記錄、旅行路線

例 He has some more places to visit on his **itinerary**.
他在旅途中還有幾個地方要去。

in·ex·pen·sive [ˏɪnɪkˋspɛnsɪv] 形 不昂貴的、價廉的

例 The shoes I wear are **inexpensive** and good-looking.
我現在穿的鞋子不貴又好看。

in·hab·it [ɪnˋhæbɪt] 動 居住於、佔據、棲息

例 Those wild animals **inhabit** the tropical forests.
這些野生動物棲息於熱帶叢林中。

➲ 出題重點 thickly inhabited 人口稠密的

inn [ɪn] 名 客棧

例 We stayed at a small **inn** just outside the town.
我們就住在城外的一間小旅館。

➲ 出題重點 the Holiday Inn 假日旅館

in·ter·sec·tion [ˏɪntəˋsɛkʃən] 名 十字路口、道路交叉口

例 We are at the **intersection** of two highways now.
我們現在位於兩條高速公路的相交處。

➲ 出題重點 a busy intersection 繁忙的十字路口

ir·ri·ga·tion [ˏɪrəˋgeʃən] 名 灌溉

例 **Irrigation** is needed to make crops grow in such a dry area.
在這麼一個乾旱地區，要使莊稼生長就必須灌溉。

Jj

Track 172

jour·ney [ˋdʒɝnɪ] 名 旅行

例 After the long journey, I felt so tired.
長途旅行下來我覺得好累。

➲ 出題重點 safe journey home 一路平安　start on journey 上路

lad·der [ˋlædɚ] 名 梯子、階梯 動 在……上裝設梯子

例 Be careful when you climb the ladder.
爬梯子的時候小心點。

land·mark [ˋlænd͵mɑrk] 名（航海）陸標、地界標、里程碑、劃時代的事

例 We saw all the famous landmarks of Washington, D.C. during our visit there.
我們待在華盛頓首府的時候看了許多有名的地標。

➲ 出題重點 landmark beacon 界石指標

land·scape [ˋlæn͵skep] 名 景色

例 We took several photos of the beautiful landscape of Southern France.
我們拍了許多南法美麗的景色。

lane [len] 名（鄉間）小路、巷、狹窄的通道、航線

例 A carriage drove down the muddy lane.
一輛馬車沿著泥濘的小路行駛。

laun·dry [ˋlɔndrɪ] 名 洗衣店、要洗的衣服

例 It is time to do the laundry.
該要洗衣服了吧。

➲ 出題重點 do the laundry 洗衣服

lay·out [ˋle͵aut] 名 規劃、設計、設計圖、排版

例 The famous hotel has a good layout.
這間有名的飯店設計得很好。

➲ 出題重點 the layout of a building 建築物的設計

lift [lɪft] 動 提起

例 I cannot **lift** the box. Can you give me a hand?
那個箱子我提不動，你可以幫我一下嗎？

➲ 出題重點 lift up 舉起　give a lift 搭車、幫忙

live [lɪv] 動 生存、住

例 The rich man **lives** in a big house alone.
那個有錢人一個人住在一棟大房子裡。

➲ 出題重點 live on sth. 以……為食　live up to 實踐
live with sb. 與某人同住

lo·cal [ˋlokḷ] 形 當地的、地方的

例 **Local** conditions must be taken into account in mapping out the plan.
再訂定計畫時必須考慮當地的情況。

➲ 出題重點 local color 地方色彩

lob·by [ˋlɑbɪ] 名 廳、廊

例 I met him in a hotel **lobby** last Sunday.
上星期天我在一家旅館的大廳遇到他。

lug·gage [ˋlʌgɪdʒ] 名 行李

例 Fortunately, my missing **luggage** was found.
幸運地，我遺失的行李找到了。

➲ 出題重點 hand luggage 手提行李

lum·ber [ˋlʌmbɚ] 名 木材 動 伐木、堆滿雜物

例 Piles of **lumber** were stacked along the road.
大量的木材堆放在路邊。

➲ 出題重點 lumber puncture 腰椎穿刺　lumber spine 腰椎

lux·u·ri·ous [lʌgˋʒurɪəs] 名 奢侈品 形 豪華的

例 Staying in a **luxurious** hotel cost my mom a lot of money.
住在奢華的飯店裡花了我媽媽一大筆錢。

mag·nif·i·cent [mægˋnɪfəsṇt] 形 壯麗的

例 The view here is incredibly **magnificent**.
在這裡的景色真是壯麗。

mam·mal [ˋmæml̩] 名 哺乳動物

例 Whales are **mammals**; fish are not.
鯨魚是哺乳類動物，魚則不是。

➲ 出題重點 marine mammal 海洋哺乳動物

mas·sive [ˋmæsɪv] 形 厚重的、大塊的、結實的

例 We have seen **massive** changes in recent years.
這幾年我們經歷了巨大的變化。

➲ 出題重點 massive production 大型製作

me·mo·ri·al [məˋmorɪəl] 名 紀念物、紀念碑 形 紀念的、記憶的

例 A **memorial** to the victims will be built at the crash site.
在爆炸地點將會建一座罹難者的紀念碑。

➲ 出題重點 memorial meeting 追悼會

me·trop·o·lis [məˋtrɑpl̩ɪs] 名 首都、主要都市、大都市

例 New York is the **metropolis** of North America.
紐約是北美的大都市。

met·ro·pol·i·tan [ˏmɛtrəˋpɑlətn̩] 形 首都的、主要都市的、大城市的

例 The Statue of Liberty is the **metropolitan** landmark of New York City.
自由女神像是紐約大都市的地標。

mile·age [ˋmaɪlɪdʒ] 名 英里數、英里里程

例 My father would like to buy a used car with a low **mileage**.
我父親想買一台行駛總哩數不多的二手車。

➲ 出題重點 mileage calculator 哩程計算器

mon·u·ment [ˋmɑnjəmənt] 名 紀念碑

例 A **monument** to the war hero will be placed in the park.
紀念戰爭英雄的紀念碑將會建於這座公園內。

mount [maʊnt] 名 山

例 I have never been to the **Mount** Everest before.
我從來沒有去過聖母峰。

➲ 出題重點 Mount Everest 聖母峰

na·tive [ˋnetɪv] 名 本地人、土產、土著 形 本國的、出生地的、與生俱來的

例 He has been away from his **native** Poland for three years.
他離開故土波蘭已有三年了。

➲ 出題重點 native language 母語

Oo

o·ver·seas [ˋovɚˋsiz] 副 在海外 形 外國的、海外的

例 Mary has studied **overseas** since she was eleven years old.
Mary自從十一歲開始就在海外求學。

out·door [ˋaʊtˏdor] 形 室外的、戶外的、野外的

例 Many children like **outdoor** activities a lot.
很多小孩都喜歡戶外的活動。

out·doors [ˋaʊtˋdorz] 副 在露天、在外面、在戶外

例 The children played **outdoors** until it started to rain.
孩子們在戶外玩耍直到天下起雨來。

out·let [ˋaʊtˏlɛt] 名 插座、（精力、感情）發洩途徑、商店

例 Those boys want an **outlet** for their energy.
要有個辦法讓這些男孩子發洩他們的精力。

➲ 出題重點 find an outlet for one's emotions 找到情感宣洩的途徑

pack·ing [ˋpækɪŋ] 名 包裝

例 The **packing** of this souvenir is very beautiful.
這個紀念品的包裝很漂亮。

pas·sage [ˋpæsɪdʒ] 名 通行、經過、通道、走廊

例 He forced a **passage** through the crowd.
他強行通過人群。

➲ 出題重點 passage at arms 交戰、爭論

pas·sen·ger [ˋpæsn̩dʒɚ] 名 乘客、旅客

例 This bus can carry 50 **passengers**.
這輛公車可以載五十名乘客。

pass·port [ˋpæs͵port] 名 護照

例 Remember to bring your **passport** with you when traveling abroad.
出國旅行記得帶著你的護照。

path [pæθ] 名 小徑

例 We walked along the **path** through the woods.
我們沿著林間小路走去。

➲ 出題重點 on the path to... 在……的路上

pe·tro·le·um [pəˋtrolɪəm] 名 石油

例 The land is rich with **petroleum**.
這片土地盛產石油。

➲ 出題重點 liquefied petroleum gas 液化石油氣

pic·tur·esque [͵pɪktʃəˋrɛsk] 形 如畫的、生動的

例 I hope I can live in this **picturesque** village.
我希望我可以住在這風景如畫的村莊。

➲ 出題重點 picturesque scenery 如詩如畫的風景

pla·teau [plæˋto] 名 高原

例 They have been herding cattle on the **plateau** for generations.
他們世世代代在這高原上放牧。

plug [plʌg] 名 插頭 動 堵、塞

例 She pulled the **plug** to let out the water.
她拔起塞子放水。

➲ 出題重點 plug in 插上插頭

port [port] 名 港口、避風港 動 左轉舵

例 The former fishing village has now become an important **port**.
過去的漁村現在已經成為重要的港口。

➲ 出題重點 port arms 舉槍

port·a·ble [ˋportəbl̩] 形 輕便的、手提（式）的

例 Lucy's parents gave her a **portable** CD player as a birthday present.
露西的父母送她一台手提CD音響當作生日禮物。

pot·ter·y [ˋpɑtərɪ] 名 陶器

例 The locals are good at making **pottery**.
當地人擅長製作陶器。

pro·vide [prəˋvaɪd] 動 供應、贍養

例 On the weekend, the host provided dinner as well as breakfast.
在週末，旅館老闆不僅提供晚餐也提供早餐。

Qq

quake [kwek] 名 震動、地震

例 The quake was so terrible that everyone screamed loudly.
這地震太可怕了以致於每個人都大聲地尖叫。

➲ 出題重點 quake with 發抖

Rr

rare [rɛr] 形 稀有的

例 These flowers are very rare in this country.
這些花在該國很少見。

ray [re] 名（太陽）光線、輻射線、視線

例 My eyes were blinded by the direct rays of light.
在光線的直射下，我看不清楚東西。

re·served [rɪˋzɝvd] 形 保留的、包租的

例 We are reserving this bottle of champagne for New Year's Eve.
我們訂了一瓶香檳要過新年。

re·sort [rɪˋzɔrt] 名 度假勝地

例 There are many summer resorts in the mountains.
在山裡有許多避暑勝地。

roll·er [ˋrolɚ] 名 滾筒、滾軸

例 They pushed the boat down to the water on rollers.
他們將船放在滾木上推滾下水去。

ru·ral [ˋrurəl] 形 鄉下的、田園的、生活在農村的

例 I enjoy the rural life here.
我很喜歡這裡的田園生活。

run·way [ˋrʌnˏwe] 名 飛機跑道、坡道、河道

例 The runway has been cleared for take-off.
跑道已經清除過，可以起飛。

sail [sel] 名 帆、篷 動 航行（於）、啟航、開船

例 Our ship **sails** tomorrow for Hong Kong.
我們的船明天啟程前往香港。

sce·nic [ˋsinɪk] 形 舞臺佈景的、景色優美的

例 Let's take the **scenic** route, along the coast.
讓我們沿著海岸，走一條秀麗的路。

scene [sin] 名 景色、出事地點

例 What a fantastic mountain scene!
多麼迷人的山景！

➲ 出題重點 set the scene 為……做好準備　behind the scenes 在後臺
on the scene 到場、在場

scen·er·y [ˋsinərɪ] 名 風景

例 The mountain **scenery** is majestic.
這山景十分壯麗。

sculp·ture [ˋskʌlptʃɚ] 名 雕刻品、雕塑品 動 雕刻

例 The museum collected many artistic **sculptures**.
這間博物館裡收藏了許多藝術雕像。

➲ 出題重點 sculpture painting 浮雕

se·cu·ri·ty [sɪˋkjʊrətɪ] 名 安全

例 Two guards looked after the **security** of the property.
兩個警衛看管財產的安全。

seal [sil] 名 海豹

例 The first time I sas **seals** was in an aquarium.
我第一次看見海豹是在水族館裡。

➲ 出題重點 seal off 把……封鎖起來

sec·ond·ar·y [ˋsɛkənˌdɛrɪ] 形 次等的

例 Virtually all **secondary** schools are in towns.
幾乎所有的中學都在城裡。

➲ 出題重點 secondary education 中等教育

sec·tion [ˋsɛkʃən] 名 部分、部件

例 The mayor inspected the residential **section** of the city.
市長視察了該市的住宅區。

shade [ʃed] 名 蔭、陰暗、陰涼處 動 遮蔽、漸變

例 The sun was so hot that we decided to sit in the **shade** of this tree.
太陽太大了以致於我們決定坐在樹蔭下乘涼。

➲ 出題重點 shade from... 使免受……的照射

shed [ʃɛd] 名 棚、小屋 動 流出

例 He left his bike in the **shed**.
他把腳踏車停在車棚內。

shut·tle [ˋʃʌtl̩] 名 往返汽車（列車、飛機） 動 穿梭往返

例 We **shuttled** the passengers to the city center by helicopter.
我們使用直昇機往返，不停地將旅客送到市中心。

➲ 出題重點 shuttle bus 往返接送的巴士

sig·nal [ˋsɪgn̩l] 名 信號

例 The train must stop when the **signal's** red.
信號機是紅色時，火車必須停駛。

sight·see·ing [ˋsaɪtˏsiɪŋ] 名 觀光

例 We would like to do some **sightseeing** while arriving in Paris.
當我們到巴黎時想要好好地觀光。

sink [sɪŋk] 動 落下、下沉

例 The sun was **sinking** in the west.
夕陽西下。

➲ 出題重點 sink into 沉入、投入

sky·scrap·er [ˋskaɪˏskrepɚ] 名 摩天樓

例 There are numerous **skyscrapers** in this big city.
在這個城市裡有無數的摩天大樓。

slide [slaɪd] 名 滑、滑動、幻燈片 動 （使）滑動、（使）滑行

例 The truck went into a **slide** on the iced road.
卡車在結冰的路上打滑了。

➲ 出題重點 slide away 溜掉

smooth [smuð] 名 平滑部分 動 使光滑 形 平滑的、平坦的

例 The sea looks calm and **smooth**.
海洋看上去風平浪靜。

smooth·ly [ˋsmuðlɪ] 副 平穩地

例 The life here is running **smoothly** for local people.
這裡的生活對當地人來說相當安穩。

so·lar [ˋsolɚ] 形 太陽的、日光的

例 They accurately predicted **solar** eclipses.
他們準確地預告了日蝕。

➲ 出題重點 the solar system 太陽系

soil [sɔɪl] 名 土壤、國土、國家 動 弄髒、污辱

例 The **soil** in that country is very poor.
那個國家的土壤非常貧瘠。

➲ 出題重點 in the soil 在土壤中

sou·ve·nir [ˏsuvəˋnɪr] 名 紀念品

例 She spent the morning buying **souvenirs**.
她早上去買紀念品了。

sow [so] 名 大母豬 動 播種、散佈

例 The local farmers plowed the land and then **sowed** the seeds.
當地的農夫們先翻土，然後播種。

➲ 出題重點 sow seeds 播種種子

spec·ta·cle [ˋspɛktəkḷ] 名 景象、壯觀、（複數）眼鏡

例 The display of fireworks on New Year's Eve was a fine **spectacle**.
除夕燃放的煙火真是奇妙的奇觀。

➲ 出題重點 a great spectacle 壯麗的奇觀

spec·tac·u·lar [spɛkˋtækjəlɚ] 形 奇觀的

例 I can never forget the **spectacular** waterfall here.
我永遠也忘不了這裡壯觀的瀑布。

splen·did [ˋsplɛndɪd] 形 壯麗的、輝煌的、極好的

例 The **splendid** golden necklace drew my attention.
那光彩奪目的金項鍊吸引了我的注意力。

stable [ˋstebḷ] 名 馬房 動 置於馬房 形 堅固的

例 Don't climb up the ladder unless you are sure it is stable.
除非你確定那梯子很堅固，否則不要爬上去。

stair [stɛr] 名 （階梯的）某一級、樓

例 We climbed the winding **stairs** to the tower.
我們爬上通往塔樓的蜿蜒樓梯。

➲ 出題重點 below stairs 在地下室 go down stairs 下樓

steep [stip] 形 峻峭的

例 I fell when I tried to ski down a very **steep** hill.
當我試著往陡峭的山丘滑雪而下時我就跌倒了。

➲ 出題重點 steep curve 硬曲線、陡曲線、急彎

steer [stɪr] 動 駕駛、掌舵

例 He **steered** his boat into the harbor.
他將船駛進港內。

➲ 出題重點 steering wheel 方向盤

su·perb [sʊˋpɝb] 形 華美的、壯麗的

例 The show we watched here was **superb**.
我們在這裡看的表演真是好極了。

sub·side [səbˋsaɪd] 動 下沉、沉澱、減退、平息

例 The flood waters **subsided**.
洪水退去了。

sub·urb [ˋsʌbɝb] 名 市郊、郊區

例 It is said that many celebrities live in the **suburb**.
據說很多名人都住在郊區。

➲ 出題重點 in the suburb 在郊區

surge [sɝdʒ] 名 巨浪、起伏 動 洶湧、蜂擁

例 The tides **surged** over the rocks.
潮水奔騰著湧過礁石。

➲ 出題重點 surge protector 雷擊保護器

Tt

tail [tel] 名 尾部、尾巴 動 尾隨、跟蹤 形 限定繼承的

例 We were at the **tail** of the bus queue.
我們在公車後車隊伍的末尾。

➲ 出題重點 tail away/off 變小、變少

take·off [ˋtekˏɔf] 名 起飛

例 The portable electronic devices are not allowed to be used during **takeoff** or landing.
在飛機起降時，禁止使用電子儀器設備。

tax·i [ˋtæksɪ] 名 計程車 動 乘坐計程車

例 It is convenient to take a **taxi** to the mall.
搭計程車去購物中心很方便。

➲ 出題重點 take a taxi 搭計程車

tem·per·ate [ˋtɛmprɪt] 形 溫和的

例 He is a **temperate** man, and never drinks too much.
他是一個有節制的人，從不過量飲酒。

tem·per·a·ture [ˋtɛmprətʃɚ] 名 溫度

例 The **temperature** dropped abruptly.
氣溫驟然下降。

➲ 出題重點 take one's temperature 給某人量體溫

tide [taɪd] 名 潮、潮汐、潮流、趨勢

例 Time and **tide** wait for no man.
歲月不饒人。

➲ 出題重點 tide over 度過、克服

tilt [tɪlt] 動（使）傾斜、（使）翹起、以言詞或文字抨擊

例 Anna **tilted** her head to one side and said she wouldn't hear me.
Anna把頭歪向一邊，說她不想聽我說話。

➲ 出題重點 at full tilt 全力衝刺、全力以赴

tip [tɪp] 名 小費

例 We gave the taxi driver a **tip**.
我們付小費給計程車司機。

to·ken [ˋtokən] 名 表示、象徵 形 象徵的、表意的

例 I sent her a gift as a **token** of my congratulation.
我寄了一件禮物給她表示祝賀。

➲ 出題重點 by the same token 同樣地

tour [tʊr] 名 旅行、遊歷、旅遊 動 旅行、遊歷、旅遊

例 Mr. Chen made a **tour** around East Asia last year.
Mr. Chen去年去東亞旅行。

tour·ism [ˋtʊrɪzəm] 名 觀光事業、遊覽

例 The **tourism** of Taiwan is becoming better and better.
台灣的觀光業越來越好了。

tour·ist [ˋtʊrɪst] 名 旅客

例 Kenting is always full of **tourists** in the summer.
在夏天墾丁旅遊的人總是很多。

tow [to] 名 拖、拖曳所用之繩 動 拖曳、牽引

例 The police just **towed** my broken car away.
員警就這樣把我的那台破車拖走了。

➲ 出題重點 on tow （車輛等）被拖著

traf·fic [ˋtræfɪk] 名 交通 動 買賣

例 There is too much **traffic** on the road.
這條路上行人車輛太多了。

➲ 出題重點 taffic accident 交通事故

trans·port [ˋtrænsˏpɔrt] 名 運輸 [trænsˋport] 動 運送

例 The merchandise will be **transported** by truck.
這商品將會用卡車運送。

trans·por·ta·tion [ˏtrænspɚˋteʃən] 名 運輸工具

例 The railroad gives free **transportation** for a certain amount of baggage.
鐵路免費運送一定數量的行李。

trav·el [ˋtrævl] 名 旅行 動 旅行

例 My brother is **traveling** in South America.
我哥哥在南美洲旅行。

➲ 出題重點 travel around 四處旅遊

trim [trɪm] 動 整理、修整 形 整齊的、整潔的

例 The rooms in this hotel are in good **trim**.
這間飯店裡的房間非常整潔。

➲ 出題重點 to trim a Christmas tree 裝飾聖誕樹

trip [trɪp] 名 （短途）旅行、絆倒 動 跌倒、犯錯

例 He has gone on a business **trip**.
他出差去了。

➲ 出題重點 trip over 絆倒　take a trip 旅行

Uu

u·ni·verse [ˋjunəˏvɝs] 名 世界、宇宙

例 This is the most beautiful place in the **universe**.
這是世界上最美麗的地方。

➲ 出題重點 universe attraction 萬有引力

un·der·ground [ˋʌndɚˏgraʊnd] 名 地下之處

例 An **underground** passage leads to the building across the street.
一條地下通道通往街對面的大樓。

ur·ban [ˋɝbən] 形 城市的、市內的

例 In some developing countries, more and more people are migrating to **urban** areas.
在某些發展中的國家，越來越多的人向市區遷移。

➲ 出題重點 urban park 市區公園

Vv

Track 178

va·por [ˋvepɚ] 名 蒸氣

例 A cloud is a mass of vapor in the sky.
雲是天空中的一團水汽。

➲ 出題重點 vapor pressure 蒸氣壓
vapor facial steamer 臉部蒸汽機

ve·hi·cle [ˋviɪkḷ] 名 交通工具、工具、手段

例 When you are lost in a big city, language is the vehicle of thought.
當你在一個大城市迷路時，語言就是你表達想法的工具。

ven·ture [ˋvɛntʃɚ] 名 冒險、風險 動 冒險、膽敢

例 They ventured their lives in exploring the desert.
他們冒了生命危險去沙漠探險。

➲ 出題重點 joint venture 合營企業

ver·ti·cal [ˋvɝtɪkḷ] 形 垂直的、豎直的

例 The northern side of the mountain is almost vertical.
這座山的北側幾乎是垂直的。

➲ 出題重點 vertical stripe 直條紋

ves·sel [ˋvɛsḷ] 名 船、血管、容器

例 The harbor was filled with sailboats, speedboats and other vessels.
這港灣充滿了帆船、快艇以及其他的一些船隻。

vi·sion [ˋvɪʒən] 名 靈像、視力、視覺、視野

例 The vision around this countryside is great.
在這鄉間的視野很棒。

➲ 出題重點 vision cable 電視電纜

vis·i·tor [ˋvɪzɪtɚ] 名 訪問者、來賓、遊客

例 There are many visitors to the White House every year.
每年參觀白宮的遊客很多。

void [vɔɪd] 名 空間、空曠、空虛、悵惘 形 空的、無人的、無效的

例 He looked down at the gaping void at his feet.
他看著腳下張開的裂縫。

voy·age [ˋvɔɪɪdʒ] 名 航行

例 We set out on a three-week voyage aboard the new ship.
我們準備搭新船出發航海三個禮拜。

➲ 出題重點 go on a voyage 去航海

weath·er [ˋwɛðɚ] 名 天氣

例 I really like the **weather** here.
我很喜歡這裡的天氣。

➲ 出題重點 weather report 天氣預報

wild [waɪld] 形 野性的、野生的、狂熱的、瘋狂的

例 I am looking forward to seeing many **wild** animals in the forest.
我期待在叢林裡可以看到很多野生動物。

➲ 出題重點 in the wild 在野外

wild·life [ˋwaɪld͵laɪf] 名 野生動物

例 We would love to visit the **wildlife** habitat in this country.
我們想要參觀這個國家的野生動物棲息地。

➲ 出題重點 wildlife habitat 野生動物棲息地

wing [wɪŋ] 名 翅膀、機翼 動 裝以翼、使飛、增加……速度

例 I cannot believe the man aimed his gun at the eagle spreading its **wings**.
我不敢相信那個男人竟然把槍瞄準那隻展開翅膀的老鷹。

PART 14

熱議焦點篇

Part 14 音檔雲端連結

因各家手機系統不同，若無法直接掃描，
仍可以至以下電腦雲端連結下載收聽。
（https://tinyurl.com/r9tt2nbk）

a·cute [ə`kjut] 形 尖銳的、敏銳的、急性的

例 It is urgent that the **acute** problem of air pollution in the city should be solved.
該城市空氣污染這一嚴重問題急須解決。

➲ 出題重點 acute appendicitis 急性盲腸炎　an acute angle 銳角

a·larm [ə`lɑrm] 名 警報、鬧鐘 動 警告、使驚慌

例 When the **alarm** went off, everyone was terrified.
當警報器響起時，每個人都驚慌失措。

➲ 出題重點 alarm clock 鬧鐘

ac·ci·den·tal [͵æksə`dɛntl̩] 形 意外的、偶然的

例 I believe that the wildfire was not **accidental**.
我相信這場野火絕對不是偶然發生的。

➲ 出題重點 accidental error 偶然誤差

ac·ci·dent [`æksədənt] 名 意外、災難

例 Jerry lost his arms because of a car **accident**.
Jerry因為一場車禍失去雙臂。

➲ 出題重點 have an accident 發生意外　a car accident 車禍

ac·tiv·ist [`æktɪvɪst] 名 激進分子

例 Those social **activists** are eager to reform social abuses.
那些社會激進份子渴望革除社會弊端。

➲ 出題重點 political activist 政治積極份子

ad·vo·cate [`ædvə͵ket] 動 提倡、主張

例 The mayor **advocated** reforming the prison system.
那位市長提倡改良監獄制度。

➲ 出題重點 an advocate of environmental protection 倡導環保者
an warm advocate for peace 熱烈維護和平的人

af·fir·ma·tion [͵æfɚ`meʃən] 名 斷言、主張

例 According to your **affirmation**, I can trust you.
根據你的斷定，我可以信任你。

af·fir·ma·tive [ə`fɝmətɪv] 名 肯定語 形 肯定的

例 Your suggestion is **affirmative**.
你的建議受到肯定。

al·le·ga·tion [ˌæləˋgeʃən] 名 主張、辯解

例 Alan's allegation was rejected by his supervisor.
Alan的主張被他的上司所拒絕了。

am·bas·sa·dor [æmˋbæsədɚ] 名 大使

例 He was appointed ambassador to France.
他被任命為駐法國大使。

➲ 出題重點 be appointed ambassador to… 被指定為……的大使
an exchange of ambassadors （兩國間的）交換大使

as·ser·tion [əˋsɝʃən] 名 主張、斷言、聲明

例 Nobody believes that his assertion that he is innocent.
沒有人相信他關於自己是無辜的聲明。

Bb

bal·lot [ˋbælət] 名 選票 動 投票表決

例 Citizens should cast their ballots on the presidential election.
公民都必須在總統大選投下自己的一票。

➲ 出題重點 secret ballot 不記名投票

bomb [bɑm] 名 炸彈 動 轟炸

例 A time bomb exploded twenty minutes after the plane took off.
飛機起飛後二十分鐘，一枚定時炸彈就爆炸了。

bor·der [ˋbɔrdɚ] 名 邊界、國界 動 與……接壤

例 The southern border of the ranch is formed by a river.
這座牧場南邊的邊界是一條河。

➲ 出題重點 the border between A and B A和B之間的邊界

bound [baʊnd] 名 界限 動 限制 形 準備要去的

例 Where are you bound?
你要準備去哪？

➲ 出題重點 out of bounds 出界、界外

burst [bɝst] 名 突然破裂、爆發 動 爆裂、爆發

例 On seeing the news on TV, we all burst into laughter.
一在電視上看到這個消息，我們都笑了出來。

➲ 出題重點 burst away 急速四散 burst into tears 突然大哭

bury [ˋbɛrɪ] 動 埋葬、掩埋、隱藏

例 Those politicians buried themselves in their work.
那些政客埋首於工作。

➲ 出題重點 bury one's nose in a book 埋頭看書

cab·i·net [ˋkæbənɪt] 名 櫥櫃、內閣 形 內閣的、小巧的

例 Each member of the cabinet stated his views on the question.
每位閣員都就這一個問題談了自己的看法。

➲ 出題重點 cabinet reform 內閣改組　cabinet minister 內閣部長

cam·paign [kæmˋpen] 名 戰役 動 參加競選

例 The candidates were criticized for running mean-spirited campaign.
這些候選人因為在這場選戰中散佈惡言而遭受批評。

➲ 出題重點 campaign slogan 競選口號　campaign trail 拉票活動

can·di·date [ˋkændə͵det] 名 候選人、應試者

例 The former senator declared that he was a candidate for president.
前任的參議員宣稱他是總統候選人。

➲ 出題重點 an candidate for… ……的候選人

ca·su·al·ty [ˋkæʒuəltɪ] 名 災禍、傷亡者

例 The total casualties of this car accident were over 1,000.
這場車禍的傷亡人數超過一千人。

➲ 出題重點 the total casualties 傷亡總數

cau·tion [ˋkɔʃən] 名 小心、警告

例 The policeman let the driver off with a caution.
員警向司機提出警告後就讓他走了。

➲ 出題重點 with caution 謹慎

ci·vil·ian [səˋvɪljən] 名 平民、百姓

例 The government officials should provide those civilians a stable environment of living.
政府官員應該提供老百姓一個安穩的生活環境。

➲ 出題重點 civilian post 文職

civ·ic [ˋsɪvɪk] 形 市民的、公民的

例 Obeying the laws is civic responsibility.
遵守法律是市民的責任。

➲ 出題重點 civic responsibility 市民的責任

civ·il [ˋsɪvl̩] 形 全民的、市民的

例 It might be long before civil government would be re-established.
重建文官政府也許要等很長時間。

➲ 出題重點 Keep a civil tongue in your head! 說話要文明有禮！

claim [klem] 名 要求 動 宣稱、要求

例 What **claim** does he have to the property?
他有何權利要求得到這筆財產？

clear·ly [ˋklɪrlɪ] 副 明確地

例 **Clearly**, the movie star wouldn't like to admit his bad influence on the youth.
很明顯地，那位電影明星不願承認他對年輕人產生不好的影響。

cling [klɪŋ] 動 附著、執著

例 I am not a man who **clings** to old ideas.
我不是一個墨守成規的人。

➲ 出題重點 cling to 抓牢

com·ment [ˋkɑmɛnt] 名 評論 動 評論

例 He made no **comments** on our proposal.
他對我們的建議沒有做評論。

➲ 出題重點 comment on... 對……評論

com·pa·ra·ble [ˋkɑmpərəbl̩] 形 可比的、比得上的

例 There is nothing **comparable** to your sincerity.
沒有什麼比得上你的真心真意。

C

➲ 出題重點 comparable to 比得上

com·pare [kəmˋpɛr] 動 比較、比喻

例 Life is often **compared** to a dream.
人生常被比擬成一場夢。

➲ 出題重點 compare to... 與……比較

com·plex [kəmˋplɛks] 形 合成的、複雜的

例 The science experiment was so **complex** that I didn't understand it.
這個科學實驗太複雜了以致於我無法理解。

com·plex·ion [kəmˋplɛkʃən] 名 膚色、局面

例 The **complexion** of the war was changed by two victories.
兩場勝利使戰爭有了轉機。

➲ 出題重點 a good complexion 好氣色

con·clude [kənˋklud] 動 結束、決定

例 I would like to **conclude** by saying that you've been a terrific audience.
至此我想做個結尾，你們是一群很棒的觀眾。

➲ 出題重點 conclude to / that 最後決定……

con·demn [kən`dɛm] 動 譴責、反對

例 The celebrity's foolish behavior was seriously condemned.
那位名人愚蠢的行為受到嚴厲的譴責。

➲ 出題重點 strongly condemn 強烈地譴責

con·di·tion [kən`dɪʃən] 名 條件 動 制約

例 I would never buy a car in such poor condition.
我絕對不會買一台狀況如此差的車子。

➲ 出題重點 has a lung condition 患肺病

con·flict [`kɑnflɪkt] 名 衝突、矛盾 [kən`flɪkt] 動 衝突、爭執

例 The conflict in the Middle East is still going on.
中東的對立衝突情勢還在持續著。

➲ 出題重點 in conflict 在衝突中

con·fron·ta·tion [͵kɑnfrʌn`teʃən] 名 面對、對抗

例 The confrontation between us is to solve the problem.
我們面對面的對質是要解決這個問題。

➲ 出題重點 face a confrontation with… 面臨與……的對抗

con·front [kən`frʌnt] 動 面對、遭遇

例 The soldiers were confronted by two terrorists as they left their camp.
士兵們離開營房時，迎面遇到兩名恐怖分子。

➲ 出題重點 confront the enemy 與敵人正面迎擊

con·fu·sion [kən`fjuʒən] 名 混亂、混淆

例 You can avoid confusion by speaking clearly.
你說得清楚些，這樣可以避免誤解。

➲ 出題重點 try to create confusion 企圖造成混亂
recover from fear and confusion 喘息初定

con·fuse [kən`fjuz] 動 混淆、誤認

例 The statement that the politician made confused us.
那位政治人物所做的聲明讓我們都搞不清楚狀況。

➲ 出題重點 confue A with B 把……混同、混淆

con·gress [`kɑŋgrəs] 名 國會、代表大會

例 The member of Congress had a sexual scandal.
那位美國國會議員有一件性醜聞。

con·quer [ˋkɑŋkɚ] 動 克服、攻克

例 The war came to an end when one side was finally conquered.
那場戰爭就在有一方終於被征服後宣告結束了。

➲ 出題重點 conquer nature 征服自然

con·se·quent·ly [ˋkɑnsə͵kwɛntlɪ] 副 因此

例 I missed the train and consequently was late for work.
我沒有趕上火車，結果上班遲到了。

con·trol [kənˋtrol] 動 控制

例 The British government at that time controlled the island.
當時英國政府控制該島。

➲ 出題重點 under / out of control 在控制之下／失去控制

counter [ˋkaʊntɚ] 名 計數器 動 還擊 形 相反的 副 反方向地、對立地

例 Set the counter to zero and you will know where the recording starts.
將計數器定到零，你就會知道錄音從哪裡開始。

➲ 出題重點 counter offer 討價還價

couple [ˋkʌpl̩] 名 一對、一雙 動 成雙、連結

例 The young couple decided to start their tour immediately.
那對年輕夫妻決定立即開始旅遊。

➲ 出題重點 a couple of 幾個

crack [kræk] 名 裂縫、劈啪聲 動 擊裂、砸開

例 Those mobs were cracked down on the police.
那些暴民受到警方的制裁。

➲ 出題重點 crack down on 制裁、鎮壓

crash [kræʃ] 名 碰撞 動 破滅、崩潰

例 The car crash really scares me.
那場車禍真的嚇到我了。

➲ 出題重點 crash barrier 防撞護欄

crawl [krɔl] 名 爬行、蠕動 動 緩慢地移動

例 It was rush hour and we crawled along at 15 miles an hour.
遇上了尖峰時刻，我們的車子以每小時十五英里的速度緩慢行駛。

➲ 出題重點 crawl with 爬滿、充斥著

crit·i·cal [ˋkrɪtɪkl̩] 形 批評的、吹毛求疵的

例 The fashion stylists are critical of their look.
那些時尚造型師對於他們的外表非常要求。

➲ 出題重點 be critical of... 對……挑剔、對……吹毛求疵

crit·i·cize [ˋkrɪtəˏsaɪz] 動 批評

例 Before criticizing others, you should just review what you have done to others.
在你批評其他人之前，先檢討你自己到底為別人做了什麼。

➲ 出題重點 criticize sb. for doing sth. 批評某人做了某事

cru·el [ˋkruəl] 形 殘酷的、殘忍的

例 It's cruel of you to make such a decision like that.
你做下這樣的決定真是殘忍。

➲ 出題重點 be cruel to sb 對某人殘忍

crush [krʌʃ] 名 壓碎 動 壓碎、征服

例 Their plot to overthrow the government was crushed.
他們企圖推翻政府的陰謀被粉碎了。

➲ 出題重點 crush flat under foot 用腳踏扁

curb [kɝb] 名 抑制、克制 動 抑制、限制

例 Measures have been taken to curb inflation.
已採取措施抑制通貨膨脹。

➲ 出題重點 curb service 路邊用餐服務

de·fen·sive [dɪˋfɛnsɪv] 名 守勢、防守 形 防禦用的、自衛的

例 They were very defensive about their party's record on tax reform.
他們為他們政黨在稅制改革問題上的紀錄百般袒護。

➲ 出題重點 adopt defensive attitude 採取守勢

de·fense [dɪˋfɛns] 名 防禦、防衛方法

例 The murderer said that the shooting was in pure self-defense.
那個兇手說開槍純粹是為了自衛。

➲ 出題重點 defense ministry 國防部

de·liv·er [dɪˋlɪvɚ] 動 遞送、表達、接生

例 The official is trying to deliver the message of environmental protection.
那位官員試著要傳達環境保護的訊息。

de·moc·ra·cy [dəˋmɑkrəsɪ] 名 民主政治、民主主義

例 After the dictator was overthrown, democracy was established.
在那位獨裁者被推翻後，就建立了民主政治。

➲ 出題重點 high-quality democracy 優質民主

dem·o·crat·ic [ˏdɛməˋkrætɪk] 形 民主的

例 Taiwan is definitely a **democratic** country.
台灣絕對是一個民主的國家。

➲ 出題重點 democratic union of Taiwan 台灣民主聯盟
democratic progressive party 民進黨、民主進步黨

de·ni·al [dɪˋnaɪəl] 名 否認、拒絕

例 Recently the celebrity issued a **denial** of the story.
最近這位名人聲明否認此事。

➲ 出題重點 denial syndrome 否定症

de·nounce [dɪˋnaʊns] 動 公開指責、公然抨擊

例 The minister's action was **denounced** in the newspapers.
那位部長的行為在報紙上受到譴責。

➲ 出題重點 denounce orally and in writing 口誅筆伐

de·stroy [dɪˋstrɔɪ] 動 毀壞、毀滅

例 What he said **destroyed** our last hope.
他說的話摧毀了我們最後的希望。

➲ 出題重點 Destroy the lion while he is yet but a whelp. 防患於未然。
completely destroy 片甲不留

de·struc·tion [dɪˋstrʌkʃən] 名 破壞、毀滅

例 The earthquake caused widespread **destruction**.
這地震造成了全面性的毀滅。

➲ 出題重點 destruction region 破壞區

de·tect [dɪˋtɛkt] 動 發現、發覺、查明

例 He soon **detected** the bad guy's plot.
他很快地就察覺到那個壞人的詭計。

dead·ly [ˋdɛdlɪ] 形 致命的、極度的

例 He is my **deadly** enemy.
他是我的宿敵。

➲ 出題重點 a deadly disease 致命的疾病

dem·on·stra·tion [ˏdɛmənˋstreʃən] 名 證明、遊行示威

例 We watched the **demonstration** from our windows.
我們從窗口看示威遊行。

➲ 出題重點 teach by demonstration 進行示範教學

dem·on·stra·tor [ˋdɛmənˏstretɚ] 名 示威運動者

例 The **demonstrators** insisted that they deserve better treatment.
那些示威運動者堅持他們應該要有更好的待遇。

di·plo·ma·cy [dɪ`plomәsɪ] 名 外交

例 The new ambassador is highly experienced in international diplomacy.
新外交官在國際外交方面經驗豐富。

➲ 出題重點 use diplomacy 運用外交手腕

dic·ta·tor [`dɪk͵tetɚ] 名 獨裁者、口授令他人筆錄者

例 The dictator's tyranny was finally overthrown.
那位獨裁者的暴政統治終於被推翻了。

dip·lo·mat [`dɪplә͵mæt] 名 外交官、有手腕的人

例 The diplomat can speak at least five different foreign languages.
那位外交官至少會說五種不同的外國語言。

dis·or·der [dɪs`ɔrdɚ] 名 混亂、無秩序狀態 動 擾亂、使紊亂

例 The mayor was depressed when he saw the disorder in the city.
當那位市長看到城市的混亂狀況他感到相當沮喪。

➲ 出題重點 in disorder 混亂、紊亂

dis·rupt [dɪs`rʌpt] 動 使混亂、擾亂

例 The heavy storm has disrupted telephone service.
暴風雨使電話中斷。

drill [drɪl] 名 鑽孔機、練習 動 訓練、演練

例 The teacher drilled the class in pronunciation.
老師訓練學生發音。

➲ 出題重點 drill into 訓練某人掌握（某種技能、法則等）

Ee

e·lec·tion [ɪ`lɛkʃәn] 名 選舉

例 Her election to the board of directors caused great surprise.
她被選進董事會，令人大為吃驚。

➲ 出題重點 election commission 選委會

e·vac·u·ate [ɪ`vækjʊ͵et] 動 撤退、疏散

例 The civilians were evacuated from the city to farms.
百姓們從城裡疏散到了農莊。

➲ 出題重點 evacuate...from... 把……從……撤出

e·vent [ɪ`vɛnt] 名 事件、結果

例 Winning the scholarship was a great event in the boy's life.
贏得這項獎學金是這個男孩一生中的一件大事。

en·clo·sure [ɪn`kloʒɚ] 名 圍住、圍欄

例 The **enclosure** of public land meant that ordinary people couldn't use it.
公共土地的圈圍意味著普通人不能使用它。

en·vel·op [ɪn`vɛləp] 動 包圍、隱藏

例 The city **enveloped** in snow looked so mysterious.
這座被白雪覆蓋著的城市看上去非常神祕。

es·cape [ə`skep] 名 逃脫 動 逃脫、逃避

例 The soldier **escaped** from the enemy's prison.
這個士兵從敵人的監獄裡逃了出來。

➲ 出題重點 escape from 逃跑、逃脫

es·cort [`ɛskɔrt] 動 護送 名 護送、陪同

例 The queen's **escort** totaled fifty men.
女王的警衛隊共有五十名。

➲ 出題重點 armed escort 武裝護衛

ex·clu·sion [ɪk`skluʒən] 名 排除、受排斥

例 His **exclusion** from the group hurt him very much.
被這個團體排除在外使他的自尊心大受傷害。

ex·clude [ɪk`sklud] 動 拒絕、排除、不包括在內

例 The possibility of food poisoning has been **excluded**.
食物中毒的可能性已被排除。

➲ 出題重點 exclude all possibilities of 排除……的可能性

ex·er·tion [ɪg`zɝʃən] 名 盡力、發揮

例 **Exertion** of authority over others is not always wise.
以權壓人並不總是明智的。

ex·plo·sion [ɪk`sploʒən] 名 爆發、急劇增加

例 The **explosion** of population in the city is incredible.
這個城市的人口急速增加真是令人難以置信。

➲ 出題重點 nuclear explosion 核爆炸

ex·plo·sive [ɪk`splosɪv] 形 爆炸（性）的 名 爆炸物、炸藥

例 Unemployment became an **explosive** issue.
失業成了一個爆炸性的問題。

➲ 出題重點 explosive substance 易爆物

ex·plode [ɪk`splod] 動 爆炸、爆發

例 Police were able to defuse the bomb before it **exploded**.
警方能夠在這炸彈爆炸前將它解除。

➲ 出題重點 explode with rage / anger 勃然大怒

ex·po·sure [ɪk`spoʒɚ] 名 暴露

例 The newspaper's **exposure** of their crimes led to their arrest.
報上揭露了他們的罪行，這些人因而被捕。

ex·pose [ɪk`spoz] 動 接觸、暴露

例 They consider it almost a crime to **expose** children to violence and sex on TV.
他們認為讓兒童接觸暴力和色情電視節目是一種犯罪行為。

➲ 出題重點 expose sth. to the light of day 把某事暴露於光天化日之下

ex·tin·guish [ɪk`stɪŋgwɪʃ] 動 消滅、使不復存在

例 The storm **extinguished** their last hope for rescue.
風暴使他們最後的獲救希望破滅了。

Ff

fa·tal [`fetl̩] 形 致命的、重大的

例 I'm afraid the disease is **fatal**, but there is a medicine that can prolong your life.
恐怕這疾病有致命的危險，但是仍然有藥可以延長你的壽命。

➲ 出題重點 fatal blow 致命一擊

fa·tal·i·ty [fe`tælətɪ] 名 災難、意外死亡

例 It was a bad crush, but surprisingly there were no **fatalities**.
這是一起嚴重的相撞事故，但意外地無一死亡。

fam·ine [`fæmɪn] 名 饑荒

例 Drought has caused **famine** in Africa.
乾旱在非洲造成了饑荒。

➲ 出題重點 suffer from famine 鬧饑荒

flu [flu] 名 流感、流行性感冒

例 I came down with the **flu** and missed a week of school.
我得到流行性感冒向學校請了一個禮拜的假。

fo·cus [`fokəs] 動 集中、對焦

例 A defect of vision prevented him from **focusing** accurately.
視力上的缺陷使他不能準確對焦。

➲ 出題重點 focus on 集中

Gg

Track 185

gap [gæp] 名 差距、缺口、間斷

例 The gap between the rich and the poor has widened.
貧富之間的差距擴大了。

➲ 出題重點 generation gap 代溝

globe [glob] 名 球體、地球

例 The charity organization's mission is to help the poor all over the globe.
這個慈善機構的任務就是要幫助全世界的窮人。

guard [gɑrd] 名 衛兵、守護者 動 防禦、保護

例 A policeman kept guard over the prisoners.
一名員警看守囚犯。

➲ 出題重點 on guard 保衛

Hh

G H I

halt [hɔlt] 名 停止、暫停、中斷 動 立定、停止、躊躇

例 Production has come to a halt owing to the lack of raw materials.
由於缺少原料，生產已陷入停頓。

➲ 出題重點 halt between two opinions 拿不定注意

ham·per [ˋhæmpɚ] 名 大籃子 動 妨礙、牽制

例 The army's advance was hampered by bad weather.
部隊的推進因天氣不好而受阻。

haz·ard [ˋhæzɚd] 名 危害 動 嘗試著做、冒風險

例 A soldier's life is full of hazards.
士兵的生活充滿了危險。

➲ 出題重點 a health hazard 對健康的危害

haz·ard·ous [ˋhæzɚdəs] 形 冒險的

例 Drinking is hazardous to your health.
飲酒有礙你的健康。

he·ro [ˋhɪro] 名 英雄、男主人公

例 A monument to the national heroes was erected here after the war.
戰後在這兒豎起了民族英雄紀念碑。

he·ro·ic [hɪˋroɪk] 形 英雄的、英勇的

例 Your **heroic** deed really impressed me.
你的英勇事蹟讓我印象深刻。

➲ 出題重點 heroic stories 勇士的故事

high·ly [ˋhaɪlɪ] 副 非常、高度地

例 He speaks very **highly** of you.
他對你評價很高。

➲ 出題重點 speak highly of… 對……評價很高

hint [hɪnt] 名 細微的跡象、暗示 動 暗示、示意

例 The speaker dropped a **hint** of a possible modification of the proposals.
發言者暗示可能會修改提議內容。

➲ 出題重點 signal hint 示意　hint at 暗示

hon·or·a·ble [ˋɑnərəbl̩] 形 可尊敬的、榮譽的、光榮的

例 Your devotion to the country is **honorable**.
你對這個國家的奉獻精神值得尊敬。

hos·tage [ˋhɑstɪdʒ] 名 人質、抵押品

例 The hijackers held 30 **hostages**.
劫機者扣押了三十人作為人質。

➲ 出題重點 hostage rescue operation 人質救援行動

hu·man [ˋhjumən] 名 人類 形 人的、有人性的

例 It's only **human** nature to want a comfortable life.
想過舒適的生活不過是人的本性罷了。

➲ 出題重點 human beings 人、人們　human race 人類

Ii

i·ron·ic [aɪˋrɑnɪk] 形 諷刺的、具有諷刺意味的

例 The speech that the minister made was quite **ironic**.
那位部長所發表的演說相當諷刺。

➲ 出題重點 in ironic remark 反話

im·mense [ɪˋmɛns] 形 廣大的、巨大的

例 This policy has an **immense** impact on us.
這項政策對我們有巨大的衝擊。

➲ 出題重點 an immense impact 巨大的衝擊

im·mi·gra·tion [ˌɪməˋgreʃən] 名 移民、移居

例 The **immigration** of 1956 included many people from Hungary.
一九五六年入境的移民中有許多匈牙利人。

➲ 出題重點 immigration authority 移民局

im·mi·grant [ˋɪməgrənt] 名 移民 形（從外國）移來的、移民的

例 Canada has many **immigrants** from Europe.
加拿大有許多歐洲移民者。

im·mi·grate [ˋɪməˌgret] 動 使移居入境、移來

例 Because his uncle was already living in the country, Brian decided to **immigrate**, too.
因為Brian的叔叔已經住在這個國家，所以他也決定要移民入境。

➲ 出題重點 immigrate to… 移入到……

im·pact [ˋɪmpækt] 名 影響、效果 [ɪmˋpækt] 動 對……發生影響

例 The speech made a great **impact** on the public.
這場演說對大眾有很大的影響。

➲ 出題重點 impact on… 對……有影響

im·ply [ɪmˋplaɪ] 動 暗示、必然包含

例 Her silence **implied** consent.
她的沉默意味著同意。

im·por·tant [ɪmˋpɔrtn̩t] 形 重要的

例 The **important** message that the celebrity tried to convey is the idea of protecting the environment.
這位名人試著傳遞的訊息就是保護環境的想法。

➲ 出題重點 most important of all 最重要的是
very important person / VIP 很重要的人
be important to do sth. 做某事很重要、重要的是……

im·pos·si·ble [ɪmˋpɑsəbl̩] 形 不可能的

例 Living in space is not an **impossible** dream.
在外太空居住不是不可能實現的夢想。

im·pow·er [ɪmˋpauɚ] 動 授以權力、使能

例 The president **impowered** the mayor to approve of the policy.
總統授權給那位市長准許通過那項政策。

in·fla·tion [ɪnˋfleʃən] 名 通貨膨脹

例 The government did nothing to curb **inflation**.
政府沒有採取措施抑制通貨膨脹。

in·fla·tion·ar·y [ɪn`fleʃən͵ɛrɪ] 形 通貨膨脹的

例 The inflationary situation is getting worse.
通貨膨脹的情形越來越嚴重了。

in·flu·ence [`ɪnfluəns] 名 影響 動 影響、改變

例 The influence of climate change on crops are self-evident.
氣候變化對農作物的影響是不證自明的。

➲ 出題重點 influence on… 對……有影響

in·ten·si·ty [ɪn`tɛnsətɪ] 名 強烈、劇烈、強度

例 The singer's new album showed great intensity of feeling.
那位歌手的新專輯表現出強烈的感情。

➲ 出題重點 eathrquake intensity 地震的強度

in·ter·fer·ence [͵ɪntə`fɪrəns] 名 衝突、干涉

例 He cannot brook interference at all.
他一點也不能容忍他人的干涉。

➲ 出題重點 wave interference 電波干擾

in·ter·fere [͵ɪntə`fɪr] 動 干涉、衝突、妨害

例 Glen said he would handle the situation and wanted us not to interfere.
Glen說他會處理這個情況並且要我們不要干涉。

➲ 出題重點 interfere with 妨礙、干擾

int·er·me·di·ate [͵ɪntə`midɪət] 形 中間的 名 媒介

例 In an intermediate phase like this, we should not give up on promoting the idea.
在像現在的這種中間階段，我們不應該放棄提倡這個想法。

in·va·sion [ɪn`veʒən] 名 入侵、侵犯

例 I object to these invasions of my privacy.
我反對這些侵擾我私生活的行徑。

in·vade [ɪn`ved] 動 侵略、侵犯、干擾

例 You have no rights to invade my privacy.
你沒有權利侵犯我的隱私。

➲ 出題重點 invade one's right 侵犯某人的權利

Ll

Track 187

lead [lid] 名 領先（地位） 動 引導

例 He has a desire to lead.
他有領導欲。

➲ 出題重點 lead to 導致、通向

lead·er [ˋlidɚ] 名 領袖、領導者

例 He is a decisive leader.
他是一個有果斷力的領袖。

➲ 出題重點 wise leader 英明的領袖

line [laɪn] 名 繩索、線條 動 排成一行

例 A new bus line runs straight to the airport.
一條新的巴士線路直抵機場。

➲ 出題重點 line up 排隊 hold the line 請先別掛斷
in line for sth. 可能獲得某物

lo·cate [ˋloket] 動 定位、找出

例 The police are trying to locate the missing man.
警方正設法查明那個失蹤者的下落。

lo·ca·tion [loˋkeʃən] 名 位置、場所、【影視】外景

例 The new location of our office should be near the city center.
我們辦公室的新位置必須靠近市中心。

look·out [ˋlukˋaut] 名 守望、注意、瞭望台

例 The soldiers mission is to keep a lookout for the enemy.
那些士兵的任務就是監視敵人。

Mm

mass [mæs] 名 大批、眾多 形 許多的、大規模的

例 The mass of public opinion is in favor of the new foreign policy.
大部分的輿論贊成新的外交政策。

➲ 出題重點 in a mass 全部、全體、整個地

mil·i·tar·y [ˋmɪləˏtɛrɪ] 名 軍隊、軍人 形 軍事的

例 All young men are required to serve two years in the military.
所有的年輕人都必須要服兩年兵役。

➲ 出題重點 military law 軍法

miss·ing [ˋmɪsɪŋ] 形 失蹤的、找不到的

例 They started off at once in search of the missing girl.
他們立刻動身尋找那個失蹤的女孩。

mo·rale [moˋræl] 名 民心、士氣、鬥志

例 The army recovered its morale and fighting power.
這支軍隊恢復了士氣和戰鬥力。

mo·ti·vate [ˋmotə͵vet] 動 激發、作為……的動機

例 The girl who was motivated by love did volunteer work in the hospital.
受到愛所鼓勵的女孩在醫院當義工。

mourn [morn] 動 哀悼、憂傷、服喪

例 We mourn for our fallen soldiers.
我們哀悼陣亡的士兵。

na·tion [ˋneʃən] 名 國家

例 We have established diplomatic relations with the newly independent nations.
我們已與新近獨立的國家建立了外交關係。

➲ 出題重點 nation-wide 全國的　developing nation 發展中國家

na·tion·al [ˋnæʃənḷ] 形 國家的、全國性的

例 The national celebration of Chinses New Year is our tradition.
舉國歡慶中國新年是我們的傳統。

na·tion·al·i·ty [͵næʃənˋælətɪ] 名 國籍、國民

例 I wrote my name, nationality and passport number on the form.
我把我的姓名、國籍以及護照號碼填寫在這張表格上。

➲ 出題重點 foreign nationality 外籍　minor nationality 少數民族

o·ver·look [͵ovəˋluk] 動 俯視、忽略

例 My calculation was wrong because I overlooked one tiny point.
由於我忽略了一個細微之處，我的計算錯了。

o·ver·night [ˋovəˋnaɪt] 形 一整夜的、晚上的 副 在晚上、突然

例 After an overnight thinking, the president decided to step down.
經過一整夜的思考，那位總統決定下台。

o·ver·take [ˏovəˋtek] 動 趕上、突然來襲

例 It was easy for the police car to overtake the slow moving truck.
警車要追上那台緩慢移動的卡車是很簡單的。

out·break [ˋautˏbrek] 名 爆發、發作

例 The outbreak of the riot led to countless deaths.
這場暴動爆發造成無數的死亡人數。

➲ 出題重點 volcanic outbreaks 火山爆發

owe [o] 動 虧欠、把……歸功於

例 We owe to Newton the principle of gravitation.
我們全靠牛頓才知道引力的原理。

➲ 出題重點 owe to… 歸功於……、由於……

Pp

pause [pɔz] 名 中止、暫停 動 暫停、停頓、躊躇

例 After a brief pause, the speaker continued.
稍稍停頓一下後，演講者繼續他的演講。

➲ 出題重點 pause upon 歇一下

pe·ti·tion [pəˋtɪʃən] 名 請願、請願書 動 請願、祈求

例 Over a thousand people signed the petition.
有超過一千人在請願書上簽了名。

po·lice [pəˋlis] 名 員警（當局） 動 管轄、維持治安

例 Get out my house now or I'll call the police.
現在就滾出我家，不然我要報警了。

po·lit·i·cal [pəˋlɪtɪkḷ] 形 政治的

例 Owing to the political views, the minister resigned immediately.
由於政治觀點的影響，那位部長閃電請辭。

➲ 出題重點 police station 警察局

pol·i·tics [ˋpɑləˏtɪks] 名 政治

例 The famous professor teaches politics in NTU.
那位有名的教授在台大教政治學。

poll [pol] 名 選舉之投票、民意測驗 動 獲得選票

例 The most recent **poll** told the candidate that he was losing support.
最新的民調指出這位候選人正在逐漸流失支持率。

pop·u·la·tion [ˌpɑpjəˋleʃən] 名 人口

例 The **population** of newborn children is greatly decreasing.
新生兒的人口正大量減少。

pro·tec·tion [prəˋtɛkʃən] 名 保護、貿易保護措施

例 The issue of environmental **protection** is highly emphasized.
環境保護的議題被高度強調。

pro·test [ˋprotɛst] 名 抗議、反對
[prəˋtɛst] 動 聲明、抗議

例 The residents **protested** when the park was closed.
那些居民發起抗議活動當公園關閉使用時。

➲ 出題重點 protest against 抗議、反對

pro·voke [prəˋvok] 動 激怒、挑撥、煽動

例 The former president's speech **provoked** much discussion.
前任總統的演說引發了許多議論。

➲ 出題重點 provoke laughter 引起笑聲

raid [red] 名 突擊 動 突然襲擊

例 The police made a **raid** on the house looking for drugs.
警方突然搜索這棟房子，尋找毒品。

➲ 出題重點 make a raid on... 搜捕

rash [ræʃ] 名 疹子 形 輕率的、魯莽的

例 Don't make a **rash** decision when you are mad.
不要當你生氣的時候就做出魯莽的決定。

➲ 出題重點 rash nettle 蕁麻疹

re·form [rɪˋfɔrm] 名 改革 動 改革、改善

例 As the program has not been successful, I think we should **reform** it.
因為這項計畫沒有很成功，我認為我們應該做些改善。

➲ 出題重點 reform oneself 改過自新

re·fute [rɪˋfjut] 動 駁倒、反駁

例 The argument cannot be **refuted** at the moment.
這一論點現時還無法駁斥。

➲ 出題重點 refute a suggestion 反對某個提議

re·gion [ˋridʒən] 名 區域

例 Around this **region**, there are so many homeless people here.
在這區域附近，有許多無家可歸的人。

re·gion·al [ˋridʒənl̩] 形 區域的、地區的

例 Most **regional** committees meet four times a year.
大部分地區委員會每年開會四次。

re·in·force [ˏriɪnˋfors] 動 增援、加強

例 Newspapers like this tend to **reinforce** people's prejudices.
像這樣的報紙往往加深人們的偏見。

➲ 出題重點 reinforce sb. prejudices 加深某人的偏見

re·mark [rɪˋmɑrk] 名 注意、評論 動 評論、注意

例 The minister made an unkind **remark** about the president's speech.
那位部長對於總統的演說發表了嚴厲的評論。

➲ 出題重點 remark on 對……的評論

re·mark·a·ble [rɪˋmɑrkəbl̩] 形 驚人的、顯著的

例 The athlete's **remarkable** achievement in the field of golf really impressed me.
那位高爾夫球選手的卓越成就著實令我留下深刻印象。

➲ 出題重點 make oneself too remarkable 鋒芒畢露

re·proach [rɪˋprotʃ] 名 責備、恥辱 動 責備、羞辱

例 His reply sounded to her like a **reproach**.
他的回答在她聽來像是責備。

re·sis·tance [rɪˋzɪstəns] 名 反抗、抵抗力

例 The new minister insisted on the **resistance** to change.
這位新進的部長堅持對變革的抵制。

re·sis·tant [rɪˋzɪstənt] 形 抵抗的、有抵抗力的

例 The coat is water **resistant**, so you can wear it when it is rainy.
這大衣是防水的，所以你可以在下雨天的時候穿。

➲ 出題重點 be resistant to 抵抗、抗……的

re·sist [rɪˋzɪst] 動 抵抗、忍住

例 The nation was unable to **resist** the invasion.
該國無力抵抗侵略。

➲ 出題重點 resist doing sth. 抵制做某事

ref·u·gee [ˏrɛfjʊˋdʒi] 名 難民

例 The **refugees** have been relocated to homes in other countries.
那些難民被重新安置在其他的國家。

res·er·va·tion [ˏrɛzɚˋveʃən] 名 保留區、保留

例 If you don't make a reservation in advance, you will have to wait for a long time outside the famous restaurant.
如果你沒有事先預約的話，你可能就要在那間有名餐廳的外面等上一段時間。

➲ 出題重點 without reservation 毫無保留地

rev·o·lu·tion [ˏrɛvəˋluʃən] 名 革命、重大變革

例 The new government was installed after the revolution.
新任政府團隊在革命過後正式就職。

rev·o·lu·tion·ar·y [ˏrɛvəˋluʃənˏɛrɪ] 名 革命者 形 革命的、革命性的

例 The change is revolutionary to the whole country.
這個改變對於整個國家具革命性質。

root [rut] 名 根源 動 生根、使深深紮根

例 This is the root cause of poverty.
這是貧窮的根本原因。

➲ 出題重點 root sth out 根除　root and branch 徹底
root in 起因於……、起源於……

rout [raʊt] 名 潰退、大敗 動 擊潰、擊敗

例 The enemy was in full rout.
敵方潰不成軍。

ru·in [ˋruɪn] 名 毀滅 動 毀壞

例 The flood ruined the crops.
水災毀壞了莊稼。

➲ 出題重點 be in ruins 成為廢墟

Ss

sac·ri·fice [ˋsækrəˏfaɪs] 名 犧牲 動 犧牲、祭祀

例 Joe had to sacrifice his free time in order to get the work done on time.
Joe必須犧牲他的空閒時間為了要準時完成工作。

➲ 出題重點 sell at a sacrifice 虧本銷售

scat·ter [ˋskætɚ] 動 分散、驅散

例 The crowd scattered when the police charged.
當員警衝過來時，人群便散開了。

scram·ble [ˋskræmbl̩] 名 吃力的前進 動 爬行、爭奪

例 The reporters **scrambled** for the phones.
記者們爭搶電話。

➲ 出題重點 wild scramble 瘋狂爭奪

set·tle [ˋsɛtl̩] 名 有背的長凳 動 安放、使定居

例 I still cannot believe that the movie star would like to **settle** down with a plain girl.
我仍然無法相信那個電影明星會跟這麼一個平凡的女孩安頓下來。

shel·ter [ˋʃɛltɚ] 名 掩蔽、庇護所 動 掩蔽、躲避

例 Their immediate need is for food, clothing and **shelter**.
他們所急需的是吃的，穿的和住的。

➲ 出題重點 shelter oneself 掩護自己、為自己辯護

side·walk [ˋsaɪd͵wɔk] 名 人行道

例 You are not allowed to ride a bike on the **sidewalk**.
在人行道不可以騎腳踏車。

slight·ly [ˋslaɪtlɪ] 副 輕微地、苗條地

例 The **slightly** change of this policy is acceptable.
對於這個政策稍微的調整是可以被接受的。

so·phis·ti·cat·ed [səˋfɪstɪ͵ketɪd] 形 久經世故的、精密的

例 The country is trying to develop more **sophisticated** weapons in the near future.
那個國家在不久的將來會持續嘗試開發更多的尖端武器。

star·va·tion [stɑrˋveʃən] 名 饑荒、餓死

例 Owing to the **starvation** in Africa, we shouldn't waste food.
因為在非洲的飢荒，我們更不應該浪費食物。

➲ 出題重點 starvation cure 絕食療法　die of starvation 餓死

starve [stɑrv] 動 使饑餓、使餓死

例 If we don't send food to that poor country, many people there may **starve**.
如果我們沒有寄食物給那個貧窮國家，在那裡的人們也許就會餓死。

➲ 出題重點 starved to death 餓死

state [stet] 名 狀態、國家 動 陳述

例 The vice president is in a **state** of poor health.
副總統健康狀況不佳。

➲ 出題重點 in the state of… 處在……的狀態中

strike [straɪk] 名 打擊、罷工 動 攻擊、罷工

例 He was **struck** by lightning.
他被閃電擊中。

➲ 出題重點 strike a bargain 成交、達成協定

sum·mit [ˋsʌmɪt] 名 高峰 形 高階的

例 The famous actress is now at the **summit** of her career.
那位有名的女演員現在正處於事業的高峰。

➲ 出題重點 summit meeting 高峰會議、首腦會議

sup·press [səˋprɛs] 動 抑制、鎮壓

例 The revolt was **suppressed** in a couple of days.
叛亂在幾天之內就被鎮壓下去了。

➲ 出題重點 suppress a rebellion 鎮壓暴動

sur·round [səˋraʊnd] 動 包圍

例 The police **surrounded** the house.
警方包圍了這棟房子。

sur·round·ings [səˋraʊndɪŋz] 名 環境、周圍

例 Look around the **surroundings**, and you should realize how lucky you are.
看看週遭的環境，你應該要體驗到你自己是有多幸運。

sur·charge [ˋsɝˏtʃɑrdʒ] 名 超載、額外費 動 使裝載過多、對……收取額外費用

例 The **surcharge** that this mayor was trying to conceal from the public was still revealed.
那位市長試著要向大眾隱藏的超支費用仍然還是被揭露了。

sus·pen·sion [səˋspɛnʃən] 名 懸掛、中止、未決

例 I think his **suspension** from the cabinet was a very harsh punishment.
我認為他從內閣被停職是個很嚴厲的處罰。

➲ 出題重點 in suspension 懸浮　suspension bridge 吊橋

Tt

ten·sion [ˋtɛnʃən] 名 拉緊、伸張

例 The **tension** between the two countries is getting worse.
這兩個國家間的緊張情勢已經越來越惡化了。

➲ 出題重點 ease the tension of... 緩解……的壓力

ter·ri·to·ri·al [ˌtɛrəˋtorɪəl] 形 領土的

例 The **territorial** waters that the country owned were huge.
這個國家的領海地區相當大。

ter·ri·to·ry [ˋtɛrəˌtorɪ] 名 領土、版圖

例 Some wild animals will attack anyone who invades their **territory**.
有些野生動物會攻擊任何侵入牠們領土的人。

ter·ror [ˋtɛrɚ] 名 恐怖、惱人的人或事

例 The visitors ran out of the haunted house in **terror**.
那些遊客害怕的跑出那間鬼屋。

threat·en [ˋθrɛtn̩] 動 威脅、對……構成威脅

例 The drunken man **threatened** to call the police.
那個喝醉的男子威脅說要叫員警。

thrust [θrʌst] 名 猛推 動 猛力推、刺

例 He **thrust** the dagger into the guard's side.
他將匕首刺進警衛的腰部。

➲ 出題重點 thrust stage 三面式舞臺

treas·ur·y [ˋtrɛʒərɪ] 名 財政部、國庫

例 The minister of the Department of **Treasury** is responsible for the financial management.
財務部部長要負責財務上的管理。

➲ 出題重點 king's treasury 國王的寶庫

trig·ger [ˋtrɪgɚ] 名 扳機 動 引發

例 Some people say that violent movies are potential **triggers** for juvenile delinquency.
一些人說暴力影片可能引起青少年犯罪。

➲ 出題重點 pull the trigger 扣扳機

triv·i·al [ˋtrɪvɪəl] 形 瑣碎的、不重要的

例 A true leader should not focus on those **trivial** things.
一位真正的領導者不應該拘泥於那些瑣事。

➲ 出題重點 quarrel about the trivia 為瑣事爭吵

troop [trup] 名 軍隊 動 結隊而行

例 The **troops** were ordered back to the army base.
那些軍隊被命令回到基地。

➲ 出題重點 troop up 集合

tur·bu·lence [ˋtɝbjələns] 名 騷亂、動盪

例 The **turbulence** really scared those passengers in the plane.
這亂流確實嚇壞了飛機上的乘客們。

turn [tɝn] 名 轉動、旋轉 動 使轉動

例 He did not **turn** a finger to help.
他連舉手之勞的忙也不肯幫。

➲ 出題重點 turn on/off 開／關　turn one's back on 拒絕幫忙

turn·ing [ˋtɝnɪŋ] 名 旋轉、轉彎處

例 The decision is like a **turning** point to the poor country.
對這個貧窮的國家來說，這個決定就像是個轉捩點。

u·ni·fy [ˋjunə͵faɪ] 動 統一、使形式一致

例 All these small states were **unified** into one nation.
所有這些小國被統一成一個國家。

➲ 出題重點 unify...into... 把……統一起來變成……

un·cov·er [ʌnˋkʌvɚ] 動 揭開、揭露

例 The reporter **undiscovered** that the candidate had bribed him into silence.
那位記者揭露那個候選人收買他的事實，並且要他不要張揚。

➲ 出題重點 uncover new evidence 揭發新的證據

war [wɔr] 名 戰爭 動 作戰

例 The neighboring nations **warred** upon one another for over a decade.
這幾個鄰國互相打了十多年的仗。

➲ 出題重點 Trojan War 特洛伊戰爭

weave [wiv] 動 編織、穿梭

例 They **weaved** a web of lies to fool the people.
他們編造了一套謊言來愚弄人民。

➲ 出題重點 weave through 迂回通過

will [wɪl] 名 意志、決心 動 要、將（第二及第三人稱之簡單未來式）

例 He had a strong **will** to beat his opponent.
他有擊敗對手的強烈慾望。

➲ 出題重點 against one's will 違背自己的意願

with·draw [wɪð`drɔ] 動 撤退、收回

例 The government withdrew worn out money from use.
政府收回舊幣使之不再流通。

➲ 出題重點 withdraw from… 從……退出、離開

R

語研力 E083

NEW TOEIC 出題重點
多益單字隨身背

作　　者　曾婷郁
顧　　問　曾文旭
出版總監　陳逸祺、耿文國
主　　編　陳蕙芳
文字校對　翁芯琍
美術編輯　李依靜
法律顧問　北辰著作權事務所

印　　製　世和印製企業有限公司
初　　版　2023年08月

出　　版　凱信企業集團-凱信企業管理顧問有限公司
電　　話　（02）2773-6566
傳　　真　（02）2778-1033
地　　址　106 台北市大安區忠孝東路四段218之4號12樓
信　　箱　kaihsinbooks@gmail.com

定　　價　新台幣360元／港幣120元
產品內容　1書

總 經 銷　采舍國際有限公司
地　　址　235 新北市中和區中山路二段366巷10號3樓
電　　話　（02）8245-8786
傳　　真　（02）8245-8718

國家圖書館出版品預行編目資料

NEW TOEIC出題重點 多益單字隨身背／曾婷郁著. -- 初版. -- 臺北市：凱信企業集團凱信企業管理顧問有限公司, 2023.08
　面；　公分
ISBN 978-626-7354-00-1(平裝)

1.CST: 多益測驗 2.CST: 詞彙

805.1895　　112010525

凱信企管

用對的方法充實自己，
讓人生變得更美好！

用對的方法充實自己，
讓人生變得更美好！

凱信企管

凱信企管

用對的方法充實自己，
讓人生變得更美好！